美容患者时代

The Age of Cosmetic Patients

安小嘉 著

新世界出版社
NEW WORLD PRESS

图书在版编目（CIP）数据

美容患者时代 / 安小嘉著. -- 北京：新世界出版社，2019.6
　　ISBN 978-7-5104-6773-8

Ⅰ.①美… Ⅱ.①安… Ⅲ.①长篇小说－中国－当代 Ⅳ.①I247.5

中国版本图书馆CIP数据核字(2019)第094639号

美容患者时代

作　　者：安小嘉
责任编辑：黄　倩
责任印制：王宝根
责任校对：宣　慧
出版发行：新世界出版社
社　　址：北京西城区百万庄大街24号(100037)
发 行 部：(010)6899 5968　　(010)6899 8705（传真）
总 编 室：(010)6899 5424　　(010)6832 6679（传真）
http://www.nwp.cn
http://www.nwp.com.cn
版 权 部：+8610 6899 6306
版权部电子信箱：nwpcd@sina.com
印　　刷：三河市骏杰印刷有限公司
经　　销：新华书店
开　　本：710mm×1000mm　1/16
字　　数：270千字　印张：21.5
版　　次：2019年6月第1版　2019年6月第1次印刷
书　　号：ISBN 978-7-5104-6773-8
定　　价：49.80元

版权所有，侵权必究

凡购本社图书，如有缺页、倒页、脱页等印装错误，可随时退换。
客服电话：(010)6899 8733

[目录] Contents

001......引子
005......第一章　卡西莫多的标签
039......第二章　咸鱼翻身
090......第三章　听医生的话
129......第四章　书中自有网红脸
169......第五章　问题少女
216......第六章　面目全非整形法
246......第七章　胖若两人
281......第八章　我的婆婆是奇葩
320......第九章　涅槃盛宴
338......尾　声

引　子

　　如果只是在人群中多看了她一眼，你很难发现这个貌不惊人的女孩有什么不同寻常的地方。确实，莫小提并没有什么值得惊叹的特异功能，从小到大只有一点儿与众不同。这一点在其上幼儿园时便引起了父母的注意。他们发现，莫小提常常茫然地对着校门外来接她的父母发呆，仿佛根本不认识他们一样。直到他们招呼她，她才会像别的孩子一样，快乐地飞奔过去。父母在辗转了几个夜晚之后，带着小提去了医院。在等待医生判决的时刻，他们在心中做出了最坏的打算：即使小提智力低下，他们也会想尽办法，通过优质的后天教育，让她过上正常人的生活。

　　"她的智力没问题。"

　　医生说完，小提的父母立刻松了口气，感谢了满天神佛。

　　"但是，"这一声但是，再次让他们的心提了起来，"她是非常严重的脸盲症患者。脸盲症，顾名思义，就是看不出人脸之间的区别。已知的患者数量非常少，目前也没有什么行之有效的办法来治愈。"

医生为了证实自己的说法，找来了孙悟空和猪八戒的脸部特写图摆在了小提面前，让她说出看到的人物是谁。小提看了看医生，又转头看了看父母，摇了摇头。医生再次将孙悟空和猪八戒的全身照拿出来让小提辨认，小提立刻就说出了他们的名字。医生冲着小提的父母点了点头，缓和了语气说："这个病也不影响生活。"

视觉上的缺失，幸好在听觉上得到了补偿。小提能通过声音轻松地分辨出不同的人。这个毛病本不会给小提带来什么灾难。但由于母亲的过分担心，小提被送到整形医院做了眼睛重塑手术。医生按照母亲眼睛的样子，重新雕刻了小提的眼睛。母亲看着手术后小提那双美丽的眼睛，露出了满意的笑容。现在我们长得几乎一模一样了，你总不能认不出自己吧。

可是，小提还是只能通过声音和衣着去辨认母亲，即便长得一模一样，她还是认不出来。

这怎么可能呢？她今后的生活可怎么办啊！这个毛病到底会给她带来什么样的灾难？母亲一遍遍在心里重复这些问题，试图寻找答案。有没有什么工作是她不能做的？想来想去似乎也没有，除了……除了小提目前正在从事的整容行业。小提推了推眼镜，继续翻看桌子上放着的《整容考》一书。

"千百年来，芸芸众生都过着随遇而安的生活。人从生下来开始，大部分命运就已经被写好了。不能改变的基因、提高不了的智商，还有与生俱来的家庭环境。纵然有人想靠一己之力改写命运，他能做的也不过就是加倍努力，奋勇向前。若是殚精竭虑仍没能出人头地，随着年纪的增长，他也会对各种遭遇安之若素，不过一场春梦了无痕。更多的人，仿佛在出生之后就顺从了命运，在设定好的轨道上安全行驶，一成不变。可是，在整容行业出现之后，人们惊奇地发现，这一切都可以改变了。人类有了战胜先天不利条件的可能性。整容给了那些勇于掌控自己生命轨迹的人一次新的机会。"

整容手术的历史远比一般人想象的久远,最早的假体手术可追溯到公元前500年的古埃及。封建制时期的埃及有一种残酷的刑罚叫作劓刑,即把犯人的鼻子割下来,以示惩戒。失去了鼻子的犯人不但要遭受肉体的痛苦,更时不时地会受到旁人的指指点点。医疗技术高超的古埃及人就想出了做一个假鼻子给患者安上的手术。说来可惜,和埃及的很多神秘医学一样,假体修复鼻子的技法也在后世失传了。当然,往好处想,估计是随着社会的进步,劓刑这样的酷刑被废除了,所以也没有了修复鼻子的需要。如今,我们只能从壁画中看到当时的技法。

中国古代也有劓刑,但却没有发展出相应的整形术。工业革命改变了人类社会的方方面面,人们对于自身容貌的要求也随之提高。十九世纪,整容术应运而生,当时的服务对象主要是容貌有残缺的贵族和上流社会。医院的骨科医生为其提供修容手术。整容术的蓬勃发展与第二次世界大战息息相关。那些因为战争而毁容的士兵,在回国后得到了精心的治疗。二战之后,整容业就正式成为医疗学科中的一个重要分支。

如今,很多人总是在感慨,女明星中人造美女太多,乍一看光鲜亮丽,却不敢细品,越看越像硅胶娃娃,远不如二十世纪八九十年代的港星美得自然,美得纯真。正所谓"清水出芙蓉,天然去雕饰"。可殊不知,那一代港星就是整容手术的早期受益者。

我国最早的整容历史可以追溯到二十世纪初期,华灯起、车声响的夜上海已经是人造美女的天堂。据记载,当时的几家大医院都可以提供眼部、鼻部和胸部的整形手术。还有一位梁姓医生出了一本名为《人工整容术》的书,并在封面配上小字:"妇女必携。"至于到了二十世纪九十年代,一些女星也都尝试着做了整形手术。而直到今天,敢于承认自己做了整形手术的明星,依然是寥寥无几。

　　谁会愿意承认自己整过容呢？小提从来都不想告诉别人她整过容，甚至不愿意想起这件事。

　　正在此时，刘医生走进了办公室。他示意小提，采访可以开始了。

第一章　卡西莫多的标签

　　手术台上的病人一动不动。

　　矗立在一旁的医生颤抖着拿起手术刀，却不知道该如何下刀。他依稀记得在医学院学习的时候，老师教过如何操作这样的手术。可此时，这位医生的神经是如此的脆弱，不可能还想得起当时的细节。希波克拉底在上，他在心里默念，请一定保佑手术顺利。他祈祷完，刀锋向着病人的脸缓慢移动。

　　自己怎么就吃了熊心豹子胆敢收钱呢？医生懊恼地想，却终于还是动手了。刀子从病人的嘴里进去，轻轻剥开下颌角骨相接的皮肉和神经。屏住呼吸，慢一点；别着急，再慢一点，慢一点就不会有事的。他的额头、脖子、鬓角已流满汗水。他想抽回手去擦擦汗。没想到这个轻微的动作，却让手条件反射般地抖了一下。完了，割到动脉了，怎么办？！

　　这位医生立刻慌了神，看着桌子上放的成堆的纱布和绷带，一时无措。此时，只要从堆成了金字塔形的绷带中拿过来一卷就可以。但他却没有行动，他完全被眼前的情景吓傻了。另一张桌子上，放置着各类药品，他把能带上的药全带来了。

"止血栓，只要用上止血栓，病人的血就能止住。"希波克拉底在坟墓中叫嚷着。

但医生却没能想起止血栓的用法。他满脑子都是当年那次毕业考试，自己给青蛙做剥皮手术时一个不小心割到了脖子上的动脉，青蛙因失血过多死了。他从此不敢再做手术，看到别的医生做手术都会觉得紧张。就这样勉强在医学院混到了毕业。毕业后，他因为怕进手术室，不敢去正规医院工作。那时候整形医院在国内刚开始有，整形医生更是凤毛麟角。在导师的帮助下，他顺利进入了整形医院，成为一名正式医生。他没想到，原来医生的工作还可以这么轻松，只用打针缝线就可以了。不但远离手术台，收入竟是其他同学的两三倍，日子也过得舒服。可是今天，他利欲熏心，经不起诱惑，竟然以为自己可以做下颌骨整形手术。

这家小美容院位于远离京城的五线城市。美容院的院长不过是个有钱人的小老婆，托人从北京请他过来，帮忙给客户每年做两次面诊。说是面诊，其实就是顺手给做个小手术。一年跑两次，每次净赚二三十万，这活儿他当然愿意干。

但今天，遇上的这位客户财大气粗，非要在整容院动手术，并答应手术费可以给到三十万。也不知是金钱的诱惑，还是美容院院长不停给戴的高帽，总之这位医生真的昏了头，浑浑噩噩地应了下来。他看遍了网上的教学视频，又翻了几本常备的医书，一直折腾到天亮仍不敢睡。一大早就来到美容院做准备。手术室不过是泼了两瓶消毒水的普通美容室，床单被褥都是新的，白亮亮的，衬得黑红色的血液越发恐怖。

望着那越涌越多的血，他无奈地拿起了手机找人求助。

电话的那头，刘杰医生拿起手机看了一眼，见不是熟人，便挂断了电话，同时回了一条短信："我现在有事，一会儿回你。"

此刻，刘医生正在接受莫小提的采访。第一次见面，小提就给他留下了很深的印象。别看她相貌平平，不施粉黛，但外表中却透露着一种理科女生特有的清爽感。当听说小提是脸盲症患者时，更加激起了他的好奇心，这样的女孩怎么会对整容感兴趣呢？

"整容，按我们医学的说法有五种转归。转归就是我们平时说的结果，分别是整死了，整残了，整丑了，没变化，最后一种才是好看。"

天哪，谁能想到，这句话竟然出自京城整容第一名医刘杰之口。莫小提暗暗吃了一惊，她习惯性地推了推眼镜，快速在笔记本上记录，敲完键盘立刻发问道："按您的说法，整容这事儿也太可怕了，以后谁还敢整容啊。"

"虽然五种转归中只有一种是好的，但求美者只要去的是正规医院，变好看了的比例就能占到90%以上；如果去的是非正规医院，比如美容院啊、美甲店啊，我听说最近连洗脚房都推出医美项目了，那前四种的可能性就占到了90%以上。当然，整死的概率还是非常小的，大部分整容者死亡的案例都是因为医生本身不具备操作手术的能力，又强行为患者动大手术。"

小提忽然想起在网络上流传很广的某选秀歌手整容死亡的新闻。这条新闻在十年前轰动一时，在那个整容还没有流行的年代，这一恶性事件把整容推向了高峰。虽然已经过去多年，还是经常被媒体有意无意地提起。小提隐约记得报道中提到那个女孩儿做的是削下颌骨手术，立刻就此事向刘医生发问。

"下颌角手术在整容行业里算难度比较大的，危险系数也比较高，能操作这类手术的正规医院在北京也没几家，更别说她去的还是美容院了。"刘医生解释道。

"看来这削下颌角手术不能做啊。"莫小提摸着自己的腮帮子插话道。

"你这么说就大错特错了。现在很多女孩整形有个误区，觉得眼睛越大，鼻子越高，下巴越尖就越好看。其实她们忽略了很重要的一点，我们行话讲，美人在骨不在皮。美其实是有定律的。我给你说一个欧美好莱坞比较流行的概念，下颌角必须116度。"刘医生边说边从身边变出一把量角器。

小提看着量角器，手指比到116度角的地方，心想，哪会有人长得这么准啊，刚刚好116度？刘医生看出小提的疑惑，在电脑上找出一些当红女明星的照片，一个一个地量过去。果然，都是116度，不差分毫。小提睁大双眼，仿佛在看一场魔术表演。她仍不相信这样的结果，非要自己拿着量角器对着电脑屏幕上的照片又从头到尾量了一遍。天啊，是真的，她们的下颌角都是116度。小提摩挲着自己的下巴，把量角器贴了上去。

"你就不行，122度。"刘医生看着量角器上的度数说。

"她们是天生的，还是整的？"小提迫不及待地问道。

"都是天生的。"刘医生像是一位算命先生，把不为人知的秘密一语点破。

她们这么幸运？莫小提又摸了摸自己的腮帮子，是有些大，肉也有点多。看来和明星的脸肯定是有区别的。可即便知道了116度角的秘密，对于小提以后认人仍然没有帮助。她总不能在见面时，把量角器摁在别人脸上吧。

"难怪现在大家都要整成锥子脸。"小提感慨道。

"你这话又错了，锥子脸好看吗？我从没有在现实生活中见到过好看的锥子脸。只有在视频软件和那些处理过的图像里，你能觉得好看。现实中的锥子脸非常吓人。我见过很多网红一味地追求小脸，把颧弓磨平了，下颌角削没了，好看吗？一点儿都不好看。整了半天，整出一张'小三儿'脸，完全没有审美。整容的最高境界是，整完了你还是你，别人都能认得出来，说不上来哪儿不一样了，但就是好看了。而不成功的整容就是你并没有变好看，甚至难看了，别人还认不出来了。"

介绍完116度角之后，刘医生紧跟着又说出了几个美人的条件，如饱满的额头、微微隆起的颧弓等，并指着电脑上的女星照片，一一做了验证。刘医生说话的同时，小提手速飞快，在苹果笔记本电脑上不停记录着，也时不时地提出几个问题。

"最近有很多整容失败的求美者在韩国首尔游行维权，是不是就是您说的这种情况，变难看了，亲朋好友还认不出来了？"小提问道。

"很多整容失败其实并不是医生的责任，是求美者自己的问题。在我们这种正规医院，求美者整形前，我们会要求他们做心理测试。心理测试通过者，才能整容。"

心理测试？小提赶紧记下，原来做个整容手术如此不容易，还要参加考试。这要是考不过就不能整容了吗？题目呢？题目都是什么？她赶紧发问，生怕刘医生切换到下一个话题。

"没有直接涉及整容的问题，大部分是一些很生活化的场景。所以也不需要考前准备。一般在一些特定场景中提出问题。比如说吧，有一道题就是你正在玩游戏，这时候你妈喊你去吃饭，你会怎么回答？选项A是放下游戏去吃饭；选项B是继续玩，假装没听见；选项C是喊一声：妈你等一会儿。"

"我选C吧。"

"说明你情绪稳定。"

这样的测试靠谱吗？小提疑虑重重，迅速在电脑上搜索出了"整容心理测试"的词条。词条解释：题目均是由心理测试专家和心理咨询公司编制的，具有一定的参考价值。说法有些含糊，看来确实不靠谱啊。

"一次测试大概要做三百道题，主要是判断求美者的心理状态是否稳定的。某些求美者，对于手术后的效果存在不切实际的幻想，误以为一次手术就能获得天翻地覆的改变。这基本是不可能的。像这样的患者，如果前期能够判断出来，医院就不会接待他们。接待了肯定给医院带来麻烦。还有一些抑郁症、狂躁症病患，就更不适合整容了。"刘医生补充道。

三百道题能答完至少说明这人心态平和。小提看了一眼电脑上搜出的心理测试题，的确是些毫无规律可循的日常小事。为什么不出一些和整容真正相关的题目呢？小提想不明白。她继续在电脑上记录着：患者需要对整容手术可能带来的风险有正确的认识。

刘医生继续介绍道："我们以颧骨手术为例。很多女孩儿觉得自己的颧骨高，来医院非要拆掉自己的承重墙。不是不可以，可以。但是这个手术是可能出现后遗症的。第一年没问题，颧骨磨平了；第二年因为承重墙没了，脸很容易就塌了。这时候怎么办呢？回医院再做个拉皮手术。拉皮手术听着简单，因为大家第一次听说可能都是看了宋丹丹那个小品，拉皮之后再拍个黄瓜，好像很轻松。其实不是，拉皮是一个非常痛苦的手术，尤其是术后，那种痛苦很多人是根本承受不了的。"

小提大致提炼了一下刘医生的话，记在笔记本上。脑中忽然想起一年前听一位家里的长辈说过，她六十岁的时候去做了个拉皮手术，恢复期间因为实在太痛苦，甚至动了轻生的念头。还好被及时赶回家的子女拦住了，否则后果不堪设想。这些痛苦普通人在手术之前肯定不知道，但医生是不是有责任告诉患者呢？

"当然会提醒的，但是患者能不能听得进去就不一定了。面诊的时间也非常有限。"刘医生向外面望了望。

小提也顺着刘医生的视线向门外看。短短几十分钟的采访时间，门口已经站满了人。公立医院的情况就是如此。医生只要挂出诊，一天要接待五十个病人。每个病人按十分钟算，就是五百分钟。医生按一天八个小时满负荷运转，还是接待不过来。小提在心里做着数学题，十分钟能说多少个字？听患者说话恐怕还要用去三分钟。

"所以我特别支持你们这个节目啊。下次再有患者想削下颌骨，没问题，我就把咱们做的这期节目直接给她看。咱们一次把手术风险、术后恢复和之后的后遗症全给患者讲清楚，患者看完了还想做，那就风险自负。"

小提配合地点了点头，继续引导刘医生回到这期节目的主题：《美丽的标准》。

"整容界最通用的审美标准很简单，就是八个字，三庭五眼，四高三低。"刘医生边说边在面前的电脑中找到一张女星的照片，并在上面做出辅助线。果然，女星的脸被均匀地等分。辅助线出现的位置与女星的五官高度吻合。

小提不得不感慨造物主的鬼斧神工，也在心中暗暗感叹，自己是肯定吃不上明星这碗饭啊。

看过了三庭五眼，刘医生又找出同一女星的侧面照，指着照片介绍道："所谓四高，就是额头、鼻尖、上唇珠和下巴，这几个点是高点。至于三低是指鼻子上面这块、人中，还有下嘴唇到下巴之间，这三处一定要是低点。"

原来如此，美丽原来是有公式的。只要满足了这些数字，就能变成……小提还没在电脑中敲下人名。刘医生的电脑上换了一张照片，他指着照片说："造物主真的是很神奇的。你看他，同样满足了三庭五眼、四高三低和116度角的标准，但你说他好看吗？"

小提瞪大眼睛看看，但无论她的眼睛瞪得有多大，她都看不清照片上的人脸。所谓真正的脸盲症，并不是记不住人长什么样，而是在看人脸的时候，瞳孔无法正常对焦，看到的事物蒙眬一片，越想看清，越是一团模糊。

刘医生这才想起小提所患的脸盲症，立刻收了照片："我的意思就是，美丽没有固定标准，还是要因人而异。有时候一个女孩儿五官长得都不错，但就在比例上差了一点点，可能就全毁了。普通人还好，外貌不过是个加分项。但明星不一样，她们要面对大屏幕。现在电影也好，电视也好，屏幕都越做越大，稍微有一点儿瑕疵都会被无限放大，她们只能定期去整容院修修补补。网红就简单多了，手机屏幕大的也就六寸，想看清人脸很难，再加上美图柔光效果，脸上有点儿毛病根本看不出来。手机里的网红越来越多，但能成为大屏幕明星的人还是只有那么多。"

一位身穿护士服的女孩轻轻敲了敲办公室半敞开的门。

刘医生对护士打断自己的话有些不满，抬手看了看手腕上的表，立刻明白上班的时间已经到了。小提顺势看了一眼刘医生的腕表，深蓝色的表盘上面镶嵌着星星点点的钻石，表中央有一串以P开头的字母。这该不会是传说中的百达翡丽吧？小提心里暗暗做了判断，整容医生果然有钱。不等刘医生送客，小提已经起身，向刘医生连声道谢，感谢他在百忙之中抽出时间接受她的采访。并承诺回到公司之后，一定和大家一起加班加点把台本尽快写出来。

刘医生起身相送，微笑着说："录制节目这个形式还是挺有意思的，上次的节目我看了，感觉不错。他们都说你们把我拍得很好，看起来年轻了十岁。现在整容市场太乱了，就需要咱们这样的良心媒体多宣传宣传，不然求美者总被骗，多花钱是小事，手术效果还不好。之后有什么事可以跟我助理沟通。"

"嗯，我们一定努力，争取不辜负您的信任。"莫小提感激地看着刘医生。她想看清刘医生的脸，可眼前的景象迅速变得模糊，只得转移了视线。

刘医生为什么愿意帮助我们呢？这个疑问不光小提有，创业团队中的其他人，甚至老练的投资人恐怕都想不明白。一群初出茅庐的年轻人竟能请得动大名鼎鼎的刘杰来做公司的顾问。莫小提走在回公司的路上，想着创业团队从有想法到今天，这一步步走来都是顺风顺水，如有神助。可是现在，情况怎么就忽然急转直下了呢？难道真的应了投资圈里的诅咒：成长越快的公司，生命就越短。小提感到有些压抑，她定了定神，脑中唯一清晰的记忆是离开公司前，四位创始人差点掀了桌子的争吵。

点击量！团队和投资人对赌了点击量。只剩下四个月的时间了。这是争吵的核心话题。拿钱的时候为什么不考虑清楚？单期一千万的点击量怎么可能做得到？现在视频网站上的内容那么多，国剧、美剧、韩剧、日剧，加上一年三百多档斥巨资制作的综艺节目，还有时不时蹦出来的重大体育赛事能够老少通吃。为了流量，所有内容制作公司都在绞尽脑汁，全力以赴。他们这种没名气、没明星的小节目，每期有几万的点击量就不错了。

可拿投资的时候除了头脑一热，谁还能想到别的啊。

如果完不成会怎样？完不成就是死路一条。

小提回忆着若岩说这话时冷漠的表情，冰霜般的口气，绝对不是在说笑。还不是怪他晚来了一个月。如果早来一个月，以他的经验肯定能看出投资条款上的问题。那时候据理力争也未必就拿不到钱，还不用背上今天这么大的压力。

算了，不是责怪别人的时候。事由我起，我就应该负起责任。小提闭上眼，深呼吸，尽量让自己心情放松，可脚步却越来越慢了。她抬头看了看明媚的天空，努力整理脑中的思绪。一年前，也是在这样骄阳似火的盛夏，她跟着投资总监尹总一起去备投公司做访谈。一路上，尹总为小提做了整个医疗美容行业的科普，并对整个行业做出了判断。未来十年，会是整容行业腾飞的十年，总产值会从目前的两千亿美元增长十倍，上升到两万亿美元。资本就是要在迅速膨胀的市场中迅速找到机会，并抓住机会，让资本升值，从而使钱生钱这个万古不变的规则继续延续下去。

小提听得懵懵懂懂，但尹总说话的口气让她感到了烈火般熊熊燃烧的气焰。对医疗美容产业的信念，便是在那一刻深深地扎进了她的心里。那时小提还是一家知名VC公司的分析师，拿着丰厚的薪水，干着轻松的工作。回忆顺理成章地从一年前的行业调研开始了。

医美，就是大家说的整容，这个行业是分三六九等的。按业内的说法，最底层的做医院、诊所，中间一层做培训、会议，最高的一层做药品、器材。整容医院在外人看来都是挣钱的，但内部人都知道，诊所其实也就赚个辛苦钱，成不了大气候。再好的医生一天能服务几个人，这是很容易就能算出来的。天花板就在那儿。万一摊上个医疗事故什么的，半年白干。此刻，小提正采访某CEO。这位穿着得体的正装，言语间透着非一般的自信。他不但将自己公司的业务介绍得井井有条，更是把整个医美行业条理清晰地分析了个通透。

小提边听边不住地点头。和众多创业者一样，这位CEO的背景资料也足足写满了三页PPT：海外名校博士，年轻有为，身价过亿。

"所以你们选择做医疗器材，一上来就占据高端。可现在用于医美的医疗设备大部分还是国外产品吧？我们在来之前看了一些行业研究报告，目前以色列的飞顿肯定是这个领域当之无愧的老大。美国和韩国的几家设备厂商市场占有率也相对较高。华兴报告上给出的结论是，由于国产设备发展还处于相对早期，很难打进主流市场。"创业者刚刚介绍完毕，尹总便紧跟着提出了问题：

"国内医美是一个非常大的市场，现在正处于野蛮生长阶段。你们看的专业行业研究关注的市场仅限于北上广深的大型公立医院，和一些大型连锁私立医美机构，可现在的医疗美容已经遍布全国各地。富裕一点儿的县城里都能找到整容院，他们怎么可能会使用飞顿的产品呢？中国的高端市场在北上广深，很长时间可能都不会改变，但巨大的市场机会现在正在下沉，在三、四线城市，甚至可能更往下。"

对于这个犀利的问题，创业者急于辩驳："我们的设备在一、二线城市虽然推广得不多，但在三、四线城市卖得非常好。当然这也跟我们的商业模式有关，对于一些投资能力有限的创业者，我们会采取以租代售的模式，先把机器租给他们，之后按照使用次数收费。机器本身会记录使用次数，我们根据记录按月收费。"

难怪，小提心想，不花钱就能在店里放上机器，当然会受到小业主们的欢迎了。可是这种商业模式的前期是需要大量资金的，显然不适合创业公司。

这么容易就被小提发现的逻辑漏洞，自然没有逃过尹总的耳朵。他追问道："模式确实不错。但是你们对这些整容院的经营者有考核吗？使用咱们这种专业的医疗设备需要培训、考试吧？"

"理论上是需要的，激光类美容设备是诊所一级的医疗机构才可以使用的。但是呢，"创业者低下头，表情有些沮丧，眼睛看着地面，犹豫地说，"现在这个市场本身就很尴尬。有证的机构非常少，没证的整容院又多如牛毛。如果我们只和有证的机构合作，能卖出去多少台设备你们很快就能算出来了。而且很多机构我们也没办法去验证是不是正规的。今年北京市出了个网站，可以通过搜索机构名称和医生姓名来验证机构的真实性，但其他省份还没有做到。好在我们的设备本来安全系数就很高，卖给机构的时候也会派专人过去培训。所以对用户来说，是非常安全的。"

还是会有隐患吧，小提的话没说出口，就默默咽了回去。做了三年投资，终于学会了说话留一半。租赁设备的都是些三、四线城市的小机构，肯定无证的居多。但厂家为了赚钱只能假装不知道。可是这些机构能给患者提供安全的整容服务吗？万一整残了怎么办？这些机构有手术室吗？手术室能做到无菌处理吗？还有这些机构里的医生靠谱吗？也是正经医学院毕业的吗？小提憋了一肚子的问题，却什么都没说。

　　访谈结束后，这些疑问还是一直在小提的脑子里盘旋。如果当天不是恰巧约了闺蜜林楚楚吃晚饭，这件事也就是小提生活中的小片段，激不起任何波澜。人生的事本就说不清楚，都以为高考是能决定人生的大事，可最坏结果也不过就是复读一年，来年再战。工作五年后，绝不会再有人提起自己的高考分数。十年后，甚至很少还有人记得自己的高考分数了。而有时候，不过是陌生人的只言片语，却真的能改变一个人的命运。

　　DVF的新款橘色连衣裙搭配林楚楚白皙的皮肤刚刚好，细跟儿的红底鞋把她本来就纤细的腿拉得笔直，染成了亚麻色的一袭长波浪此时肆意地散在脑后，让她看起来成熟又性感。林楚楚是唯一一位不需要开口，小提就能从老远认出的人。因为她身上总有一股茉莉花和桂花的混合香味。除此之外，小提还观察到，楚楚所到之处，周围的男士都会转过头行注目礼。今天也不例外，楚楚走进这家餐厅之后，餐厅中所有的男士都有意无意把脸转向了楚楚所在的方向。

　　"不好意思啊，我迟到了。"楚楚虽然说着抱歉，语气中却听不出丝毫愧疚之意。

　　小提不敢多言，求生欲一向很强的她赶紧把菜单递给楚楚，招呼服务员过来点菜。

　　楚楚麻利地点了几个菜，这才上下打量了小提一番。暗红色格子衬衫，深色牛仔裤，素面朝天的脸上还架着一副黑框眼镜。楚楚脸上不由得露出苦笑，忍不住又一次提醒小提："你在外面可千万不要告诉别人，你是我时尚达人林楚楚的朋友啊。"

小提只得尬笑了两声，赶紧倒了茶水在楚楚面前的杯子里："我的大编辑，今天又去采访哪个明星了？"

楚楚是文学系的高才生，毕业后进了发行量排名第一的时尚杂志做编辑。本来是一份专业对口又实惠的好工作，谁料好景不长，近些年由于网络媒体的兴起，杂志社受到了严重的冲击，几乎快要倒闭。编辑们的工作也不再是旱涝保收的金饭碗。为了争取读者，这群习惯了坐在办公室里养尊处优的编辑，纷纷走上街头，与娱记争抢着找话题，跑通告，写新闻。今天楚楚便是为了新闻通稿碰了一鼻子灰，此时被小提问起，更是怒从心中来，一股脑儿地将委屈说了出来。

当听到这位女星竟然让楚楚在这三十五度的烈日下足足等了两个小时，却依然闭门不见时，小提不由得怨恨了起来，怒道："这人是谁啊？也太过分了吧。"

"汪贝贝，估计你都没听说过。"楚楚不屑地说，"九十年代的电影演员，现在都五十多岁了。"

小提想了片刻，确实没听说过。上世纪九十年代正是自己出生的年代，那个时代的演员，还活跃在屏幕上的已经寥寥无几。既然是自己都没听说过的人，也不红，楚楚又何必如此费力地去采访她。

"她最近咸鱼翻身了。"楚楚不等小提发问，就给出了答案。

服务员端上两道凉菜，两人还没吃上几口，小提忍不住问道："因为什么事翻身了？"

楚楚饿了一天，此时正专注于吃菜，对小提的问题只当没听见。

小提也不着急，笑吟吟地看着楚楚。小提的眼前盘子是清晰的，盘子里的每一片肉、每一根菜，甚至连里面的蒜末小提都能看得一清二楚。只有楚楚的脸，小提就是看不清，越想看清就越蒙眬，她只能依稀看到对面的那张脸很白，眼睛很黑，好像会发光。她一定美极了，不然隔壁桌的男孩不会一直在偷看她。

楚楚见小提还在盯着自己，只得快速咽下口中的食物，喝了口水才慢悠悠地说："汪贝贝今年五十二岁，嫁了个二十九岁的小鲜肉。"

这个答案让小提颇感失望，悻悻地说："咳，这有什么新鲜的。小鲜肉图钱呗，太多了。"

"金融圈某大佬的儿子，不至于差钱吧？你在金融圈混，怎么一点不知道这事儿？"

"不知道啊。我是金融圈的边缘人物。"某大佬，小提在心里又打起了算盘，金融圈里的老人了，控制着十几只基金，他的儿子身价应该怎么也有几十亿了。

"反正就因为这个，汪贝贝一下子火了。我们这圈什么风气你也知道，看见这攀上高枝儿的，恨不得人人去巴结；看见出了事的，倒霉的，就躲得远远的，恨不得从来没认识过。一个个的都在摧眉折腰事权贵。哼！"楚楚冷笑了一声，仿佛早就看透了名利场中的把戏。

那这个汪贝贝是有什么过人之处吗？小提的好奇心忽然袭来，拿出手机，搜到了汪贝贝的照片。身材很好，酷似少女。可脸长什么样，小提就看不清了。

"你不用看了，就是标准的整容脸，挺好看的。"楚楚夹了几片水煮牛肉放进小提的碟子里，"你爱吃的肉，快吃。"

小提吃了两口，又忍不住问道："你怎么知道她是整容的？"

"以前不长这样啊。她是电影明星，又不是电台明星，网上一搜以前的照片都能出来。明明是如重生一般的整容，她居然好意思说没整过，以为大家都瞎了吗？"楚楚忽然意识到了什么，赶紧改口，"我不是说你。"

小提笑着摇摇头，继续闷头吃菜，没拿筷子的手也没闲着，在网上继续搜着，竟然搜到一条新闻，上面写道：汪贝贝工作室已向某媒体发出律师函，要求其就前阵子发表的《汪贝贝整容分析》文章上面的虚假消息撤回并道歉。汪贝贝女士从未做过任何整容，可以去任意医疗机构做鉴定。并禁止其他媒体发布类似消息，违者必究。小提将手机递给楚楚。

"不用鉴定。是不是一个人，谁看了心里都有数，这有什么可澄清的。她的泪沟和太阳穴，明显都打了玻尿酸。她都五十多岁了，苹果肌看着比你这二十多岁的人还饱满，怎么可能呢？还有她笑的时候，脸部已经僵得像没干的水泥了，肯定是额头和眼角都打了肉毒素。皮能绷得这么紧，估计还做过埋线。至于鼻子，和之前差别也不小，肯定缩过鼻头鼻翼。以前她是圆脸，现在下巴这么尖，肯定是垫了。还有这胸，估计也做了。"楚楚一一道破玄机。

小提听得似懂非懂，对楚楚竟然拥有如此丰富的整容知识感到非常费解。

"有什么好奇怪的，我是时尚圈的嘛，吃这碗饭的。通过这件事，我们要认识到，这人啊，什么时候整容都不晚，都能改变命运。你就要向汪贝贝学习。"

小提立刻被楚楚这话逗笑了，她根本不知道自己长什么样子，也不清楚世俗意义上评判的美丑到底有什么区别。可作为一个资深文艺女青年，小提坚信好女孩活的就是个姿态，爱我的人一定要爱我的灵魂，否则免谈。外表，不过是身外之物。自己这一身精心置办的 IT look，就是有意要跟投资圈那些庸脂俗粉区分开。什么 LV，什么爱马仕，一只电脑包足够自己闯天下。

楚楚叹了口气，发自内心地替小提忧虑。和小提已经认识十年了。这十年中，自己走马灯似的换着男朋友，可小提却一直形单影只。只要外貌上稍微有一些改进，她就能吸引到异性的注意，楚楚端详着小提的脸，五官不算难看，眼睛也很有精神，但这副眼镜可实在是太难看了。她伸手想要摘掉小提的眼镜，却被小提轻松躲过了。

"别，别，我戴惯了。"小提下意识地扶了扶眼镜，赶紧转移了话题，把今天的访谈经历添油加醋地讲了一遍。

"整容仪器？都是激光类的产品吧，光子嫩肤，皮秒，冰点脱毛，热提拉，还有超声刀？"

小提惊讶得差点掉了筷子，自己只说了整容仪器，楚楚竟然就能把整容项目名字一字不差地讲出来。时尚达人果然名不虚传，小提由衷地感叹道。

对于小提的赞扬，楚楚倒没有什么表示。作为一个美女，楚楚早已醉心于防老抗衰的研究，她清楚皮肤从二十五岁开始就进入老化期了，胶原蛋白从此开始流失，皱纹、塌陷都会应运而生。若不早一点儿防微杜渐，不但苹果肌会垮，鱼尾纹会长，就连眼睛也会逐渐变黄，失去光彩。今天楚楚能在太阳底下晒了那么久等着汪贝贝，就是想见面时亲自问问她，到底去的是哪家医院，找的哪位医生，能做出这么好的效果。可惜，天不遂人愿。

对于楚楚的担心，小提一点儿都不理解。小提认为，女性的美不会随着年纪的增长而流逝，反而会因岁月的打磨和经历的增加而变得更为动人。就如一坛美酒，越陈越香。而在这个过程中，一切外力都是庸人自扰。美是浑然天成的，是由内而外的，是经过书籍和音乐的熏陶，越来越醇正的。

"这话要是真的，咱俩长相早就对调了。"对于这一番见解，楚楚自然是不信。

"我可不想长你那样。"

"我这样怎么了？"楚楚瞪了小提一眼。

"没怎么。"小提赔笑道，"我今天采访的这家企业，自己都说国内的医美行业很混乱，鱼龙混杂，连他们这种业内的人都真假难辨。你说消费者不就更是雾里看花了。要不你在网上开个账号，做个直播，给广大爱美者科普一下整容的知识，没准儿一不留神就红了。"

"哪有那么容易红啊。现在网友素质多高啊。网红不但要持续输出知识，还得会说话，得逗，得有观众缘，要求多着呢。现在特有名儿那穿搭博主，就是从我们杂志社出去的。人家现在号称粉丝百万，一个月接的广告比我们杂志一年都多。人家还有理呢，说我这儿用户定位精准，直接就能促进销售。喊，谁不知道一些微博、公众号的阅读量是花钱买的啊。"

"她能做咱们就能做啊。穿搭、化妆的既然已经有了，咱们就做整容专场啊。"小提兴致勃勃地说，打心眼儿里觉得自己发现了一个好机会。做了三年投资，又赶上了新时代的创业大潮，在看过上百个项目之后，小提自信已经拥有了一双火眼金睛，能够准确找到创业的机会。内容创业在近些年来迅速爆发，也受到了资本的青睐。无论网络影视剧、网络综艺抑或以 Papi 酱为代表的短视频都发展得如火如荼。而随着互联网用户对自身素质的要求不断提高，知识分享型内容肯定会越来越受到欢迎。

楚楚摇了摇头，自知科普节目没那么好做，自己的专业知识不过是半瓶子醋。可心里又隐约觉得小提确实发现了一片不错的新大陆，只是如何在这片大陆上掘金，还需要再考虑考虑。

之后的一段时间两人都没有说话，闷头吃完桌上的菜，各自在心里盘算着。

"除非能请到刘杰。"楚楚忽然说道。

小提放下筷子，等着她继续补充。

"刘杰是京城第一刀，整容界的当家扛把子。一线艺人有一半是他的作品，普通人想找他做手术至少要排队两年。"

两年？小提不敢相信这个数字。

"可是，请他很难。钱对他来说，不重要。现在他只做有挑战的手术，比如一些患了特殊疾病的孩子，或者因为意外导致毁容的病人。他要是能给我调整调整就好了。"楚楚边说边从包里拿出精致的化妆盒，用盒子里的镜子照了照自己精致的妆容。

小提看着楚楚的举动暗暗发笑，嘴上却在嘀咕，要怎么才能请到刘杰呢？

"我认识刘杰医生。"坐在旁边桌的男士，忽然大喊了一声，不但惊到了小提和楚楚，店里其他桌的客人也忍不住把目光投了过来。面对众人投来的目光，男士全然不顾，从容地起身走了过来，拉过一把椅子，坐到小提身边，大方地介绍自己："不好意思啊，刚刚听到了你们的讨论，觉得你们说的项目很有意思。我非常有兴趣合作。我叫杨子凡，之前在网站做编导，现在离职了，正在尝试做自己的工作室。"

这段开场白子凡整整准备了一个晚上了，他连晚饭都没吃好，专心致志地偷听身边两位姑娘的谈话。从汪贝贝事件到后面提到的整容科普，他一字不漏，听得清清楚楚。从楚楚一进门，他的眼神就再没离开过这个气质超群的女孩。How wonderful the life is when you in the world，他情不自禁地在心里唱起来。她的长相、她的气质，不就是那个夜夜梦中的人。看着楚楚走到自己身边的桌子坐下，他几乎忍不住内心的喜悦，想要跳起来歌唱。

这情感表现得太过露骨，导致同来吃饭的女伴一眼便看出了端倪。好在女伴清高，佯装不知。子凡不说话，自己也不愿挑起话题，草草吃完，知趣地找了个理由先走了。没想到女伴刚走，子凡就等到了出场机会。

楚楚扫了子凡一眼。个头高挑，至少一米八五。胸肌腹肌轮廓明显，肩膀宽阔，身体呈现出标准的倒三角形状。浓眉大眼，五官端正，眼睛明亮而有神。嘴角上扬，带着亲切而迷人的笑容。唯一美中不足的，是他化了很浓的妆，从毛孔处可以看到卡住的散粉。一男生搽这么厚的粉干吗，想到这里，楚楚皱了皱眉，不由得心生厌恶。

子凡似乎读懂了楚楚的心思，赶忙解释道："我出过一起比较严重的车祸。面部缝了五十多针，眼睛、鼻子、嘴，连这口牙都是重做的。我一共做过三十八次整容手术，认识业内很多整容医生，没有他们也就没有你们眼前这个人了。"

楚楚和小提都露出了惊讶的表情，异口同声地问："是刘杰医生做的吗？"

"如果一开始能遇到刘医生就好了。"子凡脸色一变，但很快恢复了温暖的笑容，"我这张脸反反复复修了很多次。补上拆了，拆了再补，再拆再补，到现在还有一些疤看着挺吓人的。所以会用遮瑕和粉底盖一下，主要是怕别人看见了不舒服。我自己已经没感觉了，丑就丑吧。"

小提脑海中出现了家门口总是在修的一条马路，似乎和子凡说的情况很像，也是拆了修，修好了又拆，反复了很多次，三年还没有修好。可是，他说的可是自己的脸啊。这脸也能拆了重建吗？恐怖的画面让小提不敢想象。小提抬头向子凡的脸望去，顿时感到一阵眩晕，还是模模糊糊的一团。

"你现在很帅。"楚楚这句话似乎是在安慰子凡，又好像是故意说给小提听的。

"人造的终归比不了天然的。"子凡看着楚楚赞许道。

在表达了这世界真小，居然邻桌的人就能找到"京城第一刀"后，三人一起讨论了项目的可行性。都是年轻人，自然都有着挡不住的创业热情。子凡不但认识众多整容医生，还恰好是综艺节目的编导。刚从大平台跳了出来，准备成立自己的工作室，场地、员工一应俱全。三人一拍即合，并由小提想出了节目的名称：《微微一整很倾城》。

没过几天，子凡就约到了刘杰医生。刘医生竟然也对项目热情十足，很快加入了项目团队。他不但愿意义务做项目顾问，还亲自参加了项目组最初的两次头脑风暴会。节目形式和内容策划在刘杰的帮助下，很快确定下来。子凡安排自己的拍摄团队根据之前讨论出的节目内容，拍摄了大量素材。他带领团队熬了几个大夜，终于交出了成片。

这期间小提也没闲着，根据以往积累的创业经验，找了家代办公司，注册成立了公司，并为节目注册了商标。同时，她绞尽脑汁做了一份图文并茂的商业计划书，并配合着商业计划书写了一份演讲稿，逼着楚楚背下来。

"你写的东西，干吗让我去说啊。路演这事肯定是你熟啊。"楚楚看到了几十页演讲稿后，心里十分抗拒。

小提早已想好了说辞，一本正经地说："颜值即正义，颜值跟什么都挂钩，干什么都看脸。这话可是你说的。融资是咱们项目能不能顺利开始的关键因素，这个时候难道不应该让颜值发挥一点儿作用吗？再说了，咱们是做整容科普创业，创始人就是项目的活招牌，我上台就是打脸嘛。"

"你知道打脸就收拾一下自己嘛，化化妆行不行啊。"楚楚咆哮道，"我说了多少次了，这眼镜别戴了。我求求你了。"

"这样，咱们要是融资成功，我就把眼镜摘了。"

"一言为定。"

"好好练习吧。我写团队介绍的时候，觉得咱们还少个技术。"

"技术？你不就是技术吗？你不经常自诩是名校IT专业毕业的优等生吗？"

"但我没有做过IT项目啊，我毕业就去投资公司了，缺少工作经验。没事，我心中有个人选，就等着你去三顾茅庐了。"

"怎么路演是我，请人还是我啊？你自己去吧，我又不认识。"

"必须你去，才能用上美人计啊。"小提一脸讪笑。

"别，工作伙伴必须清清白白。感情扯进来，以后麻烦事可就多了。"

"那子凡呢？难道你没发现，子凡看你的眼神跟看我的完全不一样？那眼神里总是有一丝温暖，有一丝迷离。"

"行了吧，我当然知道。但只要他不提，我就继续装不知道吧。"

"他要是提呢？"

"那我就狠心拒绝呗。我这一年少说也得拒绝十个八个的啊，不差他这一个。"

"你忍心吗？你看子凡那双清澈的大眼睛，多单纯，多动人啊。而且他帮了咱们这么多忙。视频全是人家做的，场地也是人家出的。为咱们做了这么多，人家才要了20%的股份。你还没有被这份深情感动吗？"小提用诗朗诵的语调说。

"我感动啊。可我能怎么办啊？以身相许吗？不至于吧。接受他吗？我都不知道他到底长什么样儿，万一卸了妆很吓人怎么办？我晚上还能睡着觉吗？"

"你真的认为外表这么重要吗？"小提不解地问。

"当然了。咱们都开始做这个项目了，你还不理解吗？如果外表不是这么重要，整容行业怎么可能赚钱？护肤品行业怎么可能那么赚钱？还有明星、网红们，凭什么月入上千万，不都是靠外表吗！"

"唉，"小提叹了口气，想要反驳，又感到十分无力，"人好，上进，能力强，这些难道不比外表重要吗？"

"这些当然很重要。可我也不能找位卡西莫多吧？现在是才俊辈出的年代，虽说人无完人，但能力强的宋仲基也不是没有啊。我把卡西莫多留给你，好不好？反正你也不在乎外表，你压根就看不见。"

"据我的观察，子凡真的很不错，你一定要认真考虑一下。有些人一旦错过就不在啊。"

"我知道他很好，各方面条件都很优秀。我会慎重考虑的，麻烦莫小姐就别为这事操心了。我还是赶紧背稿子吧。路演是哪天？"

"周五白马会，周六创客空间，下周二去真理基金，周三天使大会堂。暂时就这些。"

"周五？那不就只剩下三天了。"

"是啊，你抓紧吧，这几天别睡了。"

"那可不行，不睡觉老得快，我可不能老。行了，别打扰我了。"楚楚把小提推出了办公室。

小提嬉笑着被推出来，抬头便看见了站在门口的子凡。小提的表情立刻僵住了，他不会听到了我们的对话吧？

小提想了半天终于开口，故作轻松地说："我和楚楚在讨论路演的事，等她背熟了台词，咱们一起看她彩排啊。别看她现在挺紧张，但上了台，气场还是很足的。"

"你猜我卸了妆，会不会是卡西莫多？"子凡脸上似笑非笑，语气平和得有些吓人。

"卡西莫多？"不用怀疑了，子凡肯定听见了刚才的对话。小提努力地睁大眼睛，尽管眼前还是一团模糊，但她在想象中看着子凡的眼睛，一字一句地说："卡西莫多什么样我不知道。但我知道这个人物不是因为他丑，是因为他可以为了自己爱的人付出一切，你能吗？如果你认为卡西莫多的标签只有丑，那你和楚楚的价值观完全相同，你也没有必要生气。"

"我没有生气，只是觉得有点儿好笑。"

"我可不觉得好笑。"小提赌气地说。

"你要三顾茅庐请的人是谁啊？卡西莫多可以陪你走一趟。"

华灯初上，傍晚的北京逐渐浸入一片蓝紫色。一辆帕拉梅拉疾驰在北京的四环路上。小提抓紧时间在车里介绍了自己要请的技术牛人，师兄俞若岩。小提的师兄，自然也毕业于那所理工科名校。在大学的时候，他就已经误打误撞地进入了创业圈。大学生创业大赛中获得一等奖后，他将比赛获得的全部奖金都投入了自己的第一次创业，和几个同学一起做了校园内部网站。该网站承担了内部招聘、校内送餐和同学互助等多项功能。大学毕业后，若岩踌躇满志地开始了第二次创业。可没有了大学校园的天时地利人和，这条路走得颇为艰难：融资不到位、资金链断裂、产品更新不及时。若岩每天从睁眼就开始解决这些问题。可以说公司的每一步，他都在亲力亲为。

这些年他殚精竭虑，一米七五的身高，体重却从未超过一百二十斤。就在公司多次险象环生之后，投资人却对若岩的表现提出了不满。好不容易跌跌撞撞融到了D轮，投资人挑唆另外的两名创始人夺权。为了避免公司内部发生斗争，若岩只得退下了帅位。

至于小提和若岩的渊源，小提只用寥寥数语。可子凡依然听出了其中的意味深长。

两人从小在同一个部队大院长大。机缘巧合，二人又走了完全相同的求学之路。在外人看来，他们就是一对青梅竹马、两小无猜的爱侣。但小提清楚，所谓缘分，不过是自己抛下一切努力追求的结果。小提在高考前放弃了自己喜爱的文史哲，拼了命考进T大的计算机专业，只为成为若岩的学妹。大学毕业后，小提没有选择IT公司就职，而是努力通过了CPA、CFA等一系列考试，进入了投资公司工作。她这样的选择，只是为了有朝一日，在若岩融资时，能够伸出援手。在投资圈摸爬滚打了几年，小提仍只是一名人微言轻的投资经理，面对若岩的困境，心有余而力不足。唯一能做的，只是在同一片江湖中默默守候。正是因为混迹在投资圈的关系，小提在第一时间听说了若岩所在公司的分家闹剧。

"几个创始人因为公司发展方向吵得不可开交。若岩愤然辞职。我知道的就这么多了。"小提道。

"那他辞职之后，股份怎么算呢？"子凡问道。

"可能全退给公司，也有可能还在他个人的名下。这是公开信息，过两天在网上就能查到了。"

"创业这么辛苦，最后不会落个竹篮打水一场空吧？"子凡看着忽明忽暗的前路，幽幽地问。

小提望着前面水泄不通的车道没有说话。创业可不就是一条不归路吗？你若恨他，就逼他去创业，因为那里会是人间地狱；你若爱他，就鼓励他去创业，因为创业者总会找到属于自己的天堂。

此时的若岩正坐在自家客厅的地板上，背靠着墙壁，手里拿着一杯酒。屋子里只有一个光源，是一台落地复古灯发出的昏黄光晕。若岩回想着创业之路，脑中的影像不停回闪。在这个时代，创业是年轻人实现自我的最佳方式。若岩感慨，是啊，时代给了自己多少机会。从默默无闻的毕业生，到 IT 圈内无人不知的精英才俊，仅仅用了五年。可这五年回忆起来，我到底都做了什么呢？代码越写越少，产品设计参与得也不多了，到底都在干什么？若岩有些想不起来了。ABCD 轮融资，一场场的路演，基金年会上的演讲。在聚光灯下一遍又一遍地诠释一个理想主义者的成功经验，兜售创业的梦想和情怀，到底是自己给投资人洗脑，还是自己已经被逐利的资本洗过脑了，他已模糊了概念。VC 接盘天使，PE 接盘 VC，不过是一场大鱼吃小鱼的游戏。而自己在这循环往复的游戏中，不过是一只被人不断利用的鱼饵。

以前的事都有些恍惚了，若岩露出一丝苦笑，眼前的景象换成了公司的会议室。最近都在开会，无时无刻不在争论公司的发展方向。这是一家创业公司该干的事儿吗？BAT都没有这么多精力放在转型上吧。

若岩喝了口水，过了一会儿又喝了口酒，一股浓郁的酒精味在口中炸开。但只消一会儿工夫，刺激的味道便退下，留下柔和的果香和花香在口腔中游走，从舌尖到喉底。短暂的满足感过后，失意又随之而来。错就错在拿了中诺的投资，想到此，若岩用拳头捶了下地板。当年明明还有其他选择，怎么就选了中诺呢？这笔钱来得太容易，附加条款也是所有基金中出得最少的。可是谁能料到，他们会给公司带来这么大的灾难啊！而这些家丑，若岩又怎能和外人说起。除了辞职，他别无选择，这是他对战友最大的保护，也是对其他投资人所尽的责任。

若岩看着酒杯叹了口气，刚要再喝一口，忽听见敲门声。若岩看看墙上的挂钟。这个点了，谁会来？

他晃晃悠悠地起身，险些摔倒。明天得出个门了，不能继续在家里这么待着了，身体都变差了。若岩开了门，看到小提正站在门外。

若岩振作精神，温柔地说："是你啊，你怎么来了？"

"来看看你啊。"小提看着若岩，隐约觉得他比之前更为消瘦了，心中有些难过。

"这位是？"若岩的目光落在了小提旁边的子凡身上。

"他叫杨子凡，是我的创业伙伴。"

子凡和若岩相视一笑。在路上，子凡在脑中打造了一位酷似钢铁侠的创业人物，此时和若岩本人对比，免不了失望之情。若岩并没有钢铁侠那样的健壮身材，瘦弱单薄，看起来书卷气过重，脸色苍白，面容憔悴，只有一双眼睛透着英气。

若岩将二人请进客厅，才意识到小提说的话，问道："创业伙伴？"

"对，我就是来告诉你，我要创业了。"

"创业？你？"若岩忍不住笑出了声，感到一阵难得的轻松，心中感慨道，果然是全民创业时代啊，连邻家小妹妹都跃跃欲试了。

"怎么了，我不能创业吗？"小提挑衅式地问道。

"能，C 语言过了四级，能写八百字作文，就能创业。更别说我们小提还是计算机专业毕业的呢，当然可以创业了。说说吧，你想干什么？"若岩带着小提和子凡来到客厅，放了两个蒲团在地上，示意两人坐下，礼貌地问道，"你们喝点什么吗？我这有 Whisky，子凡要不要来一杯？小提还未成年，就别喝酒了。给你拿罐儿柠檬茶吧。"

"你什么时候开始喝酒了？"小提惊讶地问。在小提的记忆中，若岩一向滴酒不沾。

若岩摇摇头，没回答。创业之后，很多事情身不由己。公司融资要喝酒，谈项目要喝酒，就连开会也要喝酒，不喝就是不给人家面子。一来二去，实在躲不过了，只能跟人家喝。白酒、啤酒喝多了太难受。后来经人推荐，若岩爱上了 Whisky。原来还有这么好的酒，一杯能喝一晚上，量小省钱还醉不了。喝 Whisky 很快就成了一种社交形式，在创业圈推广起来。若岩倒了一杯刚刚盖住杯底儿的 Whisky，放在子凡面前。

"你也太小气了，就给人家倒这么点儿？"小提扫了一眼杯底儿，不屑地说。

"小提，这就是你不懂了。"子凡接过酒，轻轻抿了一口，"其他的酒你都可以大杯大杯地干，但 Whisky 要小口小口地品。而且越懂酒的人喝得越慢，牛饮 Whisky 的一定是外行。这酒入口之后，要等待它的味道在口中充分释放。酒味过后还要喝口水，去掉之前留下的余味，才能去喝下一口。这样就不会越喝越淡，越喝越没意思。"

"你是行家啊，我能不能也来一杯啊？"小提道。

"小女孩儿就别喝酒了。说说你们的项目吧，想干什么？我负责给你们泼冷水。"若岩笑道。

小提再顾不上要酒，立刻把《微微一整很倾城》的项目计划、内容方案，连同团队成员的来龙去脉，言简意赅地介绍了一遍。

若岩听完沉静了片刻。整容？他脑中迅速闪过"女明星、网红、网红经济、外围、美女博主、美女主播"等一系列相关词汇。这些人好像都和整容挂了钩，总是会同时出现在新闻里。不过等一下，同时出现的时候似乎总是负面词语，类似《某网红整容失败》这样的标题。不对，也有好的，《某女星整容后容貌堪比×××》，《丑女整容后月入上百万》。整容，这个词虽然早就听说过，但真正流行起来不过是这几年的事。西方早就提出了《娱乐至上》的观点，认为在有了电视这样的屏幕媒体之后，所有需要面对观众的人，无论是政客、明星，还是学者，都会越来越在意自己的长相。而民众也无法判断出名人们的其他技能，只会迷信其长相所带来的特质。基于上述原因，整容的流行便不难理解了。行业不错，带争议性的话题最适合互联网传播。团队听起来也能凑合，不过都缺少创业经验。

"这里面有一个问题，"若岩终于开口，"你是干吗的？"

"我啊，我是做投资的啊，了解 VC、PE 各大机构的融资门道。主要负责公司的融资，确定公司的商业模式，争取快速把商业模式做起来。争取两年内实现自身盈利，不用靠投资活着。"小提自信地说。

"想法值得表扬，不过打算怎么盈利呢？"

"既然定位是视频节目，盈利肯定靠广告啊。只要有点击量，用户愿意看，就能找到广告主。"小提道。

"想法很丰满。可你知道现在网上一年有多少部网综吗？"若岩问。

"上千部。"子凡答道。

"是啊，这么多节目都在抢流量。互联网用户就那么多。现在连很多明星站台的网综收视率都上不去，你怎么能有信心随便做一档节目，就有观众呢？"若岩道。

"我们要做的短视频，和网络综艺还不太一样。短视频并不需要明星站台，只要是爆款内容，知识点密集，就能吸引到观众。整容科普刚好符合这两个特征，只要我们制作的内容在一定水准之上，就不愁吸引不到观众。"子凡答道，"而且，整容话题本身就带了很多噱头，和娱乐八卦能自然地结合起来。比如明星整容、明星减肥、明星冻龄等，吸引眼球的内容会非常多。"

"你们现在还是在想法阶段，这要等节目上线之后才能验证。"若岩思考了一下，继续说出自己的疑虑，"如果真的有观众，这些观众最大的诉求应该是整容。那你们要找的广告主就是整容医院和整容类产品。"

"不，我们坚决不给整容医院和整容产品做广告。"小提斩钉截铁地说。

"为什么？"若岩疑惑地问道。

"我们是一档科普节目，公信力是最重要的。一旦为某家整容院或药品做了广告，就会被误认为是机构的代言人，或某种药品的合作商，就不可能再有公信力了。我们科普的知识也就不会再有观众相信了。"小提早已将这事反复想过几遍，其中利害此时自然说得清楚。

若岩点头，表示认可。

"我们的目标观众是十六岁到五十岁的都市女性，只要有了这部分观众的认可，广告主其实不难找。毕竟，这部分女性几乎掌握了所有市面上中高端消费品的决策权。只要是与整容不相关的商品，我们都可以赤裸裸地在节目中做植入，也可以在节目最后以抽奖的形式给观众发些试用装。这样的广告，效果可能更好。"子凡补充道。

"除了广告，还想过别的盈利渠道吗？"若岩语速放缓，提问的同时，自己也在思考。

"后期可能会做导流，但前期不会做。"小提答道。

"把观众导给整容院，你们拿提成？"若岩问。

"是这么想的。"小提回答得底气不足，"可还没想好。"

"为什么不一开始就做导流？"若岩继续追问。

"怕导流不好做。我们现在也没有自己的平台。如果要做导流的话至少得有个电话客服吧，还要去对接医院，想想就很麻烦啊。线上变线下，要搭人力的。不如广告听起来简单，好实现。"小提道。

"看着简单，真做起来可不简单。现在广告主很精了，不再迷信互联网广告了。不但会看节目点击量这些数据，也会去测试效果。初期可能只会给一些产品让你们作为赠品给观众试试，真的有效果才会投广告费的。我们的APP日活用户都过百万了，能拉到的广告也不多。平台太多了，广告主也越来越精。"若岩道，"商业闭环还是要羊毛出在羊身上，既然是整容行业创业，盈利还是得从整容这件事上来考虑。你说的导流我认为是对的。但没必要做电话客服，用一款APP就可以解决了，用户在APP里面可以看视频，也可以完成对某个医生或者治疗方法的预约。最后，通过折扣等方式在APP中完成付费，形成交易闭环。这才是一个完整的产品。单单做一档节目是不够的。"

"为什么单做一个节目不行？"子凡问道，"暴走系类、Papi

酱，这些都是以节目作为独立产品的。"

"现在只要说起内容创业就提Papi酱这样的爆款。对，她是可以，但你也要看看概率啊。那么多做内容的，活下来的有几个，能融到钱的又有几个？记住，Papi酱到现在也只有一个。"若岩叹了口气，"创业真的没有你们想的那么容易。融到钱，跑起来，活下去，才是最重要的。活下去比其他一切都重要。"

小提赞同若岩的判断，但此时心里更是没了底气。如果一开始就做导流，那开始就不会有收入了，只能融资，靠投资款活下去。可是融资的话，以目前团队成员的背景和资历，想拿到真金白银的投资，谈何容易。

"初期肯定要融资。你一个做投资的不会是想拿自己的钱烧项目吧？"若岩歪头看着小提。

"初期如果融不到，是打算用自己的……"

"融不到钱就别做。"小提还没说完，若岩便打断了，"商业计划书写了吗？"

小提立刻掏出手机，将商业计划书通过微信发给了若岩。

"路演过了吗？现在给我讲一遍吧。"若岩连上客厅里的投影仪，商业计划书投射在了对面的墙上。

"我讲吗？现，现在？"小提有些迟疑。

"这商业计划书是你写的吗？"

小提点头。

"那你讲有什么问题吗？"若岩问。

"是我写的，但我还没说过。我试试吧。"小提看着墙上的投影，凭记忆把自己的演讲稿磕磕巴巴地背了一遍。

"你路演要是这么说，中途会被投资人轰下去的。"若岩笑道，"准备得这么差，难怪没信心拿投资。"

小提红着脸，不敢辩驳。

倒是子凡帮忙解了围："路演我们另有人选，是位美女，对项目融资更有利。"

"你以为投资人会看脸下菜碟儿？亏你还是做投资的。"若岩轻蔑地看了小提一眼，"初创项目，投资人如何在材料严重不足的情况下做出决定，你还不清楚吗？除了看行业方向是否契合，盈利模式是否合理这些，最主要的，就是看人。但绝对不是看脸，看的是创业者之前的工作、学习经历，以及团队成员之间是否能做到性格互补。如果团队里有明星创业者会加分不少。"

听到这里，小提忽然笑了起来。

"所以你们才来找我？你以为我会加入连融资都没拿到的项目吗？"若岩问道。

"我们可以给你公司的股份。"子凡真诚地说。

"创业公司除了股份，一无所有。可股份又有什么稀罕的，简直就是一文不值。"若岩拿起酒杯喝了一口，Whisky还有一个好处，虽然是烈酒，却可以越喝越清醒。

"你要是想要高薪，我们拿到投资之后也可以给啊。"子凡道。

"想要高薪，谁会去创业啊？"若岩反问道。

创业时代，很多人有错觉。开始是觉得有情怀有梦想就要创业，可是谁的情怀是做小商小贩呢？但创业呢，甭管是哪个行业，开始都没有诗和远方，都是从捡破烂、卖零件、做中间商开始的。成功没有捷径，干的都是脏活累活。后来又有人说，有情怀的就别去创业，想挣钱的人才应该去创业。这更是个天大的错误。想挣钱打两份工就好了，业余时间当个家教，拉个滴滴，都比创业挣的钱多。创业根本就是一条不归路。那到底什么人应该去创业呢？这个问题，若岩问了自己很多次，没有答案。如果非要从自己身上找答案的话，那创业者必须要有一颗拯救世界的心，要做着仗剑走天涯的梦，还得有颗看到问题就想解决的最强大脑。归根结底，想要实现自我的人，最适合创业。

"那你想要什么？直说吧。"子凡显然对若岩冷嘲热讽的语气感到不快。

"我可以和你们一起试试，但拿不到投资我肯定是不会做的。如果拿到了，咱们也把话讲在前面。我加入的条件，就是公司51%的原始股权。"

"他要得也太多了吧？"离开若岩家，子凡抱怨起来，"我们剩下三个人一共才能占到49%？你觉得这样合理吗？开玩笑。"

"我倒觉得挺合理的。我一会儿就会在商业计划书里加上他的名字。相信我，他的名字在投资界绝对是金字招牌。按公司五千万的估值计算，出让10%的股份就是融资五百万。有了创业明星在，这个价格就和白送一样。若岩就那脾气，你习惯就好了。他面冷心热，其实人很好，熟了你就知道了。"小提答道，"现在咱们的首要问题就是融资。有他加入绝对可以事半功倍。"

"他这么有用？"子凡有些不解，不相信投资人只要看到名字就能乖乖掏钱。

"真的。投资圈认识他的投资人不少。他学历背景好，又有过创业经历。之前的项目又是圈里的明星项目，投资人自然相信他的能力。"小提信心满满。

"可你不是说他现在和他们的投资人闹僵了吗？你刚才怎么不问问到底是怎么回事啊？"

"还用问吗？大晚上的，一个人喝闷酒，不问也猜出个大概了。不过，要是没有这个打击，他也不能加入咱们团队啊。这就是祸兮福所倚。咱们算是赚着了。"小提忽然停步，手往上指了指，"上面就我家了，谢谢你送我啊。"

"还真近。行，那你明天起来再去他家问问。其实股份这事我看得不重。他要多少都行。我就希望咱们能聚在一起，把事做起来，这比什么都重要。"

"我也是这么想的。在创业这件事上，咱们还是小学生。他呢，至少大学生了。咱们就当是交学费给他，请个家教吧。"

"楚楚会有意见吗？"

"肯定不会，她什么时候关心过股份啊。"小提笑道，"对于楚楚来说，在节目中美美地出镜才是最重要的。"

提到楚楚，子凡不自觉地笑了起来。他对楚楚之前的表现非常满意，口齿清晰，台风稳健，和医生的互动也配合到位。子凡毫不吝啬地夸奖了楚楚。

小提终于放心，看来楚楚之前那几句无心之言，子凡并没有放在心上。

一个月后，小提再次带着子凡等人来到了若岩家。若岩从两人眉头舒展的程度，便知道一定是融资到位了。可当若岩看到投资协议书的那一刻，他就再没有了笑脸。

"他们俩不明白，怎么你一个做投资的也没看出来啊。这样的对赌条款，谁借你的胆儿，就敢签字啊？看不出来有问题吗？"若岩从入伙的那天开始，想起这事便会数落小提一番。今天因为投资人莫名其妙的一通电话，若岩的愤怒再次达到了顶峰。

"投资人那边也不过就是例行公事，问问咱们现在的情况，若岩，你是不是过分紧张了？"子凡看到小提被数落得很委屈，过来做和事佬。

"你们算算距离对赌日期还剩下多久？四个月不到了，一百零八天。咱们现在一期节目的点击量是多少？你们都清楚吧。到了 deadline 如果点击量还是这样，我们就只能宣告项目结束了。"若岩脸色泛青。

"你也别太着急。现在怪小提也没用啊，咱们一起集思广益。

反正就是提高点击量嘛,真到日子总有办法的。大不了到那天我直播吃饭,现在直播吃东西看的人特别多。美女大胃王,肯定有点击率。"楚楚也过来打圆场。

"今天就头脑风暴,别的事都甭干了。一起在这儿想,有什么办法都赶紧说。"若岩拿起马克笔,在白板上写字……

电话铃声终于把小提从回忆拉到了现实。小提打开手机,问道:"子凡,什么事?我刚从刘医生那里回来,很顺利。公司……"小提停顿了一下,想起大家刚刚剑拔弩张的样子,"还好吧?"

"你快回来,我们想到了一个快速提高点击量的好主意。"子凡兴奋地说。

小提放下电话,脚步立时轻盈了许多,耳边仿佛响起了久石让的名曲 *Summer*。

第二章　咸鱼翻身

某些卫视收视率低靡的时候，都会用上同一剂药。这剂起死回生的药便是选秀比赛。创业公司这次想到的办法也是选秀。在大家的齐心协力下，团队很快整理出了一套节目策划案。利用所剩不多的投资款，在各大网络平台做广告，广发英雄帖，征集求美者。之后从报名者中选出十名有故事的人，为其提供免费整容手术，并提供术后恢复服务。同时，配合求美者整容后生活的改变，拍成为其量身定做的整容真人秀。之后再由观众投票，选出最后的整容胜出者。投票观众和胜出者都有机会得到现金大奖。创业团队相信，和所有的选秀节目一样，节目的成功主要依靠参加选手的特质和其感人至深的亲身经历。但最终的赢家，也会和所有的选秀节目一样，永远不会是某一个选手，而是举办方和节目品牌。

小雪披头散发地躺在床上，手里拿着手机，不停地敲字。一头长发在半年前连染带烫，花掉小雪半个月的工资，当时效果还不错，至少能满足一个背影杀手的基本条件。可到了现在，波浪已经不再明显，发梢看起来毛毛糙糙的，新长出的头发和染过的颜色形成鲜明的对比，直愣愣地贴在头皮上。她身上穿着一件粉红色的睡裙，里面的内衣也是精挑细选过的，都是粉红色的。这样被人发现的时候也不会觉得不得体吧，小雪寻思着。她歪过头看了一眼床头放着的药瓶，快了，再想想还有什么值得留恋的。

小雪是一个平凡无奇的女孩儿，正常上学，正常工作，从小到大没做过一次出格的事，以优异的成绩考进北京的大学。很快，她就爱上了这座城市。这里有故宫、长城、天安门，有数不清的博物馆、艺术展，还有话剧、歌剧、芭蕾舞剧。尽管定居在这座城市对小雪这样家境一般的普通女孩来说非常困难，但她还是在大学毕业后拼尽全力留在了这里。

找工作的时候，她第一次意识到自己相貌上的缺陷。她眼睁睁地看着那些平时成绩远不如自己，但身材婀娜、相貌姣好的女同学被企业招走，而自己投出去的简历却迟迟没有回应。招聘会上的景象更让人匪夷所思。那些楚楚动人的漂亮姑娘穿着超短裙，黑色镂空丝袜，在招聘会场如蝴蝶一般飞来飞去。在一轮面试中，她和一位乌发如漆的长发妹一起进行面试。对于考官的问题，长发妹答得支支吾吾，驴唇不对马嘴。但每答完一题，长发妹便会故意撩拨一下头发，并露出一个迷人的笑容。面试的结果，长发妹顺利淘汰了对答如流的小雪，进入下一轮。

几经周折，小雪还是凭借自己的实力找到了一份工作。但在工作中，她依然没少吃外表带来的亏。如果能像人家那样，做错事就在领导面前抽泣一番，说不定早就升职加薪了。如果能像小前台那样，每天穿上一条真丝紧身裙，对着大家美目盼兮，没准儿也能钓到一位金龟婿，体面地嫁了。当然，小雪知道这些好事落不到自己头上，因为自己的长相。她初中时曾试过在心仪的男生面前撩头发，结果那个男生在背后和别人说，小雪像一只搔首弄姿的青蛙。

是啊，从小就在这样的打击下长大，自己为什么还会因为外表对这个世界感到失望呢？小雪叹了口气。事情要从三个月前说起。小雪的三姑妈，一个八竿子打不着的亲戚，忽然来了趟北京，说是怕小雪在北京亏了嘴，特意带家乡特产过来给她吃。小雪心里明白，这不过是为了蹭住想出的说辞。三姑妈住在小雪家的时候，见了自己知青时代的好友。恰好友人膝下有个和小雪年龄相当也找不到对象的儿子。三姑妈和好友一拍即合，当即做起了媒人。

她们火速组织了相亲见面仪式。相亲地址选在了一家人声鼎沸的小饭店。就在小雪和男孩儿面面相觑，一共没说上两句话的时候，两位家长已经认定这就是天造地设的一对儿了。要说，单从相貌来看，这位好友的儿子长得也算有些特点。赤红色的面颊上长满了凹凸不平、大小各异的青春痘。还不到三十的年纪，发际线已经高出了天际。椭圆形的脸既大又扁，让人很容易想到胖头鱼。男方这副尊容倒是增长了小雪的信心，她顿时感到背也直了，腰也硬了，说话声儿也大了，野百合也有春天的心气儿就这么来了。

可就是这位胖头鱼，约了小雪在公司楼下吃了两次便饭后，忽然气急败坏地打电话过来说："我不能再勉强自己和你在一起了。前天咱们吃饭的时候被我同事看见了。结果他回到公司，到处跟别人说，我找了个《水形物语》里的怪物做女朋友。真的，太丢脸了。"

"你丢脸？"小雪几乎不相信自己的耳朵。就算自己长得不漂亮，可跟胖头鱼放在一块儿，谁都能辨认出哪个才是《水形物语》里走出的怪物吧。

"对，太丢脸了。就算我妈再怎么逼我，我也不会再见你了。就这样吧。"胖头鱼说完便挂断了电话。

就在这天下午，小雪鼓足勇气，约了大学暗恋的男神一起吃饭。反正连胖头鱼这样的都能嫌弃自己，就不用害怕男神的鄙夷了。当晚两人有说有笑，相谈甚欢。

"你当年可是咱们班学习最好的。我至今都记得，你写的作文总被老师当成范文，在全班朗读。"男神回忆着往事。

小雪被夸得高兴，终于说出了压在心里多年的话："你知道吗，我喜欢你很多年了。"

看着小雪那张暗黄的脸上忽然泛起一层红晕，男神笑了起来，答道："当然知道啊，傻子都看得出来。我们宿舍的人那会儿没少拿这事讽刺我。"

"那你会给我个机会吗？"那层红晕从脸颊一直窜到了耳根。

"别闹了，等我瞎了还差不多。没瞎实在看不下去啊。"

这位男神一定觉得自己的回答很幽默，却不知，就是这句话给小雪判了死刑。此生既已注定，就不要再犹豫了。小雪拿过药瓶，颤抖着打开瓶盖，一仰头，整瓶吞了下去。

"你看什么呢？"子凡看见楚楚盯着屏幕的表情有些异样，忍不住问道。

"今天的热门微博，是一个女孩写的遗书，你看。"楚楚有些慌张地答道。

"什么？"子凡看着屏幕，读道，"当你们看到这篇微博的时候，这个世界上可能已经没有我了。之前总以为说这句话的时候一定是在开玩笑，但今天我说的可是真的哦。惊不惊喜，意不意外？我选在了最浪漫的日子，七夕，奔赴死亡，想想就开心。"

"这是开玩笑的吧？"小提走了过来，和子凡一起围在楚楚的电脑前。

"器官全捐、骨灰撒大海，家里的东西谁爱拿走谁拿走。手机一定帮她烧了，怕在天堂没的玩。"小提边看边笑，"这么贫的女孩按说不会自杀啊。"

"你往下看啊。"楚楚道。

"然后说说为啥做这个决定。"子凡逐字逐句地念道,"其实吧,你们也是了解我的。家境虽然算不上大富大贵,但也是小康之家。父母对我也算不错,这事不能怪到原生家庭的头上。工作说好不好,说坏也不坏,领导虽然偶尔骂我,但是……"

"不用逐字逐句读吧。"小提急道,"工作能凑合。朋友一大堆,还都对她不错。前几天刚过完二十五岁生日。看起来都很好啊,死什么啊?"

"但是,"子凡继续道,"这可能是我这辈子受打击最大的事。"

"才二十五岁提什么这辈子啊。"小提接话道。

"我一生中的挚爱,却给了我致命的打击,让我透心凉,终于下了决心,离开这万恶的人世。人间不值得!"子凡继续读道,"看来是为情所困啊。"

得不到挚爱也不用去死吧?太极端了。小提摇摇头,自己也从未交过男朋友,这么多年不也活得好好的。别人随口的一句话,犯得着轻生吗?实在想不明白。看了一眼上下文,这微博凌晨三点发的,到现在已经被转发几十万次了。应该有很多人看到这封遗书,不知道写遗书的女孩此时还在不在人世了。小提叹了口气,感慨道:"咱们的节目要是能有这样的转发量就好了。"

"你有没有同情心啊?关注点居然是转发量。"楚楚白了小提一眼,"人命关天啊。"

"当然了,我昨天晚上做梦都梦见咱们节目的转发量破百万了。然后我就乐醒了。气死了,怎么就不能多睡一会儿呢,让我多享受一会儿成功的喜悦。"小提愤愤地说。

"我也是巴不得期期用户都爱看,都能转发评论加点赞啊。"子凡模仿着直播达人的口气,还不忘做个单手比心的手势,又感叹道,"关键我说了不算啊,做了这么多期,还是没 get 到用户的口味啊。你就说鼻整形那期吧，题目起得也算很有热点了吧，点击量还是不行啊。"

"那就继续努力吧。楚楚，咱们网上征集的免费整容志愿者，怎么样了，有报名的吗？"小提问道。

楚楚摇摇头。报名的人倒是不少，可申请理由却总是千篇一律，毫无新意。"想要变美。"这话还需要说吗？谁不想变美啊。人物连一点儿故事性都没有。楚楚在电脑上打开申请人的照片，展示给小提和子凡看，并一一分析。她认为这些申请人的照片比上不足，但比下有余，长相虽达不到完美，但也是中等左右的水平。整容效果不可能有多明显，达不到吸引眼球的目的。

子凡看后也表示赞同，评论道："你们看人家韩国那个整容节目，《小鸭变天鹅》。人家那些志愿者都是哪儿找的啊。一个个长得啊，怎么说呢，不整容走在街上准能吓哭几个小孩儿。"

"有那么夸张吗？"申请人是什么长相，韩国节目里的人又是什么长相，小提一律不知道。但她暗自庆幸，尽管楚楚总说自己长得难看，但走在街上，可从没吓哭过小孩儿。

"这样的选手整容前后对比才明显，能有话题，引起讨论。"子凡补充道。

"对啊，我也这么想的。可就是没有啊。"楚楚无奈地说，"哎，你们看，微博上自杀这事有后续了。"

"怎么样了？是不是有相关人士看到微博去英雄救美啦？"小提问道。

"早上有自杀女孩的朋友看到微博，联系到了她的邻居，邻居把门撞开，带着已经吞了大量安眠药的女孩去医院了。现在还在救治中，但已经脱离危险期了。"楚楚看着屏幕舒了口气，说道，"没事就好，不然这一天心都得揪着啊。"

"送到医院肯定就没事了，咱们也不用担心了。"小提摸了摸楚楚丝滑的长发，心里琢磨，她到底用了什么洗发水，头发能这么顺滑。

"这儿有张自杀者的照片，你们快来看。"子凡指着自己的手机道，"简直就是小提你的梦中人啊。"

"我的梦中人？我的梦中人是谁？"小提纳闷地问道。

小提和楚楚一起走到子凡身边。

楚楚定睛一看，不觉吓了一跳，惊呼了一声，问道："这是自杀导致的吗？还是本来就长得像个怪物啊？"

小提狠狠地瞪了楚楚一眼，自己盯着手机屏幕却什么都看不清。

"这也太难看了吧。丧眉耷眼，中庭下陷，这都不说了。鼻孔朝天，这可是女生大忌啊。还有这大厚嘴唇，跟黑猩猩似的。还是个龅牙。这真不能怪挚爱伤害她，搁谁也扛不住啊。"楚楚念叨着。

"你刚才还同情心泛滥呢。怎么看了张照片就从菩萨心肠变成恶魔转世了。"小提忍不住抢白。

"你们说让她作为志愿者上咱们节目怎么样？"子凡看了一眼照片，感叹道，"真是踏破铁鞋无觅处，那人正在灯火阑珊处啊。我保证，她绝对能吸引眼球。"

"还有自杀这事做铺垫，自带话题。"小提附和道。

楚楚在照片上比画了几下，又用脑中自带PS修补了一张眼前的照片，立刻两眼放光。这就是天上掉下来的林妹妹。

小提问道："不过我们怎么才能联系上她啊？"

"我找到抢救她的医院的名字了。还好，就在北京。"子凡道，"楚楚，咱们俩去趟医院吧。"

"我这么漂亮不会刺激到她吧？"楚楚问。

"你行了吧，人家都舍身赴死的人了，不怕你这点儿小刺激。"小提翻了个白眼儿。

子凡开车带着楚楚很快来到了小雪所在的医院。进病房前，二人在楼道里商量对策。

一会儿要跟小雪怎么说呢？二人都有些犯难。萍水相逢，多少有些怪异。装作同情她的知心姐姐和知心大哥，跟她推心置腹，建议她整容，靠整容改变命运，似乎仓促了一些。可如果只是说些不痛不痒的话，二人似乎也没必要专程跑这一趟。

"就直接告诉她，整容能改变一切。"子凡已然下定决心。

"这么说合适吗？"楚楚疑虑地问道。

"所以你骨子里还是觉得整容是一件坏事，难以启齿。"

"不是，我是觉得说人家丑难以启齿。建议她整容，不就是说她长得丑嘛。"

"她丑不丑还用咱们说吗？成长经历应该已经告诉她了吧。"子凡道。

"这可不一定。你知道人类都是越看越顺眼的。只要相处的时间够长，多丑也看不出来了。自己看自己就更别说多顺眼了。大家普遍情商都高，身边的人也未必真敢说她丑，所以她有可能真的对自己的外表没有一个客观的认识。"

"长相一般的有可能产生你说的这种错觉，她绝不会的。走吧，先进去，见招拆招。"

病房里，小雪两眼蒙眬，目光呆滞地躺在病床上。想死又未遂，未来的人生只怕会更加凄惨。外表带来的伤害还没解决，这次的事又会造成什么影响呢？身边的人会如何评论自己？他们能多一分理解吗？还是会遭到前所未有的打击和嘲笑？可也不用怕，毕竟是死过一次的人了，还有什么好怕的。

"小雪，你好。"楚楚轻轻地走了进来。

"你们是？"小雪愣愣地看着楚楚和子凡，努力回忆却想不起在哪里见过这一对儿打扮时尚的金童玉女。

"我们在微博上看了你的遗书,非常担心,一直关注着。后来看到你在这家医院救治,就赶过来,看看你现在怎么样了。"

"我微博上的遗书?被很多人转发了吗?"

"截至目前,300万的转发量,还上了热搜呢。"子凡将手机放在小雪面前。

小雪心里一凉,自己竟然因为自杀出名了,父母该不会也看见了吧。完了,这回彻底完了。

看着小雪惨白的脸色中又添了一抹青绿色,子凡赶紧补充道:"我们来是想看看,有没有我们能帮上忙的地方。"

"你们怎么帮啊?"小雪"哇"的一声哭了起来。

若说美女哭是梨花一枝春带雨,这丑女哭就是瓢泼大雨烂泥汤啊。子凡暗暗想道,转念间又对自己有些气恼。以貌取人,果然和楚楚是一个档次的。自己可不能这样,颜值不过是层皮囊,要努力去看皮囊下的灵魂。

楚楚从包里拿出纸巾,递给小雪,温柔安慰着。

子凡也在一边,不断鼓励小雪,让她把烦心事说出来。

小雪哭了半晌,接过纸巾擤了鼻涕,又抽泣了几声,说道:"我也不想死啊。我刚看了《复仇者联盟3》,现在非常想知道《复仇者联盟4》会演什么。我要是下次自杀成功了,你们去坟前看我,可一定要告诉我《复联4》的剧情啊。"

"好不容易救回来了,你还想死?"子凡惊道。

"也不是,谁不想好好活着啊,可是我活不好啊。他们都欺负我,我又没有招惹他们,为什么他们都欺负我呢?我,我现在没想好。"小雪道。

"死不死这事儿咱们之后再说,你先说说到底怎么回事,兴许我们能帮上忙呢。"楚楚安慰道。

"你们能帮我把挚爱追到手吗?"小雪努力睁大了眼睛。可惜,本来就是大单眼皮，此时又哭得肿了，睁大的眼睛使其看起来像是一只青蛙。

果然，楚楚冲着子凡使了个眼色，确实是为情所困。楚楚看着小雪的脸，忍不住摇了摇头，这样的长相，任谁帮忙也追不回挚爱啊。

子凡小心翼翼地问道："他说什么伤害你的话了？"

"他说除非他瞎了，不然他看不上我。"小雪说完，又大哭起来，鼻涕眼泪，瞬间糊住了脸。

倒是句实话，楚楚皱着眉，心里嘀咕道。

"他怎么这么说话，真过分。"子凡握紧了拳头，愤然道，"连起码的礼貌都没有。你告诉我他是谁，我替你去教训他。"

小雪抽泣着说："我知道我长得不好看，可是也没那么丑吧。前两天，还有人说我长得像《水形物语》里面的怪物，你们说像吗？"

"一点儿都不像。"楚楚和子凡异口同声地回答。

小雪哭诉道："谁不想长得好看啊。可是我有选择权吗？这不都是爹妈决定的吗？"

楚楚和子凡对望一眼，暗道，有戏。

"现在科技发达了，容貌也不都是爹妈决定的了。"楚楚见小雪止住了眼泪，立刻将整容的效果添油加醋地介绍了一番。

"整容？我可不敢。整容要是被发现了，更没人要了。"小雪摇头嘟囔着。

"我的双眼皮就是做的。"楚楚指指自己漂亮的桃花眼，"你能看得出来吗？别人才不会知道呢。"

"这是做的？这么自然啊。"小雪定睛看着楚楚。

"对啊，现在整容很简单。拉双眼皮都不见血的，又快又好。而且几天就恢复了，根本没人知道。有人问，你就说发了一次高烧，烧出来的。"

楚楚说完，看见子凡正盯着自己的眼睛。楚楚心里清楚，子凡是在好奇，自己这双眼皮是不是后天改造的。楚楚狠狠瞪了子凡一眼，子凡赶紧收回了目光，去看小雪。

"我也想过整容，可是我没钱啊。我看网上说去韩国大整一次要几十万呢。我一个月工资才六千，什么时候能攒够啊。等我攒够了，挚爱都不知道娶了谁啦。"小雪说到此处，又呜咽起来。

"我们做了一档整容科普节目。你看看，在网上播出的。"子凡掏出手机，打开视频，"你要是想整容呢，可以报名成为我们节目的志愿者。我们出钱给你整容。而且我们找的医生，都是北京知名医院的院长、主任级医生。"

"真的？有这么好的事？"小雪顾不上擦掉脸上的鼻涕，疑惑地问道。

"当然是真的。但你要做我们的模特，整容前后的对比照会出现在我们的节目上。"子凡答道。

"那不行，那我整容的事不就被别人知道了吗？"小雪拼命摇头。

子凡又拿起手机在小雪眼前晃了晃，道："我们这节目，一期点击量才几万，好的时候也才几十万，这几万人里哪儿这么巧就有你的朋友了。而且我们会做一些技术处理，让你整容之前再难看一点，整容之后更好看一点儿，再化个舞台妆，根本没人认得出来。"

小雪疑惑地看着子凡，又转头看了看楚楚，还是不敢相信。这难道是自己一个月前转发的锦鲤今天终于显灵了？

"我保证，不会有人能在节目中认出你。而且节目播出前，我可以先发给你看，你确定看不出来，我们再发布，行不行？"子凡继续怂恿着。

"能给我整成蔡京京那样儿吗？我特别喜欢蔡京京。"小雪兴致高涨。

"这个难度估计有点儿大。但我保证你整完之后，你的挚爱一定能追到手。"楚楚冲着小雪眨了眨眼。

若岩挣扎着从自己的沙发上爬起来，看了一眼手机，已经是下午了。回忆了一下，却想不起昨夜或是今晨到底是几点睡的觉。若岩倒掉咖啡机里满满的残渣，忍不住想到，怎么一开了头，就停不下来呢？还是时间规划做得不够好，看着手机上的 todo list，今天恐怕又要忙到半夜了。简单梳洗后，他开着自己的特斯拉，一路疾驰来到了东五环。

若岩走进公司，看到只有小提在，便询问了其他人的动向。

"他们在网上找了个志愿者，现在正公关呢。"小提挤眉弄眼地答道。

"咱们都混到要主动出击去找志愿者了吗？你们不是说整容是很多人求之不得的事吗？怎么免费整容还得去求别人？"

"说来话长，等他们回来看看情况再说吧。你昨天熬夜啦？通宵写代码？咱们又不着急，你慢慢写就好了。"小提心疼地说。

"还没到写代码的时候呢。我昨天和我们公司的产品经理开会，先把咱们产品的雏形研究出来。你们可得给我那产品经理一份工资啊，人家可没少帮咱们干活。"

"你们是谁啊？咱们好嘛。你是 CEO，给多少钱你定，反正公司账里就那么多钱，你负责分配。"

"嘿，这时候就认我是 CEO 了。"

"一直都认啊，谁敢不认啊。"

"昨天咱们讨论 APP 细节的时候，我可没看出你认我是 CEO 了，你瞎提了多少意见。"

"你让我们提的啊。算了，你是内行，我们听你的。"

若岩笑笑，立刻又以 CEO 的身份向小提布置了新的任务。

创业公司的首要任务自然是融资，但同时还要招人。招的人绝对不能凑合。职位宁可空缺，也绝不将就。除了在一些招聘网站上注册账号，广发英雄帖，更要通过身边的朋友，推荐与公司业务相关的人才。两人正在商量招聘信息上的具体条件，小提的手机忽然响了。

她接起电话："楚楚，你们那边怎么样了？"

"搞定了。咱们第一个志愿者就是她了，傅小雪。"

"哇塞，这么顺利啊。那行，那就尽快让她和医生见见？咱们也做做功课，想想怎么拍？我问问刘医生时间？"

"给她做不用刘医生。杀鸡焉用牛刀。我想好了，找谢心如。人美心善还好说话。"楚楚说完便挂掉了电话。

谢心如？小提皱紧了眉头。

谢心如是一家私立整形医院的院长。《微微一整很倾城》的节目播出后，谢心如所在的四德整形医院第一时间通过微博私信联系到了节目组，并表达了想要合作的意愿。小提很快在网上查到，四德虽然是私立整形医院，但在业内口碑良好。谢心如更是国内知名的整容医生。很多女明星就是经谢心如的妙手调整后，才大红大紫的。可就在创业团队打算和谢心如正式合作的时候，小提却意外听到了一位业内人士对谢心如的评价。

"她医术上是没的说，绝对是顶级的。但医德上……"

说话的人欲言又止。任小提如何发问，再不多说一句了。

"医德？医德有什么关系啊？医术好不就够了嘛。同行是冤家，医生之间都互相看不起，很正常。"小提将了解的情况告诉楚楚后，楚楚不以为然地说，"你看看，何涛的眼睛就是谢心如做的。你看看做之前多呆板啊，你看现在，多灵动。"

小提盯着何涛整形前后的对比照看了半天，依然不知道照片上那张模糊的脸在整形前后有什么改变。但听楚楚的口气，改变是很大的，大到足以补偿医德上面的缺失。医德重不重要？医德指的是什么呢？小提反复想了几天，并不理解。

"你也别想太多了。明天咱们去四德拜访一下谢医生怎么样？让她帮我看看，我还有什么可以调整的。合作的事也得抓点儿紧，这可是咱们的第一家合作机构，得开个好头。"

"还是不要轻易合作吧？万一她有什么污点，给咱们项目带来麻烦怎么办？"相比于楚楚的粗枝大叶，小提谨慎得多。

"你在网上能搜到相关信息吗？"

"搜不到，表扬信倒是一大堆。好医生应用上面的点评也很好。"

"那你还担心什么？不能因为别人一句话就冤枉了一个好人。咱们去她医院看看，靠不靠谱一看不就知道了。"

第二天，小提和楚楚就根据导航上的位置，找了位于某街上的四德医院。

看着两栋气派的三层小楼，小提不由得发自内心地感叹，这寸土寸金的地界儿，租金得多少钱啊？她心里清楚这几年受互联网电商的冲击，线下店铺的生意已经一落千丈，越是黄金地段，越是难以为继。

"我一直跟你说整容这行特别挣钱，你都不信，现在信了吧？你就看这位置，比哪个公立医院位置都好。你说是私立医院靠谱，还是公立医院靠谱？"楚楚大步流星地走进了医院。

不能仅仅根据位置判断吧，小提有心反驳，但楚楚已经进了医院，小提只得跟了进去。对于谢心如的背景，小提在来之前就已调查通透。国内顶级医学院博士毕业，毕业后在美国医疗机构实习过一年，回国后在公立大医院做过主刀。谢心如的从医资历确实没的说。唯有一个疑点，在整容界一般科班出身的医生都不愿意离开体制内的工作，投奔私立医院。这不单单是因为体制内的工作更有保障且受人尊敬；更重要的，医生只有待在体制内，学术上才会有进一步晋升的空间。即便是受金钱所迫，也顶多是业余时间去私立医院站台、开飞刀，真正离开体制的医生，可谓凤毛麟角。尤其是谢心如，当年已经做到了顶级医院的主刀，实在没什么离开的理由。

楚楚走到前台面前，微笑着说："您好，我们是《微微一整很倾城》节目组的，今天是来拜访谢医生的。"

前台听罢立刻用座机打了电话。一会儿工夫，跑来一位年纪不大、身穿白大褂的漂亮女孩。女孩自称叫小宛，是四德的咨询师，受谢医生之托负责接待她们。小宛满脸笑容，热情却并不做作。她简单介绍了医院的情况后，便带着两人四下参观。

楚楚和小提插空介绍了一下项目。

"你们的节目我看过了，拍得真好。"小宛始终保持着微笑，并不忘介绍，"一层基本都是咨询室。今天是周中，所以人少。你们要是周六日过来，楼道里都是人。这两间是做一些小项目的，像白瓷娃娃啊、韩式小气泡啊，在这里就可以做了。两位要是有兴趣，今天就可以试一下这些项目，都很快。"

"不了，我们是来办正事的。再说，第一次来，怎么好意思呢。"楚楚客气地说。她自信自己在这方面的经验教训还是足够多的。小宛送出的这些小项目根本就不值钱，在医院看来更是连成本都没有。拿出来做人情自是再好不过的。今天自己要是上当做了这些小项目，以后节目组就拿人手短，受制于人了。小宛这姑娘看起来年纪不大，心眼可不少，自己得提防着点儿。早听说医美行业水深，别着了人家的道儿，还帮人家数钱呢。

"别客气嘛，谢医生还在手术室呢，二位干等着也是等着，不如试试看。别看这些项目价格不贵，但效果可是很明显的。"小宛再三劝说。

"真不用，我平时除了坚持洗脸，什么护肤品都不用。脸对于我，就是皮囊，影响别人欣赏我灵魂的皮囊。"小提笑嘻嘻地说。

小宛见二人都如此坚持，也就不再劝了，带着她们上了楼。到了楼上，小宛继续介绍，二楼是手术室，三楼也有手术室，但主要是病房。有些病人手术后需要住院观察几天，就住在三楼，都是单间，条件很好。

看过两间病房后，小宛停在了手术室的门口："咱们参观只能到这儿了。手术室里面要是想看，需要消毒，还要换衣服换鞋。"

"我从外面看，你们是两个小楼连着的，但只有这一个门。那另外一座是干吗的？怎么进去？"楚楚刚刚仔仔细细地看了一遍，一层二层都没有去隔壁楼的通道。

"这个啊，"小宛眨了眨眼睛，神秘地说，"这可是我们医院的秘密。"

不说是秘密还好，说完自然就激起了楚楚和小提的好奇心。两人纠缠了半天，小宛终于勉为其难地说出了原因。另外一座楼从后面的小门进，跟主楼并不相连。至于这么做的原因，自然是为了患者考虑。知道这道后门的人都是演艺圈的明星。他们担心被人撞见，只能晚上偷着过来，又不能走前门入内，就有了这道后门。

"都有哪个明星是你们这儿做的啊？"楚楚立刻来了兴趣，不失时机地问道。

"姐啊，这可是我们的商业机密，绝对不能说出去的。一旦传出去，就再也没有明星敢来了。"小宛仍保持着微笑，但看得出，这个秘密，她是无论如何不会再说出来了。

"我听说大明星何涛的眼睛是谢医生做的，是真的吗？"楚楚还不死心。

"我们真不能说。你要想知道啊，可以去后门那儿守着，谁来、谁没来，很快就搞明白了。"小宛怂恿着说。

"为什么要经常来？整容不是一劳永逸的事吗？"小提疑惑地问。

"有些项目是一劳永逸的，像割双眼皮啊，垫鼻子啊，这都是做一次至少能挺个十年八年的。但像玻尿酸啊，肉毒素啊，这些就是长期项目，要经常打。现在流行的水光针、美白针，一个月就要打一次。普通人还好，活动少，偶尔做做就行了。明星天天都要上通告、拍戏、做节目，每天都得保持自己的状态，来得能不勤吗？有了微整形，明星已经不用去美容院了。"小宛介绍道。

楚楚眼睛立刻亮了起来，既然这家医院经常有明星光顾，只要和她们成了合作伙伴，不愁之后不了解这些明星的动向。

恰好这时，谢医生从手术室走了出来。谢心如穿着干净的手术服，戴着医用口罩走出了手术室。她打了个招呼，便去更衣室换衣服。

小宛心领神会地领着二人来到一楼的走廊尽头，走进门口写着院长室的房间。

一进门，竟是豁然开朗。气派的大厅，墙面刷成了莫兰迪灰的颜色。欧式的家具，讲究的陈设，古典画派的仿真画分布在墙面上。这哪里还有医院的样子，好像来到了五星级酒店的大堂。

小宛娴熟地用桌子上的骨瓷茶具沏了英式早餐茶，又从SMEG薄荷色小冰箱里取出了点心、水果，放到桌上："这蛋糕是我们一早上去半岛酒店买的，都是当天的，放心吃。谢医生换衣服还得一会儿，咱们边吃边等。"

小提吃了一口草莓蛋糕，新鲜奶油的香气立刻在嘴里弥漫，忍不住问道："这蛋糕也是给明星准备的吗？"

"我们这儿吃饭不太方便，又经常要加班。点心主要是给医生们预备的。明星哪敢吃蛋糕啊。"小宛笑道。

楚楚本已拿起来的叉子，立刻放下。

小提已经迅速解决了自己面前的蛋糕，见楚楚不吃，小胖手便偷偷伸向了楚楚那碟。

楚楚打掉小提的手，吼道："你也别吃了，看不见自己胖吗？"

"我，我不算胖吧？"手背被打得好疼，小提一脸委屈。她虽然知道自己的脸长得不怎么样，但身材自己还是有自信的。可楚楚这一说，自己心里也犯了嘀咕。

小宛打量了小提一番，摇了摇头，似安慰又似同情地说："胖点儿可爱，喜欢吃你多吃点儿，这儿还有。"

小提彻底心虚了。在此前，她一直认为自己一米六五、一百零五斤的体重属于标准身材。难道在当今这都算胖了？她疑惑地看着面前做工精细、宛如艺术品的蛋糕，默默放下了叉子。在这个病态的时代，富贵相换来的只有富贵病，而干尸一般的身材才是富贵的象征。

"美女不过百，你懂不懂。"楚楚一副胜利者的姿态，挺直了没有一丝赘肉的腰杆儿。

"聊什么呢，这么热闹？"人未到，话先飘了进来。

众人一起转头，只见谢心如身穿湖蓝色束腰连衣裙，踩着十三厘米细跟的红底凉鞋，意气风发地走了进来。大衣是 Prada 的今春新款。红底鞋，肯定是 Christian louboutin。这妆化得也不错，清淡又不失风韵。楚楚欣赏得起劲儿，忽然觉得不对。等会儿，她今年多大了？我怎么记得她今年已经四十九岁了，怎么看着也就二十多岁啊。楚楚定了定神，想找到谢心如脸上岁月的痕迹，可是上上下下反复看了几遍，别说脸上，连脸子上也一道皱纹都没有。这是吃了什么补品能有这样的效果啊！

心里虽然疑团重重，楚楚还是没有失了风度，快速递上名片，并介绍道："谢医生您好，久仰您的大名多年，一直无缘相见。我叫林楚楚，您叫我楚楚就行了。这位是我的合伙人，莫小提。"

小提也递上名片,她热情洋溢地介绍了项目情况,和团队一众角色的身世背景。

谢心如一边寒暄,一边用余光打量了两位来访者。无论穿着还是长相,两位都形成了极大的反差,一个好像是刚从巴黎时装周走秀归来,另一个则像是乡村来的。她盯着小提的眼睛看了三秒。

楚楚已经沉不住气了,只得硬生生地发问:"谢医生,您这么年轻,网上的资料是不是有问题啊?"

"你看我像多大的?"谢心如微笑着反问道,一双杏眼炯炯有神地看着楚楚。

"最多三十岁,我没法再往上猜了。"楚楚咬着牙说。

"我看也就二十五。"小提不明就里,也跟着凑热闹。

"我今年虚岁五十了。"谢心如笑得很甜,一看就是发自内心的。

"看您怎么可能有五十岁啊!"楚楚一脸困惑。即便是整容医生,也不至于这么年轻吧。不光是容貌,就连气质、状态,也完全不像个五十岁的人啊。她反复打量着谢心如,找不出丝毫破绽,只好虔诚地问道:"您是有什么保养秘诀吗?分享出来,我们也学习学习。"

"没有。我最爱吃奶油蛋糕,一天能吃个三四块。平时经常要加班,夜里偶尔还要做手术,睡眠质量也不高。从来不做运动,主要也是没时间。因为工作的原因,作息非常不规律。不信你们问问她们,我们这儿的人都可以证明。"谢心如为了证明自己的话,拿起桌上的蛋糕,三口便吃完了。

"天生基因好?"小提问。

谢心如使劲摇了摇头,笑了笑。

"那是?"楚楚皱着眉,想不明白这其中的道理。

"我就是看自己哪儿别扭,立刻就打一针。比如看见眼角有一道浅纹，就来一针肉毒。感觉皮肤有点往下掉了，就补根儿线。你们觉得我年轻，主要是我前几个月刚种的眉毛。小姑娘和老太婆有什么主要区别？就是小姑娘一个个浓眉大眼，老太婆就人老珠黄，毛发稀疏。植了眉毛，人看起来就年轻了。"谢心如如实回答。

"之前总听人说肉毒打多了脸会僵，我看您也没事啊。"楚楚道。

的确，谢心如说话时表情自然，落落大方。

"脸僵、面瘫，大部分都是媒体夸张报道的。抛开剂量谈毒性，是不准确的。玻尿酸、肉毒素，都是非常安全的产品，只要把握好剂量，打准部位都不可能出事。"谢心如道，"至于网上传得比较多的，谁谁谁打肉毒打成面瘫，再也没有表情了，那都是一些非专业的医生误操作造成的。面部神经是很多，但在医学院学了八年医的人，是不可能打到神经的。别说我了，就是正经护士，也不可能打坏了神经啊。"

"还有一部分问题好像是劣质药品引起的。"楚楚接话道。

"嗯。之前很有名的那起玻尿酸导致失明的案例，就是假药造成的。正常情况下，玻尿酸即便打进了血管里，也不会导致失明的。"谢心如道。

"那咱们这儿是怎么保证药品安全的？"小提问道。

谢心如从电脑中调出了医院的采购清单，打印出来给了小提一份。医院的国产药品全部是从厂家直接进货。没有中间渠道，也就杜绝了假药的隐患。国外的药品，大部分是从代理商处采购的。谢心如介绍道，国内的代理商只有几家。国外药品的价格基本是全透明的。在这方面，国家的管理很严格。明文规定，代理商只能把药品销售给正规医疗机构，美容院根本拿不到正规药品。

"少量的药品从正规医院流出来是有可能的。但大量的全部在正规医院手里。"谢心如补充道，"所以整容一定要来我们这样的正规医疗机构。"

"肯定的。您就是店里的金字招牌。您往这儿一站，这客人准少不了。"楚楚倒也不是有心奉承，确实是真情实感的表达。

"你们怎么年纪轻轻嘴就这么甜啊。"谢心如笑道，"你们的节目我看过了，拍得很有意思。年轻人就是点子多。咱们言归正传，聊正事。能不能给我们医院也拍两期？帮我们宣传宣传。"

小提没想到谢心如这么快就直奔主题，有心再寒暄几句探探对方虚实，便道："谢医生和四德医院早就声名在外了，还用得着我们宣传吗？您随便找个明星配合炒作一把，立刻就红了。不瞒您说，我们这档整容科普节目现在还是起步阶段，流量一直上不去。目前还是想找公立医院的医生来做科普，也是给我们立个专业招牌。这样观众才敢相信我们。之前的几期您也看了，确实都是公立医生吧。"

"我要是没看过你们节目，怎么会叫你们来呢？"谢心如优雅地端过茶杯喝了口红茶，不疾不徐地说，"公立医院确实看着可信度高。但说实在的，他们的形象、表达都不太适合做节目啊。除了刘杰，他倒是一张巧嘴，坐这儿不动地方，跟你聊五六个小时都没问题。其他公立医院的医生，你们恐怕很难再找到能撑得住台面的了。"

小提和楚楚对望一眼，没想到谢心如一上来就说到了节目的痛处。的确，刘杰之后再无刘杰。可是为了节目的新鲜度，又不能每期都让刘杰出场。楚楚和子凡左挑右选，找来的医生不是晕镜头，就是背不下来词儿。有时即便拿出提词板举着让医生念，都念不出完整的句子。短短五分钟的小视频节目，要录制六个小时之久。拍摄成本高不说，最终效果也不好。效果不好点击量就上不去。

虽然没跟谢心如说上几句话，但无论是吐字发音，还是音品音量，加上一口地道的北京话，谢心如确实很适合做节目。楚楚心里已经有了底儿，可既然要放弃公立医院的招牌，就一定要为公司多争取一些利益。

"谢医生，我们也想跟您合作。但是我们不能在内容中出现机构的名字和位置，这个您能同意吗？"楚楚一脸为难，将难题推给了谢心如。

"不出现名字和位置，用户怎么找到我们呢？"谢心如问。

"我们可以在节目的最后，附赠一些回馈用户的礼品。刚才小宛也提到，您这有白瓷娃娃、小气泡这样的项目，不如让我们以抽奖的形式送给忠实用户。在节目的最后，由主持人说出中奖用户的时候，顺带就口播了四德和位置。您看这样行吗？"楚楚诚恳地说，"而且这个时间段，用户的注意力最集中，广告效果相对也好。"

想得可真周到啊！小提在心里给楚楚点了个赞。真是一举两得的好办法，机构不吃亏，用户得到实惠，对节目推广也有好处。

谢心如一听就明白了，无非是让自己家出点儿产品。这种小产品也送得起，客户来了，对商家就是机会，就能开发付费项目，立刻拍板同意。

"我们一期节目的制作成本是五万，第一期我们送您。咱们一起试试效果，要是效果好，希望第二期的时候，谢医生您能多少贴补我们一点儿制作费。"楚楚笑道。

"你们拍公立医生没要过钱吧。"谢心如笑起来更好看，眉眼弯弯，嘴角边还有个漂亮的酒窝，"怎么到我这儿就要收钱了？"

她果然门儿清啊。楚楚迅速思考了一下，接话道："公立医生不代表医院，代表的都是自己。您跟他们不一样。您代表的是四德医疗美容医院。您出了名，医院客人就多。医院客人多，您挣得就多。挣得多了，就照顾我们一点儿吧，就当作广告了。"

真是个伶牙俐齿的小姑娘。谢心如心道，既然第一期是免费，先做一期再说。效果如果好，自然少不得长期合作。互联网是个新形式，早晚是要试试的。

谢心如想得清楚，当即答应，并提出第一次的录制算是尝试，如果效果好，之后的制作费用愿意出一半。

看到谢心如答应得这么痛快，小提和楚楚都松了口气。之后的对话轻松了很多，小提请教了一些整容上的技术问题，楚楚则是继续深挖谢心如刀下的明星到底是谁，三个女人越聊话越多。这次聊天，不但让小提和楚楚收获颇丰，谢心如也从她们这儿了解到了互联网的传播方式，都一一记下来。小提她们走后，谢心如立刻让助理在抖音和快手上注册了账号，有事没事就在上面试试直播。

隔天早上，谢心如医生早早来到了公司的办公室。在等待傅小雪的时间里，创业团队拿出最近的拍摄方案和谢心如讨论。子凡和若岩都是初次见到谢心如，着实吃了一惊。即便是这个岁数的演员，也没有谢心如这般肤如凝脂，容貌秀丽。子凡和若岩忍不住私下议论，若是整容真能达到如此明显的逆龄效果，不愁日后公司业务不会蒸蒸日上。

十点钟，傅小雪准时来到公司。楚楚热情地迎了上去。

"子凡，这小雪也不是特别难看啊。没有昨天楚楚形容的那么夸张啊，就是普通人嘛。"若岩把子凡拉到一边，小声说道。

"这你都能忍？哥们儿果然是重口味啊。"子凡惊讶地看着若岩。

正常人就不要把标准定得太高，芸芸众生不都长这样嘛。若岩又看了一眼小雪，五官上又没有残缺之处，不过是搭配得不够恰当而已。她上镜能吸引眼球吗？若岩建议道："你要不让化妆师再给她化丑点儿，把那些缺陷再突出一下。镜头和灯光也要调好，怎么难看怎么拍。"

"哥们儿，这还用你教吗？我不就干这个的嘛。但是也不能太丑，万一弄得太丑了，观众心理上会受不了，再说，太丑了她不让咱们播出了怎么办啊？"

"我觉得还不够震撼，你再想想办法。你参考一下周星驰的电影，那些美女都被捣饬成什么样了，借鉴一下。"

"也是，那行。我一会儿嘱咐化妆师，再把她化丑点儿。"子凡应道。

这边谢心如仔细端详了小雪一会儿，很快在笔记本上列出了整容方案。小提和楚楚在一旁边提问边学习。

小雪也在一旁专心地听着，但听不懂谢心如说的专业术语，只得不停地发问，问了几个问题都不得法，干脆直接问道："您到底要给我做哪些项目啊？"

谢心如指着笔记本上小雪的照片详细介绍："初步方案先做眼睛和鼻子。小雪的眼皮不但大而且肿，这样就显得眼睛又小又没精神。得先去掉里面多余的脂肪，再拉上一刀，做个欧式双眼皮。鼻梁塌陷，导致整个面部看起来都有塌陷感，需要假体填充，再做个高鼻梁。同时还要缩一下鼻孔，收一下鼻翼，彻底改造朝天鼻的不良局面。"

"我还希望胸能再大点儿。"不等谢心如说完，小雪就插话道。

"可以了，现在看就挺好的。"楚楚不耐烦地冲着小雪说，"咱们还是先解决门面的问题吧，胸以后再说。谢医生，您接着说，还有什么需要调整，怎么调整？"

谢心如看着小雪，尴尬地笑笑，表示暂时就先做这些吧。这些项目的优势就是恢复时间都很短。

"不能出门也没事，在医院躺两周她也愿意。"楚楚道。

"用不着，鼻子、眼睛这些恢复都非常快，三天就看不出来了。"谢医生道。

"我怎么之前听人家说，割个双眼皮要肿半年呢？"小雪懵懵懂懂地问。

"那都是不靠谱的江湖术士拉的。谢医生是圈内一流的医生，技术精湛。她拉的双眼皮不但好看，而且恢复非常快。好多演员的双眼皮都是谢医生的手笔。李心文，你知道吧，本来就是一张记不住的脸，根本接不到戏。谢医生给拉了双眼皮之后，你看看现在，戏路多宽啊，还代言了好多时尚品牌。"楚楚道。

"李心文的眼睛是您给做的啊？太好了！"小雪满脸的期待。

谢心如笑而不语。

"嘴呢？她的嘴怎么能调整一下？"楚楚问道。

"嘴啊，会比较麻烦。"谢医生为难地说，"遭得了罪吗？"

小雪胸脯一挺，大义凛然。

谢心如展示了电脑上的3D模拟图，小雪的问题是两颗门牙过于突兀，其他的牙也大小不一，参差不齐。解决方案有两种：一种是用隐适美调整，牙齿全部归位大概需要两年的时间。时间长，但是吃的苦头小一点儿。众人均摇头。另外一种就是做烤瓷牙，时间短，见效快。

"那就用这个方法啊，恢复要多久？"小雪兴奋地问道。

"一两周就可以了。不过，你要想好了，真牙就要磨小，对牙损伤较大。"谢医生补充道。

"现在的烤瓷牙不是能用很多年吗？"小雪问道。

"是能用很多年。现在一些明星也都是烤瓷牙。"谢医生道，"恢复期会短很多，效果也好。"

"就要快的。"小雪立刻表态。

重睑、鼻综合加整牙。谢医生在笔记本上一一记录。

"这些算下来要多少钱啊？"小提怯怯地问。

"七万六千五，再加上一次光子嫩肤三千，就是七万九千五。"谢心如很快算出了价格。

"谢医生，您也了解我们的情况，创业公司没什么钱。"楚楚满脸堆笑，讨好地说，"而且这次活动，我们全程拍摄报道。您和您的诊所都会在节目中露面，也算帮您做广告啦。这费用您能不能就别收了。"

"本来就没打算收你们钱啊。但一码归一码，你们给我拍片子以后也不许收钱了。小雪，你的情况昨天楚楚她们都跟我说了。这次我们诊所愿意免费提供服务，也是希望你今后能有更好的人生。但无论相貌如何，人都要自信。以后变漂亮了，更要自信。"

"我漂亮了肯定会自信的。"小雪点点头，"什么时候可以手术呢？"

"今天就可以。"谢医生答道。

"太好了，那我现在就跟您去医院。"

"刀下留人，"子凡边喊边跑了过来，"小雪，你先等等。在手术之前，我们要先拍一组你手术前的素材，就当送你做纪念了。"

"我恨透了自己的样子，我才不要纪念呢。"小雪使劲摇了摇头。

"你恨透了，我们也得留啊。这是节目的一部分啊，到时候会一起播出的。你放心，我们一会儿给你化个妆，不会有人能认出来是你的。"子凡看着小雪，耐心地说。

"那能把我化好看点儿吗？"小雪道。

"你就瞧好吧。"子凡笑道。

一周后，众人正忙得不亦乐乎，一位身材窈窕，穿着象牙白仙女裙的女孩轻快地走进了办公室。

子凡走上前，上下打量了女孩几眼，似乎有些眼熟，但认不出来。

"认不出我啦？"女孩冲着子凡眨眨眼睛。

子凡定睛仔细看了看女孩，明眸善睐，唇红齿白，容貌俏丽。

虽然猩红色的口红显得有几分艳俗，但依旧掩盖不住这如花般的光鲜。少女捋了捋头发，在阳光中，子凡仿佛看到了神仙姐姐。可任凭他搜肠刮肚，仍是想不起在哪儿见过这位女孩，只得问道："您找哪位啊？"

女孩莞尔一笑，仍不说话。

楚楚走了过来，仔细看着女孩，仿佛在欣赏一件艺术品，看了半响才道："果然鬼斧神工，犹如再造。"

"还是楚楚姐厉害。"女孩笑道，露出整齐的糯米白牙。

子凡左看右看，仍蒙在鼓里。

"小提，若岩，你们都过来，看看咱们的第一位志愿者。"楚楚招呼道。

只是一周时间，小雪感到身边的一切都物是人非了。不仅仅是创业公司这几位看自己的眼神不一样了，医院里的护士、送快递的小哥、便利店的收银员，连父母看自己的眼神都变了。他们的眼神里，有人类发自内心对美丽事物所表达的善意和喜爱。这是小雪之前从来没有感受过的东西。只有一个人看自己的眼神没有改变。小雪看着小提，好奇她为何对自己的改变毫不惊讶。

"整容之后，心情如何？"小提问道。

"太好了。我昨天去面包店买面包，本来就打算买一个的。结果结账的时候，老板送了我三个。"小雪半倚在子凡的办公桌前。

"这老板明显意图不轨啊，以后不许去这家店买面包了。"子凡道。

"我今天中午去吃米线，居然就有人主动坐在我对面搭讪。"小雪继续道。

"以前没人跟你搭过讪吗？"子凡问道。

"没有，从来没有。今天是我人生中的第一次。"小雪一脸的阳光灿烂。

"真是太可惜了,早知道这第一次应该留给我啊。"子凡扼腕叹息。

她以前长什么样你是不是都忘了?楚楚在一旁越听越气,狠狠白了子凡一眼。

"你现在这么漂亮,会有很多人想要和你搭讪的。不过啊,以后得多加小心,别碰到坏人了。今后打车什么的,都要给朋友发个信息。顺风车之类的就不要坐了,不安全。"子凡殷勤地搬过一把椅子,让小雪坐下。

楚楚实在忍不了,终于开口道:"她又不是小孩儿,用你教这些吗?小雪,尝到美丽的甜头了吧?"

小雪点点头,咧开嘴灿烂地笑着,露出一排整齐的白牙。她从来没这么开心过。她感觉天都比以前蓝了,空气也比以前好了。原来长得好看的人,眼中的世界是这么美好。

"小雪,术后有没有什么不舒服的反应啊?"小提问道。

"谢医生的技术特别好,没什么不舒服的地方。手术之后就疼了一天,吃两片止疼药就扛过来了。"小雪仍然保持着笑容。

"该注意的要注意啊,饮食上也要忌口啊。"小提叮嘱道。

"放心吧,真的没什么事了。我明天就打算回公司上班了,之前我还挺担心这事,但公司的人力跟我说,没事,大家都在惦记我呢。我还要去找我的挚爱。"小雪一脸憧憬地说。

"还是之前那位吗?"楚楚问道。

小雪点头。

"你都这么漂亮了,选择面可以扩大了,不用一棵树上吊死。"子凡指指自己,"他要没这福分,回来找我,一样的。"

小雪笑着点点头:"子凡哥,那你可就是我的备胎了。什么时候给我拍片子啊?"

"马上了,等那边灯光搭好就可以拍了。这是你一会儿要说的台词。你看看，没几句，赶紧背下来。"子凡递过一张纸给小雪。

小雪很快念熟了台词，跟着子凡去棚内拍片儿。

楚楚看着微信朋友圈中小雪这几日晒出的大量照片，心中蒙上了一层阴影。此时的小雪就如饿久了的人忽然见到了海天盛宴一样，能不能有福消受，全看自己的造化。挚爱，楚楚哼了一声，自己美了这么多年，都没找到挚爱呢。她抬眼看着摄影棚中正在忙碌的子凡，忍不住嘴角上扬。

"微博和公众号文案你们都写完了吗？写完直接就发了吧。我一会儿得去补补觉，昨天又一晚上没睡。"若岩打了个哈欠，从办公室走了出来，"小雪来了吗？快让我看看变成什么样了。"

听到若岩的呼唤，小雪立刻从摄影棚跳着跑到了若岩的面前，给了若岩一个灿烂无比的笑容。

"哎哟，果然漂亮多了。不过差别也不是很大啊。没你们嚷嚷的那么夸张。"若岩说完就转过头继续和小提讨论工作。

小雪悻悻地走回了摄影棚，怎么若岩对自己的改变也无动于衷。

小雪走后，大家聚在一起想节目的名称。

"踏雪无痕？西门吹雪？阳春白雪？怎么样？"子凡提议。

"你说什么呢？"楚楚狠狠捶了子凡两下。

"凤凰涅槃怎么样？"若岩道。

"这个名字可以，和事情的背景也符合。"楚楚附和道。

众人都赞成这个名字，也都在心里默默祝福小雪重生之后，能拥有甜蜜的未来。

小雪的这期节目子凡做得格外用心。楚楚也陪着子凡一起熬到深夜，为片子的剪辑提供意见。视频加入了大量动画特效，用来代替真实的手术场景。成片既保持了整容的真实感，又不会过于血腥，而造成观影者的不适。视频上线后，果然如大家预期一般，社会反响强烈。点击量在节目上线两天后顺利突破了三百万。两周后,整容申请者的数量突破了一千人。有不少人更是专程从各地赶到公司,希望得到免费整容的机会。公司好在没有门槛,如果有,肯定已经被来访者踩平了。

"照这个趋势发展,咱们再拍一期小雪这样的爆款,对赌就有希望完成了。"小提盯着屏幕上的数字,兴高采烈地说,"子凡,你太棒了。"

"主要还是咱们运气好,蹭了小雪自杀那事的热度,不然也不会有这么多点击量的。"子凡谦虚地说,"咱们这回是真的赚到了,既帮助了小雪重新找到自信,又换到点击量,double-win啊。"

"观众可不这么想。你们看看弹幕,很多留言都在说小雪自杀的事,是咱们为了节目效果故意炒作的,还有不少人在后台举报呢。"若岩仍坐在自己的位置上,语气调侃地说。

"无所谓,只要有更多的人关注到咱们节目了就是好事。"子凡面带笑容,轻松地说。

"咱们这算出名了吗?"小提问道。

"算吧,这期视频已经有上万条弹幕了。关注咱们栏目的用户也从5万激增到了20万。"子凡一边看着电脑上的数据,一边答道。

"我这儿收到了一千份志愿者报名。"楚楚叫道。

"太好了!才上线一天就能有这样的效果。"子凡道,"你快看看,志愿者里有没有适合上节目的。"

"嗯,报名的多了,咱们就有选择权了。不过像小雪这样能自带流量的,可不好找。"楚楚道,"要说咱们还真得谢谢小雪呢。"

小提接通电话,示意大家不要说话:"哦,好的,没问题,欢迎您随时过来。我们的地址在光明区影视创业园区。对,您到门口我去接您,那就明天见。"

"谁啊？谁要过来？"子凡问道。

"诺胜基金的合伙人刘威。看来咱们这个视频是真的火了，连他都看到了。"小提答道，脸上带着幸福的微笑，"要是诺胜这轮能投咱们就好了，他们已经投了好几个大IP节目了。"

"他们投了《八卦姐姐今晚见》吧？"子凡问道。

诺胜是国内知名投资基金，不但实力雄厚，眼光也非常独到。投过的明星项目不计其数。《八卦姐姐今晚见》是目前全网排行第三的短视频节目，正是诺胜基金的成功项目。能受到这样专业基金的青睐，众人都兴奋不已。

若岩也从座位上爬了起来，将刘威的资料发送到群里，并快速为团队成员布置了任务。

资料显示，刘威1984年出生，清华毕业后去美国深造，在弗吉尼亚tec攻读计算机博士学位。毕业后去了投行。五年前回国，做技术类投资。四年前和两个朋友组建了诺胜基金，专注于媒体互联网VC领域投资。从已投项目来看，他们应该是数据流，会重点关注用户的转化率。

"这期新节目的转化率是重点。"若岩补充道。

"哥们儿，你都是从哪儿知道这些信息的？"子凡问道。

"在网上查查就知道了。"若岩不耐烦地说。

"工作经历也有吗？"子凡继续问道。

"linkedin上面都有。咱们有未来几期的节目计划吗？"若岩问道。

子凡迅速从自己的桌面上找到一个文件夹，拿给若岩。

若岩扫了一遍，失望地说："不行，缺少想象力，没有爆款。"

"爆款只能靠碰吧？"子凡道，"像小雪这种情况，也不是我策划出来的。"

"如果全靠运气，投资人不会投我们的。要让他们相信，偶然之中有必然才行。策划几期小雪这样的节目不行吗？电影不都是假的吗？难道我们就不能做几期假节目吗？"若岩建议道。

假节目？不只是子凡，小提和楚楚都对若岩的建议吃了一惊。

"我想你的意思是为了节目效果，故意安排一些吸引人的桥段吧？"

"不，我不是这个意思。"若岩摇了摇头，"我的意思是故意设计一些类似小雪这样的事件，有预谋地炒作。"

"这个和我们做科普节目的初衷是不是违背啊？"小提问道，"科普节目最重要的不是真实吗？如果是设计好的，就像一些节目是演员在演真人秀，就没意思了吧。"

"小提，你说的和若岩说的并不冲突，科普知识我们肯定是要力求真实的。但其他的节目环节，的确是可以设计的。这方面我之前没有好好想过，今天晚上想一下。你们也可以想一下，有什么爆点能和整容结合。"子凡道。

"什么爆点？明星呗。现在这些和整容相关的公众号天天都在扒明星啊。你看今天这头条，就在说大 M 的发际线终于回归正常了，意思就是说她做了植发。"楚楚举着手机给大家看。

"他们这么写，不怕大 M 告他们吗？"小提问道。

"肯定是和人家经纪公司商量好的啊。这叫黑捧，在娱乐圈很流行。蔡京京早年就是这么火的。整容新闻先出一轮，都说她整容。把事情炒得很热，全民皆知京京整容。然后人家再去医院做个鉴定，证明自己没整，霸占头条一个星期。大众还不烦她，都觉得她是受害者。"楚楚介绍道，资深媒体人的优势立刻显现了出来。

原来是设计好的炒作啊，小提感到十分惊讶。当年事件的操盘手一定是个高人，下了这么大一盘棋，每一步都想得十分周全。看戏的大众分明便是棋盘中的棋子，几个回合下来，任由棋手的摆布。最终不但赢了棋局，更是赢了民心。在这场是非之后，所有的娱乐明星便都和整容扯上了千丝万缕的联系。

"当然了,逢火必推。这种爆点事件幕后都是有推手的。京京当年的炒作团队非常不错,时间点把握得很准。该放什么消息出来就放什么消息。"楚楚答道。

"我问一句啊,京京到底整容了吗?"子凡抛出了娱乐圈时至今日最大的未解之谜。

"大整肯定没有,给她开证明那医生也是业界泰斗了,绝对不可能为了钱开假证明的。至于打没打玻尿酸、美白针,那就不得而知了。"楚楚一副专家的派头。

"那另一位非要证明自己没整容的明星呢,她整过吗?"子凡又问道。

"那位啊——"楚楚欲言又止,卖了个关子。看起来她似乎知道不少隐情,却不愿再讲,事实是,这事她也不知道。

"言归正传。咱们可以找明星直接来做整容吗?录播加直播,做一个系列。"若岩问道。

肯定没戏。楚楚立刻断了若岩的想法。

普通人整容还遮遮掩掩的呢,更何况明星。团队成员都心知肚明。

"也没准儿吧。现在不是流行过气明星咸鱼翻身吗?我去经纪人圈打听打听,有没有哪个过气的明星想试试的。"子凡倒是并不甘心放弃。

"行,要是真有愿意的明星咱们就做一期,暂定名为《咸鱼翻身》。"小提笑着说,"还有什么想法吗?"

大家你一言我一语地做着头脑风暴,不一会儿便设计出了几期方案。

"申请人中有一些是先天性疾病的孩子,有疣性痣、兔唇和先天性耳朵不完整,这种我们是不是应该优先解决?"楚楚问道。

"咱们帮忙联系一下医院和公益基金吧，就不要上节目了。想做公益的话，咱们可以现在就说好，以后公司赚了钱，每年拿出10%的利润捐给这些天生有残疾的孩子。"若岩提议道。

"我同意，咱们写在公司章程里吧。明天和投资人也要说一下，这样也能选出认同我们价值观的投资人。"小提道。

"一个公司必须要有企业文化，也就是现在被黑得最厉害的情怀。但情怀不是拿来做宣传的，它在我们心里，指引我们不要跑偏就好了。google有一句话说得很好，'don't be evil'，永不作恶。希望我们也能做到。"若岩一字一顿地说。

"捐钱这事我也同意。子凡，你肯定也没意见吧？"楚楚道。

"当然没意见了。"子凡轻快地说，"行了，剩下的节目策划，我今天慢慢想吧，你们有什么好的点子都要立刻告诉我啊。"

头脑风暴后，大家按照若岩的安排各自准备材料。

第二天早上五点，小提便来到了公司。可进了门才发现，自己竟然不是到得最早的。子凡和楚楚都没有回家，整晚都在公司商量节目策划方案。

"哇塞，子凡这么努力我还可以理解，没想到你也这么上进啊。"小提看着楚楚深陷的黑眼圈问道，"你不是十一点准时要睡美容觉的吗？"

"有什么办法啊，时间紧任务重。就我这么一个编辑，我不开脑洞，还能指望谁啊？"楚楚抬起白皙的玉臂，慢悠悠地打了个哈欠，"要困死了，投资人走了我就回家睡觉。小提，快去买杯starbucks给我，卡布，加脱脂奶。"

"我去买吧，还要什么早餐吗？帕尼尼？牛角包？小提你要什么？"子凡问道。

"我一杯咖啡就够了。小提你也少吃点吧。"楚楚道。

"不差这一点儿吧？"小提哭笑不得。

"还要加什么微信发给我,我先去排队。"子凡说完,便出了门。

"怎么不差啊,咱们一天能摄入的热量就一千多卡,多吃一口就会胖。你这长相,再胖点儿,还怎么见人啊。"楚楚厉声道。

"嘿,我这长相怎么了。"小提争辩道。

"不好看。"楚楚瞥了小提一眼。

"什么叫好看啊?陈丹青说:静下来,目光清澈纯良,就是好看。按这个标准,我挺好看的啊。"小提争辩道。

"对成年人来说,时间最贵,时间成本谁都搭不起。你看看现在流行的日剧韩剧,第一集就要男女主角一见钟情,迅速配对。为什么?因为观众没有耐心看着两个人互相了解,时间太贵了,谁也给不了,都没时间。"楚楚说完便趴在了桌上。

"时间宝贵才更要了解清楚再交往呢。"小提嘟囔着,回到自己的办公桌,继续审核 BP 上的内容。她心里清楚,面对刘威这样的投资人,机会只有一次,绝对不能出错。

若岩来到公司,立刻翻看小提修改过的 BP。在若岩看来,BP 是一个很矛盾的东西,所有的创业导师都会反复强调 BP 有多重要。可是同时 BP 的限制又很多,页数不能超过十页,每页字数不能多于两行,就这么百十来个字要把项目的前世今生说得清清楚楚,显然是不可能的。但他清楚,50% 的投资决策就是根据 BP 的优良程度做的。另外的 50% 则主要靠相面,也就是投资人最常说的那句话,投资就是投入。也就是因为 BP 实在太重要了,很多创业者都会把大量的时间浪费在制作 BP 上。若岩清楚其中的道理,BP 来回来去改了几遍,此时仍不满意。趁着投资人还没来,两人又把 BP 上的内容前前后后修改了一遍。

楚楚见自己帮不上忙,随手布置了一下办公室。修剪了墙角的绿植,在每个办公桌上都摆放了鲜花,做完这些还有时间,索性又给自己补了补妆。

十点整，刘威带着助理准时来到了公司。刘威身材健硕，肩宽腰窄，紧身 Polo 衫让衣服下面强健的胸肌暴露无遗。下身的牛仔裤也绷得紧紧的，脚上随意地蹬了一双白色休闲鞋。和刘威这身随意的打扮形成鲜明对比的是，小助理穿了一身整齐的西服套装，手里拿着黑色公文包，毕恭毕敬地跟在刘威身后。

"刘总您好。"小提出门相迎。

"你是莫小提吧？我和尹建很熟，我们在美国读书的时候就认识了。他前两天跟我提起了你和你这个创业项目，我听了之后很有兴趣。"

哦，原来是尹总说的。小提这才恍然大悟。刘威口中的尹建是小提之前投资公司的合伙人，也是小提的直接领导，一直对小提都很照顾。连这次小提辞职出来创业，尹建都很支持。并表示如果小提创业不成，可以继续回公司打工，职位保留。

基金创始人这个级别一般都是到了确认投资的阶段，才会拜访项目组。这次刘威直接进场，早就引起了若岩的怀疑。有人引荐倒是说得通了。若岩打消了自己之前的顾虑，放松了下来。

"当然，我也看过你们这期的视频了。节目质量很不错，一看就是专业制作团队，不是草台班子凑合出来的东西。"刘威夸奖道，"这期策划是谁想出来的？值得表扬。虽然涉及自杀这样的敏感话题有点剑走偏锋，但确实达到效果了。非常时期用一些非常手段，也是可以理解的。"

"这期节目不是我们策划的，刚好撞见了。"小提把小雪事件的前后经过讲了一遍。

"这样啊，那我就只能解读为你们团队对爆点事件有独到的嗅觉。敏感度高也是创业者不可缺少的属性，尤其是做内容的团队。"刘威夸奖道，"给我介绍介绍项目吧。"

小提打开投影机，条理清晰地把公司情况言简意赅地说了一遍。小提说完，刘威提了几个不痛不痒的问题，小提一一作答。

刘威耐心地听完，想了一下，问道："你们引流的方式呢？我看到你们配合小雪这期话题做了整容选拔赛，但是我觉得奖金不够刺激，吸引不了观众参加啊。"

不够刺激？小提心想，网络投票选出的最成功整容者，节目组会提供五十万元的变美经费，这还不够刺激吗？

"五十万也太少了。这年头谁会为了五十万和别人拼个你死我活啊。我建议你们把奖金提高，提到一千万吧。"

刘威不但对奖金数额不满，对参与人也表达了不满。他认为选拔赛的参与者不能都是创业公司安排整容的选手。整容本身有周期性，选拔赛需要在很短的时间内完成，极大限制了参赛者的人数。参与者数量少，效果就出不来，知名度就不够。他建议，参赛者只需能提供出整容前、整容后的照片，再贡献一个感人至深的故事，最好就是整容改变命运这样的故事，就都可以来参与。而像小雪这种由创业公司出人出钱做整容的参赛者，也可以有，但数量不要太多，还要严格控制质量。同时为了严谨性考虑，参赛者的照片需要医生、专家鉴定，以防止参赛者使用他人的照片参赛，闹出笑话。这样，参与的人会更多，也更具有话题性，炒作的点也越多。刘威侃侃而谈，说话时，不忘观察几位创业者的反应。

刘威这个级别的投资人，已经不再对创业者的想法感兴趣了，什么天马行空的点子他们没见过，早已司空见惯了。在刘威心中，创业者对新鲜事物的嗅觉和执行能力才是至关重要的。此次刘威能亲自登门，当然有和尹建的交情在，但最关键的，是节目组的策划打动了他。而在来之前，刘威为了不让这些后辈小觑了自己，自然也是做足了功课，有备而来。

小提和若岩对望了一眼，都立刻明白刘威说的显然是对的。想要参赛者多，就必须放低门槛。之前的做法的确显得费力又不讨好。"

"您的建议我们一定采纳。这期节目的片尾，就会换上新的比赛形式。但是一千万的奖金，我们实在出不起。"若岩道，"不瞒您说，我们账上就没这么多钱啊。"

"你们都是聪明人，这事还用我教吗？如果活动做得大，做得好，这一千万奖金不愁没人出。如果做得不大，叫得不响，大不了关张走人，也不用非得出这个钱。如果最后没钱还想赚个好名声，也不是什么难事，咱们自己是主办方，谁得奖，谁得名，还不是自己说了算的。"刘威没有接着这个话题往下说，而是忽然话锋一转，看着若岩问道，"你是俞若岩吧，你之前的公司我听说过。为什么不做了？"

气氛立时紧张了起来，大家都屏住呼吸，将目光瞟向了若岩。

"说来话长，创始团队对于公司的未来发展有一些分歧。我暂时退出，现在看来，这么做对大家都好吧。"若岩尽量保持镇静地说。

"创始人闹掰这种事在创业公司太常见了。有时候未必是有分歧，可能还有一些你还没想到的问题。我刚才看BP，你也是长教训了。51%的股权，不用再担心没有话语权了。"刘威微笑着看若岩，继续道，"我相信就凭你的能力，把这家公司送到C轮应该不成问题。但C轮之后，再想拿到投资，就必须要看公司盈利能力了。坦白说，我现在还看不出这家公司有什么盈利能力。"

"您现在投资是天使阶段，不需要考虑C轮之后的事吧？如果您有信心我们能到C轮，您投资的那部分怎么都能保证收益，成功退出了。"若岩道。

"道理是没错，但我是个喜欢多管闲事的投资人。我投的项目，我都会尽全力去帮忙，业务拓展，用户导流，包括帮你们找投资人。不这样做,我觉得自己的工作就没做到位,没有对 LP 负责。"刘威道。

"难怪您和尹总是好朋友。尹总也是这样的投资理念,投过的项目都会全程参与。"小提奉承道。

"我倒是不太希望投资人管得太多,毕竟不是一个领域的。投资人给予资源上的帮助当然是好事,但创业过程中,没有人比创业者自己更了解业务本身和公司的发展方向。而投资人在行业环境和实操都不是很清楚的情况下,盲目地给出建议,不但不能解决问题,还会让创业者无所适从。"若岩扶了一下眼镜,用余光瞟了刘威一眼,想看看他对自己这番话是什么反应。

刘威笑了一下:"这个你放心,我是该管的管,不该管的绝不会去碰的。我也创过业,知道这里面的苦。你们这儿也没什么可看的了,我回公司走个流程。不出意外,一个月内给你们打款。"

小提两眼放光,看着刘威,此时他俨然就是财神爷的化身。

"嗯,但你们报的价格太高了。两千万占 10%,这是我的心理价位。我完全是看若岩的履历和尹建的交情。当然,我也相信,他看中的人,应该不会太差。"刘威嘴角划过一丝邪魅的笑,锐利的目光扫向小提,"另外,我还有个条件。这次整容选秀比赛的最终获奖者,由我指定。你们不会不同意吧?"

若岩立刻答应。

小提想要辩驳,却看到若岩冲自己使了个眼色,只得把后面的话咽了回去。

"你们这儿谁是负责人?"突然从门口闯进一位女士,栗色中长发,藏青色连衣长裙,手拎藕荷色铂金包,脖子上和手腕上都挂着梵克雅宝的四叶草,右手无名指上一枚硕大的钻石戒指,格外引人注意。她步子很大但不显慌张,她面有愠色却不失端庄,她用尽修来的涵养压住此时心中的激愤。

"我是负责人，您有什么事？咱们去会议室说吧。"楚楚不敢怠慢，赶紧迎了上来。

贵妇冷冷地瞟了楚楚一眼，显然是并不相信。

刘威见来者不善，迅速起身告辞："我就不耽误你们时间了。若岩，你送我一下吧。"

若岩跟着刘威快步走出办公室。

下了电梯，刘威才问道："你不打算回之前的公司了吗？"

"不回去了。"若岩的话里透着寒意。

刘威拍拍若岩的肩膀，安慰道："第一次创业的感觉我懂。公司就像自己的孩子一样，在意得很。有些事情既然决定了，就不需要再去多想了。"

若岩点点头，自己心中的委屈从未与人说过，此时也不需要说，从刘威的眼神中便看出，他是过来人，他都懂。

若岩若有所思地回到公司，看到大家均是一脸愁容，那位不速之客还没有离去，正坐在椅子上唉声叹气。

小提迎上前，有气无力地简述了一遍这位贵妇的遭遇——

两周前，小雪自杀一事在公司引起了轩然大波，她还没回去上班，公司就已经传遍了各种各样的流言。茶水间一向是小道消息的汇聚中心，此时更成了侦破间。

"我听说啊，是咱们公司要裁员了，她被叫去谈话，受了刺激，所以就想不开，轻生了。"

"对，我那天看见小雪被领导叫去问话了，出来的时候好像眼睛是红的。"

"也没准儿是为情所困，不过小雪的意中人是谁啊？不会就是咱们公司的人吧？"

公司董事长刘大成此时更是急成了热锅上的蚂蚁，坐立难安。"公司迫害员工""逼员工走投无路"的说法被多家网络媒体传得沸沸扬扬。他和公司高管开了三天会，依然没想出抵抗舆论的法子。封锁消息、删帖这样的事肯定是不能干的。一个不小心，反而弄巧成拙，影响公司的声誉。找网络写手帮着写点正能量的文章，看起来也没什么效果。互联网上歌功颂德的东西本来就没人爱看，就是砸钱买了头版头条，不出一个小时就会石沉大海，激不起一点儿涟漪。还能有什么办法呢？刘大成一向浓密的头发这两天也愁得掉了不少。

解铃还须系铃人，看来只能等小雪出院回来，为公司正名了。可是小雪要是不愿意答应怎么办呢？刘大成脑中对小雪这名员工一点儿印象都没有。这也不能怪他，上千员工的公司，董事长不可能每个员工都记得住。小雪的部门经理建议，等小雪回来，给她涨涨工资吧。看记录，小雪已经来公司三年了，工资一点儿没涨过。涨薪确实合情合理。可这个节骨眼上，却是万万不能升职加薪的。这点刘大成心里清楚，这要是被其他员工知道了，看着眼热，都如法炮制，公司可就吃不消了。升职加薪事小，给公司造成不良的社会影响大，再有几桩这样的社会新闻，公司形象就彻底毁了。批评教育也不是办法，九零后的小孩儿，有几个能听老人言的，都自我着呢。说得对路还行，一旦哪句没说好，再刺激到她了，可怎么办？管理要得法，一定要知己知彼，方能百战不殆。小雪到底是因为什么要走向极端，刘大成交代下去调查清楚。但下属却迟迟没有给出反馈。不知道根本原因，这事就没有解决方案。

就在刘大成焦头烂额之时，秘书献上一计。

"老板可知，感情投资？"

"感情投资？什么意思？"

"以理服人，以情动人。"

"具体说来？"

"您亲自去讨好小雪，买花，请客，送包，让小雪察觉到您对她的好感，这事就好办了。反正咱们不也就是希望她能登报声明，澄清自杀和单位没关系嘛。"

"这么简单？"

"女人最好骗。"

小雪回到公司，还没在工位上坐稳，便被行政叫到了董事长办公室。小雪忐忑地走了进去。

刘大成想也不想就递给小雪一大把玫瑰花，深情款款地说："你终于出院了，全公司上上下下都非常担心你。"

小雪看着面前的花束，不由得愣住了。这是自己第一次收到花，没想到还是一把这么漂亮的红色玫瑰花。她看看花，又看看送花的人。刘大成在小雪心中一直是个神话般的人物。学霸、理工男、创业明星，一路努力成为现在这家上市公司的老板。刘大成虽然已经人到中年，但好在头发没掉，肚子没大，看起来丝毫都不油腻，还有几分理工男特有的可爱劲儿。白衬衫加浅蓝色牛仔裤的搭配，给人一种他就是乔布斯传人的错觉。这是老板第一次和自己单独对话，小雪感到手足无措，不知道说什么好。她支吾了半天，才说："谢谢老板关心。"

而刘大成也很少有机会这么近距离地接触一个员工，他按照秘书叮嘱的，故作深情地看着小雪，看着看着，他竟呆住了。好久没见过这么清丽脱俗的女孩儿了，上一次见好像还是在大学里的图书馆，那是学校的校花，舞蹈队的队长。他几次鼓起勇气，想去和那个女孩儿打个招呼，却终究未遂。因为女孩儿身边总是围绕着几个男生，他无从下手。最后，他选择了同桌的她，虽然她不漂亮，但聪明灵动，在那个年代给了他无限的柔情。可是他的心中总有另一个她，那是坐在图书馆里的白月光。

小雪等了半天，见刘大成呆呆地看着自己，也不说话，不由得有些担心。该不是要炒我的鱿鱼吧？小雪心里琢磨着，便轻轻唤了一声:"老板?"

刘大成这才缓过神来,可之前秘书准备好的台词,此时却一句也背不下来了。他满怀真诚地说出了二十年前就准备好的措辞:"今晚,我能请你吃个饭吗?"

小雪激动得说不出话,脸噌的一下红了,点了点头。

小雪这娇羞的样子,正拨动了刘大成的心弦。

当晚两人在一家情调很好的西班牙餐厅共进了晚餐。晚餐后又去了一家安静的酒吧,聊到半夜。

谈话的内容,两人都没有记住,只记得聊得十分尽兴。他们都有一种久旱逢甘霖的快感。当晚,刘大成送小雪回家。小雪目送着车子离去,又在门口站了许久,才回到家里。

那晚之后,刘大成频繁地和小雪约会。看电影,吃饭,泡吧,刘大成感到自己找回了第二春。小雪也醉心于这份情感之中,不能自拔。短短两个星期的时间,两个人就已经发展得如胶似漆,爱恨难离。

"你能离婚吗?"小雪紧紧抱着刘大成,不让他下床回家。

"为了你,我什么都愿意。"刘大成吻了吻小雪的面颊,轻轻推开她的身体,从地上捡起自己的衣服,一件件穿好。

"那你什么时候和她提?"小雪躺在床上,半裸着身子看着他。

"我尽快。要不,"刘大成想了想,鼓起勇气,"明天,明天你跟我去我家吧。"

"一起去?"小雪多少还有点儿做贼心虚,不敢面对正室。

"对,她见到咱们俩这么恩爱,应该能念在夫妻之情,放我一马的。"

就这样,刘大成带着小雪去找原配摊牌了。期间,刘大成紧紧握着小雪的手,不停地重复:"我们是真爱啊。你要理解,我们是真爱啊。"

被气得晕乎乎的原配在家里躺了两天没下床，无意间在手机里看到了小雪这期节目的视频。她反复辨认视频里的女孩儿，没错，就是她。就是她前两天以一副胜利者的姿态，在自己面前秀恩爱的。原配留意到了视频下方给出的公司地址。

"您找我们有什么用呢？"若岩在受害者对面坐下，"感情的事，不就是你情我愿吗？这要是他们两人真好了，想拆开也很难啊。外人越拆反而让他们绑得越紧，您看罗密欧与朱丽叶，不就是这样吗？给他们时间空间，让他们相处相处，很多感情也就无疾而终了。"

贵妇叹了口气，人到中年，感情的事还用得着毛头小伙来科普吗？自己不过是心有不甘，二十年的婚姻了，自己为家庭做出了多少牺牲，怎么眼前人转身就成了负心人？！新人是真爱，那自己是什么？难道这么多年，他都在凑合吗？这个公司的人能帮上什么忙，自己心里也是毫无预期。只是看见了这家公司的视频，就想过来看看。

"您的心情我们完全可以理解。但这件事我们就算想帮您，也没有办法啊。"子凡见贵妇没有说话，也凑过来安慰，"我们这儿就能帮人整容。您要是有兴趣，想做哪个部位，我做主，给您免费做了。您看行吗？"

"我不是来你们这儿整容的。"贵妇露出不悦的神色。

楚楚递过水杯，柔声问道："您贵姓？怎么称呼您合适？"

贵妇接过水，一口气喝完："我也知道有点儿难为你们。但我确实是被害得好惨啊。我跟我老公在一起都二十年了，从贫贱夫妻奋斗到小康生活，又奋斗到现在，好不容易过上点好日子。怎么就这么倒霉，碰上这么个货色。"

"小雪整容痊愈这才两个多星期，这么容易就把您老公拐跑了？"楚楚不解地问道。

"这个岁数的男人,有几个扛得住小姑娘投怀送抱的。我老公找我谈判的时候,就不停地和我说,小雪对他是真爱,不是图他的身份、地位还有钱,就是图他的人。我心想,人都到手了,那些自然就到手了,有什么区别啊!这男的犯起傻来,比女的可是傻多了。他说他不能辜负人家的一片真心,一定要对小姑娘负责。那谁对我负责啊,我跟他的时候,大学还没毕业呢。不比这女的年纪还小吗?"贵妇哀怨地说。

真爱?楚楚看着贵妇,想起小雪口中提到过的挚爱,贵妇的老公难道就是说过"不想见到她,见到她就会做噩梦"的那位挚爱?这种话都说了,还能在一起吗?想到这里,楚楚道:"您能不能具体说说您老公,是从什么时候和小雪在一起的?"

贵妇回忆了片刻,道:"大概是两周前吧,他回家越来越晚。我开始没当回事,他平时也要应酬嘛。可过了一阵子,我就觉得不对了。回来得晚不说,身上还总是带着香水味。我问他去哪儿了,他就说是应酬。我问他是跟哪家公司应酬,他就答不上来。他一个理工男,单线程动物,根本不会说谎。我追问了几句他就说实话了,说和公司里的一个员工谈恋爱了。因为情投意合走到了一起。至于什么叫情投意合,我就不理解了。"

才两周?楚楚不由得怒火中烧,刚刚变美两周就去破坏别人的家庭,这女孩也太可恨了。楚楚愤然道:"子凡,咱们真是帮错了人。小雪的心灵只配得上她之前的长相。"

"你别这么说,我看小雪挺单纯的啊。"子凡辩解道。

"你看的是她整容之后,她整容之前长什么样你都不记得了吧。"楚楚从电脑上找到小雪整容前的照片,打印出来,冷笑着拿到子凡眼前,心说,这个长相你还觉得单纯吗?接着,她把照片交到贵妇的手上,"姐姐,您先回家,这事我帮您想想办法。对了,这张照片您拿走,带给您先生看一下。这是小雪整容前的照片。您先生要是看完了心里不硌硬,还能继续跟小雪在一起,我也敬他是条汉子。"

"这是小雪?"贵妇瞪大双眼看着照片,无论如何不能把照片上的人和前两日自己见过的人联系在一起。

"就是小雪,两周前就长这样。您先生要不信,问问手底下的员工,总有记得住她长相的人吧。"楚楚道。

"你们哪儿找的整容医生啊?这变化也太大了。难怪我老公一个劲儿地说,之前对小雪一点儿印象都没有,这根本就是俩人啊。"贵妇看着照片感叹道,"我今天就去找那个负心汉,我倒要看看,他看见这些照片到底是什么反应。"

目送贵妇走后,楚楚拿出手机,拨通了小雪的电话,故作温柔地说:"小雪,节目看了吗?对,效果特别好。你这几天有空吗?过来看看我们啊。非要请我们吃饭啊?那也行,你定个地方。今晚就要请啊?行,应该都有空吧。大董?行,那就晚上工体大董见吧。"

挂断电话,楚楚恢复了打电话前的口气,气愤地说:"这丫头是真当自己傍上大款了啊,要请咱们吃大董。"

"那就别错过,晚上你们都没事吧,一起去。"子凡笑呵呵地说。

"你们去吧,我晚上还要赶工。"若岩一脸厌恶。

"我也不想去。"小提嘟囔道。

"你当我想见呢。今天晚上咱们就是去问个明白。"楚楚道,"那天还好有子凡在场,不然我还以为是我的幻觉呢。我敢打赌,刚走这位姐姐的老公,和小雪那天跟咱们说的挚爱,根本就不是一个人。"

"你怎么这么确定啊?没准儿就是一个人呢。"子凡问道。

"一个嫌弃她丑的人,即便她整容变漂亮了,也不会接受她的。"楚楚笃定地说。

子凡摇了摇头。

"小提，晚上一起去，我让你不但吃顿烤鸭，还能看场好戏。"楚楚嘴角上扬。

一听还有戏看，小提立刻答应了。

楚楚看了一眼手机，已经比约定好的时间迟了二十分钟。果然是今时不同往日了，麻雀变了凤凰，自以为尊贵的人总是要最后才出场。

"请吃饭也没个诚意。"子凡玩着手机上的游戏，时不时地扫一眼门口。

话音刚落，小雪春风满面地走进包厢，向众人打了个招呼，抱歉地笑着："对不起啊，路上太堵，司机都闯红灯了，还是迟到了。你们点菜了没？"

"等你点呢啊。"子凡没好气儿地说。

"想吃什么快说，都别客气。你们就是我的再生父母。"小雪边说，边脱掉白色的 chanel 外套，单穿红色吊带纱裙，在桌前落座，"烤鸭咱们先来一只，不够再加。其他菜，你们看看想吃什么？鲍鱼怎么样？东星斑也来一条吧。还有燕窝，楚楚姐、小提姐，咱们每人来一份吧。子凡哥，给你点个海参行吗？再点几个他们这儿的特色菜，就差不多了吧。若岩大哥怎么没来啊？"

"他还在公司加班呢。"子凡道。

"下次叫上他，咱们再吃一顿。你们看看喝点什么？咱们开瓶香槟怎么样，庆祝一下。"小雪把酒单推给子凡，"子凡哥，你看点哪个好，酒我不懂。"

看着小雪这一通神气活现地张罗，楚楚连续翻了几个白眼。刚点好菜，楚楚就阴阳怪气地问道："你对这里的菜单很熟啊，经常来吗？"

"上周连着吃了两次。"小雪幸福地说,"有几个菜特别好吃,没吃够。你们来过这儿吗?"

楚楚又翻了个白眼,心说,我们在这儿吃饭的时候,你还没见过天安门呢。

"整容之后发财了吗?大董可不便宜啊,我们都吃不起。"子凡明知故问。

"发财也不会这么快啊。"小雪腼腆地笑笑,"是我男朋友啦。还没跟你们汇报,我交男朋友了,对我蛮好的,也舍得花钱。"

"是你之前说的真爱吗?"子凡急不可待地问道。

"不是。"

真的不是啊。子凡看了楚楚一眼,心想,这个女人不简单啊。

"是我老板,比我之前那个真爱强太多了。理工男,高富帅,人还特别好。"说起男朋友,小雪的脸上泛起红润,声音也甜得腻人,"我跟他说要请朋友吃饭,他就让我点最贵的招待你们。"

"他怎么没跟你一起来啊?"子凡问。

"他本来是想一起来的,但他前妻突然把他叫走了。"小雪有些失意,但立刻又恢复了精神,"你们尝尝这个菜。看着是樱桃,吃下去,其实是鹅肝做的,可好吃了。"

"前妻?你男朋友离婚了?"楚楚的戏还没结束,继续夸张地表演着。

"没离,快了。"小雪也不隐瞒,风轻云淡地答道。她为大家夹了一圈菜,又补充道,"他已经带着我和他前妻去谈判了,但他前妻没有当场同意,说是要考虑考虑。他前妻是个中年妇女,也没什么独立生活的能力,肯定不愿意离婚。加上他们还有个孩子,在国外读书呢,知道了也不会同意的。我也劝他,两情若是久长时,没必要朝朝暮暮。"

"小雪,咱不能破坏人家家庭啊。"子凡诚恳地劝道,"你现在这么漂亮，又年轻，何必找个有家室的呢？我朋友在一档相亲节目组，我帮你报个名，上了那个节目，咱找谁不行啊，干吗非找个拖家带口的啊。"

小雪笑而不语，继续劝大家吃菜。她心里清楚，现在女孩儿找对象太难了。子凡是男生，自然不了解这婚恋市场中女性所处的不利位置。就算是高学历、高颜值的女性，到了婚恋市场上一样被打击得体无完肤。自己现在虽然漂亮，但定位一定要清晰。绝不能好高骛远，眼高手低，像刘大成这样有经济实力，又舍得给女人花钱的，已经是人间精品了，自己还有什么不满足的！小雪这些年一直都单身，里面的道理早就想明白了。

"这么短的时间里，为了你就要抛妻弃子了。我看这男的也不是什么好人。"楚楚冷冷地说。

"楚楚姐，你这话怎么这么酸啊。你不是看我找个有钱人，心生嫉妒了吧？"小雪凑到楚楚面前，挑衅般地问道。

"我嫉妒你？我用得着嫉妒你吗？"楚楚翻了个白眼，"作为一个资深美女，我有必要提醒你一下。颜值是一把双刃剑，运用不当，反受其累。服务员，剩下的菜不用上了，打包。时间也不早了，我们得回公司继续干活了。我可没有出手大方的男朋友，还得努力靠打工赚钱养活自己呢。小提，别吃了，走了。"

"楚楚姐，你别生气啊。"小雪还想挽留，不料子凡和小提也起了身，都准备要走，"饭还没吃完呢，干吗着急走啊。你们听我说啊，我也有我的难处啊。我虽然现在漂亮了，但你们也知道，整容的效果维持不了多久，一年半载之后，我还要修修补补。整形多贵啊，我哪有那么多钱啊。我必须得趁现在找个有经济实力的。再说，我对我男朋友也是真心的啊，我们是真爱啊。"

"你别再说真爱了，我听你说真爱我就反胃。"楚楚厌恶地看了小雪一眼。

"小雪，君子爱财，取之有道。靠山山倒，靠人人跑。我虚长你几岁，就告诉你一个道理，自立自强比什么都重要。"小提甩开小雪拉住自己的手。

"小提姐，怎么连你也不能理解我啊？"小雪刚开过眼角的大眼睛此时看起来多情又无辜，"楚楚姐一直是美女，她吃够了颜值带来的甜头，她是早就不稀罕了。可你跟我一样啊，我们从小是在冷眼中长大的。我当然要享受整容带来的好处。像我男朋友那样的人，我之前想都不敢想。我第一次见到他的时候，就很崇拜他。他是那么有风度、有魅力的一个男人。像这样的成功男士是不可能选择一个像咱们这样的丑丫头的。我脑子里都不敢有喜欢他的想法，自己就知难而退，觉得配不上他。但现在，一切都不一样了。你们没见过他看我的眼神，那么温柔，那么认真，我能感受到他眼里闪烁的光，能感受到他是真的爱我。他对我的好，我从来都没有体会过。你们能理解吗？"

小提被小雪的一番慷慨陈词镇住了，一时竟不知道如何反驳。

"真爱不是这样的。你爱的不过是他的钱和地位，他爱的也不过是你此时的花容月貌。如果……"楚楚的话还没说完，小雪的手机响了。

"亲爱的，你那边结束了吗？"小雪嗲声嗲气地问道，"什么？你说什么结束了？我们结束了？为什么？出了什么事？喂，喂。"

显然，那头已经挂掉了电话。小雪回拨过去，但对方再没有接听。

"他前妻做了什么？给他吃了什么迷魂药吗？他怎么会突然要跟我分手？"小雪不解地问道。

"他前妻只是给他看了你之前的照片。"楚楚幸灾乐祸地说，嘴边泛起一丝得意的冷笑。

随后的事情众人都有些迷离。在小提的记忆中，他们似乎又回到了餐桌，继续把晚宴吃完了。还开了两瓶价格不菲的酒，陪着小雪喝到大醉。餐后是子凡买的单，因为小雪哭得实在太难过，没人好意思提醒她去付钱。走出饭店，小雪站在灯火辉煌的街头，看着来来往往的人群，大哭大喊了一场。但在熙熙攘攘的闹市区，没人会留意一个女孩的失意，即便她是个漂亮女孩。

小提和楚楚把失魂落魄的小雪送回家。离开时，两人心里都有几分不安。

听到关门的声音，小雪从床上颤颤巍巍地爬起来，打开床头五斗橱的第一个抽屉。药瓶还安好地放在这里，药瓶里面还有上次吃剩下的半瓶药丸。

小雪用颤抖着的手拧开了药瓶，呜咽地哭着。她不明白，为什么自己已经改变了容貌，还是走向了相同的命运。即将把药倒进嘴里的一刻，手机忽然响了。

小雪打开手机，看到是子凡发来的微信："这个男人根本不值得你爱。你已经变漂亮了，以后追求你的人会有很多。但一定要睁大眼，认清楚，哪些人是真的欣赏你，哪些只是好色之徒。最重要的是，无论发生什么，你都要爱自己。因为你一直很可爱。"在信息的最后，子凡还加了一个桃心的图标。

小雪号啕大哭起来。她盖上了药瓶，把药瓶丢进了垃圾桶里。她下定决心，明天就去公司辞职，从此离开北京，去一个没有人知道她以前样子的地方，重新开始。

第三章 听医生的话

几天前，子凡在整形医院偶然见到了一位患者，这位患者的形象像钢印一样印在了子凡的脑中，很久仍挥之不去。

那是一张油光水滑，表皮被撑得已经接近透明，看起来马上就要爆炸的脸。她是传媒大学表演系的在读生，年仅十九岁。医生记得她两个星期之前来过这家医院。她想要注射玻尿酸，因为身边有成功改善了皮肤状况的案例。可医生诊断后，认为她小小年纪，胶原蛋白充沛，皮肤状态也很好，实在没有注射针剂的必要，三言两语就把她打发走了。可没想到，她在一家小作坊美甲店，经不起导购的诱惑，一次注射了七支来路不明的玻尿酸。很快，这张秀气的脸就肿成了猪头，连眼睛都快睁不开了。医生哭笑不得，只得帮助她做了修复手术。

当然，这位整容者是运气好的。没过几天，子凡又在拍摄节目时遇到了另一位执意要做颧弓内推手术而导致面部塌陷的整容者。因为术前医生已经充分告知过手术风险，所以手术失败，医生并不用承担责任。整容者和整容者的母亲都跪在了医生面前，请求医生能想办法帮助患者修复。而医生在一声长叹之后，也只能表示，会倾尽全力，但效果却很难保证。

子凡的心中产生了一个巨大的疑问，这些人为什么总是不相信专业医生的建议呢？而要一意孤行地去做自认为可行，但医生并不建议的整容手术呢？与其他疾病的患者正好相反，整容者不但不惧怕手术，甚至对手术充满不切实际的期待，即便医生苦口婆心地劝阻，仍不能浇灭她们内心想要进行手术的冲动。

子凡将心中的困惑说给创业组的其他人，大家也都感到十分不解。众人七嘴八舌地分析了半天，终不得法。决定以"听医生的话"为题，做一期节目，通过对医生和整容者进行采访，来分析并总结答案。拍摄地就定在了谢医生所在的四德医院。这也是众人讨论的结果，既然因为小雪的事已经答应为谢医生做一期，就要说到做到，早日兑现才好。

五一小长假是医美行业的旺季。趁着放假前夕，楚楚拉着小提来到了四德医院。为了和谢心如一起起草节目内容，二人在医院蹲点等着她手术结束。

"天哪，我居然能在整形医院撞见沈萌。你敢不敢拍照，这一张照片卖给狗仔，能赚个三五十万的。"楚楚目不转睛地盯着走过来的女孩儿，目送她进了医生诊室。直到诊室的门关上，楚楚才回过神儿。她悄悄起身，拉着小提，说："走，咱们去找小宛问问。"

"小宛嘴那么严，什么都不会说的。"话虽这么说，小提也忍不住心里的好奇，跟着楚楚走了。

"都跟你们说过了，客户信息我们真的不能透露。你们都看见人了，不就行了吗？干吗还非要知道她做了什么啊？"小宛被二人纠缠了半天，有点儿倦怠。

"你想不想知道沈萌的男朋友是谁啊？"楚楚抛出了鱼饵。

"她现在有男朋友吗？之前的我知道，半年前他们不是宣布分手了吗？这么快就有新的了？"小宛果然上钩了。

"比之前那个名气可大多了，长得也帅。"楚楚继续放鱼饵。

"是谁啊？楚楚姐你快说啊。"小宛好奇地问道。

"咱们交换信息怎么样？你先给我讲讲沈萌在你们这儿都动了什么。我保证不说出去，我要是说出去了，就让小提长十斤肉。"楚楚狡黠地看着小宛。

"不带你这样的，为什么不是你长十斤肉。"小提气愤地瞪了楚楚一眼，"对啊，她为什么不去你们那个隐藏楼，怎么从正门就进来了？"

"你们可千万不要说出去啊。"小宛小心地看看四周，确定四下无人，才小声说出了原委。

沈萌第一次来到四德医院大概是一年前。她通过朋友介绍，找到谢医生开眼角。谢心如诊断后，认为她的眼型不适合开眼角，就不同意做手术。沈萌很生气，和谢医生在诊室大吵了一架。但任凭她大吵大闹，谢医生就是不松口，坚持不给她手术。几天后，沈萌再次上门，似乎幡然醒悟，理解了医生的好意，还带了不少礼物送给谢医生。谢医生听她这么说，气也就消了。为了礼尚往来，送了沈萌几支水光针。沈萌打完后觉得效果很好，就坚持打着。一来二去，成了四德医院的熟客。但这几天，沈萌又找到谢医生，想要把自己的颧骨削掉。谢医生诊断后，又不同意，两人再次闹翻。沈萌甚至站在走廊，破口大骂，说四德医院就是黑店，谢医生是黑心医生，因为嫉妒她好看，不给她整形，还扬言要在微博上曝光。

"响当当的一线女星怎么能这样呢？"楚楚想到平时银幕上，沈萌总是一副弱不禁风的柔弱表现，和现实中的人物表现实在对不上号。

"还好那天病人少，没人看见。昨天她再来，谢医生闭门不见，她就来主楼找王医生了。我听王医生的助理说，她就是铁了心，要削颧骨。"小宛低声道。

"她不是很漂亮吗？怎么还要整容啊？"小提困惑地问道，"演艺圈对颜值的要求到底是有多苛刻啊！"

"在我们这儿整容的漂亮女人很多，已经见怪不怪了。楚楚姐，我已经把我知道的都说了，你快告诉我她的男朋友是谁啊？"小宛急切地想知道答案。尽管这个答案和小宛的日常生活没有任何交集，但此时此刻，她的好奇心全部被勾起，肾上腺素不断分泌，脑细胞欢快地跳动着。

为什么八卦消息会令人兴奋？据说这源于烙印在我们人类基因中的一条代码。从古至今，物竞天择。人类在有了社会以后，大自然便只拥有了一半的选择权，而另一半的选择权，则由人类来主宰。喜欢收集信息的人，不但在平日的生产生活中会占到优势，在越来越频繁的社交活动中，更是能成为众人关注的焦点，得到实惠。这样的人越受到欢迎，这样的基因便会更多地保留下来。这也就不难解释，为什么娱乐业发展到今天，影视综艺都只能靠贩卖八卦来吸引观众了。

楚楚正要公布答案的时候，一位穿着时尚的男士从她们身边经过。他戴着白色的棒球帽，超大的黑色墨镜挡住了上半张脸，下半张脸则被一副画着骷髅头的口罩遮住。

尽管包裹得如此严实，还是被小宛认了出来。小宛张大嘴，激动得快要叫出来："啊，是昆宝儿，他怎么也来了？"

"你是从哪儿看出来他是谁的？"楚楚盯着这位匆匆走过的男士，却丝毫看不出他是谁。如果说他有什么过人之处，也不过是比正常男子更单薄一些。无论是肩宽或是腰围，看起来都似乎只有常人的一半。

"从耳朵啊，那个蛇形耳环就是昆宝儿的标志。"小宛流露出资深粉丝的优越感,她目不转睛地看着昆宝儿,"咦?他怎么没有预约就来了,还直接闯进了王医生诊室?二位在这儿等一下,我得过去看看。"

小宛起身,快步走进王医生的诊室。楚楚拉着小提,两人也跟了过去。

"你别闹了,跟我回家。"男士拉住沈萌的手,想往外走。

沈萌奋力摆脱,喊道:"你不是喜欢亦小非的长相吗?我就要整成她那样。医生都已经同意给我做手术了。"

"你不要发疯好不好。我没有喜欢她。"

"我亲耳听见你说她长得好看的,你还要陪她共度余生。"沈萌娇小的身体在微微颤抖,脸色气得发白。

"那是演戏啊,戏里的台词你怎么能当真呢。"男士摘下了墨镜,深情款款地看着沈萌,"我怎么可能会喜欢她呢?我喜欢的是你啊。"

沈萌看着昆宝儿,也红了眼圈,上前一步抱住了他。

昆宝儿也抱住沈萌,用手轻轻地抚摸着她乌黑的长发,轻声说:"咱们先去和经纪人道个歉,再回家。他这些天都非常担心你,怕你出了状况。今天早上他偷偷跟着你,一直到医院门口,知道劝不住你,就赶紧给我打电话了。我从片场赶过来的,还好来得及。"

"啊?"一旁的小宛忍不住叫出了声,"你们在一起了?"

昆宝儿摘下口罩,看着小宛,眼神清澈而真诚。

小宛顿时感到一阵眩晕,险些跌倒,还好被一旁的小提撑住了。

昆宝儿诚恳地说:"是的,拜托你们,请一定要帮我们保密。不是我们要故意欺骗粉丝,是双方的经纪公司都不同意我们公布恋情。我们这段感情来之不易,我会尽最大努力去保护她。"

楚楚这才看清了昆宝儿的长相。面部清瘦,线条清晰,五官精致又不失英气，的确是时下最受女孩子喜欢的类型。可是沈萌的表现是不是也太夸张了？男朋友在戏里夸奖了别人，就来医院做整形手术，这以后的日子真能过得下去吗？

此时，昆宝儿也在心里反复问自己，沈萌这样的脾气，两人到底还能相处多久？

昆宝儿知道，这已经不是沈萌第一次来整容医院了，上次也是因为自己无意中说错了话。多亏了医生阻止，不然她免不了挨上一刀。艺人的形象并不只属于自己的，早已签给了经纪公司，当然也不能由着自己随意改变。一旦改变外形，艺人不但会面临经纪公司解约的风险，更可能被广告主投诉，交上巨额赔偿金。可是沈萌，从来都不会考虑这些。因为她太过简单，简单到在她的世界里只有昆宝儿一个人存在。

两年前，昆宝儿和沈萌因接拍同一部戏而在剧组相识。沈萌刚刚结束了一段惊天动地的恋情。事情的经过被网上各大写手渲染得沸沸扬扬，经纪公司为了艺人炒作也趁热打铁，每日为沈萌买热搜，上头条。可这一切，让沈萌心灵的伤疤还没痊愈便暴露了出来，受到了更加巨大的伤害。还好，每日都有举着牌子的粉丝来剧组给她加油打气。这是她当时能够活下去的唯一动力。

昆宝儿第一次见到沈萌就被她深深地吸引了。这个穿着嘻哈风格的大T恤衫、破洞牛仔裤的瘦弱女孩，有让人过目不忘的精致五官。她与生俱来的神秘气质，让她有一种不同寻常的魅力。昆宝儿当然知道，论资历、论身价，沈萌都在自己之上，她是16岁就已经红遍大江南北的一线女星。这样的差距，让昆宝儿几次想搭讪，都在最后一刻退却了。拍片的休息时间，沈萌总是远离人群，独自一人静静地待着。昏黄的日光照在她沉静的侧脸上，有一种油画般的美。多年的演艺生涯，让她不再喜欢和人打交道，与剧组的人总是保持着礼貌性的距离。即便是她的贴身助理，大部分时间也不会在她身边出现。

"我能……你介意……我和你一起吃饭吗?"晚饭时间,昆宝儿端着餐盘,走到了沈萌身边,吞吞吐吐地说。

"嗯。"她轻轻答应了一声,点点头。

喜出望外的昆宝儿这才注意到了沈萌面前只有一盘绿叶菜。他关心地问道:"怎么吃这么少啊?"

"嗯,减肥,每顿都得控制。"沈萌低头吃着乏味的菜叶。

"总这样会营养不良的。减肥绝对不能这么吃,这么吃会越吃越胖的。听我的,你吃点鸡肉,吃这个也不会胖。"昆宝儿将自己盘子里的鸡腿夹给沈萌,"我还没动过,干净的,你别嫌弃。减肥必须要运动,我常年健身,以后可以给你做健身指导。至于饮食上,只要注意热量摄入,没有什么是不能吃的。你这样的吃法,不但影响食欲,也影响心情啊。心情不好,怎么减肥呢?"

沈萌心里涌入一股暖流,和前任分手后,就没有人再关心过自己了。沈萌望向昆宝儿的餐盘,他拿的晚餐也并不多,问道:"你把鸡腿给我了,你吃什么?"

"我再去拿一个。"昆宝儿又去自助餐桌拿了只鸡腿,还在一篮子苹果中仔细挑了个长相漂亮的带了回来。再次坐回到沈萌面前,昆宝儿的脸竟不知不觉地红了。他把苹果小心地放在沈萌面前,说道:"两个小时之后,你还得再吃个苹果。少吃多餐,保持新陈代谢,就是减肥的秘诀。我以后就是你的健身教练加营养师。我会告诉你该吃什么,不该吃什么。只要你按照我给的食谱吃,保证你吃饱吃好,还一点儿不会长肉。"

"嗯。"沈萌拿着苹果看了看,冰封的脸上出现了一抹笑意。她又抬头看了看昆宝儿。

她的视线中带着几分好感和几分困惑。看着她那双明亮清澈的大眼睛,昆宝儿的心跳明显加速了。

有了这次交流，两人之后的发展变得突飞猛进。不知是性格合拍，还是剧中的角色催化了双方的情感，一出戏还没拍完，两个人已经甜蜜得如胶似漆，羡煞旁人了。

在闲聊时，昆宝儿了解到温和恬静的沈萌有着一段不为人知的凄苦童年。在沈萌五岁时，她的父母就离了婚，各自和别人组成了新的家庭。而沈萌成为父母双方都嫌弃的对象，被送回农村老家，由奶奶独自带大。沈萌十二岁时，刚好一位大导演来到家乡拍电影，沈萌也跟着村里的小朋友一起跑去看热闹。没想到恰好被导演看到，临时客串了戏中一个不咸不淡的小角色。一般这个年纪的孩子没经过专业训练都演不好，没想到沈萌却出色发挥，导演让哭，眼泪就能流个不停；导演一喊停，转头收起眼泪就能说说笑笑。导演如获至宝，深觉自己发现了一个好苗子。经过奶奶同意后，沈萌跟着导演来到北京，从此走上了演艺生涯。

"你知道吗，我已经吃了十多年剧组的饭了。以前和现在不一样了，任你是多大的腕儿，都得在一个锅里盛饭吃。而且越是主角吧，戏份越多，吃饭的时候越晚，等他们去吃的时候，基本锅里都剩不下什么了。我那会儿演的不是宫女就是丫鬟，早早收戏，先去吃饭。炊事员看我年纪小，很照顾我，有好吃的都给我吃。比我以前在家里吃得好多了。其实我不想红，我怕红了得当主角，就吃不上饭了。谁想到，等我红了的时候，名演员就有小灶儿了。你都没吃过大锅饭吧，一直都在吃小灶儿。"沈萌躺在昆宝儿的怀里，回忆着过去的时光。

"没有。我是选秀出身的，半路出家入了这行，一进来就是明星待遇了。"昆宝儿轻轻抚摸着怀中的尤物，她的身体像鱼一样滑。

"就是啊，小演员吃的那些苦，你都没吃过。不过别人都说当演员苦，我怎么一点儿都不觉得苦啊。我以前在农村那才是真的苦呢。晚上要生炉子。生炉子非常讲究，火不能太旺，太旺了到半夜煤烧光了，会冻死。但也不能太小了，火太小了，屋子里冷，睡不着觉。我练了好久都弄不好。生好的炉子上面一定要烧一壶水。你肯定猜不到这是干吗的。"

昆宝儿摇摇头。

"第二天早上起来，要去井里打水，烧水做饭。但是冬天井水会被冻住，就要用这一壶热水去浇一下，把上面的冰化开，就能打上井水来了。后来我去了父亲家，发现他们都有自来水、暖气，还有很多我没见过的家用电器，我可嫉妒了。我最讨厌我妹妹，她看见我不会用水龙头就放肆地嘲笑我，还逢人就讲，她姐姐是个傻子，看水龙头都能看上半天。"沈萌翻了个身，面对着昆宝儿，"我爸这边还算好，逢年过节还能把我和奶奶接到城里去聚聚，吃顿好的。我妈生了个弟弟之后，就再不来看我了。可是等我红了，她居然带着弟弟找上门。还到处和媒体说，她当年多不容易，才培养了我这么个女儿。真好笑，我要真跟着她住在城里，哪有机会遇见导演啊。其实我不恨他们，还给这些不相干的弟弟妹妹买了房子。他们当年肯定也都有自己的难处。我就希望他们能多爱我一点儿，能给我发几条微信也好。"

昆宝儿静静地听着，对怀里的这个女孩充满了怜爱。他把她紧紧抱住，让自己和她的距离越来越小，终于融为一体。他发誓一定要保护她，不会再让她受苦了。

合作的戏拍完，他们变得聚少离多。都是一线红星，他们的交往注定不顺。为了躲避狗仔，昆宝儿必须在天不亮就开车离开沈萌家。等到漫天繁星之时，他们才能在夜色中现身。无论是工作还是休息，沈萌的身影总是在昆宝儿的脑中盘旋不去。昆宝儿只要一有时间，就会拿出手机联系沈萌，或嘘寒问暖，或互诉衷肠。

在昆宝儿确信自己遇见了真命天女的同时，沈萌也无时无刻不挂念着昆宝儿。沈萌利用自己在演艺圈的人脉和关系，帮助昆宝儿对接了很多资源。昆宝儿在短时间内,事业就达到了顶峰,成为演艺圈大流量鲜肉之一。

可是好景不长。凌晨两点,刚刚结束节目录制的昆宝儿,拖着疲惫的身体赶到沈萌家。不料,迎接他的却不是那个深情款款的倩影。

沈萌的态度忽然来了个一百八十度的大转弯,冷淡地说:"你今天过来怎么也不说一声,拿我这里当酒店吗?"

"你怎么了?"面对沈萌奇怪的态度,昆宝儿有些摸不着头脑,明明前一天还好好的。

"请你离开吧,我今晚想自己待着。"沈萌冷淡的声音中透着一丝调侃。

"出什么事了?"昆宝儿向前走了几步,想抱住沈萌。

"你别再靠近我,我恨你。我们分手吧。"沈萌的话冷若冰霜。

"为什么?请你告诉我这是为什么?"昆宝儿激动地说,白净清爽的脸上渗出了汗水。

"为什么?你还要问我为什么?你做了什么你不知道吗?"

"我真的不知道。求求你,告诉我,我做错了什么,给我个机会,我会改的,可以吗?"昆宝儿不知所措,无论如何想不到是哪里做得不对。

"你的做法我实在不能容忍。我们分手吧。"

"不要再说分手了。求求你,我不能失去你。"昆宝儿的声音中已经带了哭腔。

看着昆宝儿狼狈的样子,沈萌嘴边闪过了一丝笑意。一种无以言表的满足感充满了沈萌的内心。昆宝儿这样的反应说明他对自己是真心的。他的衬衫已经全部湿透了,逐渐变红的脸颊,还有脖子上突起的青筋,这些都是爱的证明。沈萌喜欢在爱情里掌握控制权。面前这个男人此时已经完全在她的操控之中了。她扬扬得意地想，不过接下去要怎么办呢，毕竟自己这次发脾气并没有什么理由。要想个理由，什么理由呢？

沈萌转过脸，忧伤地望向窗外，十余年的演艺生涯，使演技和生活早已融为一体，她清楚此时无声胜有声。

昆宝儿盯着沈萌，拼命思索自己到底做了什么，让她这么生气。"是不是……"昆宝儿绞尽脑汁，终于想到了一些蛛丝马迹，"你是不是看到了我和亦小非的传闻？"

正中下怀，沈萌暗暗庆幸，昆宝儿能说出个理由当然是最好的。她脸转了过来，可仍没有开口，豆大的眼泪在眼中盘旋了片刻，静静滚落在了脸颊上。演技就是自己安身立命的本事。

"你怎么会相信这些啊。"昆宝儿此时心疼不已，顾不得沈萌的阻止，上前一步抱住了她，"你在演艺圈这么多年，怎么会分辨不出真假消息啊？我们的新戏快要上映了，炒作CP是宣传公司惯用的伎俩。我发誓我跟她一点儿关系都没有。你可以看我的微信，我们都没加好友。微博上倒是互相关注了，可是我连微博的账号密码都不知道，是经纪公司统一管理的。"

沈萌仍不开口，把头埋在昆宝儿坚实的胸肌里，默默抽泣着。她懂得如何把握时机，演一场好戏。

"你还不相信我吗？"昆宝儿紧紧抱着怀里的沈萌，生怕她从自己的生命中走掉。

可以了，一个好的演员要掌握快速出戏入戏的诀窍。"我相信你，"沈萌在昆宝儿怀里呜咽地说，"你饿吗？我煲了汤在锅里，我去给你热一下。"

昆宝儿松开手，看到沈萌又恢复了平日温柔婉约的样子，有些不敢相信。她怎么变化这么快？他喝着沈萌精心准备的排骨汤，却有一丝不安萦绕在心头。

类似的情况又陆续发生了几次。只要沈萌发现他和其他女性有互动的蛛丝马迹,立刻就会上演一出惊天动地的大戏。在戏中,沈萌并不表现得盛气凌人,而总是以受害者的姿态,冷静决绝地提出分手。而昆宝儿在一次次发誓、解释、明示暗示都无效后,终于主动上交了自己的手机、微信和信用卡密码,他请求沈萌随时突击检查,以证明自己青天可鉴的忠心。他断绝了和所有异性朋友的联系,连同性朋友的交往也变得十分谨慎。除了工作和必要的聚会,他深居简出,不想再激起任何事端。午夜梦回,他会感到心有余悸,自己是不是已经完全被沈萌控制住了?尽管活得提心吊胆,但爱情的力量过于强大,还是紧紧拴住了他。

可惜无论昆宝儿如何努力,演艺圈中是非就是多。昆宝儿在一档综艺节目中,被导演安排,故意向一位当红女星示好。而示好的方式,就是夸这位女孩漂亮。昆宝儿把女星想象成沈萌,将无限爱意表演得淋漓尽致。

这当然引起了沈萌的不满,她再次提出了分手。任凭昆宝儿掏心掏肺地赌咒发誓,依然毫不领情。

昆宝儿在多次对战中也终于看懂了沈萌这样做的目的,她只是在考验自己的爱情,并不是真的要分手。她这样肆意妄为,不过是想看到自己被耍得团团转又离不开她的样子。自己越是哄着她,越是表现得没有自尊,她就越能得到以自我为中心的快感。想到这里,昆宝儿第一次对沈萌有了异样的感觉,一种清晰的厌恶感。那就到此为止吧,他在心中下定决心,以悲恸欲绝的口气说:"既然你这么想分手,我也知道自己配不上你。那就算了吧,以后各走各路,希望你能照顾好自己。"说完,昆宝儿帅气地转过身,去卧室收拾了几件换洗衣服装进包里,准备离开。

昆宝儿的举动打了沈萌一个措手不及。现在怎么办?她当然清楚自己是在无理取闹。若是往常,昆宝儿应该已经认错道歉并柔情款款地安抚自己了。可这次是怎么了?她盯着昆宝儿的一举一动,大脑在不停地转动，快，要赶紧想个办法，不能让他就这么走了啊。她眼眶湿润，脸色苍白，仿佛站在茫茫大地之中孤立无援。

沈萌大惊失色的表现也让昆宝儿颇感意外，他在沈萌的脸上看到了绝望，他开始担心，沈萌会不会做出疯狂的举动。但她没有，她就是呆滞地站在那里，她想起小时候自己站在门口，等着爸爸妈妈回家。

是的，怎么会有人真的爱上自己呢？她想起了上一段感情，那个人居然在公开场合说这一生一世，再不会和她有任何联系了。何必如此呢？自己就这么让人讨厌吗？到底是为什么？她想做点什么，但又不知道该做什么。她杵在原地，泪水止不住地往下流，眼前高大帅气的身影变得越来越模糊。

昆宝儿的心中已经打起了退堂鼓，自己要是就这么走了，她会怎么做？她并没有做错什么，也许她只是想要自己的一个许诺。她吃了这么多苦，又刚刚经历一段痛苦的感情，她对人不信任也是理所应当的。自己作为一个男人，怎么能让心爱的女人流泪。

想到这儿，昆宝儿忍不住走上前抱住了她。她也立刻回过了神，像小猫一样在他怀里蹭来蹭去。她撒娇般地说："不要离开我，永远都不要离开我。"

这次之后，沈萌表现出了前所未有的低姿态。有事没事她都会主动联系昆宝儿，甚至不顾经纪公司的反对，带着大包小包的零食跑到昆宝儿的剧组去探班。她没有因为吃醋而再发过脾气，尽管听到一些谣言后还是会表现出不悦，但"分手"二字是再不敢提了。

昆宝儿对沈萌的表现困惑不已，只能解释为这一切都是她对自己的爱。可是这爱的背后，是否有一颗几近扭曲的心，昆宝儿不敢去想。在这看似平静的生活中，昆宝儿总会感到一种无法名状的不安。希望是自己想多了吧，昆宝儿这样安慰自己。

而这种不安，终于在昆宝儿的一句戏言之后，彻底爆发了。

这天夜里，沈萌正在厨房做饭，昆宝儿在一旁看得无聊，忍不住说："我这部戏合作的那个新疆演员，真是太漂亮了。全身上下，一点儿缺点都没有。皮肤特别白，眼睛也比正常人大多了，你说清朝那位香香公主是不是就长这样啊？"昆宝儿也不知道自己到底是发了什么神经，滔滔不绝地夸赞起这位女演员来。

沈萌拿着菜刀的手，抖动了起来。不能发脾气，千万不能发脾气，要克制自己，不然昆宝儿也会走掉的，沈萌压抑着自己的情绪，手上还在继续切着菜。

"你切到手了，你怎么还在切啊？"昆宝儿看到已经被血水染红的案板，吓得大叫，走上去夺过了菜刀，"别切了，你这是怎么了？这么不小心，你感觉不到疼吗？"

而此时的沈萌，一点儿都感觉不到手上的疼痛，只有心里的疼痛。她神情恍惚，眼中没有了焦点。

昆宝儿这才意识到自己刚刚说的那些话，一定刺激到了她。他跑进屋，找了大型创可贴和酒精，小心地把伤口清理干净。昆宝儿一边贴着创可贴，一边说："她再怎么好看，也不能和你比。知道吗？我怎么说起她了？对，我是想和你说，她花钱买水军攻击我们的女一号，结果被人家的粉丝发现了，还写文发表在了《八卦姐姐今晚见》上面，一下子就闹得沸沸扬扬，估计是再难翻身了。你都受伤了，咱别做菜了。点外卖吧，有家冷面馆子据说特别好吃，咱们试试。"

"连我做的饭你也不想吃了吗？你就这么嫌弃我吗？我长得不如她好看，饭也做得不如她好吃吗？"沈萌眼神涣散，似乎是无意识地在说话。

"你胡说什么呢？我怎么会不喜欢你做的菜，这不是你受伤了吗？要不今天的饭我来做，你给我做指导，行不行？"昆宝儿压抑住自己内心的不安，故作轻松地说。

他随即起身，挽起了衬衫的袖子，拿起刀继续在案板上切菜："这个是切条儿还是切片儿啊？大厨，你说话啊。"

沈萌蹲在一旁发呆，心里思考着，他是不是已经不爱我了？就是因为那个女的比我漂亮，他就移情别恋，他怎么会这么肤浅呢？可是也没错，他喜欢我不也就是因为外表这一点吗？除了漂亮的外表，自己一无所有。演艺圈高收入的曝光，使得越来越多背景深厚，受过良好教育的女孩加入这个行业。她们不但品学兼优，颜值也不弱。而自己，长在那样的家庭，初中都没毕业的文化水平，已经不止一次被媒体拿出来嘲笑了。除了颜值，自己一无所有。只要有人长得比我漂亮，他就一定会去爱那个人。沈萌看着昆宝儿的背影，做了判断。

正在切菜的昆宝儿似乎感觉到了背后射来的炙热目光，他转过头，看到沈萌的眼神里有熊熊燃烧的火焰。他的潜意识不停地在说，分手吧，快分手吧。这个女人很可怕，她迟早会给你带来麻烦。可是，看着沈萌孤单的样子，他的心就会像云朵一样柔软。不能离开她，她这么爱我，我不能这么做。"萌萌，"他轻轻地走过来，凑近她的耳边说，"你别生气了，是我不对。这个人我再也不提了，没有人能干涉我们的感情。我们以后都要好好的。"他握住沈萌的手，"把饭做完吧，我都饿了。"

"嗯。"沈萌还是一脸的失魂落魄，勉强站了起来，走到灶台边，继续完成今天的晚餐。

那一晚，沈萌辗转反侧，一直到天亮。昆宝儿走后，她才迷迷糊糊地睡去，第二天，沈萌通过朋友介绍去了四德医院。这之后，她就成了四德医院的常客。

昆宝儿这个星期才从沈萌的经纪人口中知道这件事。他为此和沈萌大吵了一架，不惜以分手作为要挟，让她不要再去整容医院了。沈萌却反唇相讥，说出了昆宝儿就是肤浅，只喜欢女性外表这样伤人的话。

"我要是喜欢外表,我怎么会看得上你?"昆宝儿也说了气话。

"那你看上的是谁?"沈萌咬着牙问道。

昆宝儿意识到自己的话又刺激了沈萌最敏感脆弱的神经,赶忙改口道:"谁我也看不上,我喜欢的就不是外表。我喜欢你的气质,个性,为人处世的风度,拍戏时候的敬业,还有待人接物时的真诚。这哪一项不比外表重要?肤浅的是你,以为自己除了长相就一无是处。你可以随便去演艺圈问问,如果只是想挑个花瓶来演戏,哪个剧组还会花么多钱请你。现在横店跑龙套的女演员比你漂亮的都挑不完,何必找你。"

"你不用说别的,你就告诉我你看上谁了。我照着她整还不行吗?"沈萌歇斯底里地喊道。

"真的没有,我要是看上别人了,何必还要在意你去不去整容啊。"昆宝儿感到自己百口莫辩,语气也弱了下来,"别闹了,你在我心中永远是最美的。你不需要整容。"

争吵之后,沈萌还是趁着昆宝儿拍戏外出的时间去了整容院。谢医生看着核磁共振扫描出的头骨图像,认为她削掉颧骨后,很可能会导致面部塌陷,得不偿失。面对谢医生斩钉截铁的回绝,沈萌充满恨意。尽管她隐隐约约地感到,谢医生只是站在专业的角度提供了意见。但和昆宝儿的几次争吵,让她越发地厌恶自己,甚至厌恶自己的容貌。对谢医生的说法,她也做出了扭曲的解读。谢医生此时就和网络上攻击她的那些人一样丑恶。她的仇恨达到了顶峰,她将所有尖酸刻薄的话一口气都骂向了谢医生。相由心生,在心理扭曲的过程中,她的面目也变得丑陋不堪。

谢心如镇定地等着她骂完,一句话未说,离开了诊室。这样的整容者,她见过很多,自己混到今天,早就清楚争论除了浪费时间,没有任何意义,尤其是和一个病人争论。

今天,她刚下手术台,就听助理说沈萌又来了。她暗暗叹了口气。她一向喜欢自己从事的职业,她认为自己与其说是名医生,不如说是名艺术家。和艺术家一样,大家都是在创作爱与美的作品。和其他艺术家不同,他们只能在没有生命的树根、画布和石头上工作,而她的作品会通过一个个鲜活的生命来呈现。与生命结合的作品,才能呈现出艺术的完美表达。她了解沈萌这样的整容者,知道她们欠缺的并非美貌,而是自信。可是在这一点上,自己改变不了她们,也无法使她们得到救赎。一味追求整容效果,只会让他们越来越不自信,越来越迷失自我。

如果她们能学学小提就好了,在走向主楼的时候,谢心如想到了小提,不由得嘴角上扬。在这个时代,又做了医美相关的工作,居然还能对外表毫不在意,这样的人可真少见。她很像以前的自己,上进阳光,充满求知欲。如果没有当年的那件事,自己现在恐怕也是个不修边幅的女人吧。她仿佛又回到了七年前。病房里,那个女人躺在病床上,流了一地的血。尽管上了手术台,她依然浓妆艳抹,但从皮肤状态还是能判断出她的年纪不大。胸部尤其好看,虽然沾上了血,但依然洁白浑圆,像满月。

谢心如正想着,却听见有人召唤自己。她回过神,看到站在楼道里的小提和楚楚。谢心如赶忙迎上去,不好意思地说:"手术室里出了点儿小意外,让你们久等了。"

"没事,不等您就看不着好戏了。今儿这等待可太值了。两名一线大咖,真情流露,奋力表演。"小提绘声绘色地讲了一遍刚刚发生的故事。

"唉,她还会再来的。劝回去也没用,她的心理已经有问题了。"谢心如叹了口气。

"这属于心理上的问题?"小提问道,"我们这次找您来,就是想做一期节目,探讨一下,为什么整容者会不听医生的劝阻,一意孤行地做整形手术。我之前在别家医院遇到过这类整容者,巧了,今天在您这儿也撞见一个。"

"你们好奇,怎么会医生都说了不需要做手术,患者还非要坚持,是不是?我这儿不给做,她还会去找别的医生做。你们理解不了,是不是?"谢心如面带笑容,脸颊上一对甜甜的酒窝若隐若现。

"对,就是这么个事儿。我们希望在这期节目播出后,这个问题能得到解决,盲目的患者能少一点儿,也给您少添点儿麻烦不是。"

"那我很不幸地告诉你,这个问题无解。"谢心如摇了摇头,进一步解释道,"至少单在整容这个学科上,这事儿无解。一个人为什么要整容,她想整成什么样子,都是由自身复杂的心理和潜移默化的外在环境所决定的。举个简单的例子,你们见过为了证明自己勇敢而故意磕掉门牙的人吗?在我们现代社会这是非常愚蠢的行为,但是几十年前,澳大利亚土著还流行这样的风气。成年男子会用石头砸掉自己的门牙,并以此来吸引异性。对他们来说,这就是整容,通过改变自己的外表,而受到异性的青睐。"

"我相信不会有人因为少了两颗门牙而变漂亮。"楚楚摇着头道。

"很难理解吧。但在当地人眼中,这样的人就是更有吸引力。不要以为只有土著这么愚昧,在欧美,曾经盛行过一阵子在脸上打钉子。这样的装饰很容易引起皮肤的排异反应,从而导致发炎感染。但这依然挡不住很多年轻人愿意尝试,不但在脸上、身上、舌头上……"

小提若有所思地看着谢心如,接过了话题:"我在书上看过,有心理学家专门研究这个问题,认为忍受剧痛在身上打钉子的叛逆少年,大部分都是因为原生家庭的问题造成的,极度渴望获得别人的关注。他们通过这种标新立异的方式以得到关注,从而获得内心的满足。"

谢心如点点头,赞许地看了小提一眼,继续道:"没错,你们看到的那些固执己见的整容者,在他们决定了非要去做某一项并不适合自己的整形手术时,她的心理可能已经被某种因素影响很久了。影响可能来自于原生家庭,也可能是某一次婚恋过程中伴侣带来的刺激,或者仅仅是周围人的闲言碎语。这类问题只能靠患者的自我成长去解决,别人说什么她们都听不进去。就像沈萌一样,我说的话她根本就听不见,她也不是真的想要削颧骨。她只是想要改变,以此来实现自己的某种目的。至于她的目的是什么,我不知道。"

小提和楚楚听完,都陷入了沉思。

"这期节目你们想做没问题,我们这儿千奇百怪的案例还挺多的。现在病房里还躺着一个呢,年纪轻轻不懂事,非嫌自己鼻梁太高,有驼峰,要整形。我不同意。结果她不听话,自己去找黑心机构。这机构也挺逗,直接把鼻骨打断了。她又回到我这儿来做修复。"谢心如边说边笑了起来,"你们一会儿就可以去病房采访她。问问她后不后悔,以后还敢不敢整容了。我打赌,她肯定还会整。"

"像这种案例呢,至少她还是发现了自己的缺陷在哪儿的。或者说,至少她觉得长相上别扭的地方是什么。发现问题去整容,这就是一个合理的逻辑走向。但是沈萌,她明明已经非常好看了,怎么会因为别人一句话就质疑自己的长相呢?而且都不知道要整哪儿就跑来医院做手术了。这不是太奇怪了吗?"小提问道。

"很多漂亮女孩儿的自信全部来自于外表。所以她们更害怕容貌上的瑕疵,她们对瑕疵的忍耐度很低。这也是为什么女明星几乎都整容的原因。沈萌给我讲过一个经历,也许可以解释她这次的异常行为。她去年上了一档国内很红的真人秀节目。节目播出之后,网上有人吐槽说她的腿怎么那么粗,跟旁边的女嘉宾一比,粗壮得像两根大萝卜。她说她在那之后就再没穿过裙子和短裤，在综艺节目上为了显得腿细，一直穿黑色牛仔裤，多热都穿着。"谢心如的语气中也多了几分心疼，"观众和媒体对女明星的要求太高了，多瘦是瘦啊？她们体重很少有超过九十斤的，因为长期节食造成了营养不良。再这样发展下去，恐怕演艺圈中无论男女，都要有人饿死了。"

小提实在很难想象，在物质极大丰富的今天，还会有人饿死。

"这确实是没办法的事儿啊，现在电视和影院的屏幕都越做越大，还都是宽屏的。多瘦的人在里面也看不出瘦，身材正常的人上镜就没法看。"楚楚插话道，"现在各大视频网站都上了弹幕的效果，网友说话非常刻薄，时尚媒体也天天在对艺人品头论足。我要是明星，我也得天天来整容院报到啊。您为什么确定沈萌还会再来啊？"

"因为她的目的还没达到。"谢心如尽管并不希望再看见沈萌，但多年的从业经验已经告诉她，不用怀疑，那个可怜的女孩儿一定会再来的。

目的没达到？沈萌是什么目的没有达到呢？第二天，小提脑中还在想着这个问题。小提独自来到四德医院，试图在病人中找到答案。

"对不起，打扰您一下，我是《微微一整很倾城》节目组的。想问您一下，您是因为什么来整容的？"小提选中一位包得和木乃伊一样的病人。

"为什么整容？丑呗。"病人心不在焉地答道。

"没有别的原因了吗？"小提继续追问。

"我被男朋友甩了。我要变漂亮，让他后悔。""木乃伊"气愤地说。

"您是想变漂亮让他后悔，还是希望变漂亮再把他追回来呢？"

"两者都有吧。不对,我还是想把他追回来。他那人就是脾气差了点儿,心眼儿还是不错的。又是北方爷们儿,平时也挺撑场儿的。唉,看看变漂亮能不能把他追回来。"

"一定可以的。"小提做了个加油的手势,给"木乃伊"打气,"您都做了什么手术?疼不疼?"

"能做的都做了。不疼,每天按时吃止疼药,什么感觉都没有。我好像该吃药了。""木乃伊"缓慢地拿起放在床头的药瓶,倒了七八粒在手上,一把塞到嘴里,仰脖咽下,"不过这药有个副作用,就是我完全想不起来昨天干了什么。刚才做了什么我现在也想不起来了。我刚才午饭吃了什么?"

"这才十点,还没吃午饭呢。您少吃点止疼药吧。"小提担忧地看着"木乃伊"。

采访完"木乃伊",小提很快又发现了一个目标。这个病人腮帮子上绑着绷带,一直缠到头顶,系成一个硕大的蝴蝶结,乍一看还以为是一只白色耳朵的米老鼠。

小提熟练地背完介绍词之后,那人说:"哦,我看过你们的视频。我就是看了刘医生《美丽标准》那集才下决心来削腮帮子的。我量了一下我的下颌角,别说116度了,都快160度了,赶紧来医院了。"

小提在脑海中想象了一下160度的下颌角是什么样子。那就不是人脸了吧,而是心里美大萝卜。

"您整容就这一个原因吗?"小提心说,"我们的整容节目可没有煽动观众整容的意思啊。"

"哪能啊。我喜欢上了一个人,希望他也能爱上我。""蝴蝶结"腼腆地说,"我为了他,什么苦都能吃。"

"您认为变美能提高他爱上你的概率?"

"那当然啦,这还用说吗?窈窕淑女,君子好逑啊。""蝴蝶结"笑了一下,立刻捂住了腮帮子,"哎呀,哎呀,好疼好疼。"

"您这恢复要半年吧?"小提问道。

"对,这半年都只能吃流食。不过我一想啊,这样更好,正好还减肥了。等我恢复好,就是真正的窈窕淑女了。""蝴蝶结"的星星眼一闪一闪的,充满了对未来的憧憬。

怎么全是因为爱情?小提连续问了五个病人,得到的答案都差不多。

"您好。"小提这次选中的对象是个男的。他的鼻子上包了一大块纱布,应该是刚做了鼻子相关的手术。前几位采访对象都是女的,看看这位男同胞能不能给出不同答案。小提将问题重复了一遍。

"我面相不好,算命的说我鼻子塌,穷命。整成高鼻梁,就能挣到钱了。"男人坦率地回答。

"整容还有这个功效?能挣钱?"小提感觉自己的世界又打开了一扇门,"我一直以为整容只能破财呢。"

"当然啦,你用百度搜一下,有钱人都是大鼻子。无论国外的还是国内的,男的想赚钱必须鼻子大。"

"得嘞,学习了。"

"您好。"小提又找了一位女性,作为本次采访的压轴选手。但小提观察了半天,都没看出她的伤口在哪儿。

为什么整容?女子听到这个问题,立刻来了精神。她上个月刚刚离婚,老公看上了90后前台,她此时有一肚子的牢骚要发:"男的都喜欢狐狸精,这事我彻底想明白了,我也整成狐狸精吧。其实早几年我挺漂亮的,还不都是这几年在家带孩子累的。这可倒好,老公一点儿都不领情,说跑就跑,孩子还扔给我了。我跟你说啊,这男的真是没一个好东西。当年那让我辞职在家带孩子的时候,说得可豪气了,你就放心在家,我养你。我当时还挺高兴,真辞职就傻眼了,谁养谁啊?我每天带孩子、洗衣服、做饭、干家务,一天到晚忙里忙外,晚上还得伺候他睡觉。稍有伺候得不周到的地方,就得看人家脸色。一个月给我两个小钱,连生活费都不够。哎哟,我真是后悔啊。当年他说他养我的时候,我怎么就没说一句,别价,还是老娘养你吧。真是,这么多年,我连个保姆都不如。保姆人家还挣工资呢,也不用看别人脸色。我呢?我这算什么啊?一天二十四小时的通房大丫头。"

小提十分后悔,怎么找了这么一位苦主儿。碎碎念叨了半个小时,依然没有停止的意思。还好谢医生及时出现,帮小提解了围。

小提赶忙和这位秦香莲告别,奔向谢医生:"我在这儿随机采访一下病人,问问她们整容的目的都是什么。"

"得出结论了吗?"

"因为爱情。"

"女性嘛,总是过不了情关。"谢心如想到了自己,当年若不是被情关所困,哪有现在这副皮囊。想起自己挫骨画皮吃的苦头,余痛又隐隐爬上了身。

"男女结婚真的都只看脸吗?"小提像在提问,又像是在反问。自己不看脸,心里不是也有意中人吗?

"可能肤浅的人只看得见脸吧。我说一下我的理解吧。"谢心如条理清晰地将自己多年的总结娓娓道来。

按谢心如的说法,整容者按目的不同,大体分成三类。第一类是刚需人群,比如意外事故毁容了,必须得整容。或是天生面部有缺陷,为了将来的正常生活需要改善。第二类,是为了取悦他人。情恋也好,职场也好,觉得变漂亮了就能得到别人更多的关照,从而获得更多的利益。这类人占整容者的大多数,就像谢心如这类人群。但作为四德的院长,她必须保证这家医院的收入水平,所以她没有选择。她必须接受这些病人,帮助他们提升颜值。还有一类人，这些人被称作盲目整容者。他们整容貌似是为了取悦自己，但又不是真的要取悦自己。他们将一切人生中的失败都归因于自己容貌上的缺陷。通过长年累月的心理暗示，终于下定决心来到医院，以求改变命运。这类人群根本不会听医生讲道理。他们已经认定了，就是要改变，通过改变容貌，他的人生就会时来运转。这是整容院里最麻烦的患者。

小提心里想着刚才那位大鼻子富豪，大概就是第三类人。"那沈萌呢，也属于第三类人吗？可她已经那么成功了。她有钱，有地位，还有了很好的男朋友，她已经是一个幸运儿了。她还想要改变什么呢？"

"成功的人也有自己缺少的东西，这东西不一定是实体，可能只是一种心理感受。当然，这只是我的猜测。你最好还是去问问她本人。不过，"谢心如话锋一转，"我也有个问题，你整容是什么目的呢？"

"嗯，"小提尴尬地笑笑，"您看出来我眼睛动过了？"

"早就看出来了。以前你们都是一起过来，我不方便问。今天你单独过来，我才敢问。我不但看出来你的双眼皮儿是做的，我还知道是谁给你做的。"

"这都能看出来吗？"小提有些不敢相信，"我这双眼皮已经做了八年了，您还能看出是谁做的？"

"八年就对了，你是在风骨二院做的，我没说错吧。"谢心如自信地一笑。

"没错，确实是在那儿。一个女医生给我做的手术。"

"你还没想起来啊？当年是我给你做的手术。"八年前的场景历历在目，谢心如回忆道，"我记得给你打麻药的时候，你吓得直哭。我对你说，你哭什么啊，还没打针呢，你就哭得这么厉害了。我问你为什么还哭啊？你说还没打针就这么疼，那打针得多疼啊？我都被你逗笑了。"

　　小提努力回忆着，依稀有了一点儿印象。那是上大学前的暑假，妈妈连拖带拽地拉着小提到了风骨二院。双眼皮手术不需要全麻，只有眼皮上方打了一点儿麻药。整个手术过程小提都是清醒的。好像是有这么回事，麻药针很疼，之后就不疼了，医生喊了一声"睁眼"，小提就睁开眼，医生看了一下又说"闭眼"，再睁开眼手术就做完了。整个手术用时超不过三分钟。这让小提感到十分惊讶。当时还有另一件事让小提觉得奇怪，别人都说做完手术眼睛要肿三个月。可是自己的眼睛，第二天就消肿了。此后，就没有人能看得出来。

　　"是您吗？"小提好奇这世上真有这么巧的事。

　　谢心如点点头。

　　"看来咱们缘分不浅啊。"

　　"你为什么会去整容？我看你也不像在乎外表的人啊。"谢心如看着小提的一身打扮，白色T恤上面印着只霸气的胖猫图案，下面一条牛仔短裤，白色帆布平底鞋，肩上背着湖蓝色的书包。脸上清汤寡水，学生气十足。

　　"我妈逼着我去的。我一点儿都不想整容。"

　　"你妈肯定也是为了你好，女孩子漂亮一点儿没什么坏处。我对自己的作品还是挺满意的。当时就觉得你眼睛的条件挺适合埋线的，做完感觉也挺成功。你是我的第一个埋线作品，所以我一直记着。你第一天过来，我就认出你了。"

　　"很荣幸。"

　　"以后不许再戴着眼镜了，好端端地挡住眼睛干吗。那些明星就挺奇怪的，没事就戴墨镜。室外太阳大戴着墨镜我还能理解，进屋里还戴着，这能看见路吗？"

　　正说着，门口就走来一位戴着大墨镜的瘦高男士。

"谢医生,我跟您约的今天来复查。"男士轻声说。

谢心如示意他进屋坐下,仔细观察了半天,又伸手推了推他的下巴,反复查看,终于点了点头说:"不错,连我自己都看不出来了。你还满意吧?"

小提从患者点头的频率和幅度来看,他一定是非常满意的。

"天气热,注意饮食,不要吃发物。"谢心如叮嘱了几句,便打发他走了。患者连声道谢,戴好帽子和口罩出了门。

"我不会又撞见明星了吧?"小提满面堆笑地问道,"这又是哪个明星啊?戴墨镜还是有用的,您看,不容易认出来。"

"他不是明星。他是余宁宇的助理,不过做了几个手术之后,倒是和余宁宇有八九分像了。"

余宁宇?这名字似曾相识。小提在脑中拼命搜索,好像也是某个大明星。

助理为什么要整得像艺人呢?小提忽然想起之前看到的新闻,明星多有替身。现在的明星远比之前的明星娇气得多,怕冷怕热,武戏要替身,文戏居然也要替身,除了床戏和脸部特写,其余镜头全部由替身完成。

"现在的明星也不容易。"谢心如道,"我前两天看见沈萌上一个综艺节目,大冬天的互相泼水,后来水冻在身上,都能看见冰碴儿。也不知道她找没找替身。"

沈萌?小提这才想起几天前见到的那个单薄身影。

沈萌缓缓从梦中醒来。昆宝儿早已离开了,可床上还留着他独特的味道。这种日子还要过到什么时候啊?为什么其他音乐经纪公司就愿意对大众公布出来呢?可轮到昆宝儿,公司就要求保密。沈萌揉揉眼睛,感到一阵空虚。打开手机看了看微信上的留言,还好,没什么重要的事情。最近把能推的工作都推掉了。洗漱之后,不安感忽然袭来。又是这种感觉，每次有这种感觉的时候沈萌就会开始心慌，她害怕昆宝儿会抛弃她，像之前那个人一样，从此远离，再不相见。为什么总是会有这样的感觉？她一遍遍地问自己，昆宝儿到底会不会离开她？她眼神直直地盯着手机，没有昆宝儿发来的信息。他已经不像刚开始那样热情了。信息越来越少了，电话也总是敷衍了事。他今晚还会不会回来？自己做了那么多让他讨厌的事情，他会不会全都记在心里？他现在在做什么呢？和哪个女演员在演对手戏？那个人会不会比我漂亮？他会不会和亦小非在一起？沈萌的想法逐渐从疑惑变成了憎恨，可她憎恨的并不是昆宝儿，而是自己。是自己不够优秀，才留不住爱的人。父母是这样，前男友是这样，现在连昆宝儿也变成这样了。

我一定要变得更优秀。沈萌暗下决心，当自信心不足的时候，她会翻看自己的微博。和昆宝儿一样，沈萌的微博也交给了经纪公司代管，但她喜欢看自己的微博下面那些粉丝的留言。他们毫不吝惜赞美之词，只要发照片，就一定会被夸奖。沈萌兴致勃勃地翻看着粉丝的留言，尽管有些内容污秽不堪，但多年的抗压经验，让沈萌练就了对这些负面留言视而不见。

"颧弓也太高了吧，还敢自称演艺圈第一美少女呢，比亦小非差远了。"

别的都可以自动过滤，偏偏这一条就是留在了沈萌的脑子里。为什么？这话就像是昆宝儿说的，留言的人不会就是昆宝儿吧。如果是昆宝儿留的，那他为什么要说这句话？他还是希望我去整容的。他表面上说了那么多冠冕堂皇的话，骨子里还是嫌弃我不够完美。他是一个超完美主义者，他又是一个肤浅的颜值爱好者。那他怎么能允许他的女朋友颜值不完美呢？

他和谢医生一样，都是些爱说漂亮话的伪善者。他们只是希望别人对自己的话言听计从，以此来获得心理上的优越感。

正在这时，沈萌的手机震了一下，屏幕显示收到一条短信。沈萌快速解锁手机，可惜不是昆宝儿，是经纪人小乐发的信息："今天没有工作，要不要去逛街？"

逛街，听起来也不错，至少就不会继续坐在这里胡思乱想了。沈萌回了一条："好的，一个小时后来接我。"

经纪人跟着口罩墨镜全副武装的沈萌在三里屯附近瞎转，沈萌在很短的时间内就买了几袋子衣服。从服装店出来，眼前正好是一家整容医院。择日不如撞日，干脆今天就把心中这根草拔了吧。沈萌下定决心，往医院里走。

"姐，你进这儿干吗啊？"小乐跟在后面，着急地问道。

"整容医院，还能干吗啊。"沈萌头也不回地答道。

"别啊，您要是今天在这儿把脸整了，明天公司就得赶我走。"

"不会的。我变好看了，说不定公司还会奖励你呢。"

"别价啊，萌姐。"小乐见劝说无用，立刻掏出手机，向昆宝儿发了求助信息，"萌姐，您看看这哪有个医院的样子啊？您要真想整形，咱们还是去四德。谢心如好歹也是名医，圈里不少人都是她给做的，医术肯定没问题啊。萌姐，咱们整容必须安全第一。你这么漂亮，万一他们一个不留神，给咱们碰坏了可怎么办啊？萌姐，你听我说啊。"

任凭小乐苦口婆心地劝说，沈萌只当听不见。

"您好，我想做削颧骨的手术，你们这儿哪位医生能做啊？"沈萌向医院门口负责接待的前台小姐打听。

"您有预约吗？"前台小姐问道。

"没有。"

"那今天恐怕不行，我们只接待有预约的客人。建议您下次来之前，先给我们打个电话。"前台小姐递上一张印有医院电话的名片。

"你看,你还说不是正规医院。人家这儿没有预约都不能进门的。"沈萌拿着名片,出了门。

"你看看,这就是他们整出来的作品。"小乐指着一个刚从里面出来的女孩。女孩打扮新潮,齐臀的热裤,彩色吊带,火热的身材暴露无遗。可是她的下巴、鼻子、眼睛看起来都十分别扭,脸上的肉也膨胀得有点过分。

沈萌看了新潮女孩一眼,心有余悸。可是心头总是痒痒的,还是今天就把这事解决了吧。沈萌下定决心:"走,你开车,咱们去四德。"

"怎么还要整啊?萌姐,你这最近是怎么了?怎么三天两头地跑整形医院啊?卓哥可是知道我这车牌号的,万一被他们拍下来,公司可就不是赶我走那么简单了。"

"我倒是想知道知道他们还能拿你怎么办?"

"剥皮楦草,凌迟处死,都有可能。"

"净胡说。"沈萌笑道。

小乐毕竟是靠着沈萌吃饭的,不敢忤逆,乖乖地把车开到了四德医院门口,停下车就给昆宝儿发了短信,让其速来。

在走向王医生诊室的路上,沈萌透过墨镜又看到昨天那两个女孩。她们是这儿的工作人员吗?还是来整容的?她们在交头接耳地说什么呢?是不是在讨论我?进入诊室前,沈萌掏出手机看了看。有昆宝儿发来的信息:"不要去改变自己的容貌,你在我心中是完美的。"沈萌不屑地笑了,又说这种话骗我。紧接着昆宝儿又发了一条:"我今晚回家,有话对你说,等我。"

这条只有十余字的信息,沈萌读了好几遍。他有什么话要对我说?是好事还是坏事?她心神不安,已经走到了门口却没了刚才的勇气。

就在沈萌犹豫要不要进去的时候,门开了。王医生送走刚刚结束问诊的客户，看到门口站着的沈萌，温和地说："等久了吧？进来坐。"

沈萌走进诊室，已经来过这里很多次了，简洁明亮的设计让人感到安全。她稍作平静，坚定地说："王医生，不好意思。我回去考虑了一下，还是想把颧骨削了，确实有点高，看起来挺突兀的。"

王医生沉默不语，该说的早就说了，能劝的也都劝了。面对这样的整容者，她要什么就给她什么，反正后果自负。

"今天可以手术吗？"沈萌努力压抑着心里的不安。

"当然可以，你先去做个体检。结果出来，没问题下午就可以动手术了。"王医生麻利地开了单子，"一会儿我让助理陪着你去体检。手术的时候必须有家属在，过程中万一出现了什么意外，得有能签字的人。你别看我这儿装修得不像医院，但流程都和正规的公立医院一模一样。没有家属我们是不能进行手术的。"

家属？沈萌在脑中回忆着许久没有来往的家人。和父母上次见面还是两年前，因为有演出活动，今年连过年都没在一起过，现在叫他们来好像不合适啊。弟弟妹妹平时交流也不多，每次联系自己都是求帮忙，找其他明星要签名这样的破事，而且他们年纪还太小，就算叫过来，估计医院这边也不会同意的。怎么办呢？沈萌下意识地咬了咬手指。原来自己如此孤立无援，身边连个能签字的人都没有。

"那没有家人的人，要做手术该怎么办呢？"

"没有家人啊？这可就难办了。你这个手术是需要全麻的，必须有亲属在场。或者你在手术前指定一个人，替你在手术时做决定，但这样的人也不好找啊。"王医生心中暗喜，嘴角忍不住抖了一下。

沈萌在医生助理的陪同下，快速做完了所有的体检项目，心里盘算着找谁合适。助理带着沈萌来到休息室，准备了茶水点心，让她在这儿安心等待体检结果。沈萌此时并无胃口,一心想着谁能帮自己签字。小乐本是个不错的人选,可他刚过 17 岁,还没成年。而且他一定不会同意我做手术的。还能找谁呢?难道要在街上随便抓个人吗?正想着,抬头刚好看到正一脸好奇地盯着自己的小提。

"你好。"沈萌咧开嘴,给了小提一个标志性的笑容,并大方地打了个招呼。

小提赶紧接住沈萌投来的橄榄枝走过来,坐在了沈萌旁边的沙发上,做了自我介绍。

"我之前见过你。你是这家医院的工作人员吧?"沈萌问。

"不是。我们是一家创业公司,做视频节目的。主要拍一些整容科普和整容故事。我们的栏目叫《微微一整很倾城》。节目在各大视频网站上都有,上期节目还上了网站的首页呢,你看看——"小提拿出手机。

"你们自己做的这些啊,挺厉害的嘛。"沈萌边看边说。

"我们正在策划一期节目,叫《听医生的话吧》。想讲讲整形行业中的一个怪现象。很多患者不听医生的话,固执己见地做一些不适合自己的项目。我们想通过节目……"

小提的话还没说完,沈萌就变了脸色,轻轻哼了一声。这个人是来嘲笑我的吗?还要专门拍一期节目嘲笑我。没想到这女孩看着憨厚,却这么多坏心眼儿。

"您别误会啊,"小提赶紧解释道,"我们节目一点儿没有针对您的意思,也不需要您出镜。我就是想问问您是怎么想的?我相信很多人都和我有同样的疑问。您已经这么漂亮了,为什么还想整容呢?"

"还是不完美啊。"沈萌敷衍地答道。

"完美是指什么呢?"小提问道。

完美?是啊,完美是什么呢?谁的长相是完美的呢?大家好像都有各自的缺点，也有各自的特点，沈萌想了半天，还是没想到谁的长相能算得上完美。

见沈萌不说话，小提继续乘胜追击："你看，你都说不出什么是完美的，干吗还要改变现在的自己呢？"

"改变肯定是有意义的。"沈萌看着小提，这个女孩的长相无论如何都和美貌不沾边，但看上去却让人觉得很舒服，很自然。也许自己也是这样，虽然没有完美的颧骨，没有高挺的鼻子，但看起来很自然。忽然，她抬头看到了正前方电视中正在播放昆宝儿和亦小非主演的古装剧。剧中两人正抱在一起，昆宝儿的唇马上就要碰到亦小非的脸。沈萌想扭过头，避开这样的亲密画面。但回头的时候，刚好看到了两人热吻在了一起。她妒火中烧，心里再无顾忌，冲小提问道："你能帮我个忙吗？"

"可以啊。"小提道。

"一会儿我要动手术。你做我的签字人，可以吗？"

"我？"小提不相信自己的耳朵。自己和沈萌素不相识，萍水相逢，刚刚才互相知道了名字，怎么剧情发展连过渡都没有，自己就成了她的签字人。

"对，手术时间不长，耽误不了你多久的。我可以付你钱，一个小时一万块，可以吗？"沈萌问道。

"钱不是问题，关键是……"

"那就这么定了，从现在开始计时，到手术结束。我写个委托书，咱们都签上字。你放心，真的遇上天灾人祸，我自己承担，绝不会怪你。"

"我是说……"

"我去王医生那儿问问有没有现成的委托书，你在这儿等我。不许走。"沈萌冲着小提眨了下眼，欢快地跑了。

是什么让她下定决心，非整容不可？小提看着正前方的电视里还在播放着的电视剧。谢医生是怎么说的来着？"她整容是为了达到其他的目的，只要目的没达到，她就一定要整容。"那她的目的是什么呢？除了变漂亮，整容还能达到什么目的啊？这时电视里刚好是昆宝儿的特写，小提歪着脑袋盯着他，却认不出这个人是谁。

体检合格，小提也很听话地在委托书上签了字，下一步就是手术了。沈萌深吸了一口气，这一天终于来了。想到自己即将拥有和亦小非一样平整的颧骨，她激动不已。我只比她差这一点，只要做完手术，昆宝儿就再没有理由会爱上她了。一年前男友劈腿的耻辱感再次涌上她的心头，如果自己当时就选择整容，那个人也许就不会离开。自己不够好，别人才会不爱我。沈萌再次坚定了自己的信念。她从容地进入手术室。麻药注射后，她的意识变得模糊，心里还在想着，昆宝儿此时在做什么呢？

片场，昆宝儿硬着头皮再次走到导演面前，十分心虚地说："对不起，导演，我必须得走了，不然我家里人就要出事了。"

"你还不知道剧组的规矩吗？戏都是早就排好了的。今天拍不完，延误工时的锅我可不背。咱们这一天人吃马喂的，至少要三百多万。还不光是钱的事，和你配戏的演员，人家也是调出来的时间。我已经把你的戏放在前面拍了。还有两场，拍完你就可以走了。"导演拿起桌上的大喇叭，"各部分都抓紧点，不要拖啊。演员精力集中，咱们争取这场戏一次过。"

昆宝儿只得调整状态，继续投入到戏中，可心里却始终悬着，沈萌现在怎么样了？昆宝儿在上午就看到了小乐的信息，立刻给小乐回了信，自己今天实在走不了，让他帮忙盯着，有什么事随时通知他。同时也给沈萌发了微信。但到现在，自己的手机上还没有消息。

他看着眼前这位女演员的脸，肤如凝脂，五官精致，但却勾不起自己的任何欲望。因为他深爱着沈萌。他可以确定，让自己动心的并不是沈萌的外表。可她为什么要一而再，再而三地怀疑自己呢？

"因为在你身上，我看不到希望，我没有安全感。"对面的女演员泪流满面，深情款款地说。

"什么？你再说一遍。你刚才说什么？"昆宝儿抓住女演员的肩膀，大声地问道。

女演员愣住了，回头看看导演。导演只好举起喇叭，喊道："昆宝儿你怎么回事啊？词都接不上了。你这时候应该说，你想要的安全感我给不了，我没办法和你结婚，至少现在还不行。"

"结婚就能给她安全感吗？"昆宝儿的眼前看到了一束光。

"你过来，"导演招了招手，昆宝儿依照指示走了过来，"你这状态怎么了？我答应你，拍完这场戏你就走，可不可以？但是咱们说好，未来两天你都是大夜。"

"好。"昆宝儿点点头，还是一副魂不守舍的样子。

"你怎么了？"导演低声问道。

"您觉得这段台词合理吗？结婚就能给一个女人带来安全感吗？"

"当然啦。要不然这市面上哪儿来的恨嫁姑娘啊。你想想，这姑娘和你在一起是为了什么啊？要么是图钱，要么是图人嘛。你一求婚，两样她全有了，你再也跑不了。什么叫安全感？在中国，领证就是主权的象征，无论贫穷、富贵，你们的感情从此受到法律保护了。还没懂？你再琢磨琢磨，这段台词儿没毛病。"说完导演感到有些累了，指了指身边的执行导演，"江明，给他讲讲戏。一定要让他理解这段台词的意义，这样才能演好。"

执行导演江明立刻跑过来，客客气气地给昆宝儿讲戏。江明讲完，昆宝儿点点头，示意自己已经懂了。江明拿起了喇叭，喊道："各位再坚持一下啊，拍完这场咱们就吃饭休息。各部门快点到位，咱们争取这回一次过了。演员到位，化妆师给女一补下妆，旁边的路人还是要集中精力啊。来，打板儿吧。"

这次昆宝儿依然心不在焉，但勉强把台词背完了。导演喊完停，给了他一个可以离开的手势。昆宝儿赶忙换了衣服，飞也似的跑了。

昆宝儿刚走，导演便打电话给制片人告状："我跟你说清楚啊，这种演员可别再往我这儿送了，一点儿职业道德都没有。说走就走，这剧是他弄的钱吗？不是，我凭什么惯着他。我不是他爹也不是他妈，我没有教他做人的义务。"

"您消消气儿，"江明递上一杯凉凉的茶水，又端来一盘切好的西瓜，"他刚出道，不懂事儿。"

"也太不懂事儿了。"导演埋头吃了几块西瓜，"明天你教育他一下，告诉告诉他，剧组里谁最大，谁说了算。他不就是流量明星吗？有本事直接坐我这位子，当导演啊。"

昆宝儿把车停在四德医院旁边，下车又是一路狂奔来到手术室门口。在路上，他收到了小乐发来的信息，了解到事情的进展，让他的心情更为复杂。未来的日子，自己一定要给她幸福，给她想要的安全感。他走到坐在手术室门口的小乐和小提身边，轻声问道："现在怎么样了？"

"麻药劲儿还没过，在里面睡着呢。医生说再等一会儿就差不多醒了。"小乐答道。

"嗯，"还好赶上了，昆宝儿擦了擦额头上的汗，"你就是小提吧，谢谢你帮忙。"

小提简单地介绍了一下自己和创业项目。

"确实应该有这个平台多宣传一下，不然女孩们都在盲目整容，真是受不了。"作为亲身经历者，昆宝儿此时确实更有发言权。

"谢医生有个理论，说这些盲目整形的患者，其实都是想通过整形实现自己的其他目的。你有没有什么线索,沈萌的其他目的会是什么啊?如果她实现不了这个目的,这一刀削完也没用。"小提用手比画了一下。

"其他目的?"昆宝儿心说这其他目的该不会就是我吧,他思忖片刻说道,"她一直都没有安全感,她想要得到一份她能掌控的爱,永远不会失去的爱。"

"这样的爱恐怕只有从父母那里能得到吧?"小提看着地面,想起工作后聚少离多的父母不免有些伤感,今天晚上要回家看看他们。

"对,我们都轻易就得到了这份爱。但沈萌没有,她父母在她小时候就离婚了,各自组成了新的家庭,抛弃了她。所以她一直缺乏安全感,才想要得到不会失去的爱。"昆宝儿分析道。

"昆哥,您说得一点儿都没错。萌姐其实特可怜。别看她平时冷冷淡淡的,其实对谁都是打心眼儿里好。真的,这点我最清楚,赞助商给点儿什么好东西,她从来不留,全都给我们了。其他明星对助理都跟对下人似的。可萌姐,从来都不愿意麻烦我们。拿我们都可当回事儿了,有什么机会也愿意给我们介绍。对您也是掏心掏肺。您可能不知道,就您现在拍的这部戏,是萌姐帮着给找的投资人,条件就一个,主演必须是您。"小乐激动地说。

"我猜到了。"昆宝儿语气平淡,眼圈却红了。

"您说外界都说什么戏子无情,可看看萌姐,真不是这么回事。"小乐擦了下眼睛,"我特怕您又跟之前那王八蛋似的,再伤害萌姐一次。她真伤不起了。"

"放心吧,我不会的。"昆宝儿拍了拍小乐的肩膀。

"她醒了。不过刚醒可能还有一点儿迷糊。你们说话小点儿声,别惊吓到她。"护士从手术室出来,叮嘱道。

昆宝儿走了进去。

小提和小乐则自觉地留在了原地，给主角让位。爱情电影，本来就只能是两个人的戏。

"嫁给我，好吗？"昆宝儿单膝跪地，从兜里掏出一枚巨大的钻戒，举到沈萌的面前，"时间仓促，我临时和道具借了枚戒指，明天就得还回去。但只要你答应了，我就去Tiffany给你买个新的。"

"我是在做梦吧？"沈萌睡眼惺忪，愣愣地看着昆宝儿，然后又环顾四周，发现自己并不在家中，"这是哪儿啊？"

"你回忆一下，睡着之前都发生了什么？不着急，我就跪在这儿等着。"昆宝儿温柔地说，伸出手，摸了摸沈萌的脸，"你能感觉到我，对不对？这不是在做梦，是真的。"

沈萌握住昆宝儿的手，这双修长又不失力量的手此时是这么真实。我不是在做梦。沈萌心想，他是真的在向我求婚吗？这是真的吗？沈萌两眼圆睁，深情地看着眼前的昆宝儿。我到底是在什么地方？为什么突然发生了这件事？怔了半天，沈萌终于想了起来。我打了麻药，被送到了手术室，医生和我说着话，说着说着我就睡着了。那我已经做完手术了吗？我的脸，我的脸怎么样了？沈萌反复用手摸着脸，不对啊，一点儿伤疤都没有，颧骨也还在啊。这是怎么回事？沈萌看着昆宝儿，心中充满疑惑。

"想起来了吗？你想要做手术，还委托了门口那个女孩做你的签字人。但是这个签字人在你入睡之后，私自做主，要给你一次重新做人的机会。王医生没给你做任何手术，就是让你在病房老实地等着我来。解铃还须系铃人，心病只能心药医，我就是你的心药。萌萌，嫁给我吧，让我给你幸福。"

这一切都是真的，昆宝儿真的爱我。沈萌此时想给昆宝儿一个深情的拥抱，但麻醉的药力还没有完全消退，她身体不受控制地从床上滚了下去。还好昆宝儿反应及时，扔掉了钻戒，紧紧抱住了她。

"这要是能发到网上，咱们节目直接就炸了。"子凡本来在配楼拍谢医生，听说这边有热闹看，就搬着摄影设备跑了过来，刚好拍下了这段感人的一幕。

沈萌和昆宝儿此时才注意到门口架着的摄影机，赶紧从连体婴儿的状态分开。

"你们放心，我是有职业操守的，这机器里的卡给你，机器给你检查，我不存底儿。"子凡关掉摄影机，从里面取出存储卡，"就当我们节目组送你们的订婚礼物。这卡里其他的东西你回家之后给我发过来，那可是我们节目拍的素材。"

"谢谢你们。"昆宝儿接过子凡递上来的存储卡，感动地说。

"小提，谢谢你。这次多亏你了，我怎么做才能报答你啊？"沈萌脸带绯红，有些不好意思。

"只怕是无以为报了。"昆宝儿在一旁接话道。他紧紧握着沈萌的手。

"我有个主意。"小提正要往下说。

小乐看着手机，脸色骤变，喊道："完了，出事了。"

大家都把焦点聚集到了站在门口的小乐身上。

"八卦的狗仔队从早上就一直守在四德医院门口，拍下了你们两个人进入整形医院的照片。他们已经向经纪公司开价了，萌姐的照片要800万赎回。昆哥，你问问你们公司，估计也被他们勒索了。"小乐给大家看狗仔拍到的照片。

"不用给他钱。反正我哪儿都没整，随他们说去，一张照片能代表什么啊？"卸下了往日的不安，此时的沈萌颇有几分活泼俏皮之感。

"他们不是要曝光你整容，是要爆料你们两个在一起了。"小乐郁闷地说。

"就拍到他们进了一家整容医院，就能证明他们在一起了吗？这中间缺了太多必要的证据吧。"小提插话道。

"姐姐你不懂，狗仔队开出价码，如果公司不掏钱，他们就会派人二十四小时盯着明星，只要是真事，早晚会被他们抓到的。到时候他们就会直接曝光，不会再跟经纪公司报价。相当于他们现在就是在警示我们，除非喂饱他们，不然他们就要开始行动了。他们势力极大，我们可斗不过。"

"所以你们只有两条路了，要么给钱，要么公开情侣身份，是这样吗？"子凡问道。

"对，只能择其一了。"小乐答道。

"既然如此，不如让我们来曝光这段爱情吧。同时结合我们这次的主题，给沈萌小姐做个专访。您还可以站在整容者的角度，多为她们说几句话。现在整容的女孩很多都得不到亲戚朋友的理解，咱们社会的整体氛围对整容者也不太友好。您作为一线明星，要是能为她们说话，可以鼓励到很多人的。"子凡似乎早就想到了这个方案，滔滔不绝地说了半天。

"我觉得可以。而且归根结底，沈萌是想做又没做，不会引起什么负面影响。同时把我们这段很艰难的爱情也简单介绍一下。我每天凌晨才能进她家，四点就要起床逃走，鸡都没起呢。我们在一起不能去电影院看电影，不能去餐馆吃饭，也不能在大街上手拉手。这样的日子我是过够了，我决定不躲了，也不怕了。就照他说的办吧。这段视频，"昆宝拿起存储卡，递给子凡，"你也剪到片子里去吧，配上周华健那首《有故事的人》作为背景音乐，再加点美化的特效。"

子凡打开音乐播放软件。

"我决定不躲了，你决定不怕了，我们决定了让爱像绿草原滋长着……我要专注爱你，不想别的，没有忐忑。"音乐在手术室中回响。

这就是年轻人的爱情吧，远处的谢心如在静静望着这一幕。这次之后她不会再来了。谢心如看着沈萌，终于露出了欣慰的微笑。

第四章 书中自有网红脸

昆宝儿和沈萌的故事一播出,无疑给节目带来了前所未有的点击量。创业团队本想趁着这波势头再接再厉,多冲几次高点。谁料紧跟着的几期节目却遭遇滑铁卢。不但收视惨淡,连节目口碑也随着沈萌参加整容比赛消息的放出而变差。节目组在网上遭到了前所未有的攻击,B站上网友的弹幕更是恶毒,一片口诛笔伐。网友指责节目组花钱请明星作秀,假比赛,真敛财,利用明星联手炒作。

"最近报名参加《涅槃大赛》的人变少了。"楚楚看着电脑里的邮件说,"已经报名的选手还有几个要退赛的。沈萌一参赛,普通人谁还敢过来比啊,肯定比不过。"

"成也萧何,败也萧何啊。再这样下去没有志愿者了,节目也没法拍了,本以为是好事的。"子凡也在一旁叹气。

"实在没办法,咱们就花钱找演员来演志愿者吧。The show must go on。"看得出若岩的心情也不好。

"咱们设几个专项奖怎么样?比如最美大眼睛,特别高鼻梁,

M唇妹妹，专项奖也给奖金。一个一百万，怎么样？"小提提议道，"或者和沈萌沟通一下，让她退赛吧。反正她也不在乎这钱，何苦参赛呢。"

"她就算退赛也于事无补了，网友还是会认为咱们是故意炒作。而且先参赛再退赛，给别人的印象更差。"若岩看着电脑，"现在唯一的方法，就是能找几个和沈萌旗鼓相当的人来参赛，分走她的票数。她现在两千多万票，第二名才十几万票，这样的差距，哪儿还是比赛啊。"

"和沈萌人气差不多的？一千万奖金全给了，人家都不一定愿意来吧。"子凡插嘴道，"没戏，咱们还是看看最近有什么热点事件吧，在热点事件上做做文章。"

第二天一早，子凡还没进办公室，便听见里面小提和若岩正在激烈地争吵。

"我承认，有一部分求美者的目的是不纯。但还有一部分求美者，他们只是希望容貌上的改变能给自己带来自信。上帝本来就不公平，有人基因就是好，腰细腿长。有的人就是不好看，但他们对美也有追求啊。想要和那些长得漂亮的人站在同一起跑线上，这也没什么不对吧。你不应该鄙视整容的人，这是他们的权利。"小提言辞激动。

"你们吵什么呢？"子凡问道。

"不是吵，我们是在探讨问题。"若岩推了推眼镜，脸上挂着讽刺的笑容。

"他就是从骨子里瞧不起整容的人。"小提道，"长得不好看的人去整容，这有什么不对？这就像智商不够的人，多看书多学习，弥补自己的缺陷，有什么不行吗？"

"你这个类比就不恰当，看书、学习是自身努力上进的表现。比如你本来是个胖子，你去运动健身，练出人鱼线，我是支持的。

但整容，怎么说呢，就好像是穷人去偷盗。你可以因为穷而更努力地去工作挣钱，但不能因为穷去偷盗。整容本身就不是一条康庄大道，而是怎么说呢，一条鬼祟的捷径。我们即便把走捷径这件事讲得再清楚、再明白，也改变不了它本身不正义的属性。"若岩看着小提困惑的脸，"咱们这个项目，只会培养出更多的小雪。我们做的事情也谈不上正义。"

"如果你是这样想的，那这个项目就到此为止吧。我可不想做恶。"子凡义正词严道。

"整容怎么会是作恶呢？别听他瞎说。"小提赌气地瞪了若岩一眼，"颜值即正义，我们在帮助大家提高颜值，我们就是正义的化身。"

"真自信啊。"若岩意味深长地看了子凡一眼，"上了贼船下去可没那么容易。且不说新的资金马上就到位了，之前跟投资人的对赌我们还没完成呢。成年人做事，不能说不做就不做了。我之前加入这个项目就有过顾虑。正义对商人来说，没那么重要。"

"可是……"子凡还想反驳，忽然看到从外面走进来一位学生打扮的姑娘。

"您好，我们是颜值有限股份公司，请问您找哪位？"小提亲切地和姑娘打了个招呼。

"你们能帮我吗？"姑娘怯怯地问道。之后媛媛讲起她的故事。

上大学之前，媛媛从来没有对自己的家庭条件产生过自卑感。虽然身处偏远的乡下，可家里的生活并不差。父亲是个会做木工活的农民，田里不忙的时候便去城里做做帮工。在家乡的人看来，能在城里赚到外快的人都是数一数二的能人。每次父亲从城里回来，不但会买足家里日常所需的各种物资，还总是给媛媛姐妹俩带回漂亮的毛绒玩具。母亲是典型的南方主妇，贤惠能干，擅长家务劳作。家里的农房总被打扫得一尘不染，地板光可鉴人。逢年过节不但能张罗出一桌好菜，还会煞费苦心地做出各种极费工夫的小菜、点心。

媛媛从小就喜欢在厨房看母亲忙碌。新鲜的莲藕切小丁，三分肥七分瘦的梅花肉用双刀仔细剁碎，豆腐丁放入油锅炸至焦脆，将肉馅、豆腐、藕丁混合在一起，加入小葱、香菜一起调味，之后用薄到透明的面皮包成一个个长相秀气的包子，放入平底锅小火慢慢煎到焦黄。这便是媛媛最喜爱的莲藕豆腐包儿。除了包子，还有杨梅粿儿、银芽春卷、海鲜豆腐卷这些令同学羡慕不已的吃食，都是媛媛从小吃到大的。母亲的手巧不光体现在做饭上，缝纫功夫也很在行。媛媛和姐姐的衣服也都是母亲做的。鲜亮的颜色、贴合的尺寸，还有看起来最流行的款式。村里人都说，媛媛姐俩怎么看都是城里姑娘，一点儿不像村里人。所有这些，都让媛媛产生了一种丰衣足食的错觉。

几年前，姐姐考上了大学。一家人都很高兴，爸爸在村子里办了几天的酒席，大宴宾客。可是自从上了大学之后，姐姐回家的频率就越来越低。即便回了家，也不愿意和家里人多说话。媛媛记得姐姐对她说过，有些事等到她上了大学就明白了。是什么事呢？媛媛隐隐觉得一定不是什么好事。

姐姐大学毕业又考上了研究生。这本是一件好事，但媛媛清楚地记得，知道这个消息后，全家只有媛媛乐得连蹦带跳。爸爸妈妈愁眉不展，连姐姐的脸上也蒙上了一层霜。姐姐拿着录取通知书回到家里，妈妈准备了一桌好菜，但姐姐只是动了动筷子，提不起胃口。饭后，全家人聚在院子里开了个会。媛媛想起当年姐姐考上大学时父母脸上的兴奋劲儿，和此时脸上掩饰不住的忧郁沉闷形成了鲜明对比。这是为什么呢？正在上高中的媛媛理解不了其中的道理。

在幽暗的灯光下，母亲熟练地剥着毛豆。父亲坐在自制的原木椅子上反复看着录取通知书,半晌没有说话。

"研究生念出来有用吗?你现在不就能找份工作吗?读那么多书干吗?"父亲终于率先发问了。那一晚,父亲的这一观点反复阐述了至少十次。

"我已经老了,再出去干体力活真的干不动了。就算干得动,人家也不爱要了。咱家地里一年能收多少钱你也清楚,再过两年你妹妹也要上大学了。你看看你妹妹的成绩单,比你那时候还好。家里的积蓄就那么多了,都给你看过了。供你读了研究生,你妹就没法子上大学了。你忍心看你妹妹上不了大学吗?"这是父亲的补充观点。当然,只有小学文化的父亲无法一次性如此清晰地表达自己的观点。这几句话,父亲大概浪费了半个晚上的时间才说明白。

"两年后,我研究生就毕业了,到时候我有了工作,我可以供妹妹读大学。"姐姐那晚上只说了这么一句话,但掷地有声,没人再敢反驳。

一晃两年后,媛媛顺利考上了大学。姐姐也遵守约定为媛媛交齐了学费。不只是学费,媛媛大学四年的生活费姐姐也没少赞助,还时不时带着媛媛去买衣服和化妆品。逢年过节,姐姐会特意从上海赶到北京,带着媛媛去看电影,下馆子,改善生活见世面。

可是即便有姐姐的贴补,媛媛还是感到了自己和其他同学的生活差距。别说那些带着大 logo 的名牌包,媛媛不敢去想。就是她们脚下漂亮的 Nike、Adidas 运动鞋,媛媛也只能看看,不敢和家里提要求。家里什么情况媛媛心里清楚,父母这两年的日子过得紧巴巴的。为了掩饰好自己的自卑心理,平日里媛媛只能把自己关进自习室,没日没夜地努力学习。她希望毕业之后找到一份好工作,想买什么自己都能负担得起。

可是还没读到大三,媛媛就意识到,今时不同往日了,家里没背景的大学毕业生想找一份体面的工作比登天还难。唯一的出路就是考研，考个名校研究生，求职时就能多一分筹码。可到时候谁能给自己出读书的钱，媛媛却没想过。媛媛也没想到自己拿到南大研究生录取通知书的那天晚上，一家人又开了次会。可主角不是自己，还是姐姐。

父亲的长吁短叹、母亲的泪眼婆娑，都是给姐姐施加的压力。是啊，就像父亲说的，自己已经没有能力再出去挣钱了。种地挣的那点钱只够全家人勉强维持生计的。母亲这几年身体又不好，看病吃药花了不少钱。只能指望姐姐了，媛媛心想，姐姐在上海有一份不错的工作，一个月的收入就有一万多。而自己研究生一年的学费才八千，对她来说，应该算不得什么。

"妹妹考上研究生不容易啊。你就供她一下吧，反正大学你都供了，不差这两年了。你妈身体不好，吃药看病的钱我们也不用你出。你就管管你妹妹就行了。"父亲心事重重，一口一口不停地抽着烟。

"你们去正规医院看病吃药，社保都给报销。还不是你们到处去买那些假药偏方，把钱都花光了。"一直没说话的姐姐听到这儿终于忍不住了，"妹妹上大学的钱就是我出的。研究生我真的供不起了。"

"你一个月的工资就够交妹妹一年的学费了，有啥供不起的。她是你妹妹啊，你当年就知道读研究生的重要性，现在怎么你妹妹要读你就不愿意出钱了。"

"我给你们算算吧，我一个月工资是一万二，到手不到八千。给妹妹一千块的生活费，还剩下七千。房租四千，你们别嫌多，这在上海就是个正常的合租价格。就剩下三千块钱，要吃饭、通勤、买衣服、交水电煤气上网费。从这三千里，我还要攒出妹妹一年八千块的大学学费。去年我还给妹妹买了一部两千多的手机。我之前从没跟家里叫过苦，因为这是我答应过的，我必须履行承诺。但事到如今,妹妹已经大学毕业了,我的义务结束了。我不想管了,我累了。我都快三十了,在上海工作四年,没有过一次旅行,没进过一家高档餐厅,连电影院我都舍不得去。同事都纳闷我到底过的是什么生活,为什么朋友圈里全是转发。因为我就没有生活啊。我的生活就是攒钱供妹妹读书。好不容易这四年我终于熬完了,我也想去外面看看了。你说八千块钱没什么。这一年多出来的八千块钱,是我和同事一起吃饭逛街的底气,是我能继续一个人在上海活下去的尊严。我为这个家做的贡献就到此为止吧,你们恨我也好,怪我也好,我从今以后只想为自己多活一点儿。妹妹读研究生,生活费我可以出,学费你们另想办法吧。"

姐姐拼命忍住泪水说完这番话,媛媛很心疼。姐姐一个人在大城市打拼,肯定不容易。从姐姐的穿戴上媛媛就看出来了。上班几年,姐姐还和媛媛这样的学生打扮得差不多。这身穿戴在大学校园都免不了被同学笑话,何况是在陆家嘴。

媛媛想了半天,终于开了口:"姐,我毕业之后还你钱行吗?"

"你能还我钱,你能还我青春吗?"姐姐的眼圈充血严重,红得像一只桃子。

不能,当然不能。可这事到底怪谁呢?媛媛想不明白。

家庭聚会不欢而散,接下来的春节一家人也没过好。年夜饭上没有了姐姐爱吃的螃蟹炒年糕,父母也从始至终没给过姐姐一个好脸儿。"我养出来的闺女怎么会这么自私。"母亲故意大声地和叔叔婶子说着家里的情况,好像就是想让关在自己房间里的姐姐能够听见。姐姐和媛媛也没有了往日的熟络,见面都在闪躲,彼此心中都存着芥蒂。

姐姐刚过了初三就匆匆回了上海,她并没有要与父母和解的意思。临走前,姐姐找媛媛单独谈了个话。

"你会恨我吗?"姐姐淡淡地问。

"不会，你有你的选择。"媛媛回答得很干脆。

"我刚工作的时候，心里想着，以后再不用让你和爸妈受苦了。我一个月赚的钱比咱爸一年赚的还多。可后来发现，能赚这么多钱的地方，开销也不是咱们这种村里人能想象的。衣食住行，处处都要花钱。上海滩的繁华都是真金白银搭起来的，想省钱真是门儿都没有。处处都是势利眼，越是穷就越容易被这些人欺负，反而要花更多的钱。不是姐姐不想供你，实在是没办法了。"

媛媛走上前抱住了姐姐："我知道，你一定有难处，否则，你肯定会帮我的。对不起，我这些年读大学，让你吃了这么多苦。"

"不怨你，要怨只能怨咱们出生在这样的家庭。父母已经尽力了，但我们还是过着不如意的生活。我们都能上大学已经算是很幸运了。我有的我都愿意给你，只可惜，我有的就不多。"姐姐叹了口气，上了一辆顺风车。

媛媛望着车子远去，想到这些年姐姐对自己的好，此时都化成了愧疚。没有办法，只能放弃读研究生了。那剩下的出路，就是找工作了。整整一个学期，媛媛都在忙着投简历、面试，可仍然没有找到合适的工作。

快毕业时，媛媛本已对读研不抱希望，却意外看到同是贫寒子弟的室友如今穿上了最时尚的 supreme 帽衫、椰子鞋，背着三宅一生标志性的菱形包出现在了宿舍。媛媛有心想问，却不好意思开口。一个大学女生突然有了钱，多半不是什么好事吧。

媛媛没有问，室友倒是主动过来交底儿了。

"媛媛，我选修的那门课，下周有个实验。我要直播没法去，你替我去一趟行不行，不白去啊，我请你喝一个星期的奶茶。"室友央求道。

"直播？"一心只读圣贤书的媛媛并不知道已经红遍了整个中国的直播是什么。

"嗯，直播。你不知道吗？现在已经有几百个平台推出直播了。"

"你在直播？"

"嗯，我是手快应用的签约主播。每天都要直播，这是我的工作啊。实验那天刚好公司有个活动，所有主播都要配合。"室友打开手机上的手快应用，随意点了几条直播给媛媛看，"直播现在可火了，你听说过冯阿扬吗？直播界的女神，一米四几的女孩，月入六千多万，全是粉丝打赏的。"

"六千多万？这么多。那你直播有钱拿吗？"媛媛看着室友手机里的直播软件，并不觉得有意思，不过是个漂亮女孩在视频里连蹦带跳。

"当然有啦，我是签约主播啊。一个月保底薪水三千，其他打赏和平台四六分。打赏到了一定额度，分成比例还能上调。"室友有些得意地介绍道，"不过我现在能拿到的打赏还很少，平台说要坚持，时间长了，粉丝才会多，人多了就有愿意打赏的了。"

"你都需要做什么呢？"媛媛好奇地问。

"就是直播啊，每天要保证至少两个小时的直播时间，其他时候比较自由，但平台有特殊活动也要保证出勤。就跟上班一样，到点打卡，领导布置的任务要完成。"

"直播到底是干什么啊？"

"也不用干什么。有粉丝看就陪他们聊聊天。没有粉丝看，就开着摄像头对着自己，想干什么干什么就好了。吃饭，刷牙，洗脸，睡觉，都可以，没人管。只要是对着自己，人保证出镜就行了。"

"就这样？"媛媛感到很难理解，坐在摄像头前挤眉弄眼就能挣到钱吗？

"就这样。"室友猜到了媛媛的心思，"你是不是也想做主播？

我可以带你去手快公司试试，不过嘛……"

这个停顿的原因，媛媛立刻就明白了。媛媛不是个漂亮女孩，五官长得过于平实，和瘦弱的身材相比，头又显得过于庞大了。远看就是一根火柴头儿。媛媛低头看了看应用中的主播，要么波涛汹涌，要么甜美可爱，真的没有自己这样的。

"不用，我就是问问。你毕业论文写得怎么样了？"媛媛赶忙转移话题。

直到入睡前，媛媛都不能平静，心里反复想着室友说过的话。如果自己也能成为主播，只要能拿到三千的保底薪水，就够自己读研究生的了。可是，相貌这关怎么过呢？媛媛翻来覆去睡不着，打开手机，在里面搜索整容的关键词。《微微一整很倾城》的短视频被搜了出来，媛媛连续看了几期，觉得很有意思。当然这节目最吸引媛媛的是视频开头提到的《涅槃大赛》。

"现在报名，下一个变美的就是你。"视频里的女孩潇洒地甩了甩头发，看起来美丽、时尚又自信。

免费整容？这不就是自己现在最需要的吗？变漂亮了就可以做主播，之后就能继续读研了。研究生毕业之后就可以像姐姐一样留在大城市，找一份体面的工作，到时候把父母也接过来。想到未来的幸福生活，媛媛微笑着进入了梦乡。

听完媛媛的故事，大家都是一头雾水。

"你是为了继续读书，所以整容？"子凡看着媛媛，对她说的话很难理解。

"嗯，整容之后可以做主播，做主播能挣到学费，有了学费我就可以读研究生了。"媛媛点点头。

"没有助学贷款吗？"小提问。

"我试过申请了几个，都没申请下来。可能我家这种情况，和那些真正穷乡僻壤的失学儿童还比不了吧。"

"给老师打工呢？学校没有勤工俭学吗？"小提继续提议。

"有，但是钱太少了，勉强够日常生活，学费肯定不够。学费还要先交。"媛媛在这半年之间，已经把可行的方法全想过了。

"可是整容之后你未必就能当上主播，即便做了主播，也不一定能挣到钱。整容和挣钱之间并不存在必然联系。"小提试图帮助媛媛厘清其中的关系，"你如果就是想挣钱的话，还有别的方法，不需要整容的。"

"虽然没有必然联系，但确实可以试一试。"没等小提说完，楚楚抢过了话茬，"我们会安排医生来帮你出整容方案。如果没有其他问题，我们明天就可以签合同。"

"真的吗？你们愿意帮助我？"媛媛颇有些意外。

"当然，你的故事很励志啊。为了学习而变美，多好的宣传题材啊。"楚楚微笑着说，"书中自有颜如玉。"

媛媛使劲点着头。她已经认出，说话的这位就是视频上美丽时尚又自信的姑娘，而自己向往的，就是有朝一日成为像楚楚这样的都市女性。

这么顺利吗？回家的路上媛媛还在回忆着刚才的情景。可她不知道，她走出办公室之后，剩下的四人又开始了争吵。

"你能听出她是逻辑错误吧？为什么还要让她整容？"媛媛刚出门，小提就迫不及待地质问楚楚，"她这种就是谢医生说过的，典型的为了其他目的来整容，错把整容当成挣钱的途径。"

"你管她是什么目的呢？你知道咱们的目的就行了。我们现在最重要的是什么？是点击量。她能给咱们增加点击量。多好的故事啊，寒门飞出的金凤凰。现在观众最喜欢的就是这个题材，出身不好的平民女孩，努力逆风飞翔。她还考上了南大研究生，谁不知道南大多难考啊。这可倒好，考上了还有读不起的。姐妹之间该不该互相扶持，共同走出贫穷。姐姐该不该被声讨？就这些点都能引起社会讨论。"

"这些跟整容有关系吗？她根本不需要整容啊。"小提不服气地问。

"怎么没有啊。她的长相属于典型亚洲人，五官虽然没有明显的缺陷，但是组合到一起就是不好看。这样的情况非常符合整容手术的条件。她手术后的效果会让很多观众更有信心去整容。"楚楚自信满满地说。

"这话题怎么又回来了？若岩，你怎么看？"子凡有些挑衅地问道。

"我同意楚楚的观点。现在只要能提高点击量，你让我在这两座楼之间走钢丝，我都会考虑的。"若岩指指窗外。

"大部分人变美都是好事。就算媛媛整容之后当不了主播，挣不到打赏，以后在择偶、找工作方面，也会比现在有优势得多啊。咱们是在做好事，又不可能每个人都是小雪。"楚楚道。

"可是……"楚楚的说辞小提无力辩驳，这些话听上去顺理成章，可怎么总觉得与真理背道而驰呢？

小提求助似的看了看若岩。若岩意识到小提在看自己，立马躲开，故意不去看她。小提只好又去看子凡，希望子凡能帮自己说话。可此时，子凡脑中也是一团糨糊。子凡看着小提无助的眼神，做了个无可奈何的表情。似乎是说，还能有什么办法，先试试看吧。

"你们没有不同意见了吧？那我去联系医生了。"楚楚说罢，回到了座位上。

"这次还是找谢医生吗？"若岩问道。

"咱们不能总可这一只羊薅羊毛吧？"楚楚笑了一下，"放心吧，沈萌那期节目播出之后，好多机构都向咱们发了邀请。只要机构和医生能在节目中出镜，他们愿意免费为志愿者提供整容项目。我肯定给这颜如玉挑个好的。"

剩下三人再无话，各自回到了座位。

整容，网红，博主，打赏，直播平台，这几个词在小提脑中不停地出现，精力再也无法集中，看着笔记本上和医生对好的台词，电脑上却一个字都敲不出来。整容变美就能当网红，当上网红就能挣到钱，事实真是这样吗？小提不相信世界上有如此简单的逻辑，这其中一定有什么信息被忽略了。是什么呢？"不实地调研，就没有发言权。"这是之前投资公司的上司尹总经常挂在嘴边的一句话。对，像之前在投资公司工作时一样，去深入调查，了解这个行业的真相。

凌晨两点，三杯咖啡下肚后，小提终于理出了一点儿头绪。她先是收集了各大视频网站排名靠前的网红资料。按照网红自我标注的职能不同又各自归类。确实，跟小提想的一样。网红并不都是长得好看的，除了美女博主这一类收入和颜值直接画等号外，其他类别都并非如此。让小提最意外的是美妆博主，排在最前面的居然是一位200多斤的胖女孩。

小提忍不住去搜索这个女孩的视频。跟那些婀娜多姿的小妖精站在一起，这位浑然一体的庞然大物确实能吸引到更多注意力。很快，小提就被视频上女孩技艺高超的化妆术所吸引，津津有味地看起来。

"你怎么还在这儿？"若岩从自己的IT小屋走出来，看到小提正对着电脑哈哈大笑。

"你过来看，这个视频太逗了。她生生把自己的脸画小了一半儿。"小提招呼着若岩过来一起看视频。

"这是教化妆的视频？你也开始研究化妆啦？不用啊，我就喜欢你这种不施粉黛的，看着就省钱。"若岩打趣道。

"我才不化妆呢。我是要给你看,这是大料上打赏最多的主播。你看她可一点儿都不好看,但是粉丝八百万,正经八百的网红。"小提在电脑上打开自己之前做的资料表,一一指给若岩看,"你看,这是我的统计。搞笑主播就不说了,都是些各有特色的歪瓜裂枣。你再看看这些,这可是情感类的,也不好看,最多搁人堆里也就能算个顺眼。星座类的头牌就是这个小男孩,白桃桃,也不能算好看吧。美妆博主排第一的就是你刚才看的那位,时尚博主排第一的是这位,你看看所谓的鲇鱼高级脸,有特点是肯定的,但也绝对不算好看吧。就连打着美女标签的主播,真正排位靠前的也是靠唱歌跳舞,不是纯凭长相。"

"你想说什么啊?"

"想说颜值和网红没关系啊,长得好看也不一定是网红啊。"

"这我早就知道了。你以为长着一张好脸就直接能从地上捡钱了吗?主播靠的是才艺和察言观色的本事。一些专业知识型主播,那就更有真才实学了。我关注的几个主播有空发给你,你也看看。谁会因为一张好看的脸就一直对着手机傻乐啊,那也太奇怪了吧。美女主播也不全是靠长相,讲究的是互动和说话技巧。"

"可网上不是说中国屌丝好打发,美女叫声老铁就给钱吗?"

"傻子才信呢,哪儿有那么简单啊。"若岩拍拍小提的肩膀,"不过你这种学习精神值得鼓励啊。毕竟咱们做整容科普,和网红行业也是息息相关。你好好研究研究,咱们做一期网红整容专题,我估计效果也能不错。"

"我研究这个是要得出论点和论据,去说服媛媛,告诉她想成为网红,根本不需要整容。"

"你省省吧。人家是能考上南大研究生的人,你以为她自己想不明白吗?她现在就是着急挣钱,随便看见个救命稻草就想抓一下。正巧救命稻草现在也巴不得有人抓一下。周瑜打黄盖,这不是

double-win 的事嘛。"若岩戳了戳小提的头,"别想太多了,走吧。媛媛整容的事交给楚楚了,你就别管了,赶紧回家睡觉了。我开车送你。"

即便心中的男神此时就在身边,可小提依然心不在焉。

"你想什么呢?我问你话都不回。"若岩趁着等红灯的时间,看了看小提。人家说美女越看毛病越多,平凡的姑娘越看优点越多。这话果然没错,小提素净的肌肤在夜色中闪着微光,搭配着淡雅的五官,十分好看。

"你说媛媛她姐姐是不是心太狠了,妹妹考上研究生这么好的事,怎么能不支持呢?还有她父母也是,真的就拿不出学费吗?才八千块啊。"

"别人的生活是别人的事,我们没有经历过,就不要随便发表评价了。现代社会最重要的就是学会尊重别人的选择。包括现在这件事的状态,也是媛媛自己的选择。你不要过多去干涉,错与对让她自己去领悟。你呢,最近也别闲着,网红脸专题值得一做,你好好研究一下。"

"遵旨。"

小提查了一个星期的资料,终于搞明白时下流行的网红脸到底是什么了。网红脸,顾名思义,就是网红的脸。这样的脸,普遍有几个标志的特点:过尖过长的下巴,这样的下巴一部分是放置了假体,一部分是靠注射玻尿酸,重新塑形。过高过挺的鼻梁,同样靠的是放置了假体或玻尿酸塑形。过大的眼睛加上欧式平行大双眼皮,这往往要通过开眼角手术和重眼睑术来实现的。最后,也是最关键的一点,要有一张充气娃娃般毫无瑕疵的硅胶脸。没有表情不重要,但一定不能有皱纹,不能有毛孔,也不能有痕迹,总之,人类该有的都不能有。如果要给网红脸找一个标志性的人物,无疑就是20世纪八十年代动画片《葫芦娃》中的蛇精。这个在童年时代给无数孩子留下了深刻阴影的女人，恐怕自己也想不到在 20 年后的今天会重新翻红，成为上至首富儿子，下至小镇青年，中国四亿成年直男心中共同的女神。

　　为什么在今天如此多元化的时代，中国男人的审美会突然趋向一致？无论是贫穷富贵，无论是北上广深，还是西藏新疆，只要有手机的地方，男人都喜欢网红脸。为什么我们没有同一个梦想，却都爱看同一张脸？这到底是道德的沦丧，还是人性的扭曲？小提在脑海里想了又想，却找不到答案。尽管网络上对网红脸群起而攻之，甚至一度将这个词与低俗文化画上了等号，却挡不住越来越多的人气女星整成了网红脸，更挡不住那些拥有网红脸的网红在直播平台上赚得盆满钵满，买车供楼。

　　拥有网红脸的网红们过着令人羡慕的生活。社交媒体和视频网站都是她们炫富的身影，海浪沙滩，身边不是老船长，全是高富帅。大牌包包一天一换，高定服装穿穿就扔，就连跑车别墅在她们眼里也如粪土一般。每天高冷着一张脸发些"生不如死"的人生感悟，屏幕那头的拥趸们就会发来爱心、跑车、大游艇。难怪媛媛会羡慕，深入研究了之后，连小提都羡慕起了这些只靠脸就能过上幸福生活的网红。

　　网红脸真的好看吗？小提的心里打着鼓。

　　小提一遍遍在脑中勾画网红脸的同时，楚楚带着媛媛来到了一家整容机构。这是一家著名连锁整容机构在北京的分舵。医院很大，是一座位于环路边上的独立小楼，共有十二层。走进大厅，装潢布置都是美轮美奂。真皮沙发、水晶吊灯、红木家具随处可见。连前台小姐面前，都配备着苹果一体机。

　　楚楚和该家机构的头牌医生早已约好，带着媛媛径直走进了医生办公室。

简单寒暄后，头牌医生侃侃而谈，先是自吹自擂了一番："我是国内医学博士毕业，之后又去首尔江北医学院深造了医学博士。我是目前国内唯一拥有中韩两国博士学位的整容医生。我的技术水平就不用质疑了吧，国际顶尖。你们看看我的客户名单。"

医生叫助手递过来一摞文件给楚楚。楚楚和媛媛都认真地看了一遍。文件做了分门别类，国内一线明星，不下十人。国内二线明星，名单上有百余人。国内不入流明星，楚楚大概数了数，足有五六百人。这一个人做得过来吗？楚楚心中虽然生疑，脸上却是一副崇拜的表情，赞美道："原来这么多明星都是您的作品，我在来之前居然不知道您的大名，我真是井底之蛙，请您一定要原谅我有眼不识泰山。"

"我这个人，一向对名利看得比较淡。"双料博士说话时透露着一种高高在上的优越感。

"那您看看我们这位志愿者，怎么动一动好看？"

"我心里已经有数了。"

"您这么快就想好了？"

"当然，上千张脸都做过了，不差这一张。"

"您准备给她做哪些手术？"

"双眼皮，开眼角，假体隆鼻，垫下巴，她的优点在于骨架小，好整。缺点是皮肤太差，颜色又黑，先用果酸洗洗，看看能不能行，没用的话只能上美白针了。"双料博士用手托起媛媛的下巴，左右推了推，"你年纪不大吧？"

"二十一岁。"

"年纪轻整容最好，恢复时间短，保持时间长。"

"我听您这意思，是要给她整成标准的网红脸啊。"楚楚心生疑虑。

"当然了，我就是要给她整成网红脸。"

"网红脸好看吗？"楚楚质疑道。

"网红脸当然好看了。大眼睛、深眼窝、尖下巴，趋于立体的轮廓，近似混血的长相。这样的长相能迅速在人群中脱颖而出，锋芒毕露。你觉得网红脸不好看那是因为你在电视上和手机上看多了，审美疲劳了。其实现实生活中的网红脸还是稀缺资源，你站大街上看看，还是芸芸众生占多数。你几时在街上见过 Baby 那么漂亮的女生。办公室里要是能看见个长得有三分像某名星的女生，男的就能高兴上天了。说网红脸不好的人，都是吃不着葡萄说葡萄酸的。她们要是有钱也得来求我整成网红脸。"双料博士口气中透露着骄傲。

楚楚和媛媛对视了一眼，眼神中都有几分恐惧。

"今天就做手术吧？我一般是上午出诊，下午手术，要是想做，我就让护士给你们安排插个队。"双料博士随手翻开桌上的一个本子，"我这手上要做手术的客户都排到 2020 年了。"

"她年纪还小，我们得先回去和她父母商量一下。"楚楚微笑着起身，拉着媛媛一溜小跑地离开了医院。

"楚楚姐，你有没有发现这个医院有点儿邪门。"媛媛跟着楚楚跑得上气不接下气。

"哪儿哪儿都邪门，你说的是什么啊？"楚楚停下来，做了几次深呼吸，逐渐恢复了心率。

"你看这家医院所有的护士，都长得一模一样。我刚开始看见以为是一个人，后来同时出现了两三个一模一样的，穿得也一样。这也太吓人了。"

"我也看见了。而且你看这医生的助理就一点儿都不好看啊。是大眼睛双眼皮，可怎么看都是一张假脸，笑不会笑，哭不会哭的，说话看着都挺费劲，这是打了多少针肉毒啊！这医院肯定不行，医生也不靠谱，姐下次带你去另一家。"

"唉，真是辛苦你了。"

"应该的。为客户服务好，是我们应该做的。你先回学校吧，我去给你联系下一家。"

两天后，楚楚又带着媛媛来到了一家位于三里屯的整容医院。三里屯是北京最为繁华的街区，鱼龙混杂，整容医院怎么会开在这儿呢？楚楚心里犯起了嘀咕。走进医院，楚楚心里的嘀咕之声就更响了。医院门口站着几个漂漂亮亮的小护士，负责接待客人。楚楚自报家门，立刻受到了尊贵的款待。小护士把楚楚和媛媛带进休息室，里面已经准备好了果盘、小点心、茶水和咖啡，感觉是要开茶话会。

"你就是楚楚啊，对，咱们之前通过电话了。我看了你们的节目，非常喜欢。叫你来就是看看咱们能不能合作，也给我们做一期啊。"楚楚和媛媛还没坐稳，一个身穿白大褂，明显整容过度的女人走了进来，"我是这家医院的负责人，你们叫我美婷就好了。"

"您确实挺美的。"楚楚客气道。其实这女人一点儿都不美，尽管能整的部位都整了，但看上去非常别扭。过于紧致的皮肤，好像一碰就会炸开。过于高挺的山根，看起来一点儿都不协调，更别说眼睛上还有手术留下的疤痕。

"这位就是你说的志愿者吧，我看看啊。"女人毫不客气地托起媛媛的下巴，"你这张脸可得大整啊。这眼睛也太小了，必须开眼角，拉双眼皮。鼻头有点儿大，要缩一下。嘴唇太薄了，用玻尿酸丰唇吧。现在流行厚嘴唇，厚嘴唇性感。皮肤也不行，肤色太黑，也不够细腻，打打水光针。全算下来大概得个十万八万的。当然，这个钱我们出了，只要你们给医院做宣传就行啦。"

"手术方案咱们不忙定。您能先给我们介绍一下您这儿的医生情况吗？"楚楚问。

"医生你们放心。我们这儿请的都是公立医院的大医生，平时不出诊，周六日过来坐堂。面诊和手术都安排在那两天。这样大家都省时间，对不对？"

"公立医院的大医生都来您这儿开飞刀？"

"怎么说话呢？现在不叫开飞刀了，这叫多点行医。"美婷白了楚楚一眼，"这些医生和我们机构合作也是要签合同的。别以为他们能打一枪换一个地方。"

楚楚看了看四周的环境，休息室布置得富丽堂皇，沙发、茶几都算精致。地址又在闹市，可见这机构不缺钱。既然不缺钱，那为什么没有自己的医生呢？想到这儿，楚楚将自己的困惑问了出来。

"我们也不是一个医生都没有，有两个自己的医生。"女人回答道，"但他们现在都在外地呢。我们这医院也是连锁的，全国开了六家了，一共就请到了两个全职医生。北京这地方算是整容医生最多的了，你们知道一共有多少？"

楚楚心想，这北京正规的整容医院就有上千家，那医生岂不是更多："几万？"

"一千七百人。你再猜猜全国有多少整容医生啊？"

"全国总要上万了吧？"楚楚答道。

"全国整容医生只有三千人，而且这里面还有不少是牙医。你们明白了吧，整容医生非常少。那些公立整形医院，他们一家就占掉好几百个医生名额。北京是最多的，有一千七百名整容医生，上海也有一千多，那剩下的城市还有多少医生，你们很容易就可以算出来了。像我们这种小机构，根本就没地方请人啊。好医生谁愿意来啊，工资嘛能比公立医院多一些，但又能多给多少啊。差的医生我们也不敢要。医生这碗饭谁都知道，越老越吃香。大学刚毕业的新人倒是好找，可是找来干什么呢？他们会干什么啊？别说患者信不过，就是我们自己也信不过啊。很多小机构都是和我们一样的，周末找公立医院的医生过来帮帮忙。北京嘛，医生多，好找一些。

他们能在休息时间赚点儿外快,也都很乐意。我们也能解决一下客户的问题。外地就别提了,根本找不到好医生的,只能派我们自己的医生在那儿盯着了。"婷美用自己独特的南方普通话介绍着,"这种模式现在已经很成熟了,你们完全不用担心。公立医院的医生技术不会有问题的。"

"那您这要是平时来了客人,还得告诉人家我们客满,周末再来吧。那租这么贵的地方,一周合着就营业两天啊?"

"怎么会呢?我们平时也是营业的啊。"

"平时不是没医生吗?"

"没医生怎么了?我们有护士啊。平时就给客户打打水光针啊,玻尿酸啊,做做仪器类的项目,这些都不需要医生来操作啊,有护士就够了。"

楚楚隐约记得医美类的针剂必须是医生操作的,问道:"护士可以打的吗?"

"当然可以啊。平时医院里打针的哪有医生啊?不都是护士给你打针嘛。怎么整容行业护士就不能打针了?"

"我看您这身打扮,您不会也是医生吧?"楚楚满脸疑惑地问道。

"不瞒你说啊,我之前是开足疗的,挣了点儿钱。听人家说,整容院更挣钱,加上我自己也喜欢这个事,就投钱开了这家店。后来发现医生实在是太难请了,请来的也不好伺候,我就花了十五万报了个整容课程,结业的时候不但给我发了大学毕业证,还给了医疗从业资格证。"美婷指了指身后墙上放在镜框里的证书,"那就是我的从业资格证。但是学了半天,我还是不敢啊。真要动刀动针的时候,我都不敢睁眼。我一琢磨,这样可不行,哪能给人家动刀的时候闭眼啊,还是得请大夫。我觉得这样最好啊,我也省心,医生也高兴。你们可别小看啊,我这店都开了八年了,从来没出过事。

你们打开大众点评看看，好评如潮。"

"十五万就能买个从业资格证？"楚楚感到难以置信，这可是医疗从业资格证啊，如果这么容易就能拿到，这市面上得有多少庸医啊。

"不是买的，那课程我前前后后学了一年呢。你们北京人说话听着就是别扭，夹枪带棒的。"美婷又白了楚楚一眼，"我那是十年前的事了，搁现在肯定是没戏了。"

楚楚和媛媛对望了一眼，用眼神交流了一下，做出同样的决定。

"那今天先这样，我们就不打扰了。等周六日，我们看时间再过来。"楚楚微笑着起身，拉着媛媛就往外走。

"别走啊，先吃点水果啊，一会儿你们可以体验一下我们这儿的服务啊，打打水光针、美白针嘛。我们这儿的水光针是韩国进口的，美白针也是最好的，效果都不错的。"

"不用了，我们都害怕，不敢打针。"

"哦，那一会儿我叫个技师过来，给你们做个足疗吧。"

……

网红脸到底好不好看呢？小提看着网络上一张张的网红照片，身材倒是都很有料，可脸部却都是一团模糊。自己这个病到底什么时候能好呢？她正琢磨着，忽然看见有人走进了公司。来人身材异常娇小，即使穿着十几厘米高的增高鞋，仍然比小提矮了一头。她脸上戴着墨镜、口罩和围脖，口罩下部与围脖连接，捂了个严严实实。小提只能依稀看出她的脸庞比常人小了不少。

"这是《微微一整》节目组吗？"来人声音甜美，自带磁性。

"是，您找哪位？"小提起身相迎。

"我想报名参加《涅槃大赛》，怎么个报名法啊？"来人问道。

"在网上填信息，上传照片和视频就可以了，不用亲自过来报名，不会上网，您打个热线电话，也就报上名了。"

"不是，我是想成为志愿者，你们不是能帮助志愿者整容吗？"

"哦，您是想整容啊。您有照片吗？因为志愿者实在太多了，我们需要筛选审核，选出有特点的，适合上节目的，提供服务。您能理解吧？"

"理解，不过呢，"来人故意拖长了声音，缓缓摘了墨镜，露出两只大如铜铃的眼睛，"我可不是一般人，我是月入上千万的网红冯阿扬。"

"冯阿扬？"小提重复了一遍这个名字，好像确实在网上看过不少她的消息。相传她一个月的打赏收入就有几千万，在某直播平台上坚持了九个月的主播榜排名第一。小提还记起，冯阿扬能在直播网站上迅速蹿红，全靠了一则耸人听闻的社会新闻。

在不久之前，冯阿扬还是位名不见经传的小主播。在某个八线城市里，居住着一个每天不看足她一小时，就不能安心入睡的青年男性，王某。这天机缘巧合，冯阿扬在嗲声嗲气地喊了好多遍"谢谢大哥送我的礼物"之后，嗓子感到十分不舒服。轻轻咳嗽了两声，这可把王某心疼坏了，赶紧嘘寒问暖，说了好多贴心话。冯阿扬看见此时直播间也只剩下王某一人还在线，不由得悲从心中来，也对王某说了几句交心话。她说起自己一个人如何远离家乡来到北京，从家乡的世外桃源搬进了北京永不见天日的地下室，说起恶毒的房东只想着涨房租，却从不同意给她装空调，导致她的房间冬冷夏热，阴暗潮湿。

王某听着听着不由得掉下眼泪，这么可爱漂亮的女孩，竟能出淤泥而不染，濯清涟而不妖，活在滚滚红尘中，却不染红尘。如果她像那些自甘堕落的年轻漂亮女孩子一样，嫁个有钱老头儿，早就在北京站稳脚跟了。可她选择了自我奋斗，做主播，靠自己的能力挣一点儿嗟来之食。

"王大哥,我注意你好久了,每天都给我刷礼物。以后您别破费了,每天来看我就行了。你来了我就高兴,不用送礼物。"阿扬随手比了个心,微笑着看镜头。这是主播惯用的招数,一定要让对面的屌丝觉得自己是 the one,而不是 everyone。

王某果然中计,爱得更加不能自拔。几天后的一个夜晚,直播间又只剩下了王某和阿扬。

阿扬把直播间设为锁住状态,以防其他人进来。阿扬深情地说:"王大哥,我今天要给你唱首歌,你想不想听啊?"

"当然想。"王某在手机前激动不已。

阿扬轻声唱道:"天涯呀,海角,觅呀觅知音……郎啊,咱们俩是一条心……"

王某被阿扬的清丽脱俗迷得神魂颠倒,一定不能让她知道,自己是个没房没车的破落户。王某编造了自己的身世,说自己是当地首富之子,坐拥亿万家产。但自己不甘心继承家业,想要体验几年穷人的生活再接受命运的安排。当然,虽然是穷人的生活,出门还是有司机开着商务车负责接送的。平时吃得非常简朴,山珍海味早就吃腻了。交过很多女友,不是官二代就是富二代,但和她们总是聊不到一起,因为她们心灵空虚,内在不够美好。

像王某这种假扮富二代的用户,冯阿扬已经遇见过很多次了。无论王某说什么,她只是假装非常认真地倾听,时不时地发出几声夸张的感叹:"啊,原来是这样啊。"对于冯阿扬来说,王某就是一个用户,能给自己送礼物的用户。自己陪他聊天就是为了要更多的礼物,再由直播平台兑换现金发给自己。

这样聊了几次之后,冯阿扬实在对王某不着边际的吹嘘感到厌烦,就将了他一军:"王大哥,我知道你很有钱。我不惦记你的钱,但你能借我一些吗?我将来挣钱还你。我的房东要把我轰出去了,我想在北京买套小公寓,首付还差两百万。两百万对你来说当然是小钱,但对我来说要很辛苦地挣上几年呢。你也不希望我无家可归吧。"

王某吃了一惊,不知道该说什么才好。已经把自己的家世背景吹得富可敌国了,拿不出两百万的确有点不合适,可是真拿,自己哪有啊。他一个月的工资才三千出头,养活自己都费劲呢。看着视频里的阿扬泪光点点,这时候自己要是掉链子,也太不合适了。他咬牙留了言:"没问题,不就两百万嘛,明天我就给你打过去。你给我发个银行账号。"

冯阿扬也吃了一惊,不会真是自己狗眼看人低,有眼不识金镶玉吧,这货莫非真是个富二代,那自己张一次嘴,才要了两百万,这不是白白让人看不起吗?冯阿扬迅速把银行账号发了过去,还不忘叮嘱了一句:"王大哥,千万别为难啊。手头正好有闲钱就打给我,没有就不用了。我再想别的办法,大不了……"阿扬话没说完,就用手捂住了脸,发出嘤嘤的哭声。

当晚王某一夜没睡,琢磨着上哪儿去弄这两百万。按说这事儿要是搁在别人身上,想一晚上也就琢磨明白了,赶紧退场就得了,犯不着真打钱,更何况自己本来就没有。但王某不是一般人,他恰好是一家大公司的财务人员。平时别的本事没有,就转账这事他太熟悉了。他伪造了领导签名,盖了自己手上的财务章,又去财务总监办公室偷了U盾,独自去了银行,以公司的名义给冯阿扬的账户转了两百万。

就在冯阿扬还为钓上了一只金龟婿沾沾自喜的时候,王某被抓入狱。在公安人员的教育下,冯阿扬只得深明大义地交还了转账款。但此事因为过于离奇,被各大网站作为头条新闻发布。一时间,冯阿扬名声大噪。网友为了一睹冯阿扬芳容,数次挤爆了大料直播平台的服务器。冯阿扬从此登上大料一姐的宝座,一坐就是九个月。

"阿扬，"小提亲切地叫了一声，"我说你一句啊，你都月入千万了，怎么还非得来我们这儿要免费整容的名额啊？不瞒你说啊，我们选出的志愿者都是一穷二白，镚子儿掏不出来的穷苦人啊。"

"我不缺钱，用不着你们免费。就想求你们，帮我联系一下刘杰医生，让他帮忙看看我这张脸怎么办。"冯阿扬摘下口罩，除去围巾。

小提定睛一看，虽然阿扬的五官没什么问题，但她的脸比正常人长了一倍，便问："你这是天生的，还是后天的？"

正在编辑视频的子凡和正在维护网站的若岩，听见小提的叫声都忍不住走了过来。看着冯阿扬的脸，两人都吓得张大了嘴。如果谁还不知道网红脸是什么，那看看冯阿扬的这张脸就会对网红脸有了最为直观的认识。硕大的眼睛，三厘米长的睫毛，高挺的鼻子，鼻头尖得像一把锥子，白净饱满的小脸，还有足有二十五厘米长的下巴。等等，不对啊，就算网红脸需要长下巴，也不能这么长吧？下巴的长度已经超过脸了。这不活脱一只妖怪吗？

"这是？"子凡想开句玩笑，但看着冯阿扬郁闷的表情没敢往下说。

"我也不知道是怎么回事。"阿扬痛苦地说。

一年前，阿扬为了上镜好看在下巴上注射了玻尿酸，塑形成了小巧的尖下巴。但玻尿酸有个问题，几个月后就自然代谢了。尖下巴也就变回去了。她只好又去整容院打玻尿酸。打了几次，她忍不住向医生询问，有没有能持续久一点儿的方法。医生说有，就是更贵。阿扬当时已经有了一些钱，对价格不再敏感。医生推荐了一种新药，替换了之前的玻尿酸，并告知新药是韩国进口过来的大分子胶原蛋白，一次注射药力长达三年。这样的药效自然也对应着高价格，一针要二十万。阿扬满心欢喜地打完一针，两个月后开始感觉不对，下巴越长越长了。她回到那家医院，质问医生是怎么回事。医生说这可能是一种排异反应，导致了现在的结果。医生给她打了溶剂，把之前的药剂溶掉，再抽出来。做完之后下巴是小了，可是过了一阵子，下巴又开始长了。就这么反反复复折腾了一个月，阿扬就变成现在这样了。

"我再也不相信之前那家整容院了，他们就是一群骗子。我知道北京最好的整容医生就是刘杰，但我试了几次都约不上他。我看过你们的视频，他能在你们的视频里出镜，应该也能帮你们的志愿者做手术吧？我实在是走投无路了，请你们一定要帮帮我。我有两千多万粉丝，都是真粉。选我成为你们的志愿者，直接就能带来这两千万粉丝的流量。我现在这个样子，别说直播了，我连家门都不敢出。"冯阿扬说这段话时抑扬顿挫，声音格外悠扬。

难怪能成为千万粉丝的大主播，确实有自己的功力在啊。子凡在心里感叹道。

"你别着急啊，我们现在就帮你联系刘医生。如果他有空，咱们立刻赶过去。"若岩也动了凡心，可怜起眼前这个瘦弱的女孩儿。

"正好楚楚在刘医生那儿，她找刘医生帮咱们核对宣传内容。我问问她。"小提更是快人快语，说完便拿起手机拨通了楚楚的号码。

"刘医生刚好有空，咱们走吧。"

众人全部放下手上的工作，倾巢而出，都想知道阿扬的毛病还有救没救。

"你注射了表皮生长因子。"刘杰只看了一眼，就给出了结论。

"表皮生长因子？"小提不解地看着刘医生。

生长因子是一类通过与特异的、高亲和的细胞膜受体结合，调节细胞生长与其他细胞多效应的多肽类物质，存在于血小板和各种成体与胚胎组织及大多数细胞中，对不同种类的细胞具有一定的专一性。表皮生长因子（EGF）顾名思义就是与表皮细胞结合，促进表皮细胞生长的物质。表皮生长因子可以用于人体烧伤、创伤、皮肤溃疡、褥疮、静脉曲张性皮肤溃疡和角膜损伤，可促进伤口愈合。但是，现在很多非正规整容院将生长因子添加到玻尿酸等药剂中，注射给患者，以起到更好的整容效果。国家卫生部早就明文规定，生长因子绝不能用于组织内部填充。因为一旦过量，后果是不可想象的。

刘医生简单解释了一下，看大家还是懵懵懂懂，又说道："你们可以简单理解为，这种东西打多了以后，细胞就会疯长，而且不受控制。就像她的下巴这样，如果没有办法解决的话，她的下巴可以无限地长下去。"

冯阿扬发出一声尖叫，几乎就要晕倒，还好被反应及时的小提扶住了。看着魂飞魄散的阿扬，还有她那自带搞笑功能的长下巴，小提心中有些难过。

"有办法治吗？"楚楚问道。

"她这种情况比较少见，我见过几个注射了生长因子的患者，情况都没有这么严重。我只能说试试看，效果保证不了。当然，你也不要担心，最差的情况也不过就是每隔几个月过来我这儿割一次下巴嘛。你就当是三个月打一次玻尿酸吧，只不过是反过来。"

"什么意思？"小提瞪大眼睛问道，脑海中想象着刘医生从背后掏出一把电锯，锯向阿扬的长下巴。一时间血肉横飞，阿扬仰天长啸。这也太恐怖了吧。

"不然还能有什么办法？生长素和玻尿酸不一样，人体自身代谢不掉。已经和细胞融为一体，再想除去非常难。我只能尽力试一试。最坏情况就是这样了。"刘杰又看了看冯阿扬，皱了皱眉头，"你这眼角开得太过了，过几年也会很麻烦，先一点儿一点儿来吧。"

冯阿扬忍不住哭了起来,幽怨地说:"我不过就是希望整得漂亮一点儿,做几年主播挣点钱,怎么会变成这样?我整容之前也挺好看的,但不如那些女主播上镜。我一打听才知道,她们都是整的。我就心动了,也跟着整了容。谁能想到啊,她们都还好好的,我就已经变成怪物了。为什么这个世界这么不公平呢?"

看着阿扬痛哭,众人心里都不好受。可是中国有上千万主播,全国有两亿人想当网红,但一个月能拿到上千万打赏的只有冯阿扬一个人。其他主播可能也在叫着不公平,凭什么只有她能赚到这么多钱呢。

"我没有网上传的那么能赚钱。"冯阿扬抽泣着说,"上千万打赏都是平台自己编造的假新闻,为了吸引更多主播来平台直播而故意炒作的。真正肯花钱送礼物的客户其实没有多少。大部分都是过来看个热闹就走了,我为了留住这些用户,时不时地还要给他们一些返利呢。真实打赏一个月能有几十万就不错了,还要跟平台分成,平台拿三,我拿七。但归我的那部分也攒不下,每个月我还要花钱在平台上买位置和推送。如果不买位置和推送,粉丝很快就流失了。网上总说主播、网红收入多高多高,其实都是假的。平台才是真正的赢家,无本万利。"

"如果你一个月才几十万的打赏,其他那些小主播赚的钱岂不是连糊口都不够了?"小提问道。

"她们就是拿得很少啊。我不敢说自己是全网收入最高的主播,但怎么也是 Top10 的一员了。"阿扬耸耸肩,"主播要是真的能月入上千万,蔡京京、沈萌这些一线演员干吗还那么辛苦地拍戏、拍真人秀啊,每天直播旅游、直播吃饭不就行了。她们粉丝比我可多多了,都不愿意来做主播。你们就明白了,主播根本没那么赚钱。"

"那为什么还有那么多人愿意做主播呢?"小提不解地问。

阿扬思考了一下,将这些年做主播的经历做了总结。直播平台在成长阶段会烧钱拉有潜力的主播进来。很多主播一开始拿不到打赏,但只要能保证直播时间,是能赚到一点儿工资的。阿扬刚做主播的时候,就是签了每天直播八小时,每月两千的保底工资。这钱听着容易赚,其实也不好挣。公司时不时地会让主播配合平台做主题,比如情人节,就必须讲一些自己曾经收到过的礼物,这些礼物都是平台规定好的。中秋节,平台就规定主播必须在直播里吃某个广告商的月饼。相当于变相在平台上做广告。如果几个月之后,还是粉丝量不够,平台就会派出一些所谓的"营销专员"主动和主播联系,收取费用,教主播如何营销自己,留住粉丝,同时蛊惑自己的粉丝,让粉丝为自己掏钱。收取的这些费用,差不多也就把主播赚的那部分工资还回去了。对于平台来说,是无本万利地在运营。

"你们为什么要接受培训呢?"楚楚问。

"主播都想红啊。我那时候也是天天着急,看着排行榜上那些月入上百万的主播,我非常羡慕,纳闷人家怎么那么厉害。营销专员来了会先说一些觉得你很有潜质之类的话,公司愿意栽培你,才给你培训的机会云云。我自然也就上钩了,自愿交钱去培训基地学习唱歌跳舞和一些其他技能。"

"其他技能是指什么?"若岩忍不住问道。

"你是男人,你懂的。"阿扬妩媚地一笑,"你想想你什么情况下会给一个女孩子钱?"

"色情服务?"小提问。

"别说得这么露骨。"冯阿扬冲着小提抛了个媚眼,"我们的职业性质更像日本艺伎,一对多,陪聊天。卖艺不卖身,但又要让男人喜欢你。怎么说呢,技巧要拿捏好。让他们看得见吃不着,但又好像马上就要吃到了,这个时候男人最心急,也就最容易掏钱。还有一种情况,看出某几个人都是金主,也都舍得刷礼物,就挑拨他们的关系,让他们在刷礼物这事上互相攀比起来。我有两个笨粉丝就是这样，因为较劲，一晚上给我刷了十几万的礼物。多几个这样的粉丝，打赏金额就能上去了，总之，技巧很多。"

"需要脱吗？"众人都没想到小提的问题一个比一个直接，都转脸看着她。

"脱也得脱得有技巧，不然就白脱了。肯定不会在直播间人很多的时候脱啊，被举报了怎么办，会被封号的。大部分主播只是穿着比较暴露，但不该露的，一点儿都不会露的。这方面平台也管理得非常严格，都是有规定的。毕竟平台更怕出事，一旦被查封了，平台损失会非常严重。而且今年已经封掉了很多打色情牌的平台了。"

"培训之后，要是还拿不到打赏怎么办呢？"若岩问道。

"之后啊，有一些主播开窍了，知道怎么合理运用套路让粉丝付费了。赚到钱的主播，自然就继续留在了平台上，拿平台的底薪，但赚的打赏要和平台分成，总的算下来，还是平台赚得多。还有一些主播冥顽不灵，培训几个月还是学不会取悦粉丝，平台就会找个理由跟他们解约。总之，平台绝对吃不了亏，这一点你们就放心吧。"

"那你这月入几千万的传说到底是怎么来的啊？半个中国都知道的事怎么也是假的啊？"子凡问道。

"都是平台自己刷的。大料直播上面有很多以撒钱阔绰出名的用户，动辄给主播的打赏就上百万。小主播以为他们都是大金主，拼了命地往上扑。其实我们这样的大主播心里都清楚，这些都是平台的工作人员。他们刷礼物也不用真出钱，写两行代码一百万就甩出来了。月底结账的时候，这部分钱也不会给到主播手里的。为什么所有直播平台用的都是虚拟的礼物啊，就是这个原因。他们一行代码就有成千上万的礼物了。如果换成真金白银直接给主播转账，用不了几天，直播的神话就要破灭了。"

潮水退去才知道，大家都是在裸泳。若岩笑了，这些年如此红火的直播行业，也是一个巨大的泡沫。还有多少像冯阿扬这样的年轻女孩儿会为了能成为月进斗金的主播，不惜冒着生命危险去整容呢？一定很多，但愿她们不会被骗子机构坑了。

楚楚问道："对了，你是在哪家医院注射的玻尿酸？我们要曝光他们，以免再有其他人上当。"

"晴美整形。"冯阿扬咬牙切齿地说出了这个名字。

"啊，我前两天带着媛媛刚去过那儿。一个号称中韩双料博士的医生接待的我们，那人看着就像骗子。"楚楚惊道。

"晴美啊。"刘杰摇了摇头。

晴美连锁整形医院是中国最早的一批民营整形医院。首先它是卫生部许可并颁发了牌照的正规医院，里面无论是医生资质还是器材药剂，都是规范的。但按照刘杰的介绍，患者在这种医院就像是流水线上的商品，操作都有固定模式。医生在里面就是打工仔，看不到晋升的希望，也不可能有学术上的进步。打工就是为了赚钱，自然对病人也就没那么上心。

"但是你这种情况按说在晴美不应该发生，"刘杰盯着阿扬的下巴说，"因为晴美的药品肯定是来自正规渠道的，不太可能出现假药。这一点我可以替他们做担保，医美行业的平均利润率比较高，正规医院没必要冒着摘牌的风险，用假药。风险太大了，划不来。"

"可我就是在那儿做的啊。"阿扬委屈地说。

"这样吧，明天咱们一起去一趟晴美。你们带着摄像机，再叫上几个记者，逼他们查清楚到底是怎么回事。"刘杰严肃地说，"晴美在全国有五十多家连锁店，如果药物都有问题，会危害到很多人。"

众人都表示同意。随后，刘杰为阿扬做了一系列检查。众人见帮不上忙，就回了公司，继续处理手头上的工作。

第二天，创业团队跟在刘杰身后，护送着阿扬，一路雄赳赳气昂昂地挺进到了晴美医院的门口。

子凡不知从哪儿寻了个大喇叭，刚到门口，就打开喇叭，喊道："院长请赶快出来吧，维权群众已经把你们包围了。"

楚楚夺过喇叭，狠狠地瞪了子凡一眼，没好气儿地说："你有病吧，我来之前就跟院长约好了，人家在会议室等咱们呢。"

"哦。"子凡不好意思地笑笑，"我这不是电视剧看多了嘛，以为维权都要喊口号，拉横幅呢。得，小提，你那些横幅也白做了，用不上了。"

小提和子凡相视一笑，发出呵呵的声音。

"你们好，我就是这家医院的负责人。刘医生您好，久仰大名。希望咱们以后能有机会合作。"院长看起来四十岁上下，圆脸小眼，架着副金边眼镜，体态微胖，态度谦卑。

"您好，我们这次来的原因昨天已经跟您简单交流过了。"楚楚率先开口，"这位就是受害者，国内知名网红冯阿扬。她之前在您的医院做整容的相关票据，我们也都带来了。这份是复印件，可以放在您这儿，以便您核对。"

"不用这些了。您昨天给我打电话之后，我就已经开始调查了。这件事我们医院非常重视，如果真是药品出了问题，恐怕涉及的就不是一位患者了。我们也准备了一些东西，您都可以看看。"院长十分恭敬地把一摞采购报表交给刘杰，"我们医院所有的药品全部是由集团公司统一采购的，采购对象都是国内外的大药厂，全部是直采，不存在中间商偷梁换柱的可能性。同时，我们也第一时间尝试联系为冯阿扬女士提供治疗的那位医生。他在两个月前已经离开我们医院了，现在下落不明。他之前的手机号码已经停机了。我们也联系了公安机关，希望公安机关能帮助我们找到这个人。出入境记录显示，他在一个月前去了韩国，至今未归。"

"你怀疑是他擅自用了违禁药品才酿成了大祸？"刘杰看着院长，眼神宛如刀锋般锐利。

院长点点头，转身对阿扬说："冯小姐，您在我们医院治疗的所有记录我也查过了，都整理在了我给你们的这份资料里。您一会儿也可以核对一下。这些资料里显示您进行了玻尿酸注射，并没有使用其他药品的记录。每次注射玻尿酸的用量和费用，也都在这里记得很清楚。"

"不对啊，她最后一次注射，一支针剂，收了她二十万元，怎么没有记录啊？"小提看着院长给出的资料问道。

"我们这里的确没有记录。"院长笃定地说，"您当时是怎么支付的？如果是使用的信用卡可以对一下交易记录。我们医院的账上确实没有那笔钱入账。"

冯阿扬想着最后一次注射时的场景。她抱怨玻尿酸的效果不持久，总是要跑医院，实在是太麻烦了。然后，医生说，我们这儿刚到一种美国进口的新药，你要不要试试。成分是大分子胶原蛋白，可以更好地塑形，比之前的效果要好，更自然，而且一次注射能维持三到五年。有这样的好事，冯阿扬当然愿意尝试。医生看到阿扬的性子已经被吊起来了，继续介绍，就是这药品价格太贵了，一般人恐怕支付不起。我们进来的这几支也都是准备留给明星的。别人支付不起，我还支付不起吗？我可是网上的头牌，粉丝比普通女明星多多了。阿扬不服气地说，钱不是问题，好用就行。医生赶紧从抽屉里拿出了药剂。打完还一再叮嘱阿扬，这瓶药本来是留给某明星的，因为关系好，先给阿扬用了。之后他要私下去买一瓶给那明星补上。

阿扬想起来了："钱是通过支付宝付的。我转到了他的支付宝上。"

"这就对了。这瓶药跟我们医院一点儿关系都没有，是这个医生自己从其他非正规渠道进的货,又和你做了私下交易。"院长摊摊手。

"即便是这样,医院就没有责任吗?"若岩看出院长是想把责任推得一干二净。

"怎么说呢,"院长还是看着刘杰,"刘医生,您可以说是这个行业的泰山北斗了。像这样类似的情况,相信您之前也见过,听说过。坦白讲,我们医院确实是没有责任的。但是考虑到这件事可能对医院产生的不良影响,和对患者造成的伤害,我昨天已经连夜联系过总部了。我们愿意道歉,并愿意支付患者所有的治疗费用。"

不愧是大型连锁医院啊,果然拎得清孰轻孰重。若岩看着这位面目忠厚的院长,心想受害者连要求都没提,就愿意自罚三杯的态度,确实值得所有需要危机公关的公司学习。治疗费用实在用不了多少钱,但此时一句大包大揽就让人挑不出毛病。若是不答应这样的赔偿,未免显得不近人情。可是一旦答应了,日后再想反口可就难了。何况这病能治不能治还是未知数。

众人的想法都差不多,一时间无人接话,陷入了沉默之中。

"最关键的问题,还是得看能不能从根本上治愈。我这次来也是希望能拿到患者注射的药剂,看看里面的成分配比,对治疗会有帮助。"刘杰思忖了片刻,才继续说道,"至于赔偿的问题,现在就定下来未免有些早了。要根据治疗情况再定吧。再说,这事我们也管不了,之后会有专业的律师来跟医院谈的。晴美所有连锁店的利润总和一年应该在百亿上下,赔钱对你们来说算不上什么事。"

院长没想到被刘杰回将了一军,心里暗暗叫苦。赔钱当然不算什么,晴美一年赔出去的钱少说也有个两三亿的。可是就怕钱没少赔,还不能息事宁人。出事的要是个小老百姓还好说,就算想闹,医院去各大网站砸点儿公关费用,上下疏通一下也能把消息压下去。可偏偏这次是个大网红,自带千万粉丝。这要是曝光出来,别说自己职位不保，医院开不开得下去都难说了。院长在心里盘算着对策，嘴上也没闲着："对，您说得没错。我们也希望患者能尽快治愈。昨天知道消息后，我就让人在医院找过了，大家里里外外都翻过一遍了，没有找到这种不合规的药物。"

就是找到了他也不会承认吧，楚楚哼了一声，院长明显是想把事故责任都踢给那位失踪的医生。医院只要咬死了没进过不合规药品，阿扬又拿不出在医院注射假药的证据。这事就是找了专业律师，恐怕也很难妥善解决。现在必须得找到他的软肋，挥出致命一击。怎么办呢？楚楚看了子凡一眼，子凡指了指带来的摄像机。

"院长，我昨天也跟您简单介绍过我们创业团队了。"楚楚面带得意的笑容，"既然我们已经参与到这件事里了，就想利用我们的媒体优势来帮助一下患者。您这既然帮不上忙，我们只好发动一下群众的力量了。想来这位医生不会只给阿扬一个人注射了假药，肯定还有其他受害者。希望她们有缘看到我们的节目，也一并过来声讨这位无良医生。到时候人多力量大，就算他躲在韩国，也能被抓回来。我们拍节目的时候，也希望医院这边尽量配合。反正大家的目标都是一样的，早日惩办不法之徒嘛。"

"这样可不好，会严重损害我们医院名誉的。"院长急得咳嗽起来，语无伦次地说，"这样，我代表医院先表个态，我们愿意支付冯阿扬小姐的首期治疗费用五百万，以后如果没有根治，我们会继续支付。但你们宣传的时候请不要带上我们医院的名字。我刚才也说了，这件事确实是医生的个人行为，跟医院没有关系，医院也并不知情。咱们也不能听冯小姐的一面之词，就认定了她是在我们医院治疗时出现了问题。也许医生是在其他医院或者别的地方为她进行注射的，中国的医疗事故虽然遵循归属地原则，但也不能赖上我们啊。她自己也可能记不清了。反正，我的意思就是，你们宣传的费用我们医院也愿意赞助，但请一定不要提到我们医院的名字。"

"我就是在你们医院注射的。"冯阿扬生气地说。

"就算你是,我们医院也没有责任啊。因为我们根本就不知道啊。"院长头上渗出了汗水。办公室里空调开得很大,房间里寒气逼人。

"好了,我们也知道这事让您很为难。这样吧,我们尽快把节目做好,您这边出宣传费用也就算是配合了。我们就不在节目中指名道姓地提咱们医院了。就说某机构,您看行不行?但医生的名字我们是一定会公布的。到时候还希望您这边配合一下,把这医生的详细情况都告诉我们。"子凡见威逼利诱已经起了效果,赶紧扮成红脸来调和。

"这样最好。"院长见有人伸出了橄榄枝,赶紧接了过来。

"宣传费用您这边准备出多少?"子凡又跟了一句。

"你们提,我们就当打广告了。"院长擦了一把额头上的汗,伸出脖子等着被宰。

"那就一千万吧。也不算贵,比4A的广告可是便宜多了。"

"还不贵啊?"院长苦笑,"行,但咱们要签好合同,未来你们不得以任何方式宣传我们医院和这起事故相关。冯女士这边请放心,您未来的治疗费用我们都会承担的。"

"痛快。"子凡咧嘴一笑,露出一排整齐的大白牙。

一周后,名为《成也整容,败也整容》的视频迅速火遍全网。冯阿扬直面镜头,讲述了自己整容失败的亲身经历,控诉了正在潜逃中的无良医生,并在节目的结尾呼吁所有的整容者,整容一定要去正规医院,一定要使用国家授权的药品,不要像自己一样铸成大错。节目在各大视频网站火了两周,无数自媒体大号跟风,写了不少耸人听闻的整容失败案例。一时间,整容成了街头巷尾的热门话题。

"你看那个视频了吗？我才知道冯阿扬长什么样，不看下巴，还是挺好看的。"

"看了啊，我们办公室的人全看了。这整容也太可怕了。原来听人家说什么肉毒素打多了，头上会长角，我还以为都是开玩笑的呢，没想到是真的啊。"

"是风险挺高的，但我还是想整整。"

"要是能整成她那样，我也愿意整。关键人家底子也好，你看看她这脸小的。我这种大饼脸就只能削骨了。"

"要是能整成冯阿扬这么漂亮的眼睛，长角我也认了。"

若岩正独自在一家咖啡厅吃着三明治简餐，隔壁桌的谈话内容吸引了他的注意。他转头看了看，是两个打扮入时的年轻女孩儿。若岩心里不知是喜是忧，明明现在就挺好看的，为什么要冒着长角的风险去整容呢？他本以为这期节目播出后，整容者会因为潜在的不确定风险而放弃整容，会使整容的人数下降。可谁想到，各大整容医院还是人满为患，整容人数有增无减。恐怕是冯阿扬的整容经历让更多女孩相信，只要加入整容的队伍，下一个千万级网红，就是自己。若岩叹了口气。这些女孩到底在想什么啊？是不是应该把冯阿扬讲述的网红黑幕也做一期节目，才能让她们断了整容的念头啊。

午饭过后，若岩回到公司，趁着创业团队人员都在，他临时组织大家开了个小会。

"宣传费用还剩下不少呢吧？"若岩问。

"这期根本不用宣传。冯阿扬的粉丝那是相当多啊，还都是自来水，自发帮咱们宣传了。"子凡笑道，"晴美给的费用基本没动，还在账上趴着呢。而且因为冯阿扬这事，好多个网红报名参加了咱们的《涅槃大赛》。她们都号召自己的粉丝玩命给自己投票呢，沈萌虽然还排在第一，但第二和她的差距已经没那么大了。"

若岩点点头，表示满意："我有个提议啊，咱们和阿扬商量商量，把这笔钱捐了吧。你们说怎么样？"

"我看行，找个公立医院合作，这笔钱就捐给那些整容失败又没钱治疗的患者。"小提附和道。

"嗯，行。不过，咱们是不是也太拿自己当有钱人了。公司账上一共也没多少钱，咱们这儿说捐一千万就捐一千万啊？真当自己是有钱人啊。"楚楚在一旁笑道。

"不义之财嘛。这钱捐了好，大家心里都踏实。"子凡道，"咱们和阿扬联名捐赠，也算咱们都做了点儿好事。阿扬那边治疗得怎么样了？"

"刘医生说还需要一些时间，现在已经有了好转的迹象，应该没问题了。我看网上新闻说，那个不法医生已经被通缉了。缉拿归案也就是时间问题。"

"对了，媛媛后来怎么样了？她整容了吗？这也快开学了，她学费有了吗？咱们要不也给她捐上一笔？"若岩忽然想起，还有这么一位等待救赎的姑娘。

"没有。我们去过两家整容院之后，她就打消整容的念头了。她也知道主播、网红这活儿，她根本干不了。聪明人嘛，给点儿时间自己就想明白了。后来我找了个教育机构的朋友，给她介绍了一份工作，她作为老师给参加补习班的初中生讲英语课。一个暑假不但挣出了一年的学费，还攒下不少生活费。等开学之后，她周末还可以去教育机构打工，和学业不冲突。她的事，你们就不用再担心了。"楚楚得意地说。

"可以啊。"子凡夸张地赞许道，"不过，她一个南大硕士生，辅导初中生功课是不是大材小用了？"

"大材小用？研究生毕业一年平均工资才多少啊？你知道现在教育机构的名师一年工资是多少？没看见最近网上都在讨论吗？某

机构的名师，一周就上两天班，一年就忙寒暑假，比咱们轻松多了。"楚楚道。

这里面是不是也有什么猫腻儿啊？小提歪着头，想起了冯阿扬曝光的网红高收入内幕，名师高收入的传闻会不会也是异曲同工呢？还是踏踏实实地工作赚钱吧。

"小提，你明儿有事吗？刘医生说有位他的大客户，想找咱们聊聊，看看和节目组有没有合作机会。"楚楚问。

"没什么事，我跟你去。"小提的兴奋点又被提起来了。

第五章　问题少女

"你们是怎么办节目的？我家小姐已经盼咐过了。她正在楼上化妆。你们先在客厅坐坐，她马上就下来。"

楚楚看着眼前这位，徐娘半老但风韵犹存，上身穿着崭新的白衬衫，下身是今年流行的沙色七分阔脚裤，白衬衫规整地塞在裤子里，显得十分干练。脸上化了一层淡妆，唇上微微点了一抹西班牙血橘色，正是兰蔻刚刚上市的新色号。不知道的肯定以为这是位主子，哪能想到这只是名保姆啊。保姆气场都这么强，这主人肯定不一般。楚楚走进这幢独门独院的别墅时，就已经做好了准备，今天要见的肯定是位大人物。

楚楚和小提跟着保姆走进客厅。客厅很大，采光极好，陈设却很简单，显得格外敞亮。很快，小提就被客厅墙壁上挂的几幅油画吸引，看了半天，才问道："这些不会是真迹吧？"

"都是真迹。这一幅是无极老师专门回国给我们小姐画的。你们坐啊，别客气。"

小提和楚楚在沙发上坐下。保姆利落地端来两杯咖啡,在茶几上放了牛奶壶和砂糖罐子,之后又拿出一大盘子小点心,热情地介绍道:"你们尝尝。这是今天刚从法国空运过来的laduree马卡龙。这是从日本运来的生巧克力,刚从冰箱拿出来,凉着吃好吃。我去厨房准备午餐了。二位有什么事随时喊我,叫我春桃就行。"

"咳咳。"楼上传来一阵急促的咳嗽声。

保姆立刻更正道:"洒曼达,叫我洒曼达。"

楼上的赵梓云叹了口气。要说这保姆真是天上难寻,地上难觅了。中餐西餐都能做得有模有样,家务活干得毫无瑕疵,就连衣柜里的衣服也知道哪件该干洗,哪件要套上罩子。跟了自己半年,更是学会了察言观色。只要有客人来,就会主动去涂脂抹粉,用的化妆品也都是上档次的大牌,言谈举止也越来越上道了。可偏偏就这口河南味儿的英语真是登不了大雅之堂。难怪隔壁王太太总是看着自己似笑非笑,以后请保姆还是得找个菲律宾的。她轻轻碰了碰嘴唇,护唇膏已经吸收得差不多了,可以上唇釉了。她小心翼翼地用刷子蘸取淡粉色的唇釉在嘴周勾了个边,然后在画好的框子里将唇釉涂抹均匀,等了一会儿,在嘴唇中央的位置,又轻轻涂了胭脂色的唇釉。她扭扭头,看着镜子中的自己,差不多了,可以见人了。这款减龄裸妆,她足足花了两个钟头才化好。不过效果确实不错,皮肤上的细纹都不见了,黑眼圈也隐藏起来了,就连嘴唇看起来也丰润性感,宛如少女。她整理了一下身上紧绷着的连衣裙,再次照了照镜子,才信心十足地缓步走下了楼梯。

"二位久等了。"声音如丝竹般悦耳。

楚楚看到来人,在心里暗暗赞了声美。此人丹凤眼,柳叶眉,樱桃小嘴,乌黑的长发直直地搭在胸前,和白得闪光的肌肤形成鲜明的对比。她丰乳细腰,一双美腿在裙子的开衩处若隐若现。她微微一笑,便集妩媚、妖娆、灵动于一体。楚楚想从心底里唤她一声

"神仙姐姐"。

神仙姐姐在小提她们对面的沙发上优雅地坐好。保姆立刻放了杯咖啡在她面前的茶几上。她慢悠悠地喝了一口咖啡，微笑着看看小提，又看看楚楚，才细声细气地说："真没想到，这节目的制作人是两个女孩子啊。你们好厉害啊。"

小提听着神仙姐姐夸奖自己，由衷地高兴，傻乐着说："也不是，我们团队还有俩男的，一起做的。您这儿的点心真好吃。"

"是吗？喜欢你们就多吃点儿。中午也在我这儿一起吃饭吧，我这儿好吃的可不少。你们不会失望的。"神仙姐姐又呷了口咖啡，"今天请你们来，也没什么别的事。你们肯定都认识我，我就不自我介绍了，你们叫我云姐姐就行。我跟沈萌不敢说是同样咖位，但也差不到哪里去。你们收了沈萌多少钱，我这儿加倍。只要也给我做一期那样的节目就行。"

您是谁啊？楚楚有心想问，但又不敢直说，怕得罪了客人。她看看小提，小提也是一脸茫然，正挤眉弄眼地冲自己发信号，明显也是不知道眼前的这位是谁。

云姐姐见两人都不说话，只好补充道："我知道了，沈萌要求你们保密是吧？没事，你们就说个数儿，别太离谱，我都出得起。"

"姐姐，不是钱的问题。沈萌那期是我们凑巧碰上的，真不是我们故意安排好的。网上那些人都是胡说，您别信。"小提赶忙解释。

云姐姐举起点心盘子，递给小提，亲切地说："来，再吃一个。那就奇怪了，沈萌总不可能就为了一千万参加你们的比赛吧？哈哈，演艺圈再穷，也不至于穷成这样了啊。"

"肯定不是为了钱。"小提道。

"对，肯定是为了炒作啊。现在明星想上个头条多难啊，以前还能五百万买一次。现在没有爆点事件，多少钱头条都不卖了。她靠你们这个比赛的噱头,都连续上了三次头条了,可真够狠的。"云姐姐放下手里的盘子,又道,"咱们就甭管她了,我想上一次,你们开个价吧。之后我也要正式参加你们这个比赛。题目我都帮你们想好了,《被小鲜肉狂追的高龄少女》。"

"哈哈,题目还挺逗,就是跟我们这节目主题有点儿脱节啊。"小提笑着说。

"不脱节啊,沈萌不就找了个高富帅小演员一起捆绑着炒作吗?放心,姐姐到时候也找一个,肯定比她找的那个要红。"

"他们真的是情侣。因为都是明星,谈恋爱还挺不容易的,又是躲又是藏的。沈萌那期都是真的,没有一点儿是我们胡编乱造的。"小提解释道。

"演艺圈还谈什么恋爱啊。"云姐姐轻巧地一笑,顾盼生辉,"哎哟,这种事也就骗骗你们外面的人,我们圈里人谁不明白,大家不过就是互相利用利用就好。真感情放在我们这个名利场上也会变质,早晚都是假的。"她眼神流转,露出了一丝风尘味。

"反正您就是想上我们节目是吧?"楚楚道,"这也不难,您要真是愿意,就按您说的,结合整容科技,介绍一下您是怎么做到冻龄的。您再找几个小鲜肉,大肆吹捧您一番。不过,您今年多大了?看不出高龄啊。"

"你不认识我?"云姐姐眉毛上挑,惊讶地问道,"你呢,你看过我演的戏吗?"

小提摇摇头,又补充了一句:"我平时不看电视,电影也不怎么看。沈萌我也不认识,还是别人告诉我她是明星的。"

"哦,"云姐姐松了口气,缓和道,"你们年轻人怎么都不看电视啊,那每天晚上干什么呢?"

"吃饭,睡觉,玩游戏。"小提答道。

楚楚心说,小提是不看电视,不认识正常。可我平时看电视啊,还是时尚圈的,怎么也不知道啊。她盯着云姐姐又看了看,好像是有几分眼熟,但实在想不起是在哪儿见过了。

"我叫赵梓云,红了足有二十多年了吧。"云姐姐故作停顿,看着面前两位的反应。现在的小孩儿真是的,一点儿不为自己的无知忏悔,云姐姐压住心中的火,继续介绍道,"我在二十世纪末和二十世纪初,都是绝对的一线明星。那时候你打开电视机,新闻联播之前的广告,有三年都是我做的。我还创下过当时内地演员的代言纪录。我那时候肯定比现在的沈萌要红多了。那时候演员也少,不像现在,什么人都跑来自称演员了。后来,我觉得自己钱也挣够了,人也有点儿累了,就去国外游学了几年。等再回来,演艺圈的一切就都变了。玩法不一样了,人也换了一批。"

"玩法怎么不一样了?"小提饶有兴趣地问道。

梓云轻轻叹了口气,才慢悠悠地说了出来:"我们以前拍戏,是专业的人干专业的事。你说潜规则有没有,肯定有,哪个行业都有。但潜规则不是主流啊,主流还是专业人士。挑演员也好,找代言也好,投资人就算想推荐自己的人,他也得悠着点儿,自己也知道掂量掂量,给导演推荐的时候,都得赔着笑脸,求着人家说:'我这妹妹,演技不行,给个女八号让她试试呗。'带钱来还得包剧组的茶水,夜宵,都是这样。所以那时候拍的戏,花钱不多,你还挑不出什么毛病。现在不一样了,投资方都觉得男演员是票房、收视的保障,女演员就随便放。你看看现在有几个女一号是会演戏的?"

楚楚想了想,脑中立刻出现了几位德艺双馨的一线女星,刚要反驳,云姐姐已经自顾自地继续说下去了。

"这还不算,以前我们圈里总说投资人没文化,不是山西挖煤的,就是云南开矿的。现在可倒好,投资人动不动就名校海归或是创业精英,一天到晚嫌导演、编剧没文化,有事没事瞎提意见。好多拍得乱七八糟的电影，都是这帮人给闹的。现在圈里的老人，集体怀念煤老板时代。因为煤老板从来不瞎捣乱，乱放人。他们挖煤的其实是非常注重安全的，他们知道只有用专业的人，做事儿才安全。现在这帮投资人不懂这个，以为拍电影就能挣钱，不可能。最后自己没挣到钱，还把市场都弄乱了。"云姐姐一口气说得太多，感到气力不足，歇了片刻，才继续道，"我一向比较淡泊，不爱跟这些张牙舞爪的人在一起混。那时候也没什么合适的片子，我就又歇了几年。"

"我说怎么不认识您啊。您演戏的时候我们还小，等我们看戏的时候，您就歇了。"楚楚找补道。

云姐姐毫不领情，眉毛一挑，提高音量道："可我这两年很火啊。我参加了几档真人秀节目，因为冻龄、高龄美少女、秒杀女团这些称号，我又翻红了啊。红了之后，我演了好几部电影的女二号，都是挺火的电影啊。女一号都是投资人愣塞的，要不然，肯定都是我演。"

"高龄？"楚楚带着疑问重复了一遍。

"我已经快五十岁了，你们都看不出来吧？"

"啊？真看不出来。"小提和楚楚一起惊叹道，"您这平时怎么保养的？太厉害了吧。"

"也没怎么保养。该吃吃，该喝喝，没什么烦心事。最重要的，还是得有个好的整容医生。我跟老刘的交情都快三十年了。有他在我身边，我就特别踏实，相信自己永远也不会老。"

"您都做过什么项目啊？"小提拿出笔记本，准备记录。

"那可就多了，我想想。"云姐姐思考了片刻，"我是国内第一个尝试埋线的人，这个你们可以多写两句。我二十八岁的时候，就在老刘那儿做埋线了。当时他就说，做得早，反而不会塌。要是做得晚了，皮肤自身的胶原蛋白不够，就是埋了线也撑不了几年。我就同意了。花了五十万，埋了全脸的线。那时候的五十万啊，能在后海买一套四合院。后来陆陆续续调了调鼻子、眼睛，都是微整。你们可以看看我以前的影视剧作品，和现在变化其实不大。这次复出之后，就开始打针了。各种针都来上了一遍，皮肤状态还是不如以前了。"

"您现在看起来也很好啊，白皙透亮，吹弹可破。"楚楚称赞道。

"化妆了，不化就不行了。肤色暗沉，光滑度不够了，锁水度也不如之前好了。网上总说我这么大岁数了还是少女感十足，只有我自己知道啊，早就不是什么少女了，不过是在硬撑。每个月我都要去整容院报道，针一打上就停不下来，一停就全面塌陷。我今年还去韩国体验了最新的金属提拉，效果也有限。我每天还要练两个小时的瑜伽，一个小时的芭蕾。这样才能保持好的体态和体力。体力好了，人上镜也显得精神，看着就年轻。"

"小姐，吃饭了。"保姆走过来低声说。

云姐姐招呼着两位客人一起走进了餐厅。

餐厅自是美轮美奂，布置得十分雅致，玻璃地板下面是水，能清晰地看见金鱼在水中游走。原木欧式长餐桌，桌面已摆好餐具。春桃指挥着手下几个小工，按西餐的礼仪上菜。每个人面前先放了一碗燕窝。

"咱们边吃边说，你们也别客气了，快吃吧。"云姐姐优雅地拿起小勺，喝了两口，"燕窝也是好东西，我坚持十多年了，每天都要喝一碗。你们以后也要坚持喝。别买那种做好的，那都是骗人的。这东西得自己炖，才有效果。"

喝完燕窝，上了四小碟凉菜，凉菜吃得差不多，才给小提和楚楚上了热菜。煎新西兰小羊排，蒜蓉西蓝花，水煮青菜，龙虾焗面，春桃一一报了菜名。而云姐姐面前，却只放了一份水煮青菜。

"您怎么吃这么少啊?"小提想起刚才聊天时,云姐姐也只是喝了咖啡,并没有吃点心。

"我经常暴饮暴食。平时就得控制了,能少吃点,就少吃点。没事,你们吃,我就喜欢看别人吃饭。"云姐姐温柔地笑着。

"真看不出来,您还暴饮暴食啊。"小提切好羊排塞进口中。

"我家小姐平时一顿吃两片水煮白菜,暴饮暴食的时候,吃一碗水煮白菜。"春桃面无表情地搭话。

"Samanda,别瞎说。"云姐姐夹了根青菜,放进嘴里,"不过我这个岁数了,是得少吃点儿。你们不怕,还年轻,多吃点儿。还有刚烤好的布朗尼,饭后吃。"

听完云姐姐的暴饮暴食,楚楚立刻放下了筷子:"您别客气了,我们已经吃饱了。咱们聊得也差不多了。回去我们再找找您以前的影像和现在的情况对照着研究一下。演艺圈我们也认识不少明星了,可保养得像您这么好的我真没见过。"

"您还有什么秘诀吗?"小提一边啃着手里的羊排,一边问道。

"秘诀啊?我比她们有钱。"云姐姐娇羞地笑着,"所以,我还是个孩子。"

"孩子啊,谁家孩子都不省心吧。"于聪开着车堵在三环路上,自言自语地嘀咕着。八月的北京,燥热难耐,空调开到最大仍不凉快。副驾上是刚从医院取回来的药。医院美其名曰,药给得少是为了保证每周都能见到患者,从而可以随时掌握患者的状态,制订新的治疗方案。可实际上,跑了一年医院,诊断结果永远就是那么几个字,治疗方案就是按时吃"长条"。"长条"是病友们给这种药起的接地气的名字,原药名又臭又长,普通人根本记不住。反正得了这病,就是吃长条。根据轻重缓急,一天吃一到五片。于聪在病友论坛里听说有人一吃这药就是二三十年,当然也有吃了半年就根治的幸运儿。

于聪在一栋老式居民楼下停好车，还没上楼，就隐隐听见自己家孩子正在咆哮。

"你别说话了，我跟你说过很多遍了。她们都欺负我，我不会再去上学了。"

"……"

"你出去，我不想看见你。"

"……"

"你听见了吗，我让你出去，你不出去我就从这儿跳下去。"

于聪抬头看着楼上，唉，她们住在八楼啊，怎么声音能传这么远，这要在她跟前，还不得震耳欲聋？她妈这两年到底是怎么挺过来的。想起孩子她妈，于聪心里一软，世上还有比她更坚强的女人吗？于聪上了电梯，心里琢磨着一会儿要不要去孩子的房间看看她，但心里多少有点忌惮。如果看见她该怎么交流呢？要是换了别人，于聪有一百句话等着怼呢。可就是面对她的时候，于聪永远不知道能说什么，不能说什么。

"药我取回来了。跟医生唠了半天，给了两周的量。"于聪用钥匙开门进了屋，把药放在桌上，对着坐在桌子另一边的女人说，"我答应医生下周带着蘑菇去，也两个月没去了，万一好转了呢。"

女人点点头，表情凝重，眼睛一眨不眨地盯着面前的电脑屏幕。

"放松，别太紧张了。医生说了，只要按时吃药，她不会做什么的。"于聪拿起挂在椅子上的围裙，进了厨房。

过了半天，于聪从厨房出来，看见女人一动没动，还在盯着屏幕，急道："嘿，说你呢，别看了。今天她又是怎么了，你跟我说说。菜饭都在烧着呢，不用管。"

"你盯会儿，我也累了。"女人把电脑放在于聪面前，摘掉眼镜，掐了掐两眼之间。

"这不挺老实的嘛。瑶琳，你歇会儿吧，没事儿。"

屏幕中的影像是一间卧室，粉红色的单人床边坐着个十四五岁的少女，五官端正，稚气未脱。她手里捧着一本厚书，像是字典。她眼神向上，似乎正在思考着什么。

"她发疯之前是没有征兆的，必须得盯着。"瑶琳手撑着脑袋，有气无力地说。

"她那屋儿别说刀子剪子，就是带尖儿的带刺儿的，也一样都没有。窗户外面上了护栏，连墙壁你都用棉被包上两层了，你说她还能干吗啊，总不能趴枕头上憋死吧。"于聪虽然话说得轻佻，眼睛却也不敢离开屏幕。

"这孩子有多少鬼点子你也不是没看见过。谁知道还能弄出什么幺蛾子啊，我是怕了她了。"瑶琳看着于聪，叹了口气，"你说这担惊受怕的日子什么时候是个头儿啊。真的，我有时候想想，我是活该，跑不掉了。但你真的不该跟着我们娘俩儿遭这罪啊。什么时候遇见好的，真别犹豫。你放心，我绝不说二话。"

"哎呀，怎么又说这种话啊。我跟你说过多少遍了，除非你赶我走，不然我才不走呢。我上哪儿再找这么好的媳妇去，找这么可爱的闺女去，不走，赖上你了。"

"我去厨房看看，你好好盯着啊。"瑶琳笑了一下，起身进了厨房。

她还能干吗啊？割腕、上吊、吞药全闹过一遍了，应该黔驴技穷了吧？于聪回忆着蘑菇一次次发疯时歇斯底里的吼叫，轻生时的奋不顾身，以及绑着她去看精神科医生时，她那一脸生无可恋的绝望表情。也就是自己心大，搁别人真不一定坚持得下来。于聪在心里念叨着，当然，更厉害的还是瑶琳，她能挺到现在，真是令人服气。

视频里的蘑菇四处望了望，忽然从地上爬起来，举着那本厚书走到了窗前。

她想干吗？于聪十分不解，就算把窗户砸碎了，她也跳不出去啊，外面还有一层栏杆呢。不对，于聪大喊道："瑶琳，快去她屋儿里。我明白了。"

瑶琳像兔子一样，跳跃着从厨房蹿了出来，一脚踹开了蘑菇房间的门。

不愧是特警啊，果然训练有素，离开一线这么久了，还是身手不减当年。于聪在心里赞叹着。

"我说了你不许进来。"蘑菇大喊道。

"你要干吗？你砸碎窗户干什么？"瑶琳质问道，音量虽然小了一些，但阵势一点儿都不弱。

"你不让我去割双眼皮，我自己割。"蘑菇大声地回答。从地上捡起一个玻璃碎片，就要往自己眼睛上划。

瑶琳一个箭步冲过去，用手打落蘑菇攥着的玻璃碎片，之后抓起蘑菇的手向后转了半圈，喊道："把绳子拿过来。"

于聪急忙从客厅的柜子顶上拿起绳子，跑到瑶琳跟前，配合着瑶琳把蘑菇的双手绑起来。这样的戏码不知道上演过多少回了，于聪已是轻车熟路。

"你们每次都这样有意思吗？"蘑菇一边挣扎，一边大叫。

很快，蘑菇就被瑶琳制服，动弹不得了。瑶琳气呼呼地说："你有意思吗？你学过医吗，就要自己给自己做手术啊？你知道该往哪儿拉啊？双眼皮儿没拉出来，再把眼睛戳瞎了。"

"我这不是想在实践中学习嘛。"蘑菇大言不惭地回道，"大爷，你评评理，我想割个双眼皮怎么了？她为什么不让？我从十岁就开始戴双眼皮贴纸了，这么热的天根本贴不住。我就想直接拉一刀算了，我好好跟她说，她非要阻止，一点儿都不讲道理。这事儿不就是怪她嘛，就是她这双死鱼眼遗传给我了，我爸的眼睛很大的。"

蘑菇一直管于聪叫"大爷"，来源是老北京的一句京骂。

割双眼皮？于聪看着瑶琳，希望能从瑶琳的脸上看出少许暗示。可此时瑶琳也正在气头上，完全顾不上帮助于聪。

"双眼皮这事儿咱们得从长计议啊。这可不是小事。你自己割肯定不靠谱，咱不说别的，就这玻璃碴子，这么厚一块，比你眼皮都粗，这谁拉谁啊？肯定不行啊！"于聪捡起一片碎片，举着给蘑菇看，"人家医生那手术刀，又薄又锋利，轻轻一下就拉完了。血还没流下来呢，就好了。你看看，这玩意儿，我拉手都不带破的。"于聪为了更有说服力，轻轻地用玻璃碎片在自己手上划来划去，"你看，是不是，根本拉不破。而且你整这么一出儿，又得跟你妈睡几天了。不然就这天儿，不开空调你一会儿都待不了。年轻人，以后一定要多思考，有什么事先找你大爷聊聊啊。我给你出出主意啊。"

"你懂整容吗？"蘑菇听完这段话似乎平静了不少。

"我不懂，但我有个朋友可是整容行业的。他拍了档节目，专门介绍整容手术的。你等会儿，我找出来给你看看，可专业了。"于聪掏出手机，翻着朋友圈，他也是无意中看到过若岩发出的整容视频，没想到今天居然能派上用场。

于聪打开视频，举着手机给蘑菇看。视频中一位长相正派的老医生正在做着科普，背景是医院的手术室。老医生介绍说双眼皮手术在中国很早就有了。割双眼皮在二十世纪四十年代上海的女星中很流行。我们知道的很多那个时代的女星，都做过双眼皮手术。到了二十世纪七八十年代，香港和台湾地区的娱乐产业越来越发达，带动了整容产业。八十年代台湾的第一美女胡茵梦，做了一件惊天动地事。她在当时不但是电影明星，还有另一个我们可能更为熟悉的身份，李敖前妻。在整容行业，她也是标志性的人物，她是第一个承认做了整容的人。她做的就是双眼皮手术。在中国人中，单眼皮和内双的人其实占大多数。当代的审美，主要受到西方国家的影响。我们看到的电影明星、时尚杂志明星都是大眼睛，高鼻梁，典型的西方人长相。所以现在越来越多的女孩受到这样的视觉冲击后，决定到医院割双眼皮。

医生说完这段话，紧跟一段漫画视频，漫画中的女孩本来是单眼皮、小眼睛，但做完双眼皮手术后，眼睛一下变得大而有神。她闪烁着已经占了半张脸的水汪汪的大眼睛说："想不想变得和我一样，拥有一双卡姿兰大眼睛？"

"想，我做梦都想。"蘑菇盯着屏幕，不住地点头。

视频中继续图文并茂地介绍道：双眼皮总体的做法只有两种，埋线法和切开法。其他的不管是生物焊接术，还是欧式芭比，都是在这两种基本手术形式上进行升级改造的。说白了就是名字起得好听一些，换汤不换药。埋线双眼皮，顾名思义，就是在眼皮里面埋下一根线。此时医生走到手术台前，在人体模型上进行手术操作，同时介绍道："埋线的方法很简单，眼头打个洞，穿个线到眼尾就可以了。比较复杂的也有打四个洞到五个洞的，主要是为了之后的眼部弧度更清晰。"医生在一分钟内完成了手术，视频中展示着模特做完后的效果，果然眼睛比之前单眼皮的时候大了许多，硅胶脸瞬间生动了不少。

"做这个，我就要做这个。"蘑菇不再看视频中的内容，冲着于聪喊道。

"行，明天我就去找朋友。但咱们说好，之后你得乖乖的，我让你妈把绳子给你解开，行不行？"于聪冲着瑶琳眨了眨眼。

"我也没说你一定不能做。但这怎么都是个手术，咱们得先了解清楚了。既然你于叔叔有路子，就让他先去打听打听，咱们等信儿。先吃饭吧。哎哟，厨房！"于聪赶快跑到厨房，还好，只是菜烧煳了，锅还是保住了。于聪冲着瑶琳耸耸肩，无奈地说："走吧。咱们今天改善生活，吃蘑菇最爱吃的日本火锅。蘑菇你说行吗？"

蘑菇点点头，表情冷淡："妈，把手机给我，还有耳机。"

于聪解下围裙，开车领着一家人奔赴餐馆。

在餐厅刚一坐定，蘑菇就掏出手机，戴上耳机，专心致志地玩起了游戏，再不和家人有任何交流。蘑菇玩的是一款风靡日本后又席卷了中国的少女的恋爱养成游戏——《恋与制作人》。

瑶琳看着蘑菇叹了口气，对于聪吐起了苦水。她难得的周末又被这个祖宗给毁了。蘑菇从上午就开始闹着要割双眼皮。开始瑶琳只当她是开玩笑，也没接话。到了下午，蘑菇满屋子地乱窜，不停说着要割双眼皮，恨瑶琳给她遗传的死鱼眼睛。念叨了一两个小时，瑶琳实在忍不住了，说了她几句。她便冲着瑶琳大吼大叫，瑶琳无奈，只得把她关进了屋里，希望她能冷静下来。

于聪看看身边的蘑菇，她仍然面无表情，投入在游戏中。刚才瑶琳的这段话，也不知道她是真的听不见，还是装着听不见。

这游戏多傻啊？于聪看着蘑菇一手拿着筷子从火锅中夹菜，另一只手仍然熟练地操作着手机，不禁感叹道。除了点几个固定的按钮，就是每天按时按点登录。为了得到游戏中男主角打来的语音电话，还要主动在游戏里交上人民币。这孩子挺聪明的，怎么会喜欢玩这么弱智的游戏啊。蘑菇已经快一年没上学了，再这么下去，真不是个办法。

于聪还记得第一次见蘑菇照片的时候，蘑菇才八岁。红扑扑的小脸，带着点婴儿肥。一笑起来还有两个酒窝。笑？好像这些年就没见蘑菇笑过。自己也是个专业相声爱好者，没事儿就爱逗贫，怎么就不能把蘑菇逗笑呢？于聪看看蘑菇，又看看对面的瑶琳，也就这几年的时间，瑶琳真是老了不少。两鬓和头顶都冒出了白发，法令纹、嘴角纹清晰可见,皮肤也没有当年那么紧致了。

瑶琳喝了杯酸梅汤,又吃了几口菜,就停止了进餐。两人静静地等着蘑菇吃完,一家三口才回了家。

"你是睡沙发还是回家?"安顿好蘑菇,瑶琳问一直坐在客厅上网的于聪。

"我还是回家吧。明天正好去趟我朋友那儿,离我家不远。"于聪关心地看了看蘑菇,"应该不会再有事了吧?有事甭管几点,都得给我打电话啊。"

"嗯,放心走吧。药也吃了,应该没事了。"瑶琳打了个哈欠,看起来很疲惫。

第二天一早,于聪就按照若岩微信发来的地址,把车开到了公司楼下。

"请问,若岩在吗?"于聪对坐在离门口位置最近的漂亮女孩儿问道。

楚楚不动声色地将来人上下打量一番。他衣着干净,但身上的衣服并不讲究,没有 logo 的白色 T 恤衫,深蓝色的直筒牛仔裤,加运动鞋。面皮白净,脸上戴着副窄框无边眼镜,手指修长,手里拿着新款的锤子手机。来人十有八九是个码农,没准儿是来应聘程序员的。楚楚在心里做了预判,便热情了些,起身倒了杯水递给于聪,说:"俞总正在会议室会客呢。您坐这儿等他一会儿。"

于聪接过水,连声道谢。

不一会儿,若岩和另一人从 IT 小屋走出来。若岩将客人送到门口,尊敬地说:"张总,能得到贵公司的青睐,我们真是受宠若惊。但您说的这个模式太超前了,我们还要再消化消化。我们团队商量商量,尽快给您答复。"

"你们可得抓紧啊。现在加入我的战队,那条件是不一样的。要是等着我这事都做得差不多了,你再来,那可就来不及了啊。"

张总西装革履,皮鞋擦得锃亮。他的表情看起来非常痛苦,为若岩如此不识抬举,放弃了这么好的合作而感到痛苦。

"我们也不想错过,就是合作模式咱们都得再想想。"若岩装出为难的表情。

"还想什么啊?我这儿有大把的医生,你们就负责给他们做宣传嘛。你们这期不是打算推荐个日本医生吗?下期我给你送个韩国的,再下期我给你找个美国的。你们手上的医生资源毕竟有限,跟我的平台合作,才能源源不断地输入新鲜血液啊。"

"医生这事我和您的看法有点不一样,贵精不贵多。您说您的平台上有数千名整容医生,可这里面医术能赶得上谢心如的恐怕寥寥无几,能超过刘杰的更是一个都没有。我们这次找的日本医生,也是日本整容界的泰斗,湘北连锁整容院的创始人之一松本先生。"

"我这儿的医生也不差啊。我回去给你发一份名录,你考虑考虑。我是真的惜才啊。难得看见你们这么一帮有创意又有能力的年轻人啊,跟着我干保准没错。中国医美行业的未来就在我们手里。"

"嗯,中国医美行业的未来就靠您了。"若岩一路敷衍着,把野心家送走。

看着张总走远了,楚楚才十分小心地说:"俞总,有人在等您。"这话当然是说给外人听的,等级森严的公司会自带专业感。

若岩顺着楚楚的眼神,看向后方,刚好看到于聪正冲着自己笑呢,立刻快步走上前,狠狠给了于聪胸部一击:"这是我老同学,自己人。老于,你怎么有空来找我了?"

"你别闹了。"于聪捂着胸口,"你们公司看着还挺有模有样的。"

"小公司,跟你们大部委没法比。我给你介绍一下,这是楚楚,我们的人肉招牌加商务负责人。这是小提,咱们学妹,也学计算机的。这位是子凡,你看的那些视频主要都是他做的。你在微信里没说明白,你怎么会对整容感兴趣呢?是不是你们公安部门有什么业务需求啊?你放心说啊,我们几个都巴不得能为国尽忠呢。"

"不是公事,我家里的一点儿私事。"看着小提和楚楚盯着自己,于聪有些腼腆,不好意思地笑笑,"唉,刚才那人是干什么的?"

"我也没听明白他到底是干什么的。在网上看了我们的节目,就找来了。说是要打造一个万亿资金的医美大平台,医院、医生都凑齐了,就差我这块业务了。只要加上他的平台就可以运转了。我是怎么听怎么不靠谱,万亿的生意哪有这么好做啊。"若岩摇了摇头,"整容行业鱼龙混杂,什么人都有。你怎么关心起他来了。"

"不瞒你说,以我多年积累的职业素养判断,这人十有八九是个骗子。"于聪笑着说,"这不就是当年的段子嘛,给我打五千块钱油钱,我把航母从俄罗斯给你开回来,千万别信。"

"以我多年的职业素养,也判断他是个骗子。"若岩笑道,"说正事吧。你该不会是想整容吧?打算整哪儿啊?"

楚楚看着于聪。他人不高,略有些瘦,眼镜下面是一双小眼睛,单眼皮,塌鼻梁,薄唇,该整的地方还真是不少。

"不是我,我长得不还能凑合看嘛。是我家小朋友。我家小朋友想割双眼皮。"于聪说完,打开手机相册,挑了张蘑菇的照片给若岩展示。

楚楚和小提凑了过来,一起看照片。

"你这女朋友看起来年龄不大啊?"楚楚皱着眉头问道。

"对啊,你女朋友怎么看着像初中生啊?"若岩也颇感意外。

"这不是我女朋友,是我女朋友的女儿,也算我半个闺女吧。确实是初中生,今年本应该上初二,但休学了。"于聪又挑了几张蘑菇其他的照片给大家看,"她昨天晚上忽然发疯,非要割双眼皮。我们劝她什么都没用。我和她妈一商量,做就做吧,不就是拉一刀嘛。正好我看过你们那期关于双眼皮手术的视频,想问问你们能不能帮帮忙，给她介绍个医院做手术。"

"她多大了？"小提问。

"刚过完生日，十四岁了。"

"十四岁肯定不行啊，整容一般要求十八岁以上才可以。特殊情况的，也要十六岁以后。十四岁太小了，还没发育完全呢。人的长相也会在这段时间发生变化。现在整容的话，当前看效果可能还行，但再过两三年，整过的地方可能看上去就会非常别扭。"楚楚看着蘑菇的照片，"她这种有点肿的眼皮也不太好做，先要拉上一刀，之后要配合抽脂，可能眼角也要开一下才会好看。大哥，您要是实在想给孩子做，等到她十八岁，我给她推荐医生，保证能做好。"

"这样啊。"于聪露出失望的神情，"那我回家跟小朋友说一声。就怕她不满意，还得闹情绪啊。估计我之后还得来打扰你们，你们别嫌我烦啊。"

"哪能啊，您有事随时过来，没事也可以过来。"小提热情地说。

"对了，我刚才听你说下期节目要采访日本医生，是吗？"于聪问道。

"这年头啊，干什么都讲究个国际化。外来的和尚好念经，加上之前我们那几位医生都出镜率过高，观众反映有些审美疲劳了。这期就通过朋友介绍，找了位日本医生。"若岩解释道。

"日本医生过来，还是你们去日本找人家做节目？"于聪继续刨根问底。

"他下月到北京。你怎么又对日本医生这么感兴趣了？人家可不是坏人。"若岩疑惑地问道。

"随便问问，没准之后用得上。那我不打扰你们了，走了啊。"于聪晃晃悠悠地往外走。

"一起吃个 brunch 再走吧,我们楼下就有一家,味道还不错。"

"不了,我得赶着回部里。我们那儿你也知道,不可能有一天是闲着的。"于聪垂头丧气地走了。

"我们这儿也没有一天能闲着的啊。"小提看着若岩心生疑惑,若岩今年才二十八岁啊,"若岩,你这同学多大了?"

"跟我同年同月,比我大五天,当年他就是睡在我上铺的兄弟。"若岩答道。

"那他女朋友的孩子怎么都十四岁了?老妻少夫啊。你同学名校毕业,又是公安部的。这得是个多有魅力的女人能把他弄得五迷三道的啊!"子凡也在一旁嘀咕道。

"希望咱们能有机会见见。"若岩也琢磨着于聪的女友会是个什么样的人。

四人还在幻想于聪女友样子的时候,于聪已经走到了瑶琳身边。

瑶琳到底是个什么样的女人?于聪也说不清楚。于聪第一次见到瑶琳是刚进部培训的时候。瑶琳作为他们的功夫老师,教授一些基本的徒手擒拿和反击技巧。瑶琳身材高挑,动作灵活,一头齐耳的短发,英姿飒爽,加上紧身的警服,更是威风凛凛。在教学过程中,瑶琳可以轻松打倒同时从四面八方向她进攻的几名大汉。于聪何曾见过如此场面,心中充满了对女侠的爱慕。

培训结束后,于聪这样的文弱书生自然留在了部里。他很久之后才打听到瑶琳是重案组里的特警,在办案时屡次立功。对这样的女侠常人只能远观,不敢靠近,可于聪绝非常人,此时便立志,自己的另一半也要是瑶琳这样的女侠。没想到,工作两年后,于聪才终于等到了机会。他被领导委以重任,协助重案组破译案件中犯罪分子的邮件密码。对于密码学专业的于聪来说,犯罪分子使用的密码就是一层窗户纸,不到三天就被他捅破了。直到这时,瑶琳才注意到了这名弱不禁风的 T 大高才生。这次合作之后，重案组只要遇到和计算机网络有关的案件，身为副组长的瑶琳就一定会点名把于聪叫来。合作了几次之后，彼此都暗暗有了好感。

本该是水到渠成的一桩美事，但之后的相处总是不欢而散。明明于聪正利用自己的幽默把瑶琳逗得哈哈大笑，但转过脸，瑶琳就会严肃地对于聪说，自己和于聪不合适，让他不要再动歪脑筋了。瑶琳忽冷忽热的表现，让于聪感到很不舒服。三番五次之后，于聪鼓起勇气约瑶琳单独去一家二十四小时营业的串儿吧吃夜宵。

酒过三巡，吃了一桶竹签子的于聪借着酒意，说出了自己一直想说却不敢说的话："瑶警官，我非常喜欢你，你能不能给我个机会？"

多年的侦查工作，让瑶琳可以轻松甄别于聪说的是真话还是假话。她看着这个诚恳又聪明的青年人，眼里有什么东西在闪动着，但很快，这闪动的东西就暗了下来，她失落地说："对不起，你并不了解我。你不知道我的过去，你也无法参与我的未来。我的生活已经一团混乱了，再不能激起任何波澜了。"

"我知道你的过去，也想参与你的未来，你的生活以前什么样且不论，以后我一定让它充满欢乐。你的事同事都告诉我了。我知道你离过婚，有孩子。我虽然没有孩子，但我也喜欢孩子。我相信你的孩子也会喜欢我，我可以给她修电脑，陪她玩游戏，还能教她写代码。"于聪尽量将浮上来的酒劲压下去，努力使自己保持清醒，"这些都不应该成为你的顾虑。如果这些是阻挠我们进一步发展的障碍，那我也马上结婚离婚，再去领养个孩子。"

"你胡说什么呢？"瑶琳看着眼前的大男孩觉得好笑，他怎么能把结婚看得如此儿戏呢。

"我没胡说，你不就是顾虑你有一段婚姻经历吗？其实我觉得这是好事，这段经历让你变成了现在的你。你不应该去后悔，反而应该为自己有过这样的经历而感到幸福。这段经历一定让你收获颇丰，让你清楚地认识自己。"

"不后悔？"瑶琳苦笑了一下，还有什么人能比自己更后悔当初的婚姻。

前夫并不是坏人，他更像是个没长大的男孩儿。瑶琳从学生时代就通过家人介绍，认识了长相帅气的前夫。大学毕业后，二人就在双方父母的催促下结了婚。那时候前夫已经表现出了做事不负责任的态度和待人骄横跋扈的性格。但瑶琳认为这是他年纪尚轻所致，再成熟一点儿就会改变。可是相处了几年，前夫的性格不但没有变好，反倒更加乖张。无论在公司，还是在家里，只要稍有不顺他意的地方，他便立刻发脾气。有孩子之前，瑶琳百般谦让，两人还能和平共处。但自打有了孩子，前夫开始事事挑刺儿，时时找碴儿。三番五次的冲突之后，前夫终于开诚布公地表明了态度，他希望瑶琳为了家庭和孩子，能尽快放弃事业。前夫是家族企业的二代。按婆婆的说法，他将来是要接管年收入千万级企业的。而瑶琳，虽然整日加班加点，不过拿着普通工薪阶层的收入。瑶琳理应回家做个全职主妇，享享清福。在丈夫看来，被人伺候着回家当少奶奶可是很多女性的梦想。但他没料到，瑶琳并不属于这个集体。作为新时代女性的典范，瑶琳绝不甘心在家里吃嗟来之食，她要的是能和丈夫平起平坐的事业和能力。

"你再这样下去，咱们只能离婚了。"丈夫被凌晨才回到家的瑶琳吵醒，从床上坐起来，态度认真地说，"孩子断奶之后，你天天不着家。保姆都跟我抱怨了，说你这样对孩子的成长不好。就算生活上的事有保姆照顾，但孩子是需要母爱的，母亲的角色是他人无法替代的。"

"一个保姆说的话你也信啊。我们刚接管了朝阳那起要案，实在抽不开身。我这算不错的了，还能回家，其他同事都是一天二十四小时不离岗的。小王，你知道吧，都半个月没回过家了。昨天他父母都找到我们警队来了，以为孩子出了什么事不敢跟他们说呢。"瑶琳在床上翻了个身，面对着丈夫，"等这个案子结了，我请几天假，在家陪陪孩子。你以为我不想她吗，我时时刻刻都在想她啊。"

"你就只考虑你自己。"丈夫说完了，翻了个身，继续睡觉。

瑶琳没太当回事，两日的劳累让她很快也就睡了过去。随后的几次争吵也很快淹没在日常生活的琐事之中，并未激起涟漪。

蘑菇五岁的时候，丈夫忽然提出，为了孩子将来上学方便，在海淀买一套高价学区房。

"这房子离我上班的地方太远了，每天不堵车单程也要两个小时吧。"瑶琳看着地图上房子的位置，不住摇头。

"离我公司也不近啊，这不都是为了孩子嘛。"话虽这么说，丈夫脸上却露出了一丝笑意。

这丝笑意怎能逃过瑶琳的火眼金睛，瑶琳立刻明白了丈夫的用意，质问道："你故意把房子买在这里，就是希望我能知难而退，早日辞了工作在家带孩子吧。"

丈夫的阴谋被妻子轻易拆穿，自然有些愤怒，喊道："反正我首付已经付过了，三个月之后，房子就能交割完。到时候我带着蘑菇去住，您老人家爱住不住。"

"你想住就过去住，我和蘑菇要住在这边。"瑶琳毫不示弱。

"你怎么这么自私。"

"为什么一定要我辞职，你也可以辞职在家带孩子啊。我的工资养得起你和孩子。"

"你的工资才几个钱，我一个月的收入顶你一年工资。"

"你的工资就是父母给的零花钱，不是你凭本事挣的。"瑶琳将心中积攒多年的怨气说了出来。但她没想到，这句话严重打击了丈夫的自尊心。

"你说什么?!"丈夫吼道。

"有本事你也投简历去面试找工作,看看你能挣多少钱?"

丈夫恼羞成怒,挥手用力甩了瑶琳一个巴掌,一声脆响。

瑶琳哪是吃素的,当下施展军体拳,拳打脚踢,把丈夫狠狠揍了一顿。

丈夫没有求饶,毫无惧色地喊着:"你这个自私自利、自以为是的女人。你这么瞧不起我,咱们就离婚吧。"

"离婚就离婚,我告诉你,这家里什么我都不要,跟你结婚就没想图你什么。但蘑菇必须跟着我,你要是敢把蘑菇带走,我见你一次打你一次。"

丈夫心中的夫妻之情此时已全部断裂,他的脸因为对妻子的嫌弃和恐惧而变得扭曲,自己到底是为了什么跟这样的人生活了十年。这十年中,这个女人对自己没有丝毫的感情。现在她就在明目张胆地说,她从来都瞧不起自己,在她眼中,自己就是一个靠父母生存的废物。肉体和心灵的创伤,让丈夫这一次彻底被打垮了。

离婚全部由律师出面办理,搬家则是请了专业的搬家公司。孩子、房子全部归了瑶琳,当然这是丈夫为了捍卫自己仅存的那点儿自尊心,而故意表现出的慷慨。年轻多金的富二代自然不会单身很久,半年之后前夫再婚,结婚对象是个刚刚出道的小演员。看着请帖上一对儿新人在聚光灯下笑得格外灿烂,瑶琳心中那最后一丝柔情也化为乌有。这个女孩儿一定愿意做全职太太吧。她看着照片上年轻漂亮的新娘感叹道。

两年后,前夫有了一个儿子,此后看望蘑菇的次数便越来越少了。也是从那时起,蘑菇的心理发生了变化……

瑶琳豪气地喝干了半杯扎啤,问道:"你知道咱俩差几岁吗?"

"我早就知道了,咱们系统的网站上就能查。"于聪显然对这个问题早有准备,"老板,再来两杯扎啤,二十个肉串儿,十个板筋,多放辣。可是咱们看上去是不是跟同龄人似的？没准儿再过几年，别人就以为我是老牛吃嫩草了。"

"你别闹了，现在人家也能看出我是你姐姐啊。再过几年，没准儿人家就以为我是你妈了。你是属马的，我也是属马的，但整整比你大一轮儿。"瑶琳苦笑着，又拿起一个肉串儿，"就算你现在被爱情蒙住了眼，看不出来我有多大，你父母还能看不出来吗？他们能同意吗？他们能让你这个风华正茂的高才生，和一个拖家带口的老女人走到一起？"

"我父母知道也不会反对的。他们很尊重我自己的意见，尤其在这件事上。他们知道只要我认定了，这人绝对错不了。"

"那又怎么样。你觉得我比你大不是问题，我还嫌你小呢。小男孩就容易不懂事，没长性，做事不负责任。"

"这就是你的偏见了。我就想问问你敢不敢，敢不敢试试和我在一起。"于聪举起扎啤的杯子，将里面的啤酒一饮而尽。

瑶琳也不甘示弱，和于聪的空杯碰了一下，一口喝干杯中的酒，豪爽地说："有什么不敢，试试就试试，今晚就来我家住吧。你可别尿啊。"

于聪傻傻地笑了。

当然，那时候不光于聪不知道，连瑶琳也没意识到，蘑菇病了。

小升初后，一向乖巧懂事的蘑菇忽然性情大变。旷课、逃学、打架，瑶琳被老师三天两头叫到学校。不只是无组织无纪律，蘑菇的学习成绩也一落千丈。

"再这样下去，就要留级了，你们家长得管一管了。"第一学期期末考试后，班主任把瑶琳单独叫到了学校，"我能体谅您工作的特殊性质，学校也在课后单独给像蘑菇这样的学生办了补习班。但是初中是学业上的分水岭，全靠老师肯定是不行，家长或多或少也得推一推啊。"

瑶琳只得从重案特警转岗，调到了部里的案情分析处，做些辅助性的文职工作。除了能按时按点下班，回家监督蘑菇做作业，和于聪成了同一部门的同事，才是这份工作的最大福利。瑶琳的个性本来就不是能藏着掖着的，和于聪的关系在同事面前也毫不回避。这样光明磊落的做法，不但没有引起非议，反而得到了周围人的认可，大家纷纷送上祝福。

现在回想起来，有得必有失。情场是得意了，可是处在热恋中的瑶琳，明显对蘑菇丧失了耐心。面对经常惹是生非的女儿，瑶琳时常言语过激，有时甚至斥责蘑菇到了让自己都后悔的地步。她秉承简单粗暴的教育方法，完不成作业就不许睡觉。在学校惹事，回到家就要接受体罚，做一百个仰卧起坐或是在小区跑上十圈。在这样的生存条件中，蘑菇逐渐改变了对母亲的态度，从之前的唯命是从，到之后的抗旨不遵，甚至口无遮拦地痛骂。

如果那会儿自己不天天逼着蘑菇写作业，上补习班，她也许就不会得那种怪病了。和生病相比，成绩不好还算个事儿吗？瑶琳看着电脑屏幕里的蘑菇不由得想到。家里的摄像头通过 Wi-Fi，将拍摄到的画面传到互联网上。瑶琳在工作时间也能监视到蘑菇的一举一动。这个主意当然是于聪贡献的。他在几只蘑菇喜欢的毛绒玩具中装入了最新款的小蚁摄像头。除了监视蘑菇，瑶琳也能从影像中看到保姆独自在家都干了些什么。家里的活儿不多，一上午就做完了。吃过午饭，她就坐在沙发上看电视，等瑶琳她们下班回家，她再离去。保姆在家的时候，蘑菇还蛮老实的。大部分时间她会待在自己的屋子里看漫画，玩游戏，偶尔走出房间，和保姆交谈几句，看上去也没有什么不愉快。可为什么我一回家，就能迎接一场意想不到的暴风雨呢。瑶琳百思不得其解。

"唉，那事不太顺利啊。"于聪回到办公室，立刻向瑶琳汇报。

瑶琳停下手里的工作，抬头询问。

"我同学说了，咱家蘑菇年纪太小了，不能做手术，得长大点儿才行。"

"这不是好事吗？咱们就这么跟她说呗。"瑶琳松了口气，"本来我就不想她整容，这不正好嘛。小小年纪就整容，肯定不好。"

"你看你，又犯老毛病了吧。特殊同志需要特殊对待。你想想，咱们直接告诉蘑菇，她肯定不能信啊，还会觉得是咱们一起合伙骗她。你看着吧，肯定又得闹一场。凡事需要戒骄戒躁，从长计议。这可是历史带给我们的经验啊。"于聪显然在路上已经深思熟虑过了。

"那你说怎么办？不直说还能怎么说？"

"我也在思考。咱们今天回家，先探探她的口风，她要是自己把这事忘了，那咱们就算烧高香了。她要还记得，就得想想办法了。反正直说，我觉得不妥。"于聪摇摇头。

"那就盼着她忘了吧。"瑶琳点点头，在处理蘑菇这件事的方式方法上，瑶琳对于聪言听计从。

"大爷，你去问了吗？"晚饭时间，蘑菇还没吃饭，就冲着于聪发问。

"问了，你猜怎么着？"于聪的大脑高速运转，想着接下来的话怎么说才能使蘑菇相信。

"怎么着？能不能做啊？"蘑菇脸上出现了怀疑的表情。

"能做，当然能做。"于聪憨厚地笑笑，经过这几年的观察，他知道蘑菇在出现这样的表现后，应该如何面对，"而且还能找到日本医生给你做。"

"日本医生？"蘑菇两眼放光。

"嗯。"于聪点点头，"得看你想做成什么样的。你可以找个喜欢的明星，告诉医生，你就想要她那样的眼睛。"

"明星的眼睛？"蘑菇的脑中出现了几个日本著名演员的眼睛，石原里美的眼睛狐媚妖艳、gakki 的眼睛圆润可爱，还有自己最喜欢的水原希子，她的眼皮也很大，看着总像没睁开眼似的。但就是这样睡眼惺忪的样子和她慵懒的气质最搭。要哪个样子的呢？

"这个问题我得好好想想，过几天再给你答案，行吗？"

"对，一定要想好了啊。整容可是一辈子的事，没想好咱们不能乱做。"

蘑菇慎重地点了点头。瑶琳也在一旁点了点头，看来这场危机至少不会来得那么快了。

"你这儿干吗呢？"于聪走到瑶琳的座位前，轻声问道。

"在想这事怎么办啊？你看看，她从早上开始就在电脑前鼓捣了。我开始还以为她在玩游戏，后来发现她还在本子上记。你看看，"瑶琳把屏幕里的图像放大，本子上的字迹清晰可见，"她把双眼皮的手术方法和效果全记在本子上了，还总结了多名女星的眼睛特点。她这么上心，你要是让她知道她不能做了，这打击会不会太大啊。医生可是说了，不能再给她任何刺激了。"

"还挺认真，拿出这劲头儿学习该有多好啊。"

"这时候你就别说风凉话了。都是你，依着我直接告诉她做不了，不就得了！"瑶琳埋怨道。

"别着急，这么多事咱们都挺过来了，这次也肯定有办法的。要相信队友，不离不弃。"于聪手握拳，捶捶胸，表示自己绝对靠得住。他看着屏幕中的蘑菇，怎么看也不像个病人啊。他多希望这个聪明可爱的女孩能够恢复正常，"你别忘了中午去蘑菇学校交假条，她上一张假条好像要到期了。"

午休刚过，班主任带着初二（3）班的同学上自习课。校长忽然走了进来，后面跟着一个没有穿校服的新学生。校长轻声地跟班主任嘀咕了几句。

班主任失望地问道："蘑菇的病还没好吗？她落下这么多功课，之后再想补上可就难了。"

校长叹了口气，表示惋惜，接着说："这位是刚转学过来的周小涵同学。正好蘑菇那个位置还空着，也不用加位置了。我就把他安排在你们班了。"

听说有新同学加入，全班同学都来了精神。大家的眼球都被这位新生吸引了过来，连趴在桌子上打瞌睡的几位也立刻醒来，期待着校长的介绍。只见，新学生戴着棒球帽，帽沿压得很低，身上背着一只巨大的书包。

"占用大家几分钟时间。这位是周小涵同学，从别的学校转到了咱们学校。初二（3）班一直都是咱们年级最优秀的集体，为了让周小涵同学能尽快适应新环境，我就把他托付给你们了。希望大家能发扬团结友爱的精神，一起度过初中这段难忘的时光。"校长发表完讲话，和班主任又低声交代了几句，便走出了教室。

"周小涵同学，你做个自我介绍吧。说说你之前在哪里上学，有什么兴趣爱好，跟大家分享一下，好不好？在教室里就不要戴着帽子了。"班主任温柔地说。

"我叫周小涵。"新生羞答答地摘了帽子，抬起头，一句话还没说完，教室里就像炸了锅一样。

"你是男的还是女的？"平日里就爱调皮捣蛋的学生不失时机地要证明自己的存在感，即便坐在最后一排，还是扯着嗓子喊道。

"我是男生。"周小涵似乎已经料到会身处窘境，此时的回答颇为平静，但声线也和他的长相一样，雌雄难辨。

教室里的议论声比之前还要大了，连乖巧的女同学也忍不住投来了异样的目光。

看得出，周小涵已经把头发剪到最短了。学校不让男生剃光头,所以他还留着三毫米左右的毛寸。可即使如此,他看上去依然像个女孩,他皮肤细腻白嫩,眉目如画,唇红齿白,连说话的声音也如银铃般动听。

连班主任此时都不禁在心里暗想,这要是个女孩,该有多好。

"你怎么可能是男生?"调皮分子继续问道。

"你是女扮男装吧?想偷看我们洗澡吧?"

沸腾了的教室,班主任喊了两声还没有镇住,终于使出了杀手锏。一根粉笔在空中画了一条漂亮的抛物线,砸到最后一排那位捣蛋的同学头上:"静一静,谁再说话,就站起来把课文背一遍。"

一场风暴终于被镇压下来,教室恢复了平静。但周小涵的心里却再难平静了。这是他一年之内转的第三所学校了。他本不打算再上学了,但忍受不了母亲那期盼的目光。再试一次,这所学校和之前的不一样。这是市重点中学,你不会再被嘲笑和欺负了。可结果呢,重点中学又怎么样,下面坐着的还不是一群人渣。周小涵厌恶地扫了一眼下面坐着的同学。他们也正在悄悄地看着他。可他们不用说话,眼神就足以说明他们在看一个怪物。

一个月的时间里,同学们从背后的小声议论到了在他面前的指指点点。

长成这样难道给别人带来麻烦了吗?这个问题小涵自己回答不了。他只知道,长成这样确实没少给自己带来麻烦。他在学校从不敢喝一口水,因为只要他走进男厕所,里面的人就会发出尖叫声,接着迎接他的是什么就很难说了。他没法和同学们一起上体育课,无论什么项目,男生都不爱带他玩,好像他就是个不祥之物。他的英文口语比班上任何一个学生都要好,可依然没有人愿意和他一组做对话。他的数学成绩考了全班第一,可大家仍在饶有兴致地议论他的外表,根本没人关心他的成绩。

当然,小涵还是要承认,重点中学的学生和上一所学校的学生比，素质确实高了不少。上一所学校的往事让他不敢回忆。他印象最深的一次，是一群男生逼着他穿女装，他忍受不了侮辱奋起反抗，却遭到了一顿毒打。可只过了三天，他就嘲笑自己当初的判断下得太早。做课间操时，一个长相粗犷的高年级男生径直走到他的面前，给了他一拳，又朝着他的脸啐了一口，恶狠狠地说："你这样的人不配活在这个世上。"

我到底为什么不配活在这个世上？周小涵反复问自己。我还能怎么样？长相可以改变吗？他躺在床上，翻来覆去地想解决这个问题。

妈妈小心地推开小涵房间的门，看了一眼，又小心地关上了。"怎么办啊？"母亲愁容满面地看着父亲，"今天回来，小涵脸上有伤，估计是又被人打了。"

"要不，干脆带他去整容吧。"父亲狠了狠心，做了决定。

"他这个样子，能怎么整啊？"母亲叹了口气。

"你带他去找专家问问吧。这种情况估计专家见得多了，总会有办法解决的。"

"专家哪是那么好找的啊。"母亲在手机上搜索着刘杰的名字，这个名字就是她儿子的救命稻草。搜索引擎显示，排在最靠前的是刘杰的几档科普节目。视频上留了节目组的地址，说不定可以去这里找刘医生啊。

第二天，小涵的照片就出现在了子凡眼前。

"长得可真好看啊。"子凡感叹道，"这要是个女孩儿就好了。"

"都这么说，"母亲苦笑着，"哎，打小儿亲朋好友就这么说。都以为长长就能有个男孩儿样儿了。可是这都上初中了，还是不行。别的孩子长胡子，他也不长。也不知道他从哪儿听说的，每天往下巴上抹姜片能长胡子，他就天天抹，抹得都过敏了，也没长出胡子来。"

"您也不用着急。这事搁过去是坏事儿，搁现在是好事儿啊。您没看现在电视机里的男明星，都巴不得长成女孩儿的样子。我那天打开电视看一个节目，感叹了半天现在小姑娘长得真好看啊，又清秀又有棱角。看了半天才发现，我看的是个男团选秀比赛。所以您甭担心了，这长相现在流行，在学校肯定特别受女孩儿喜欢。"子凡安慰道。

"孩子，真不是这么回事儿。"母亲眼圈泛红，"他在学校不但没人喜欢他，他还经常被人欺负，回家他也不说，就挺着。上次，他是被人打进医院了，我才知道有人欺负他。因为这事，我们搬了家，给他转了学。可是他昨天回家，脸上又带着伤呢。我和他爸都心疼，可是心疼有什么用啊。这种同学之间的关系，大人真的很难介入。我想过去找校长，找老师，可是这样一来，也许欺负他的人会变得更多。我来你们这儿，就希望你们帮我联系一下刘杰刘医生，问问他，我儿子这样的情况有没有解决的办法。"

"即便是刘医生……"小提在心里犹豫着，这样的情况能怎么办呢？本来是眉清目秀的长相，难道能通过整容变成五大三粗的张飞？不现实啊！小提琢磨着。

"被人欺负是吗？那不用整容，我有办法。"子凡自告奋勇。

"您有什么好主意？"母亲两眼放光，期盼地看着子凡。

"我一会儿下班跟着您回家。从今天起，我给您儿子做为期两周的特训。"

"然后呢？"

"您就瞧好吧。"

母亲给子凡留下了家庭住址，心事重重地走了。

"你有什么馊主意啊？"楚楚看着子凡，疑惑地问道。

"你不知道吧，哥之前是练过的。"子凡得意地说。

"要不咱俩先比画比画？"若岩走过来，准备挥拳。

"自己人，就不要内斗了吧。"

"我问一下，《冻龄少女》这期的宣传是谁做的？做得不错啊，我看好多网站都转载咱们的视频了，这几篇软文写得也好。"若岩举着手机说。

"谁做的？"小提和楚楚一起凑过来，一头雾水地看着手机，"这不是我们写的，转发也不是通过我们联系的。估计是云姐姐自己花钱，找人炒作的。"

"哟，还有这么好的客户啊。这样的以后你们多找几个行不行。自带点击，还自掏腰包帮咱们节目做宣传。"若岩乐得快要合不上嘴。

"不好找，她自己都说，像她这么有钱的演员没几个。"小提道。

从这天起，子凡每日下班便去小涵家报到，坚持了一周，风雨无阻。开始的三天，子凡教会了小涵九九八十一路野球拳拳法。之后，子凡从网上买了个大沙袋，寄到小涵家里，亲自安装好。

"看见这个沙袋了吗？记住，这就是你的仇人，你现在就要用尽全身力气，把他打倒。"子凡说。

小涵脑中想象着那个高年级学生，心跳加速，身体发热。他凭什么打我？就因为我和他长得不一样吗？他长得就是对的吗？他有什么资格打我？小涵越想越气，冲到沙袋面前，左勾拳，右勾拳，一通拳打脚踢，好不过瘾。

后面的四天，子凡专注训练小涵打沙袋。子凡煞有介事地说："咱们习武之人，一定要切记，惩恶扬善，要练出一身正气。你看着这个沙袋，想象着欺负你的人，不要考虑自己，脑子里只要想着怎么把他打倒就好。越是排除杂念，胜率就越高。"

小涵点点头，在心中默念子凡说的话。

看到小涵已经掌握了基本的搏斗技巧，子凡也就不再天天上门。但他叮嘱小涵，以后要勤加练习，每日还要搭配跑步、举铁等训练，以增进功力。自己会时不时地过来突击检查。

没过几天，小涵的母亲拿着一兜子水果、糕点又来到了办公室。

"实在是太感谢你们了，尤其是子凡同志。今儿你有什么事都给我推了，去我家吃饺子去，韭菜虾仁馅儿的，我刚买的大对虾。你们都得去啊。天大的好事，咱们一定得庆祝庆祝。"母亲一扫之前脸上的阴霾，春光满面。

"这是出什么好事了？您这么高兴啊？"小提好奇地凑过来。

母亲愉快地说："我们家小涵练习了子凡教的拳击之后，整个人有自信了，班里同学也不欺负他了，全得感谢你们！"

众人见又做了一件好事，都跟着欢快起来。这天，于聪专程请假来学校，本是想跟班主任好好反映一下校园霸凌的问题，没想到被班主任反将了一军。

"一般孩子出现这种心理问题，主要都是原生家庭的问题。我们知道蘑菇的情况，父母离婚，双方又各自组成了新的家庭，这对孩子的刺激会非常大。尤其她现在处在青春期，很容易理解不了，陷入痛苦的心理之中。"班主任对家长说话时的口气和教训学生时没什么两样，"你们做家长的还是应该多从自己身上找问题。至于你说的有学生排挤她、欺负她，我认为这都是她自己心理敏感造成的。在我们这样的重点学校里，是不可能出现校园霸凌的。学生的成绩都很好，素质也都比较高。你想想，怎么可能会出现那种情况嘛。我觉得你回去还是多从家庭方面找原因，爸爸妈妈都要多关心，多开导她。我说的是她的亲生父亲啊，不是您。您在蘑菇这件事中，依我看，最多也就是个活跃气氛的作用。孩子的根本问题，您是解决不了的。她对您肯定没有好感，甚至是充满敌意的。因为你抢走了她的母亲，破坏了她的家庭。"

"一派胡言。"回家的路上,于聪自言自语地反驳班主任说的话。要不是看你是蘑菇的老师,我早就打人了。没有校园暴力,难道蘑菇被人欺负是她编的吗?不可能。蘑菇哪是会说假话的孩子啊。骂了一会儿,于聪逐渐冷静下来,品味着班主任的话,没准儿还真有几分道理,至少从发病的时间点上看还真对得上。

在离婚之初,瑶琳和丈夫难得地保持了默契,两人都没有告诉蘑菇父母已经离婚的事实。只说是因为工作关系,父亲要去外地出差,但会经常回来看蘑菇。然而蘑菇生性敏感,很快就察觉到了家中的变故。为了能够维持父母对自己的关爱,她将自己的疑惑和不满全部藏在心里,在父母面前总是勉强装出一副天真快乐的样子。但她心里清楚自己的变化。她脆弱、易怒,学校里同学间的一句玩笑话都会让她忍不住哭泣。

父亲组成新的家庭后,双方都觉得没有必要继续对蘑菇隐瞒真相了。瑶琳轻描淡写地向蘑菇交代了实情。她以为马上就要进入初中的蘑菇已经可以理解大人的感情世界,能够接受父母再婚。正是因为这个原因,瑶琳同时也让于聪进入了蘑菇的世界。

可事实上,蘑菇很伤心,她的世界彻底塌陷了。父亲为什么会离开这个家,她心里似乎知道了答案。童年时父母吵架的情景清晰地烙印在了蘑菇的脑海里。她总是梦到父亲离开家的那个夜晚。那晚她本来已经入睡,忽然听到了父母的争吵声,声音越来越大,让人感到焦虑。父母之前也在蘑菇入睡后吵过几次,每一次听到这样的争吵,蘑菇都会感到不安和难过。这一次比以前的争吵要猛烈得多。紧接着,她听到了一声脆响。她摇摇晃晃地爬下床,蹑手蹑脚地走到父母的卧室门前,门没有关,屋内的景象她一览无余。爸爸躺在地上,眼眶里都是泪水,却没有流下来。母亲以胜利者的姿态站在父亲背后,但似乎也噙着泪水。他们怎么了?是不是我做错了什么事惹他们生气了?爸爸妈妈怎么都要哭出来了?蘑菇感觉到了前所未有的恐怖气氛，她想去安慰爸爸妈妈，但她却好像被什么符咒定在了原地，丝毫动弹不得。她想大喊一声"爸爸"，无论父亲前一秒的表情是什么，只要蘑菇喊爸爸，他就会立刻露出温和的笑容。但此时她却怎么努力都喊不出来。她使出浑身的力气，就是喊不出声音。她越是着急，就越是什么都做不了。这种无力感让她感到极大的恐惧。"啊！"蘑菇大叫一声，再次从这个已经做了千百回的梦魇中惊醒。梦是醒了，但父亲却再也回不来了。

父亲再婚，母亲也有了男朋友，蘑菇清楚，一切都变了。可自己并不希望生活发生改变啊。家本来是蘑菇最安全的地方，可此时，这个曾经的堡垒已经土崩瓦解了。年仅12岁的她，再也没有了保护伞。她想不到任何解决的办法。蘑菇忧郁地想，小孩子才是这个世界真正的弱势群体吧。没有人会在乎我们想做什么，想要什么。大人只是把自己想给我们的给我们，却丝毫不在乎我们真正想要的是什么。

于聪和蘑菇的初次见面被安排在了一家文艺气息十足的日本料理店。这当然是于聪的点子，他早就听说蘑菇的喜好，并牢牢记在心里。吃饭过程中，于聪为了讨好蘑菇，绞尽脑汁地想要挑起话题。

"蘑菇，我看过你妈手机上你小时候的照片。你比那会儿瘦多了。

"我听说你爱吃麦当劳，你知道吗？麦当劳在我小的时候还是稀罕玩意儿呢。我们那时候过生日要是能在麦当劳请客，就倍儿有面儿。谈男女朋友，最爱去的地方也是麦当劳。果汁分你一半，奶昔分我一半，当时觉得特别浪漫。你知道和薯条最搭的是什么吗？不是番茄酱，是奶昔。一根一根蘸着吃，特好吃。

"我听说你很喜欢日本文化。我也特别喜欢，《海贼王》我有原版的书。我不懂日语，但就是买了一套为了收藏，也算对尾田大神的支持。

"你不看《海贼王》，那你都看什么日本漫画啊？日剧我也喜欢，你看过《失恋巧克力职人》吗？对，是根据漫画改编的。那里面的四个女主性格各异，长相也各有特点，但是我都喜欢。你喜欢哪个？都不喜欢啊？那你喜欢哪个明星？我小时候还爱看宫崎骏的电影。《千与千寻》《再见萤火虫》这些电影我至少看过十遍，真的，不骗你。"

面对于聪兴致勃勃的演讲，蘑菇要么不回答，要么只是礼貌地"嗯"一声，表示听见了。

蘑菇这样冷淡的态度自然招来了瑶琳的不满，她压下心里的火，不停地在一旁打着圆场，心里算计着回家一定要好好教育蘑菇一顿。

其实蘑菇对眼前这个穿着《七龙珠》图案T恤衫，休闲短裤，长相打扮都酷似学生的叔叔并不反感，他那口地道的北京话发音更让人备感亲切。可只要一想到自己以后就要和这个陌生人共同分享母亲本来就不多的休息时间，蘑菇的心里就开始打鼓。如果妈妈再和这个叔叔生个孩子，会不会也像爸爸那样，只关心弟弟，而不再关心自己了。到时候自己会不会流落街头，成为《雾都孤儿》里面的小孩。蘑菇越想越害怕，一定要表现出自己很讨厌他，这样妈妈就不会和他在一起了，也就不会有弟弟妹妹来抢夺妈妈的爱和时间。蘑菇在心里打定主意。

"什么时候我带着你妈和你一起去日本怎么样？"于聪抛出橄榄枝，他多希望蘑菇能顺竿儿爬上来啊。

这句话确实勾起了蘑菇的兴致，她转过头，两眼放光地看着于聪。但旋即，眼中的光灭掉了，蘑菇骄傲地说："我马上就要去考日语四级了，不用你带着我们去。我带妈妈去就可以了，我能当翻译，还能当向导。"

总算不是一个字的回答了，于聪对自己取得的阶段性成果表示满意，继续乘胜追击："你是翻译，我是提行李的。你想啊，你们去趟日本不得大包小包地买啊。就你们俩哪儿能拿得动啊，肯定需要一个壮劳力。我就是你们的壮劳力。"

　　瑶琳看着于聪使劲拍打着自己瘦弱的身板，不由得扑哧一声笑了出来："怎么，你还把自己当壮劳力了？咱们比比掰腕子，看看谁有劲儿。"

　　"行啊。"于聪正想在蘑菇面前展示一下自己的男子汉气概，立刻答应，摆好架势，"蘑菇，你说开始就开始。"

　　瑶琳和于聪分坐在桌子两头，把右手握在了一起。于聪冲着瑶琳眨了眨眼睛。

　　蘑菇也来了精神，煞有其事地指挥道："预备，开始。"

　　两人僵持了不到半分钟，于聪就败下阵来。

　　"这局不算，我没准备好呢，再来一回。"输了的于聪十分不甘心，疯狂地冲着瑶琳眨眼睛。

　　瑶琳终于明白，于聪是在发送求救信号，求她放水。瑶琳会意地点点头，嘴上却说："再来多少回也没用，我可是天天去健身房举铁的，健身教练都没有我俯卧撑做得多。"

　　"再来再来。"于聪再次摆好了架势。

　　"预备，开始。"蘑菇发号施令。

　　瑶琳一心想让，便一分力气都没出。可对面的于聪铆足了劲儿。这可倒好，于聪由于用力过猛，直接栽倒，栽倒的同时还把蘑菇面前的西瓜汁碰翻了。半杯西瓜汁全部浇在了蘑菇的校服上。

　　"你大爷……"蘑菇站起身，条件反射般地骂了一句。

　　"你说什么呢？"瑶琳瞪了蘑菇一眼。

　　"怎么了？我叫他呢。我以后就管您叫大爷了啊。"蘑菇用纸巾擦着衣服上的果汁，满脸不屑地说。

"你这孩子……"瑶琳正要动气,被已经爬起来的于聪拦住了。

对于这个称呼,于聪心里还有几分受用,大爷总比哥哥强吧,而且,多有辨识度啊。于聪有信心,只要假以时日,蘑菇一定能接受自己。可还没等到于聪施展自己的十八般武艺,蘑菇就病了。

蘑菇在学校出事的那天,是个下雨天,于聪继续回忆着。他开着自己刚买的奥迪 A4 带着瑶琳去医院。

"没事,人都到医院了,肯定就没事了。"于聪嘴上安慰着,脚下却把油门踩到了最大,对新车毫不心疼。

"都是因为我……我不该骂她……不该打她,更不应该把她的漫画书撕了。可是昨天她又逃学……你说……我能不打她吗?这才刚开学啊……就逃学。"瑶琳哭得已是上气不接下气,可还是没完没了地重复着这几句话。

"以后教育孩子要讲究方式方法,你就是太急了。对孩子,不能像对犯人。办案时雷厉风行的那一套是不行的。"

"可是,你说……我不管她……还有谁能管她?就她那个亲爹……一点儿都指望不上。"一向坚强的瑶琳此时却无论如何都止不住哭泣。

搁谁都得崩溃,于聪心想,老师也没有讲究方式方法,一个电话打过来,上来就是一句:"你女儿在学校自杀了,现在正在北医抢救呢,你赶紧去医院吧。"多余的话一句不说,这不是生生要把人吓死吗?最可气的是,再给这老师打电话想掌握一下情况,她就不接电话了。现在再不看见蘑菇喘气的样子,瑶琳就要哭断气了。

"没事啊,你放心吧。我跟你打赌,肯定没事。咱家蘑菇是聪明孩子,哪能真干这傻事儿啊。你想想她那日语,没上过一天日语班,没见过一个日本人,轻轻松松就把日语二级都考过了。这么聪明的孩子我连听都没听说过,不能真做那傻事儿啊。我对蘑菇有信心,她肯定没事儿啊。"于聪就这么一路开导着,自认在这关键时刻还是保持了镇定，有一家之主的风范。可他却在不知不觉中，连续闯了两个红灯。

来到医院，瑶琳看到前夫正垂头丧气地坐在病房的门口。

"蘑菇怎么样了？"来到医院，瑶琳顾不上往日的恩怨，径直走到前夫跟前询问情况。

"没割到动脉，就是皮外伤。医生给注射了镇定剂，现在正睡着呢。"

"那就好。"瑶琳松了口气。

"好什么啊。医生说蘑菇可能得了抑郁症，让尽快带着去精神科看看。"前夫埋怨道，"你说你怎么带的孩子。我每月给你那么多赡养费，你就不能让蘑菇过过好日子吗？"

"我怎么没让她过好日子了？你都两个月没来看她了，你还有资格说我？"

"我不是怕她学业忙吗，刚才老师可都跟我说了，她这好不容易才升到初二，再有个风吹草动，肯定得留级了。你这妈到底怎么当的？光想着谈恋爱了吧。你就算孤单寂寞冷，也得找个正经人啊。别什么人都往家带，对蘑菇的影响多不好。"

于聪听到这夫妻俩吵架的话柄终于落在自己身上，赶紧借机介绍自己："前夫哥您好，我叫于聪，也是一名人民警察。绝对是经得起考验的正经人。我刚才听您说，您过来的时候老师还在是吧？"

"是啊，我比你们早到了半个小时吧。我来了老师就走了。"

"您有没有问问老师，蘑菇是受了什么刺激，会做出这么出格的举动？"

"哦，我问了。老师说好像是和哪个女生吵架了。"

"只是吵架吗？"于聪有些摸不着头脑。

蘑菇的伤并无大碍，药劲过后就可以出院了。当她看到等在病房外的父亲时,颇有些喜出望外。父亲和蘑菇她们一起坐上了于聪的车。父亲和蘑菇坐在后座,一路上说了许多安慰的话。

"要是零用钱不够就跟爸爸说啊。学校要是有人欺负你,你也得和爸爸说,爸爸找人打她去。要是哪个老师敢对你不好,你也不用害怕,只要一个电话,爸爸立刻冲过去保护你。"

"要是妈妈对我不好呢?"

"那,那你就……"前夫看了副驾驶位的瑶琳一眼,瑶琳回过头,双目圆睁地瞪着他,他后面的话赶忙改口道,"妈妈怎么会对你不好呢。妈妈不管对你做了什么,都是为了你好。就像爸爸最近确实很忙,没有时间看你。但你一定要记住,爸爸还和以前一样爱你,而且永远都会爱你。"

"可是妈妈不爱我了,因为我成绩不好,她觉得丢人了,她已经开始恨我了。"蘑菇哭着说,"她还撕了我的漫画书。"

"爸爸也希望你成绩好啊,考上好学校,像爸爸妈妈一样,将来做一个对社会有用的人。妈妈有时候可能是急躁了一些,没有心平气和地好好和你交流。但蘑菇,你一定要相信,妈妈是为你好的,妈妈是爱你的。你现在是大孩子了,爸爸不在家的时候,你要多照顾妈妈啊。"

蘑菇点点头,似乎被爸爸的话说通了。

"他也不是那么不靠谱嘛。"于聪开着车,小声嘀咕了一句。

那是蘑菇第一次犯病,如果那时候就带她去医院精神科看看该有多好啊。

一个月后,同样的事情再次发生。课间休息时,蘑菇从三层楼的教室窗户跳了下去。还好是三楼,除了小腿骨折,身上别的地方都未受重伤。但这一次,于聪坚决带着清醒后的蘑菇去了北京大学第六附属医院,也就是业内有名的神六。

"中度抑郁症。"医生和蘑菇单独聊了两个小时后,做出了判断,"按时吃药,按时复查。另外,她班上有一名同学经常欺负她,如果可以,最好先不要去学校了,免得再受什么刺激,她情绪不太稳定,需要进一步观察,留在家里也好有人能盯着。"

"这个您放心。她就是想上学最近也去不了啦,骨折得在床上躺三个月。她有没有具体跟您说,是班里哪个女生欺负她?怎么欺负她的?我们问了好几遍,她都不说。"

"孩子搞小团体很常见,也不见得是真的打了骂了,可能就是排挤她。这在青春期女孩中是很普遍的现象,每个班里都会有被排挤的学生。很多孩子也会因此而伤心和不安,但反应不会像她这么大。她也提到了对家庭担心,父母离异,又都组成了新的家庭。她能感受到的爱越来越少。将父母离婚的原因归结到自己身上。认为是自己不够优秀,所以失去了父母的爱。这些都是典型的抑郁症特征。她自杀的行为主要是对这个不公世界的反抗,但同时,在某种意义上,她也是通过这种行为在引起他人的关注,当然,主要是父母的关注。她提到她上次自杀就见到了很久未出现的父亲,这给了她一种错误的心理暗示。她认为只要这样做,就能引起父母的注意。这次从楼上往下跳的时候,她在想自己会不会在空中张开翅膀,像鸟一样飞起来。也就是说,她存在一种幻想,通过这样的方式可以改变自己。未来在这方面,家长要多引导,帮她建立起自信心。当然自信心的建立也不是一朝一夕的事,它可能来自于外境的正向反馈,也可能来自于一技之长带给自己的鼓励。"

医生之后又煞有介事地说了一堆医学术语,瑶琳和于聪听得一知半解。

回到家,两人商量了半天,唯一可行的就是多和蘑菇沟通。瑶琳向单位递交了三个月的请假条,做好了陪聊的准备。可是蘑菇对这份好意却并不领情。她拒绝沟通。一天又一天,她就这么一个人躺在床上,呆滞地看着天花板。

"怎么办啊？她肯定还是想……"这段日子，瑶琳度日如年，她吃不好也睡不着，夜里会经常跑到女儿房间去偷看。她总在担心蘑菇会趁其不备，做出什么让她遗憾终生的事来。

"我觉得是你想多了。你看，她知道按时吃药。"于聪受不了瑶琳这样疑神疑鬼，干脆在蘑菇的房间偷偷装了摄像头。这样他们就可以在蘑菇不知道的情况下进行隐秘观察。于聪还为蘑菇买了大量日文原版漫画。《阴阳师》《叛逆的鲁路修》《K》，他都整套整套地买回来。每次进入房间，于聪也不和蘑菇交流，只是把漫画书放在蘑菇够得着的书桌上。摄像头记录下了蘑菇读书的进度，真是再多的漫画也不够她看的啊。于聪感到了一丝欣慰。接着，他开始购买日文原版小说，东野圭吾的侦探系列、乙一的悬疑系列，还有石黑一雄的超现实小说。无论小说还是漫画，蘑菇都看得很认真。她逐渐发现，只有在看书时，她的心才能获得平静。

我家孩子没毛病，她是个天才。看着视频里正在埋头努力学习整容知识的蘑菇，于聪忍不住在心里赞叹道。

"若岩，"于聪拿起手机，拨通了若岩的电话，"上次你说，这周末你们会录制日本医生的节目，我能带着孩子一起过去看看吗？"

"当然可以了。不过拍摄过程可没有你想象的有意思，可能会让小朋友失望啊。"

"不会的，我们家孩子特别哈日。只要你告诉她，这医生是日本人，她就能激动半天。"于聪笑着说。

节目录制当天，于聪带着蘑菇和瑶琳早早来到了创业公司的办公室。摄影棚是由一间会议室改造的。为了抠图专门设计的绿色墙面，正中放了一张写字台，桌面上摆了些带有日本元素的物件。小提带着蘑菇四处参观。同时也耐心地向蘑菇介绍，团队创业的目的和目前所取得的成绩。

吉时一到,节目准时开始录制。

楚楚坐在松本医生的旁边,面朝镜头。她穿着淡蓝色的条纹衬衫,藏青色高腰铅笔牛仔裤,头发整齐地盘在脑后,看起来干练又不失端庄。子凡给了个手势后,她自信地看着镜头,侃侃而谈:"最近呢,我们发现了一个现象。中国的一些女明星长得越来越像了。著名的 LXX 姐妹团每次出席活动,都让路人惊叹这是五胞胎一起出门了吗?造成这种现象的原因,是如今在国内盛行的网红脸整容。什么是网红脸整容呢?简单说就是几点:卡姿兰大眼睛,阿凡达鼻子,寿星公的额头,蛇精的下巴,最好还有像硅胶一般 Q 弹的肌肤。我们统计了一下,想要拥有这样一张脸,至少需要一次性注射十二支玻尿酸。当然,整成这样一张网红脸后,你就能得到上至首富儿子,下至小镇青年的垂爱,听上去还是物有所值的吧。可是作为审美优秀的亚洲人,我们为什么一定要把自己整成'魔幻欧美四不像'呢?这一次,我们节目组专程请到日本湘北连锁整容机构的创始人松本先生来到节目,谈一谈中国和日本整容行业的区别,以及日本的整容行业是如何看待审美这件事的。"

松本带来的翻译快速地把楚楚说的话翻译成日语。等翻译说完,松本先生才不疾不徐地说:"这个世界对丑女、笨蛋和胖子都很冷酷无情。"

抛出这个观点之后,松本进一步论证:"由于这个原因,才有了整容行业。整容行业在全世界都是大产业,日本之前的产业规模排到过世界第二。但现在落后于中国、韩国和巴西,排在了世界第五。美国一直排在第一。很多女孩会在整容中迷失,因为她们并不知道为什么要整容,也不知道什么是适合自己的整容。阿凡达的鼻子放在亚洲人的脸上肯定是一种灾难。眼睛也不是越大就越好看,就像没有人觉得蜻蜓长得好看,它们的眼睛可是非常大的哦。"

蘑菇在下面"呵呵"笑了起来,在场除了翻译,只有她听得懂日语，其他人都在等着翻译说话。松本停顿了一下，示意翻译可以先译出这部分。翻译说完，在场的人都被逗笑了。

松本继续说："日本在上个世纪九十年代也流行过所谓欧美式的整形风格，很快就被淘汰了。因为这样的整容方法并不适合大多数亚洲女性。在日本我们更流行的整容观念是，突出你的特点，调整你的缺点，整容之后，你还是你。整容的结果一定是让自己找到自我，认识自我，获得自信，而千万不要为了盲目取悦他人的审美观而做整容。没有自信的求美者，我们是不接待的。我们会找各种各样的理由将其拒之门外。这样的求美者，整容之后也没有能力领悟自己的美丽。"

听着松本医生的话，小提回忆起之前遇到过的几位整容者，不住地点头。

"如何才能做到整容之后获得自信呢？您又是如何判断求美者是带着什么样的目的来到医院的呢？"楚楚问道。

"有很多求美者，拿着明星的照片来到医院，对医生说，我要整成这个人的眼睛，这个人的鼻子，这个人的嘴。这样的我们就不敢接待。她没有考虑自身的气质和骨骼条件，就是盲目地想要变成别人的样子。这样整形之后就算外表变美了，心理也会出现问题的。另外，我们给求美者做手术之前，都会进行充分沟通。这样的沟通有时会持续很长时间。你们中国的一位人气女星，就是在日本做的整形手术。在手术前，她和医生整整做了三年的沟通。医生充分了解了她的脾气、个性和气质，手术完成之后，你会觉得，没错，她改变了相貌，但整容后的样子更符合她的气质了。"

原来是这样，蘑菇点点头，在本子上记录下松本先生说的话。

"手术之前一定要和求美者充分沟通，沟通的过程甚至比手术还要重要。整形手术最忌讳的就是流水线作业。除了术前沟通之外，日本整形的另一个独特之处是，我们倾向于自然审美观。大自然是有规律的,放在人的五官和面容上也有其特定的规律。一个国家的娱乐明星基本可以代表了该国整体民众的审美水平。在日本的主流女星中,你很难找到一个夸张的欧式大眼睛,或是阿凡达那样的大鼻子。日本女星以邻家小妹和氧气美女为主,清新干净的气质才能受到国民的喜爱。"之后,松本先生继续配合图片,讲了日本最近比较流行的几种整容术式。

采访的最后,松本先生对当天的内容做了总结:"整容在我们看来不是一门技术,而是一门艺术。这件艺术作品应该是由求美者和医生相互配合,共同完成的。没有对任何人都有效的手术,也不应该存在整成完全一样的两张脸。每个人都有自己的特点,要根据自己的特点,逐渐成长为最美、最有信心的那个你。"

拍摄结束后,若岩走到松本的面前,用英语流利地说:"对不起,能再打扰您几分钟的时间吗?我们这儿有个女孩,她有些问题想要请教您。"

"当然可以,这是我的荣幸。"松本先生表现得非常绅士。

若岩招呼一直站在门口的蘑菇和于聪过来。

蘑菇怯生生地走了过来,声音有些颤抖,但说的却是非常流利的日语:"您好,我刚才听了您的演讲,受益匪浅,非常感谢。"蘑菇规规矩矩地向松本先生鞠了一躬。

"别这么客气,你有什么问题想问我吗?"松本先生冲着女孩笑了笑,认真地夸奖道,"你的日语说得非常好啊。"

"谢谢您的夸奖。我之前的问题已经在您刚才的演讲中找到答案了,我要改变的并不是容貌,而是要建立自己的自信心。整容不能给我带来自信。我想去日本留学,向您学习医术。"蘑菇大胆地说出了自己的想法。去日本的打算倒是一直都有,但学习医术却是刚刚产生的念头。松本先生的演讲深深吸引了蘑菇。整形医生在蘑菇心中也变成了非常有魅力的职业。在日本留学,不但能学习最前卫的整形技术，还能学到自然审美观，学成之后回国来提高国人的审美，让网红脸早日从这个国家消失。蘑菇暗暗立下了志愿。

"好啊，但你现在年纪还太小了，要高中毕业才能来日本找我啊。要不这样，你的日语也非常流利，以后寒暑假可以到我的诊所去实习，为中国来的求美者提供翻译帮助。我们这边提供食宿和你的往返机票。你看怎么样？"

"好啊。"蘑菇没想到松本先生会发出邀请，而且还给出了这么优惠的待遇。当下也顾不得和母亲商量就同意了。

"她们说什么呢？"瑶琳看着蘑菇激动的样子，十分担心，只得求助站在一边的翻译。翻译简单解释了几句。

"你听见了吗？他邀请蘑菇去日本实习啊！"瑶琳声音颤抖。

"我早就跟你说了，咱家蘑菇就是个天才。我一看就知道她聪明，只要稍微努努力，没有她学不会的东西。"

"可是，他还不知道咱们家蘑菇是个病人啊。"瑶琳低声说，"他要是知道了，肯定就不让蘑菇去了。"

"蘑菇压根儿就没病。"于聪努力打消瑶琳的焦虑，"这些天我看了很多青少年心理学方面的书，也给国内外很多专家、医生发了邮件请教。得到的反馈都是，蘑菇这种情况，在青少年叛逆期其实是很正常的，只要家长和孩子一起去努力，去适应，就可以痊愈。咱们家蘑菇确实表现极端了一点儿，但也就是事赶事都赶到一起了，造成了她在短时间内不能适应。你想想，升入初中后，陌生的环境她还没适应呢，又赶上你和她爸都组建了新的家庭，再加上班里有个专门欺负她的小团体，孩子哪承受得了这么多啊。只要给她时间，充分相信她的能力，她就不会有事的。你以后也不要再逼着蘑菇成天学习了，你看看，只要是她感兴趣的，她肯定能学会。学习主要靠人自身的求知欲，逼着学是学不好的，还容易适得其反。"

于聪话音刚落，蘑菇就跑了过来："妈妈，松本先生说我以后寒暑假可以去他的医院实习,费用由他们承担。他还夸我的日语说得好呢。"

"嗯,"瑶琳欣慰地摸了摸蘑菇的头,"真厉害。"

"我决定回学校去上课了。我得把最近没学的都补上,明年跟同学一起参加中考。考上好高中,之后再去日本留学。"蘑菇憧憬着未来,心中燃起了斗志。

"只要蘑菇想学,一定都学得会。"瑶琳很想哭,拼命忍住。

"还得谢谢你啊,大爷。"蘑菇转过身,冲着于聪说。

瑶琳赶紧抹掉落下来的眼泪,假装正在打哈欠。

"谢我干吗?"于聪不好意思地笑着。

"谢谢你帮我教育好了我妈。"蘑菇笑着说,现在她的心里充满了安全感。于聪和瑶琳为她搭起了新的城堡。

"胡说八道。堂堂的姚警官本来就会这些,之前就是当局者迷。走吧,咱们今天出去吃顿好的。你想吃什么?"

"深夜食堂。"蘑菇喊道。

不明就里的创业团队自然不知道这个家庭到底发生了什么。他们在一旁清楚地看到瑶琳哭了,一向嘻嘻哈哈的于聪也险些掉泪,只有女孩脸上一直挂着笑容,高高兴兴地走了。还是孩子的世界最简单,最美好啊。

第六章　面目全非整形法

日本医生的节目播出后反应良好。小提耐心看完了观众留言，发现很多观众有意去日本整形。小提私下做了调研，发现这事确实可行，便和身边的子凡讨论了一番。

"你别说，是个主意啊。这事儿也不难办，跟湘北那边对接好，找个大点儿的旅行社负责'机酒'和当地的出行，不就齐了嘛。咱们收个中介费用，也不用多，够咱几个去日本玩一趟的就行。"子凡走到小提身边，看着她总结的调研结果。

"那就麻烦您多费心，琢磨琢磨这事。咱们争取年底成行。"小提拍拍子凡的肩膀。

"得嘞，等着瞧好儿吧您就。"

正说着话，一位姑娘从门口走了进来。姑娘身材修长，体态匀称，面容素净，黑色的长直发整齐地扎了个马尾。

小提走上前去，打了个招呼。

"我想整容，你们能帮忙吗？"姑娘语气平静地问道。

"您想整哪里呢?"小提问。

"我要整的部位比较多,最好是能彻底打破重建。期待的效果就是整完了谁都认不出来我就行。"姑娘表情凝重,看起来不像开玩笑。

"哟,您这需求说难不难,说简单可也不简单啊。这么说吧,大整这钱可少不了。"子凡给姑娘递了杯水。

姑娘接过水,小心地抿了一口,道:"我没有钱。我看过你们的视频,你们不是免费帮人整容吗?能不能也帮帮我,我以后有了钱再给你们。"

"这个,我们恐怕……,"小提做出为难的表情,"您要不先说说,您为什么要整容啊?"

姑娘神情落寞,身体倚着墙壁,思考了几分钟,才幽幽地讲出自己的故事。

姑娘名叫静娴,从小学到大学,一直是传说中的别人家的孩子。同学们玩游戏的时候她在学习,他们看小说的时候她在学习,就算是参加学校组织的集体活动,她都坚持在野外挤出时间去学习。因为成天都在学习,她的成绩自然不错,一路顺风顺水,考上名牌大学。大学毕业后,她以优异的面试和笔试成绩进入了令人羡慕的大国企。以为从此之后就算不能奋斗成人上人,至少也是衣食无忧了。谁料到啊,千算万算嫁错郎。也不知道是不是当年学习学多了,人也学傻了,在择偶这件事上,她吃了一个大亏。

进入单位之后,因为静娴看着比较文静老实,在工作中又努力肯干,很快就得到了领导们的认可,公司几次开大会都点名表扬她。她迅速成为公司的焦点人物,引起了多名单身男士的注意。当时追她的人很多,同一个部门就有三个。当时的选择权确实掌握在她手里,选错了人也怪不得别人。因为父母和亲戚们有意无意地催促,她也想早早解决自己的婚姻问题。可当时因为实在是选择太多了，挑来挑去，真的就不知道挑谁好了。就在她犹犹豫豫的时候，她的上司参与到了这场竞赛之中。他那会儿刚离婚，告诉静娴，离婚的原因是和老婆性格不合。夫妻俩很多年也没要孩子，离得倒是挺痛快的。他比静娴大十岁，本来就是个城府挺深的人，不像其他那些追求者，一天到晚缠着静娴。他表现得很淡定，也可能是欲擒故纵。上班时间他都会有意无意地回避静娴。但每天早上会在静娴桌子上放一份早餐，还会发短信告知，那是他亲手做的早餐。就这么天天送早餐，送了三个月，谁能不心动呢。

公司组织团建活动，去门头沟的一座野山玩。那天阳光特别灿烂，但不是让人晕眩的那种灿烂，是特别美好，让人想入非非的那种灿烂。他忽然走到静娴面前，单膝跪地，从西服内兜儿里拿出了一枚钻戒。他轻轻地说了一句："嫁给我吧，为了你的幸福，我可以做任何事。"他的语气不疾不徐，没有一丝的压迫感。静娴到现在都记得阳光洒在他身上，他就像天神下凡一样跪在自己面前。

说到这里时，众人看着静娴的眼中忽然闪出了一道光，声音也变得兴奋而悦耳。

在青山绿水间，在周围同事的起哄声中，静娴也产生了幻觉，眼前仿佛出现了一团光，笼罩在这个跪着的男人身上。这一刻是静娴一生中最幸福的时光。有个声音在对她说，答应他，做他的妻子，这一刻的幸福就能变成永恒。就这样，他们走到了一起。

结婚之后，生活也很幸福。为了避嫌，静娴从之前的公司离开了，经朋友介绍，在一家小公司找了份行政的差事，事不多，很清闲。老公在北京黄金地段买了套三居室的房子，还聘了个保姆负责家务活。静娴觉得真是选对了人，上哪儿能找到这么好的老公啊。身边的人对她除了羡慕就是嫉妒。五年前，她生了个女儿，彻底从公司辞职了，生活重心完全放在了家庭上。

静娴说到此处苦笑了一下，眼中的光忽然熄灭了。

老公没什么其他爱好，就是喜欢足球。周末会去工体给国安呐喊助威，也时不时地会熬夜看场西甲、英超什么的。有时为了增加看球的刺激程度，他会去下注买点彩票什么的。这些事他都告诉静娴了，静娴也没往心里去。想着，反正输赢终归都是些小钱，增加一点儿情趣也没什么不好。人无癖，不可交，以其无深情也。静娴不记得这句话是谁告诉自己的了，反正就这么一直安慰着，麻痹着自己。

可四年前，就因为这个小癖好，他出事了。

"对不起，我们只能把房子卖了，我欠了八百万的债。"那年世界杯还差一场决赛才结束，他就拿着借条跪在了静娴面前。

什么？静娴感到晴天霹雳。她盯着那张借条，完全不敢相信。他从朋友那里借了八百万赌球，因为巴西队的意外惨败，一次性全部输光。那场球成为静娴人生中的噩梦，她隐约记得在德国进一个球的时候，他还有说有笑地跟别人打电话。进两个球的时候，他变了脸色。进三个球的时候，他摔了手机。进到第四个球的时候，他找借口和静娴吵了一架。第五个球，他什么都没说，摔门出去了。再回来的时候，他整个人好像老了十岁。

从此，他们幸福的生活就被这八百万的欠款彻底打乱了。保姆辞了，房子卖了，静娴托朋友又找了一份工作。反正奋斗了四年，总算把钱还清了。

"我以前比现在漂亮多了，还爱收拾。这四年，因为压力太大，工作也不顺心，老得特别快。"静娴仰着头，看着远处，"但我一点儿都不后悔，我觉得欠债还钱是天经地义，帮老公还钱更是应该的。既然前些年能同甘，这些年就应该共苦。可是到了今年，我最怕的事又来了。"

子凡瞟了一眼若岩，问道："您是说？"

"世界杯。"若岩轻声道。他心里一阵懊恼，恨不得当众脱掉身上穿着的法国队球衣。

"对,就是世界杯。这世界上为什么会有这么邪恶的体育运动啊。我以为八百万是一个很大的教训了,今年就算我什么都不说,他也不可能再去赌球了。即便要赌,也不会赌这么大了,更不会有脸再去借钱了。"静娴忽然变得愤怒,双手握紧了拳头,人也不再靠着墙壁,"可谁能想到,他会重蹈覆辙。最可恶的,是那些P2P网贷公司。他们不需要任何抵押就把钱借给了我丈夫,他从几家公司一共借了八百万,可是一个月的利息就有十多万。他为了还利息又从别的公司借了钱,这么一来二去,欠的钱利滚利,越积越多,多家公司催他还债。又有朋友给他出主意,让他合并债务,说这样好管理。他就听信了朋友的建议,结果欠款直接升到了一千万。到了今天,我已经算不清楚到底欠了他们多少钱了。那些催债的不但每天打电话骚扰我,还打给了每一个认识我们的亲戚朋友。现在所有人都知道我们负债累累,怕受连累,都躲得远远的。我在他们眼中就好像一个病毒。我的公司领导也接到了这类的讨债电话,迫不得已把我辞退了。"

"这些公司真混蛋,这么个逼法,根本没办法还钱啊。"小提义愤填膺地说。

"您先别急,您老公他想怎么解决?"若岩柔声问道。

"他前几天出了门,说他去想办法还钱,就再也没回来。手机已经关机,公司也不去了,家也不回了。"静娴眼圈通红,泪水在眼中打转,却始终忍着没有掉下来,"我报了警,但到现在还没有消息。没消息也许就是好消息吧。我能理解他,男人有时候是很脆弱的,他可能没有脸面再来面对我。"

众人听得阵阵心惊,世界杯本是一场全世界的狂欢,没想到却给这个家庭造成了这么大的伤害。

静娴调整了声线,努力让自己平静下来,继续说:"如果不是还有孩子，我真的不想活了。他失踪之后，讨债公司的人就纠缠上了我。我走到哪里，他们就跟到哪里。我跟他们吼过几次，如果把我逼死了，他们一分钱都得不到。但他们就像听不见一样，还是天天像幽灵一样地跟着我。我打电话给网贷公司，让他们不要再派人跟着我了，我不会跑的。他们说话倒是挺客气的，说这是他们的工作，怕我万一有个三长两短的，跟公司没法交代。这么做也是为了对投资人负责。还跟我说，他们的投资人也是我这样善良的老百姓，我要是不还钱，他们就损失惨重了。可是他们这么天天跟着我，我上哪儿找钱去。我今天进了这个楼就不想再以这张脸出去了，你们一定要帮帮我啊。"

公司众人面面相觑，都不知道该如何下手管这摊闲事。谁能想到，天堂和地狱之间只隔着一场球赛。就在他们沉思的时候，又一位不速之客闯进了办公室的大门。

"《微微一整》是在这儿吗？"来人身材高挑，脸色雪白，但白得未免过于突兀，显然是涂了极厚的粉。在厚粉之上重新画了眉毛和红唇，眼睛被漆黑的墨镜挡住，丝毫看不见。

"对，就是这儿。"若岩答道，心里暗下决心，公司必须雇个前台了。

"这该不会是哪个明星吧？"子凡低声问道。

"楚楚不在，就算是明星，咱们也认不出来。您摘了墨镜吧，我们这儿采光不好，大白天也不晃眼。"小提先是小声地回答，最后一句却故意挑高了音量。

来人刻意地抬起手腕，看了看手上戴着的腕表，嘟囔着："是有点儿暗，我连卡地亚的表盘都看不清了。我这墨镜是去年的款，维多利亚·贝克汉姆设计的，全球限量款。我费了好大的劲儿才托朋友从国外代购的。你们都只在网上见过图片吧，实物是不是比图片好看多了？而且这款墨镜一点儿不挑人，圆脸、长脸、三角脸戴着都好看，还显脸小。"她边说边摘了墨镜。

嗯，子凡和若岩迅速交流了一下眼神，这女的长得很正点嘛，盘儿靓，条儿顺。

"您来我们这儿不是推销墨镜的吧？我们暂时没打算做电商，将来要是有这个想法再跟您商量。我们这儿今天有点儿忙，您加我个微信，以后再来。"子凡边说边把女孩往外轰。

"我不是卖墨镜的，想求你们点事儿。"

"我们能办的事儿特别有限。"子凡哭丧着脸说。

"我这事儿也就你们能帮忙了。你们要是不管，我就只能跳楼了。我不跳楼反正也得死，还不如跳楼来个痛快呢。现在只要手机铃声一响，我心脏就吓得要跳出去了，真的，一点儿不夸张。我就求你们，给我整个容，要面目全非的那种，最好是我出了这个门，连我妈都不认识我，就要这种效果。好看不好看都没关系，就千万别有人能认出来我就行了。"女子说话时配合了极不协调的肢体语言，看上去思路混乱。

"您不会也欠钱了吧？"若岩凑上来问道。

"你怎么知道的？最近来你们这儿整容的都是躲债的吗？那说明我找对地方了啊，太好了！"女孩兴奋地拍了拍手。

"可我看您这一身行头也得不少钱吧？可不像缺钱的人啊。"子凡打量着女孩。她背的这款包自己虽然叫不上名字，却也看得出价值不菲，衣服和鞋都认得出是名牌潮款。

"唉，倒霉就倒霉在这身行头上了。"女孩懊悔地叹了口气，"我能坐下慢慢给你们讲吗？"

"您坐。"子凡殷勤地搬过一把椅子，请女孩坐下。

"我叫晓晴，这事得从我拿到第一份工资说起。"

两年前，晓晴大学毕业后找了份外企的接待工作，每天的工作就是准备会议资料，给领导写写发言稿。别看工作任务不重，但经常要迎来送往，是个抛头露面的岗位。晓晴的直属领导是位法国留学归国的高龄女士，对员工的个人形象要求非常高，规定着装不但要得体，还要给公司争脸。她经常批评晓晴的着装不得体，看着廉价。为了让晓晴早日能知耻而后勇，女领导推荐她关注了好几个讲穿搭的自媒体公众号。

晓晴拿到第一个月工资的那天，就想买件"玛丽莲"推荐的大牌裙子。"玛丽莲"号称是自媒体时尚女王，在白领圈有着极高的影响力。但晓晴去找那篇推文的时候，怎么都找不到，却被另一篇推文深深吸引了。这篇文章讲的是卡地亚手表的历史，它最初的设计渊源，设计者赋予它的内涵，还有它的使用者都有哪些精英女性，这款表又如何为她们的生活增光添彩。表是那么漂亮精致，别具匠心。晓晴看着看着就觉得心跳加速。她从来没有如此迫切地想要得到过一样东西，她甚至看着电脑屏幕流出了口水。

坐在她身边的同事，看到了她这副不正常的样子，走过来看了看她直勾勾盯着的电脑屏幕，不屑地说："这些自媒体最坑人了，专门介绍这些咱们消费不起的东西。就是勾着咱们，让咱们知道自己是贫民，得使劲工作，才能勉强够得着这些玩意儿。"

晓晴听了这话，觉得很奇怪，就问她："你怎么会这么想？你不想买一块卡地亚的表吗？多好看啊！"

"这是想买就能买的吗？你看看价格，五万块，咱们半年多的工资才能买一块。"

"对啊，半年的工资就能买了。"晓晴大喜过望。

"你这半年能不吃不喝啊？就算不吃不喝，你抱着块表谈恋爱吗？要花钱的地方多了，哪能花在这上面。这就不是卖给咱们这种收入水平的人的东西。"同事不忿地说，"跟这个自媒体一样，这些东西都是有钱人没安好心，专门发明出来刺激咱们的，这些东西上面就好像写着，你买不起。"

原来是这样啊。晓晴在那一刻忽然领悟到，原来她在就业的同时就加入了社会底层的行列。可是这块表晓晴实在是太喜欢了，因为它，她吃不下饭，睡不着觉，无时无刻不想着它。她一次次地说服自己，等攒够了钱再买，暂时把它忘了。但每天就如百爪挠心，还是不停地惦记着它。怎么办呢？晓晴去银行申请了信用卡，可是一张信用卡的额度也不够，要刷爆三张信用卡才能买得起这块表。就在这时，她看了一期《奇葩说》，讨论的题目正好就是年轻人要不要刷爆卡买个包。因为和自己面临的情况完全吻合，她非常认真地听取了正反两方的说法，最后，黄执中那一句"人生活的就是这样不顾一切的小片段"，完全征服了她。对，就是要给自己的人生一个这样的记忆点，等老了以后回忆起来，还能跟子孙后代侃侃而谈：她曾经为找到第一份工作，正式走入社会，送给自己一份大礼。何况为了面对那名挑剔的女领导，全身上下总得有这么一件上得了台面的东西吧。晓晴打定主意，就是它了，卡地亚的腕表。

她在专卖店一口气刷爆了三张信用卡，终于买下了日思夜想的腕表。刷卡的时候她还在担心，会不会遭到店员的嘲笑，结果完全没有啊。购买全程，店员都戴着白手套，小心翼翼地帮忙调好时间，非常专业。购买之后，店员把腕表放在了一个非常精美的盒子里，还用真丝带子做了包装，走前还特意叮嘱，日后要如何做好养护。只要使用得当，这款表能精准地走过三十年。拥有它的那一刻，晓晴欣喜若狂。

"原来一件奢侈品不但可以起到装饰的作用，还能让人的内心如此富足。"晓晴激动地说。

"咳咳，"若岩故意咳嗽了两声，轻声插话道，"是让人的虚荣心如此富足。"

"可是啊，虽然它这么完美，却有一个致命的问题。它让我的服饰都变得黯然失色。我根本没有配得上它的衣服。我开始懊恼，为什么以前要在淘宝上买那么多打折女装。这些衣服现在看起来都是那么廉价，粗俗不堪，只能作为垃圾，迅速丢掉。能配得起这款表的，只有那些自媒体推荐的名牌职业套装。可是我的信用卡已经全部刷爆了，我每个月的工资还完分期付款所剩无几，我就是天天吃泡面也没有多余的钱再去买衣服了。我为了买衣服，只能去其他银行再办理几张信用卡了。"

"你如果去买衣服，负债会变得更多啊。"子凡忍不住插嘴。

"是啊，可是当时我只有一个念头，买到配得上这款表的衣服。至于负债，我已经没有多余的脑细胞去思考了。"

就在信用卡还款日晓晴已经入不敷出的时候，一家贷款公司给她打来了电话。一个明显带着口音的女性信誓旦旦地说，她们公司可以提供无抵押贷款给晓晴。不需要任何抵押物品，只需要提交身份证号、手机号和一张名片，就能帮她申请到二十万的贷款。而且前三个月不计利息。三个月后的利息也很低，相当于一天多还一杯咖啡的钱。晓晴一听就心动了，这个业务真好啊，简直就是为她量身定做的。有了这二十万，她不但可以还了信用卡的欠款，剩下的钱，还能给自己置办上几身大牌服装。之前看上的包包、裙子，就都能买得起了。晓晴赶紧答应了，生怕这样的好事跑了。贷款公司也非常靠谱，几分钟后，晓晴的银行卡上就多出了二十万的存款。

可这二十万也不怎么扛花，小晴买了几套衣服，三个包，就没有了。但她尝到了甜头，在网上又找到了几家类似的贷款公司。这种网上的贷款公司还有个新名字，叫 P2P。放款比之前那家还快，瞬间到账。额度虽然不高，但一家也能给个十几二十万的。她一口气从十几个平台一共借出了三百万。小晴从来没有过这么多钱。她把之前喜欢的那些奢侈品全都买回了家。还去了几次公众号推荐的高档饭店吃饭。因为有钱了，社交圈也比之前广了，结识了不少上档次的朋友。如果能假以时日，小晴认为自己肯定能更好地利用这些钱，过上人上人的生活。

她偶尔对欠款也会有些发愁。但是她关注的那些自媒体上，经常会发一些有钱人的消费观念，以及他们是如何利用资本运作去享受更高质量生活的文章。通过这些文章，她越发觉得超前消费才是正确的消费观念，她之前和那些有钱人差的并不是能力，而是敢于承受负债的勇气。所有富豪的负债率都很高，别看他们动辄身价上亿，名下的公司却都欠着银行数倍于他们身价的贷款。他们能成功，就是因为他们不但有房贷车贷，还会使用金融杠杆这样的工具，帮自己赚钱。穷人之所以穷，就是因为父母那辈儿活得太保守了，不敢借钱。晓晴心想，但凡爸妈活得敞亮点儿，贷款买上三套房，今天谁还用苦哈哈地看着领导脸色去上班呢！

可好日子还没过多久，就到了还款日期了。虽然这些贷款都提供了分期付款的服务，可是以小晴的工资，连分期付款的钱也不够。她只得又去网上找其他的网贷公司借钱，就这样从东家借钱还西家，来回倒腾。别说，这招儿还挺好用的。因为准时还款，她在各大网贷公司的信用额度不断提升。能借的钱明明越来越多了，可就是一点儿都剩不下。到了现在，小晴买的东西已经不多了，但还是攒不下钱。而且欠款还越来越多，信用额度也不再继续提升了。拆东墙补西墙的方法已经还不上之前的欠款了。

两个月前，小晴没有按时还款，直接上了网贷公司的黑名单，所有平台都不能再借出钱了。网贷公司就打电话威胁她，如果不能还款，他们会给她所有的亲朋好友打电话催债。这可是万万不行的，小晴好不容易混进了上流社会的圈子，他们一个电话，她就得被人清出来，而且永无翻身之日。万般无奈之下，她去求朋友借钱，可这些平日交往密切的朋友一听她要借钱就都躲了起来。这时有人给她出了个主意，让她去找地下钱庄。

小晴去地下钱庄借了几百万，勉强还上了网贷公司的钱。还钱之后，她才反应过来，地下钱庄的利息比网贷公司的高多了，月息就要4帕，而且是利滚利，一年之后欠款就要翻倍了。她想去叫停，可是再也没办法借到这么多钱堵上这个窟窿了。她根本没有办法按时交清应还的借款。地下钱庄的人不分日夜地打电话恐吓她，威胁她说如果再不还钱，就绑到黑心诊所去摘肾，卖器官。或者把她抓到日本，去做 AV，拍片子还钱。

"我现在只要听到手机铃声，心脏就会揪紧，心跳就会加速。再这样下去，我迟早要被他们吓死。这几天，他们已经不光是电话吓唬我了，还派了两个凶神恶煞的人有事没事地跟踪我。"小晴指了指楼下，"你们往窗外看看，就是蹲在楼下抽烟的那两个。对，脸上有道疤的那个。"

众人向楼下望去，果然有几名形迹可疑的人在楼下溜达。

"我去地下钱庄办理贷款手续的时候，接待我的人都是斯斯文文的，说话也特别客气。公司门口还贴着'为美好生活助力'这样的标语。谁能想到啊，这么短的时间完全换了一副嘴脸。我这哪儿还有美好生活啊。"小晴哭丧着脸说，"其实我遗书都写好了，就是想着父母还在，不能让他们白发人送黑发人。真的，如果不是正好在网上看了你们的视频，我已经想不出还有什么办法了。现在只有你们能让我重新做人。我想好了，整容之后立刻离开北京，去上海或者深圳，重新开始生活。我相信只要我变了样子，那帮人就再也找不到我了。"

再也找不到了吗？若岩在心里把这句话重复了一遍，哪有这么简单的事啊。整容只能改变外表，但身份证号是不会变的。个人信用记录一旦受损，会永远留在网络系统里，想弥补比登天还难。这不是整容就能轻易解决的事情。但他忍住心里的话没有说，静静地看着小提和子凡，等着他们表态。可他们也同样沉默着。的确，晓晴的故事无非是自己被物欲操控后的咎由自取，很难引发人的同情。但就因为贪慕虚荣而毁了一生，这样的惩罚也未免过于严重了。上天是不是应该给她一个改过自新的机会呢？

至于静娴，这样的经历的确值得同情。可是放眼全国，被赌博坑害的人不知道还有多少，有什么办法能帮助他们呢？

"就算我们想帮你们整容，我们这儿也不具备条件啊，得去医院找医生才能动手术。"子凡打破了沉默，"至于手术费用，我们得和医生商量一下。只要医生那边没问题，我们当然愿意义务帮你们。"

"真的？"晓晴两眼放光，激动地看着子凡。

"可是今天怎么办？我想去我父母家看看孩子，我已经有一周没见过他了。我不想让他们见到这些跟踪我的人。虽然我的事他们大概也都知道了，但要是知道每天有人这么跟着我，他们会非常担心的，我实在不想再给他们添麻烦了。"静娴落寞地说。

"对，我现在也不能出去。出了你们写字楼，他们就会继续跟着我。我真的害怕他们一生气，把我抓到黑心诊所去。"晓晴附和道。

子凡看看晓晴，又看看静娴，心中忽生一计。

"今天你们要是想各回各家，就都得听我的。保证让你们顺利到家。"子凡以命令的口吻对晓晴说，"你先去把妆卸了，然后把你脸上涂的这个粉留下。"

"干吗？我这可是CPB的粉底液，你省着点用啊。"晓晴掏出粉底放在桌上，自己去洗手间洗脸卸妆。

"静娴，你把这个涂在脸上，多涂点，最好能达到和晓晴一样白的程度。然后你去洗手间和晓晴换身衣服，把她那贝克汉姆的墨镜也戴上，快去吧。"子凡把粉底递给静娴。

静娴立刻明白了子凡的意图，犹豫地说："你是想让我们互相冒充？可是我们俩长得不像啊，外面又都有追债的等着。就算是她那边的人跟着我回家，效果也是一样啊。"

"差不多就行。你不用担心，你穿着她的衣服进个商场，买套衣服。之后去洗手间把脸洗了，墨镜摘了，换套衣服再出来，我保证没人跟着你。至于晓晴，"子凡看着刚卸过妆的晓晴，不禁发出了感叹，"她只要再换上你这套衣服，出门就不会有人跟着她了。卸妆真是堪比整容啊，这句话放在她身上，一点儿错都没有。"

晓晴和静娴按照子凡的计策换了衣服，先后走出了大门。

若岩贴着玻璃窗站了许久，目送这二位及其尾随者相继离去。子凡这招儿确实有用，脸上带疤的那两位跟着静娴走了，还有一个光头目送着晓晴离去，想跟又有些犹豫，现在仍在楼下站着。可这也只是缓兵之计啊，日后怎么办呢？帮她们免费做整容吗？如果手术效果好，真的换脸了，她们的生活可以重新开始吗？之前欠的钱可以一笔勾销吗？人生为什么没有撤回键呢？珍贵的生命难道就应该被这些金钱消耗掉吗？

"咱们得赶紧想想办法了。这种高利贷的利息都是按天算的，再耽误几天，她们更还不起了。"若岩正色道。

"咱们能有什么办法啊？"小提迷茫地问。

"我去朋友的律师事务所跑一趟，咨询一下在法律层面上，她们这种情况能不能得到救助。小提你金融圈的朋友多，去问问这类P2P网贷机构的做法是否合规，是否有政府部门监管。如果用户出现到期未偿还的违约操作，一般会怎么处理。有没有监管机构统一管理。子凡，你联系一下楚楚，她应该还在刘医生那边。把这两位的照片发给她，让她问问刘医生，想要整得面目全非最低需要多少钱。"若岩安排完工作，就带上电脑出门了。

子凡和小提依言各自忙碌了起来。

小提一边在微信上问着朋友，一边在电脑上研究起了P2P网贷。P2P是一种新型的金融形式。借贷双方通过一个互相信任的平台，实现交易。本来是一种很好的模式，去掉中间的金融机构，让借贷双方都能获得最大的收益。可是很快，小提就在一个P2P的经验分享论坛中发现了问题。发帖者以"如何快速发家致富"为标题写了一篇帖子。发帖者受自身教育水平的限制，使用的文字粗俗不堪，但其中的道理却是言简意赅。文章中的语句并不十分流畅，但这样一篇文章却成为了论坛中的热帖，可见其中的内容确实值得一看。

小提耐着性子把几千字的长文读完，不由得倒吸了一口凉气。

作者代号流沙河，第一次接触网贷是去年年底。工地拖欠了他一个月工资，为了交上父亲住院的医药费，不得已到处跟人借钱。但自己身边围绕的也都是穷人，三番五次低声下气地哀求都没有得到回馈。就在流沙河一筹莫展的时候，一位九〇后工友向他推荐了P2P网贷的应用软件。从手机商店下载应用之后，只需要简单地填写个人资料，就可以从上面借钱了。利息也不高，日利率才万分之五，借一千块钱，下个月多还十五块钱就够了。流沙河算了算账，觉得这个方式很划得来。之前跟工友借钱，还钱的时候虽然不用给利息，但要请人家吃一顿麦当劳。算下来，比这利息还高呢，而且心理上还欠了人家的人情，从此低人一等。手机借钱不但快，借款方是谁也不知道，根本感觉不到欠了人家的钱，心态摆得也正。前后借了几次钱后，流沙河渐渐摸到了这款手机软件的使用窍门。只要按时还款，信用额度就能增加，意味着下一次可以借更多的钱。流沙河又在应用商店中找到几款类似的软件试了试，不但都能借到钱，原理也都差不多。既然是这样，那干脆把自己的额度养高点，一次性拿走一大笔钱好了。流沙河暗中执行自己的计划，只要是休息时间，就在几个应用之间辗转腾挪。

几个月后，多家网贷软件都给出了流沙河几十万元的信用额度。流沙河瞅准机会，放开手脚，从几个不同的网贷应用上总共提取了三百余万借款。拿到钱的流沙河在心中默念：老子豁出去了，管他明天会怎样，先拿到钱再说。改革开放几十年，老子也要尝尝先富起来的感觉。

流沙河回到村里，把银行卡里的钱全部取出。用这些钱建了养殖场，同时又招了几个小工，在村里做起了养殖生意。剩下的资金，为村里的老少做了不少好事，加固了学堂，翻新了宗祠。等到P2P网贷公司派人来到村里找流沙河讨债的时候，流沙河已在村里树立了威望。民兵在两次交锋中都取得了压倒性胜利。这些欺软怕硬的讨债者，之后再也不敢来村里滋事儿了。按照流沙河的话讲，他们那些招也就吓唬吓唬城里人，打电话恐吓，骚扰亲朋好友，这些手段在农村根本没用。

在文章的最后，流沙河深情地呼吁："父老乡亲们，机不可失，失不再来，这一次，机会就摆在我们的眼前，再不稳稳抓住，幸福又要从指边溜走。具体的操作方法我都以图片的形式贴在文章的末尾了，只要依图所示，两个月后，你们就能把额度冲上去。拿到钱之后，立马取现，放在银行有可能会被没收，一定要取出现金。我们也要盗亦有道，这笔不义之财要为家人、为村民，多做好事，多做实事。万不可挥霍无度，谨记。流沙河绝笔。"

想来这位流沙河并不知道绝笔是什么意思吧？小提看到此处觉得好笑，有人被P2P网贷公司逼得走投无路的同时，还有人能从中找出漏洞，牟取暴利。可是流沙河真的明白这其中的风险吗？个人信用将来是会联网的，不仅仅是借不到钱这么简单，未来可能连看病、孩子上学都会受到影响。更让小提担忧的是，在这篇文章之下，有上千条评论为此文摇旗呐喊，拍手称快。更有几人留言说，自己正在效仿，等修成正果之日，定会带着干果礼品到流沙河的家乡，当面拜谢，简直就是一场闹剧正上演。如果真的有很多人像流沙河这么做，恐怕P2P网贷公司用不了多久就要倒闭了。小提叹了口气。

从金融机构朋友那边得到的消息，也验证了小提的想法。全国的P2P平台在七月份都出现了程度不同的挤兑现象，因为坏账赖账太多，数家平台已经倒闭。P2P网贷的投资人因为平台无法按时归还资金，纷纷把P2P网贷公司告上了法庭。

如果P2P网贷公司倒闭了，借款人的钱是不是就不用再还了？小提心里隐隐有了侥幸的想法，像流沙河这些人，这次没准儿还真是捞着了。那静娴的钱是不是也不用还了？她丈夫不也是向P2P网贷公司借的钱吗？如果那些公司倒闭了的话，她的欠款是不是也可以跟着一笔勾销了？她的丈夫也不用再失踪躲债，可以回家了。

那现在应该怎么办呢？要不要告诉静娴和晓晴这个消息呢？小提把掌握的信息编了一条微信发给了若岩，若岩回了一条："收到，等我回去一起商量。"

楚楚赶在若岩之前，回到了办公室。她面色潮红，真丝衬衫已被汗水浸透。她从桌上随手拿起一本宣传册，不停地扇风。

子凡赶紧起身，跑到休息室，从冰箱里拿出一瓶零度可乐，拧开盖儿，递给楚楚。

楚楚喝了几口可乐，终于镇定下来，感叹道："北京今年怎么这么热啊，我从地铁站走到咱们公司就快中暑了。"

子凡关心地说："你就应该打车回来，坐什么地铁啊，真中暑了怎么办啊？"

"这不是赶着回来跟你们讨论嘛，那两位什么情况啊？你电话里也没说清楚，弄得我和刘医生都丈二和尚似的。刘医生还问我，这'面目全非'是什么术式啊？谁发明的？别说我不知道，整个医美圈怕是都没听说过吧。"

"是我今天受到她们启发，自创的术式，面目全非整形大法。"

子凡把两位欠债者的遭遇绘声绘色地讲了一遍。

小提又把自己看到的 P2P 网贷现状和流沙河的故事与二人分享了一下。

"还有这好事呢？欠钱不用还？不用抵押，一次能借出几百万？我也天天玩手机，怎么从来不知道啊。"楚楚惊讶地问道。

"要不怎么说，富裕限制了你的想象力呢。你从来就没有贷款的需求，自然不会关心这些信息。"子凡试图解释，但其实自己也想不明白，这到底是好事还是坏事："小提，你确定 P2P 网贷上面借的钱都不用还了？那投资这些平台的人不是赔惨了吗？这些软件的初衷难道不是金融产品，是劫富济贫的工具？"

"我不确定啊。我也是在网上看见的，平台倒闭之后用不用还钱，现在还没有官方的说法，都是些谣传。不过有一些 P2P 网贷公司确实是非法经营的，贷款利率远远高于国家规定，像这样的高利贷，应该是不用还钱了。至于投资人的钱，就看司法机关能追查到多少了。"小提道。

"国家规定的贷款利率是多少呢？"楚楚问道。

"国家规定民间借贷利率不得超过中国人民银行公布的贷款利率的四倍，超过这个数字，就是高利贷。"若岩恰好在这时走进了公司，手里拿着一摞文件，"为晓晴提供贷款的地下钱庄就是一家违法的高利贷机构。只要能提供证据，证明晓晴支付的利率超过了年化 36%，根据 2015 年最高法院颁布的《关于审理民间借贷案件适用法律若干问题的规定》，这笔借款就可以认定为无效。"

"真的？太好了。那静娴的那笔钱是不是也可以免除呢？她的借款利率是多少？有没有超过 36%？"小提兴奋地问道。

"P2P 网贷公司的利率没有这么高，大部分 P2P 公司本身没有违规，倒是他们的借款者有不少触犯了法律，借款逾期不还，跑路了。"若岩道。

"静娴的事有解决办法吗？像她这样受丈夫连累背上巨额负债的人，司法机构不能保护吗？"相比起购物成瘾的晓晴，静娴的遭遇自然更让小提等人同情。

"她这个比较麻烦，只能去法院试一试。如果能够证明她丈夫所有借款全部用于赌博，并且妻子在过程中全不知情，她就不需要偿还借款。但现在看来，静娴很难取证。丈夫失踪了，相关赌球的证据恐怕她也拿不出来。如果不能证明借来的钱都是用于赌球，那在丈夫失踪期间，这笔钱就只能由她来偿还了。"

"看来我们只能寄希望于那几家和静娴有债务关系的P2P网贷公司早日倒闭了。"子凡道。

"不会，我查过了。她老公借的都是正规P2P网贷公司的钱。这样的公司不会说倒闭就倒闭的。"若岩摇了摇头。

"怎么反而是晓晴这样的没事了，静娴反倒还要还债。这世道上哪儿说理去。"子凡不忿地说。

"我倒是有个主意。"小提忽然感到灵光一闪，计上心来。

"别出馊主意了。"若岩摆了摆手，仿佛已经看穿了小提的心事。

"那是不是按原计划，带她去刘医生那儿做个面目全非手术啊？"楚楚将几张做好的图放在桌上，"你们看看，哪个是静娴啊？这是刘医生给她们出的设计方案。"

"别说，按他这么整，还真认不出来了啊。"子凡看着对比照道。

"PS出来的效果图，和真实手术效果肯定会有落差的，但整得让人认不出来在整容界算不上难事。"楚楚指着图片说，"针对这位求美者，刘医生给出的方案是依靠玻尿酸填充重塑脸形，因为她的脸本身比较小，骨骼也不突出，打上几针玻尿酸，也不会显得过于突兀。其他的就是眼睛动一动，把这对细长的丹凤眼儿扩大成卡姿兰大眼睛，主要是开眼角，这手术也比较简单，恢复时间也短。不过手术费用怎么办？就算刘医生愿意免费缩做手术，但玻尿酸的药剂成本，咱们总得付的。她是一点儿钱都没有了吗？"

"负债上千万，她手里的钱也就够吃饭的吧。"小提回道，"几针玻尿酸的话就咱们出了吧，要不了多少钱吧？"

"得看是国产的还是进口的，价差比较大。"楚楚道，"要是咱们承担费用就用国产品牌吧，物美价廉。"

"效果上有区别吗？"小提谨慎地问。

"进口的效果持久一点儿。这种药品效果其实很难说，你也知道，都是因人而异的。"楚楚忽然想到了什么，继续说，"但有一个问题，玻尿酸塑形可不是一劳永逸的，过个一年半载她就变回原来的样子了，到时候她还得去整容。"

"一年半载，之后她该怎么办呢？"若岩脑中盘算着。想在一年之内挣出欠款的金额，简直难于登天。

"刘医生能不能给出个永久性的方案啊？"子凡问道。

"能，就是费用更高，这不是怕咱们负担不起嘛。"楚楚回道，"整容躲债的事，我以前在新闻里看见过，没想到还真能亲自遇见。这办法真行吗？我怎么感觉那么不靠谱啊？她变了模样人家是认不出来了，可亲戚朋友呢？人家不是还能找到吗？到时候只要和亲戚朋友打听一下不就知道她的下落了，隔不了几天就能找到。再说现在干什么都得实名制了，手机、微信、支付宝，都是实名。像她这样欠债不还，信用很容易出问题。到时候飞机票、火车票都买不了，用人单位一查也能查到信用记录，这都是麻烦事啊。她总不能整了容直接就变黑户吧。现在就算是黑户，恐怕都没有藏身之处了吧。"

听完楚楚的分析，小提迫不及待地说出了自己刚刚想到的好办法："既然整容不行，能不能让静娴去找晓晴借钱的那个地下钱庄啊。从那家地下钱庄借钱还上之前借网贷公司的。之后让她和晓晴一起取证,去公安局举报地下钱庄,这样他们的欠款不就都不用还了吗?"

"这个办法好啊,小提你怎么想到的,脑子够活的啊。"子凡夸奖道。

"没看出来啊,你这平日里的小白兔,还能有这个心眼儿,真让我刮目相看。"楚楚摸了摸小提的头,以示鼓励。

"我这也是现学现卖,多亏了流沙河。"小提谦虚地笑笑,不敢居功。

"这根本就不是什么好办法,你当地下钱庄是福利机构,想借钱就能借钱?借完还不用还?静娴这种一看就没有还款能力的人,是不可能从地下钱庄借出这么多钱的。取证也没有你想的那么容易。地下钱庄能在我们这样的法制国家持续经营这么多年,就有人家生存的道理。借据一般都是个人对个人,说白了,人家才是真正做到了 P2P 呢。即便找到了高额利息的证据,如果借条是和个人签订的,利息部分可以免掉,但本金总是要还的。那和现在的状态就没有什么区别。"若岩语气激动,看起来是生气了,"你下午给我发信息的时候,也是盼着向静娴丈夫提供贷款的 P2P 公司能破产吧?这就不是处世之道。做了错事,要想办法解决,不能带着侥幸心理,错上加错。你说的流沙河借钱不还,还理直气壮,这副无知无畏的样子难道值得学习吗?这是对自己的人生,对社会完全不负责任的态度!"

小提睁大眼睛,无辜地看着若岩,不敢接话。

"若岩,这时候你就别讲大道理了。小提也是替别人着急嘛。现在咱们还能怎么办?整容的办法看起来是治标不治本。但一千万,别说咱们没有,就算有也不敢借啊,肯定是有去无回。还能有什么方法呢?要不,咱几个干脆全力配合警方,一起把在逃的静娴的丈夫找回来。"子凡说完，去休息室拿了几瓶冰镇可乐，安抚大家少安毋躁，冷静下来再做打算。

若岩也意识到自己刚才说的话未免有些过激，凑到小提跟前，碰了碰可乐瓶子，示意道歉。小提倒是有些不好意思，闷头喝着可乐。

"这是咱们该管的事吗？"楚楚歪着头，向子凡轻声问道。

"我倒是挺想把这个故事拍出来的，多有爆点啊。前一阵子，网上都在说赌球，什么楼顶站不下了，天天下注，你家有矿啊。当时就觉得这些都是笑话，看完就完了，没往心里去。可今天见到静娴才知道，原来咱们口中的笑话，在当事人那儿是多么大的伤害。还有晓晴这种，其实就是被这些不负责任的自媒体给坑的。他们每天宣传消费升级，为奢侈品摇旗呐喊，鼓吹年轻人要超前消费。这一套组合拳打下来，能不把这刚进入社会的小姑娘打晕吗？其实戴不戴表，背什么包，哪有人在乎啊！职场女性你懂的，拼的是工作能力，不是皮包腰带。我想拍出来，让更多的年轻人引以为戒，不要为了一时的物质欲望，断送了自己的未来。"子凡猛灌了两口可乐，想让自己的思路更清晰，"节目形式我还没想好，和咱们这整容的主题也不太好契合。但我确实想拍出来，哪怕就是给观众一个警示的作用呢。"

"没看出来，你平时嘻嘻哈哈的，还挺有社会责任感的。"楚楚嫣然一笑，百媚顿生。

"那是，媒体人嘛，都得有点正义感。"子凡看着楚楚的笑颜，心中一暖。

"咱们一块儿想想，怎么能和整容的主题凑到一起。要不，题目就叫《整容不能帮你躲债》，怎么样？"

"不太顺啊，咱们再想想。"

接下来的几天，若岩帮助晓晴找了律师，并和律师一起探讨了解决方案。同时，他们也从律师那里了解到，针对静娴这样的情况，是可以通过法律诉讼的形式，由法院去鉴定，静娴的丈夫所借资金是否曾经用于夫妻共同生活或生产经营。如果能证实没有，那静娴就没有替夫还债的义务。

尽管有了解决债务问题的方向，但在实操层面，事情发展得却远没有想象中顺利。晓晴的取证前前后后用了两个月。在这段时间里，晓晴使出了浑身解数，威逼利诱了地下钱庄的多名工作人员，依然没有拿到他们违法的切实证据。直到子凡偷偷混进地下钱庄，在大厅内供奉的财神爷帽子中装上了微型摄像头，才终于获取了录像证据。并协助公安机关，一举剿灭了这家地下钱庄。

同时，公安机关也对晓晴进行了充分的教育。尽管法律保护了她，但并不意味着法律鼓励她这种寅吃卯粮的行为。如果她再继续这样无意识地借钱挥霍，也必将受到法律的制裁。

晓晴再次来到科技爱美丽办公室的时候，完全恢复了年轻人应有的活力。她没有穿戴着之前爱不释手的名牌服装，简单的白T恤加牛仔裤，看起来充满朝气。她特意赶来，协助子凡拍摄名为《妙龄少女为何背上巨额债务》的纪录片。晓晴卖力出演，加上之前在地下钱庄偷拍到的大量真实素材，让这部片子一上线，点击量就过了百万，很快就成为朋友圈刷屏的爆点事件。

意外的成功让子凡兴奋不已，自己掏腰包开了场庆功会。

"子凡哥，这部片子之后，我是不是就算C位出道了？"晓晴喝着墨绿色的鸡尾酒，兴致勃勃地问。

"当然了，以后你就是我的御用女主。"几杯红酒下肚，子凡有些找不着北。

"你有闲心，还是多给咱们项目想想主意吧。"楚楚狠狠白了子凡一眼。

"一直想着呢。对了，静娴怎么着了？这些日子都没有她的消息了。"

与晓晴相比，静娴的处境则更为艰难。尽管有法律辅助协会为其垫付了相关费用，但由于丈夫仍在失踪期，很多取证就变得毫无意义。两个月过去，事情依然没有进展。

静娴此时住在自己家中，讨债的人已经被若岩劝说走了。

据若岩说，那些讨债的人不过是长得凶些，其实也不见得是坏人。之前总是跟着静娴的光头，是为了给母亲看病而欠下债务，还钱所迫，才加入了讨债公司。别看长相凶狠，过去可是民办小学的老师，村子里数一数二的文化人。剩下几个也都是面恶心善的主儿，平日连蚂蚁都不愿意踩死的人。若岩和他们讲述了静娴的不幸遭遇，以及丈夫欠下千万欠款的前因后果。他们听后，表示充分理解，也非常同情静娴此时的处境。但公司对他们的要求就是二十四小时严防死守，除了防止债务人逃走，更多的也是担心静娴会走上绝路。若岩只得再三向他们保证，静娴绝不会像丈夫一样失踪。他们也就放松了警惕，乐得在家清闲几日，白拿工资。

他们竟是好心？原来这些跟踪自己的人是怕我想不开。静娴得知后十分感动，真是盗亦有道啊。连这样素不相识的人都会担心自己的安全，为什么自己的丈夫就能走得如此洒脱？这么久过去了，警方天罗地网地侦查，互联网上也发布了大量的寻人启事，可就是音讯全无。他到底会去哪儿了呢？为什么就找不到人呢？警方查过他的出入境记录，也通过交通部门，确认过他这段时间都没有乘坐过飞机、高铁等交通工具，又没有租车记录，他肯定还在这个城市里啊。怎么就会找不到呢？他留下这么大一笔欠款，我们的生活会变成什么样，他真的一点儿都不担心吗？他怎么能忍心对我们母女不闻不问呢？如果当初我听到他欠债的消息，反应不那么激动，不那么歇斯底里，他是不是就不会走呢？

静娴整理着丈夫的衣物，衣服上似乎还留存着主人身上的味道。静娴将头埋在衣服里用力嗅着,一封信掉了出来。信是丈夫写的,信中除了为自己的不辞而别道歉外,还给了静娴致命的打击:"原谅我,我已选择去另外一个世界。我唯有一死才能得到解脱,也使你能得到解脱。这一次,我们不用再拼命还债了。我走前,已经买下了寿险,过不了几天,保险公司就会支付赔偿。这笔赔偿款足够还清我的债务,剩下的钱也能维持你和孩子未来的生活。对不起,我能做的就只有这些了,不要恨我。"

可是静娴并没有拿到保险公司的赔偿金。法律规定,如果是自杀,寿险是不给予赔偿的。

"他的做法实在太傻了。"若岩气愤地说。

每个无人的深夜,静娴都会背着孩子翻出丈夫的遗书,一遍又一遍地看,默默哭泣。但在别人面前,她从未掉下过一滴眼泪,尽可能地保持着自己身为受教育女性的克制、体面。可是身体状况却不像情绪这般隐藏得住,她的脸色日渐苍白,眼睛里仿佛挂了一层霜。

若岩他们每隔两周就会轮流去探望静娴。除了例行问候,静娴日渐颓靡的状态也让众人感到不安。

这次轮到若岩和小提一并过去。小提拎着干果、点心,敲着静娴出租房的大门,可是敲了半天都没有动静。小提看了一眼之前给静娴发的微信,确认过她这个时间应该在家。奇怪,不是出了什么事吧?小提的心揪起来,顺手推了一下门,门没上锁,直接被推开了。

小提跑进房间,大喊着:"静娴,静娴。"可四下都没有人。

若岩迅速拨通了静娴的手机号,却迟迟没有人接听。又打了两遍,静娴终于接电话了。

"我,我想起来他去了哪儿了,他肯定在那儿等我。"手机里传来静娴抽泣的声音。

"你在哪儿？我开车去找你，我们陪你一起去。"

"我正在路口打车，还没打到。"

"你等等我们，我们马上过去。"

"咱们去哪儿？"若岩向刚坐上车的静娴问道。

静娴脸上带着泪痕，神色怆然，过了半晌才开口："清水尖。"

若岩用手机导航软件搜出了这个地址，从地图中看，这是一座野山的主峰。若岩轻声问道："在门头沟？"

"对。"静娴平日便话不多，今天更是惜字如金。

看着静娴一副失魂落魄的样子，小提和若岩无心多问，只盼此行能找出静娴丈夫的下落。一行无话，若岩开车全速冲向目的地。

不多时，车开出高速，依照导航的指示在崎岖的村路上又行驶了片刻，终于被荆棘和乱石挡住，无法前进。若岩只得将车停在了山脚下。

"这里离清水尖步行要两个多小时，咱们是要爬上去吗？"若岩看着手机上的地图问道。

"你们在这儿等我就好。"

"我们陪你上去，没事，正好锻炼身体。"看得出静娴是铁了心要上山，小提当然做好了舍命陪君子的准备。

这显然是一座未经开发的野山，脚下只有一条若隐若现的小路，蜿蜒通向山顶。静娴带头，若岩和小提紧随其后。

静娴心里着急，不由得加快脚步。可没走几步，便被凹凸不平的砾石绊了一跤。

小提扶起静娴，问道："没事吧，咱们慢点走，不急这一时。"

静娴点点头，但并没有因此放慢脚步，反而比之前走得更快了。

一个小时后，小提累得气喘吁吁，逐渐落在了后面。索性驻足停留，环视周围的风景。这是京郊地区特有的荒山景致。山势陡峭，小路两旁植被茂密。正值初秋，灿烂的阳光照在绿叶上显得油亮亮的。远处有宽阔的草甸，看起来清新宜人。可此时，心中的焦虑却给这赏心悦目的风景上蒙了一层阴霾。方圆十里，人迹罕至，静娴丈夫若是独自来到此处，只怕是凶多吉少。

"小提，你要是累了就下山在车里等我们吧。"若岩走了几步，见小提仍没有跟上来，回头喊道。

"不累，我这就上去。"小提咬咬牙，迈开脚步，跟着前面的两人奋力向山顶前行。

即将到达山顶时，静娴离开小路，穿过旁边的荆棘，向着远处的树林走去。若岩和小提不敢多问，继续紧紧地跟在后面。

走近树林，远远望见一个人影在树叶间晃动，一股隐隐的臭气从人影方向飘了过来。这是一个不祥的信号，若岩一个箭步赶到静娴面前，想要拦住她。静娴表情凝重，轻轻摇了摇头。若岩放弃了阻止的念头。是啊，这一刻她早晚是要面对的。静娴已经预料到了，等待自己的会是什么。

两个月前，他默默走进了这片树林。除了人少幽静，不会在行动时受到干扰外，选择这里更重要的原因，是他和静娴曾在这儿度过了很多值得回忆的时光。那是他们最幸福的日子。那时候他还没有迷上赌球，他们也没有孩子，那是属于两个人的甜蜜岁月。每到周末，他就会带着静娴来到这座风景秀丽的野山。说来也奇怪，这座山没有名字，但顶峰却有个好听的名字，清水峰。他们会趁着天亮时爬到山顶，在山顶上饱览风光，等待日落。日落后，他们会在山顶下面的树林里野炊，晚上就在林中露营。当夜幕降临时，头顶上的群星会异常闪耀，如梦如幻。不只如此，他还记得，他就是在这座山上向静娴求的婚。

这么多年过去了，故地重游，青山依旧在，却已物是人非。我都做了些什么啊？他在脑中努力回忆着。有史以来，世界杯最不可思议的一场球——卫冕冠军、世界排名第一的德国队输给了韩国队。足球是圆的，一切奇迹都可能发生。而我，就是这么倒霉，把所有从网上借来的钱都下注在了德国队身上。因为在一个资深球迷的眼中，这就是一场白送钱的球赛。我以为可以靠这场球赛重新赢得一个未来。可是，谁能想到呢。我是不是已经被上苍抛弃了？再还不上款，工作也要丢了。还可能有翻盘的机会吗？没有了。已是人到中年，加上负债累累，再找工作恐怕比登天还难了。自己现在的职业在外人看来是那么高不可攀，可实际上却毫无可贵之处。自己并没有不可替代的专业技能。写 PPT、做项目报告，这样的工作，新来的员工只要培训半年就能比自己做得更好。至于说到管理，恐怕现在哪家公司也不缺管理人才。失业、负债，等待我的将来会是什么？还有妻子，过去的四年她一定非常辛苦。我不能让妻子和幼小的女儿从此过上贫穷的生活。用寿险的赔偿金偿还债务，这是唯一的出路了。用自己的死换回妻女的幸福生活。只有这样做，才不会再给妻子带来麻烦。为了她的幸福，我可以做任何事。想到死亡，他并没有多少恐惧。反正自己已经生无可恋，还有什么好犹豫的呢。

可是他没有想到，踢翻石头后，他感受到了巨大的痛苦。肺部的窒息感，颈部的疼痛感，还有随之而来的呕吐感，一起袭来。大脑此时是如此地清醒，不停地在发出指令，停止，快停止。可是一切都晚了。他非常后悔，拼命挣扎，却无论如何都脱不掉脖子上的绳子。而越是挣扎，痛苦便越发强烈。他感到缺氧，头部似乎马上就要炸裂，脖子疼得就要断掉，原来这并不是一刹那就可以结束的事。在生命的最后阶段，他脑中唯一所想，便是后悔二字。是啊，自己怎么就如此糊涂，一错再错，却终究不能理解人生的意义呢。

他也不曾想到，他的尸体在荒野之中曝露了两个多月，形貌已腐烂到无法辨认。如果不是衬衫袖口上绣着他名字的字母缩写，恐怕就是静娴也不能确定这便是自己的丈夫。

静娴抱着这具不成人形的尸体放声大哭，多日来的悲苦都在这一刻爆发了。

尸体散发出难以形容的恶臭，令小提和若岩产生了强烈的呕吐感。二人只得后退几步，远远看着静娴。

几分钟后，若岩拿出手机拨通了110。

"希望以后都不会再有这样的事情发生了。"在等待警察到来的时间里，小提忧伤地说。

"人的生命为什么要和金钱挂钩呢?!"若岩口气不是在发问，而是在感叹，"你还记得你想支招儿静娴去向地下钱庄借款，归还网贷公司债务时，我冲你发了脾气吗？"

小提点点头，回道："当然记得，你很少会那么严厉地说话。"

"因为我很讨厌这样不负责任的做法。就像静娴的丈夫，负债累累就一死了之，还自以为是地认为给妻女留下了足够的赔偿金。可他没有想过他用这样的方式离开人世，会给家人带来更大的伤害吗？静娴以后还可以幸福地生活吗？永远都不能了。"

"想走出来，需要很长时间，希望她能早日振作起来。"

"至于你在网上看到的流沙河，那是严重缺乏道德观的人。他以这样无赖的做法给自己和社会制造麻烦，最后的结果只会是害人害己。还有一些企业、金融机构，也会以破产的方式来逃避自身应当偿还的债务，这样就会给整个社会带来更多麻烦。再往大了说，日本当年的金融危机，就是因为金融机构出现了重大的漏洞，多家银行申请破产，而国家居然动用了国库来帮助私营银行填补漏洞。"

"因为国家担心银行破产会给人民和社会带来更大的灾难吧？"小提问。

"日本用万亿美元填补金融腐败留下的窟窿，换来了之后持续三十年的经济负增长。堂堂正正的国家、企业和个人，在背上了负债的时候，都应当拼尽全力去偿还，而不是以各种借口和方式去逃避。对于静娴来说，还有比现在更大的灾难吗？人生只有一次，不要让自己后悔。"若岩将视线从正在赶到的警员身上移开，远眺苍山。

小提愣愣地听着若岩的一席话，心里却暗流涌动。那一刻，她看若岩的眼神又多了一层深意。

第七章　胖若两人

经某知名医疗机构主任医生证明，Y某某确实在该院进行过嘴部矫正手术和下颌角整形。据悉，Y某某与男星L某某的感情也是在两人同时住院恢复期间产生的。

……

近日，某商业大佬姨太太甘某某出席巴黎时装周时，被路人拍到左脸有一根银线若隐若现。经本公司整形顾问核实，这根银线应该是最近在韩国刚刚开始用于整形手术的纳米钛纤维线，目前国内还没有上市，不过已开始临床试验了。

……

正值处女月，月亮星座是土象星座的宝贝们要注意了。每年这个时间是大家遇到真命天子的最佳时机。你们出门记得一定要精心打扮，随时准备好，遇到对的人。栗子色讨巧妆和这个季节很搭哦。

关注公众号"微微一整"，第一时间知道明星的整容消息。

若岩看着《微微一整》的公众号不由得皱起了眉头。到底有哪个某某某能看得出这里面的某某某究竟是哪个某某某啊。他很想和楚楚好好聊聊到底该怎么把宣传做好,可自己毕竟是个外行,楚楚却是实实在在的内行。外行指导内行,业务多半是做不成的。加上楚楚和小提每日为了这一两篇文章确实也是绞尽脑汁,辗转难眠。公众号看似是很多编辑一起参与撰写的,可实际上,"狐狸精""七姨太""上官小碗""齐家人",这些笔名的背后全是楚楚一个人。公众号上的图片也大部分是楚楚靠着之前的关系和圈内摄影师要的。至于时不时出现的弱智观众来信,则全部出自小提之手。

若岩犹豫再三还是决定找她们聊聊。正是融资的关键时刻,节目在视频网站的表现不错,公众号宣传也不能在这个时候掉链子啊。他一步三晃地走到楚楚面前,小心翼翼地问:"楚楚,咱们这几期公众号是不是有点太朦胧了?我一点儿看不出来你这写的都是谁啊。"

"本来就不是写给你看的。咱们的目标客户是十六岁至四十六岁的女性。娱乐八卦和星座情感,是这个年龄段的女性最感兴趣的话题。因为咱们的文章不可避免地要涉及整容,但明星对这个话题又比较避讳,我只能用这样的方法了。不过你也不用担心,这一招也是多年八卦媒体传承下来的。不直说是谁,半遮半掩,让读者自己去猜。关注娱乐圈的观众,十有八九都能猜着。不但增加了阅读的趣味性,还让他们有一种成为侦探的快感。"

"这样啊。"若岩分析着楚楚的话,觉得很有道理。果然做什么事都有套路,自己还得多学习啊。

"我要改头换面,重新做人。"一位身材修长,长相帅气的小伙子冲进了办公室的大门。

楚楚不解地看着这位五官仿佛希腊雕塑般俊美的男子,这绝对是一张走在大街上能赚足回头率的脸。这样的人也要整容吗?

楚楚忍不住问道："你是来整容的？"

"我看了你们的节目，你们不是在选志愿者吗？我想报名。"小伙子回答得铿锵有力，配合着全身散发出的青春气息，魅力十足。

小伙子的眼神坦率而大胆，看得楚楚意乱神迷。

"你想整什么部位呢？"还好，小提及时赶来救场，不但接过了话题，也接住了小伙子炙热的目光。

"全部都要整，我不希望这世界上再有人能认出我。"小伙子答道。

小提看着楚楚，楚楚看着若岩，三个人的眼神在交流中似乎得到了统一答案。又是一个需要做"面目全非"整形的，这家伙肯定是欠了债。

"行，您在网上填个报名表，我们会把您的信息入库，再和其他候选人的资料一起报给领导审批。"搬出领导做挡箭牌这招儿，在楚楚以前的工作中屡试不爽。凡是让自己为难的人或事，一律推到领导头上。

"您的领导是谁？我能见见他吗？我要给他讲讲我的故事。"帅小伙儿没有中招儿，依然在为自己争取。

"他今天没在，要不您改天再过来？或者，您把故事讲给我们，我们去帮您转述给领导，您看行吗？"听说他要讲故事，小提倒是来了兴致。

"对，您先讲给我们听吧。"若岩倒了杯水递给小伙子。

小伙子接过一次性水杯，冲着楚楚温和地笑了一下。就这一笑，楚楚立刻领悟了什么叫"一遇杨过误终身"。那笑容仿佛带着香气，沁人心脾。

小伙子喝了口水，调整声线，语气平和。

"我叫沈为，今年二十四岁，来自河北农村。"

沈为的家乡以前是农村，但现在已被划入雄安新区。沈为小时候是留守儿童，没有父母的陪伴，自然不会好好读书，高二就辍学到北京打工。他做过按摩师、服务员、保安，现在是一名快递员，主要负责在 CBD 一带送快递。公司发现了沈为相貌上的优势，让他负责 CBD 区域的几座高端写字楼。因为购物人群主要都是楚楚这样的白领女性，沈为这样的盛世美颜自然能占到便宜。比如发生丢件的情况，要是其他快递员，一准儿会被要求赔偿。可是轮到沈为就不一样了，只要他上门去道个歉，大部分时候客户都不会追究。久而久之，公司就把最好的地段交给沈为负责了。沈为很喜欢这份工作，他一点儿都不觉得快递员的职业低人一等。而且，在工作中，他逐渐发现，其实客户对快递员也挺不错的，赶上公司里有同事过生日，吃蛋糕也会分一块给他们。沈为和很多客户都成了朋友。在他认识苏珊之前，他甚至在客户中交了好几个女朋友，当然，都只是浅交。他知道，这些写字楼里的白领不愿意和他这种没学历的男孩认真谈恋爱。但是苏珊不一样。

苏珊的公司位于 CBD 最贵的写字楼——银泰中心。苏珊和那栋楼里千千万万的白领一样，靠网上购物排解着朝九晚五的工作压力。什么报表，什么 PPT，只要买买买，这些痛苦就都不在了。而苏珊最开心的时候自然就是收快递的那一刻，她会充满期待地抱着纸箱子走回办公室，在打开箱子前，永远不知道里面放的是什么宝贝。当有一天，她发现送快递的是一个长相这么迷人的小伙子时，她比以前更喜欢网上购物了。

沈为喜欢跟人攀谈，尤其是在等着其他客户取快递的无聊时间里。他早就认识了这个女孩，也从快件中知道了她的名字。沈为记不起是从什么时候开始对苏珊有了印象，反正最近她的出镜率很高。她喜欢穿蓝色的衣服，款式不同，颜色深浅略有区别，但都是蓝色的——天蓝色、湖蓝色、海蓝色，今天穿的是一条钴蓝色的连衣裙。可能就是因为这时常出现的蓝色，让沈为在一众花枝招展的白领群中记住了苏珊。他看着正蹲在地上找包裹的苏珊，问道："你最近怎么买了这么多东西啊？省着点花吧，不然该被老公剁手了。"

苏珊抬起头，从下仰视沈为英俊的五官，不由得红了脸。她辩驳道："我连男朋友都没有呢，哪儿有老公啊。"

"怎么可能？没有男朋友？就你一个人每天买这么多东西干吗？再说，你这么漂亮，怎么会没有男朋友啊？"沈为这话倒也是出于真心。苏珊皮肤白皙，五官精致，在一众"白骨精"中，虽算不上多么出众，却胜在气质清新。

苏珊看着沈为，竟不知如何应答。她蹲在地上，兀自呆住了。在沉默的几十秒中，沈为浅笑宛然，那神情真是摄人心魄。苏珊努力使自己保持镇定，回了个勉强的微笑，说了声："谢谢。"

沈为也俯下身，很快帮助苏珊找到了快递。

苏珊拿起包裹，慌乱地往前走，身后忽然传来沈为富有磁性的声音："下次见面，我要约你啊。"

苏珊回到办公室还未坐定，手腕上的运动手环显示，她的心跳保持在一分钟一百八十下的高速燃脂状态。她努力想让自己镇定下来，手机却忽然响了。屏幕上是一串数字，但苏珊知道，这就是刚刚那个快递小哥的手机号码。

"喂？"苏珊心虚地接起电话，生怕旁边的同事看出端倪。

"你忘了一个包裹，现在过来拿吧，我还在一楼。"沈为道。

苏珊赶忙答应，不知道为什么，她的心中充满喜悦。

再次回到沈为面前，苏珊没有了刚才的慌乱，但脸色看起来却是出奇的好。

"没想到这么快就又见面了。"沈为正帮着客户发快递，但看到苏珊来了，还是给了她一个放肆而迷人的笑容，"你是故意的吧？"

"我为什么故意？"

"为了让我约你啊。今晚九点，咱们还在这儿见，怎么样？"他说着忍不住又深情地看了苏珊一眼。

"不了,晚上我还有事。"苏珊拒绝的口气听起来是那么虚弱。

"晚上九点我会在楼下等你,出不出现就看你喽。"沈为约会过太多的白领,他清楚她们有多孤单,多寂寞,多喜欢孤芳自赏,就有多好约。此时,他当然有自信,苏珊一定会来。

不出所料,九点不到苏珊已经站在了一楼大厅,期待那个高大健硕的身影出现。

可让苏珊没想到的是,沈为没有穿着那身她习以为常的黑色工作服。整洁的白衬衫,浅蓝色的紧身牛仔裤,加上一尘不染的运动鞋,让他看起来帅气十足,活力四射。看到这样的沈为,苏珊全部的戒备都放下了。此时即便被同事撞见,也没有人会认为沈为是一个快递员,他看起来和这里工作的其他男士没什么不同,除了颜值要比他们高得多。

"你想吃什么?"沈为温柔地问道。

"都行,看你吧。"苏珊此时对吃毫无兴趣,只要能看着沈为,吃糠咽菜也如珍馐美馔。

沈为带着苏珊去了三里屯吃火锅,尽管时间已经不早了,但店内依然座无虚席。

"想吃什么随便点,我请客。"沈为把菜单递给苏珊,脸上保持着自信而迷人的笑容。

"还是我请你吧,感谢你平时帮我……帮我……"苏珊一时不知道该如何表达。

"帮你送快递?哈哈。这是我的工作啊,有什么好感谢的。你是怕我请不起你吃饭吧?我一个月工资到手是两万,吃顿火锅应该没什么问题吧?"

"我不是这个意思。"苏珊回答得小心翼翼。

"对了,你真名叫什么啊?我看你收到的快递上都写着苏珊,可我总觉得这个名字不像你。"沈为边吃边问道。

"刘雨婷。这个名字像我吗？"

"像，在雨中婷婷而立。我经常要凭着快递上的名字来辨认主人，久而久之，我就大概能感觉到名字和人之间是存在某种关系的。我可以只凭名字，就认出谁是谁。但你们楼里的我都认不出来，因为都用的是英文名字。你知道吗，你们楼里有三十多个安妮，二十多个丽莎，还有好几个玛丽。"

"叫苏珊的也少不了吧？没办法。老板是外国人。为了让他使唤我们方便，必须要起英文名字。"苏珊笑着回答。她没想到这个帅气的快递小哥谈吐也很风趣。

饭后，两人好像约定好的一样，一起打车回了苏珊家。在这间干净整洁的小公寓里，两人度过了愉快的夜晚。

鱼水之欢的间歇中，两人进行了更加深入的交谈。沈为知道了苏珊今年二十八岁，水瓶座，比自己大六岁。苏珊目前最大的烦恼是，父母和身边的人有事没事都在催着她找对象，期待她能早日嫁人。

黎明时分，沈为才依依不舍地离开了苏珊的公寓，搭车回到自己的宿舍。才刚和苏珊分开，就有一种不可思议的感觉涌上了沈为的心头。这种感觉有别于以往和其他白领的交往。虽然那些交往也像昨晚一样顺利、开心、尽如己意，但和苏珊的翻云覆雨却如同进入了另一个境界，出神入化的境界。看着苏珊的胴体时，他的心脏还是会怦怦地快速跳动。这种反应在以往的性生活中并没有出现过。

沈为本以为这样简单的关系，他已经驾轻就熟。可是工作时间，他无论如何都无法集中精力，脑子里总是想着苏珊。他匆匆来到银泰中心，给苏珊打了电话，让她下楼取快递。苏珊接电话时语气平淡，这让沈为的心悬了起来。他回忆着昨晚的每一个细节，没想到自己有什么做得不得体的地方。他站在原地等了很久,迎来送往了几十个客户,苏珊还是没有下来。她怎么了?她是不是后悔昨天发生的事了?

就在沈为快要绝望的时候,苏珊终于来了,手里拿着膳魔师的保温桶。苏珊把保温桶递给沈为,扫了一眼附近没有熟人,小声地说:"这是我给你做的午饭,一定要吃完啊。晚上来我家的时候,记得把桶还给我,我明天再给你做。"

"嗯。"沈为收下保温桶,装出不为所动的样子,"别忘了拿你的快递。"

苏珊刚走,沈为就打开了保温桶。里面放着丰盛的菜肴,有鱼有肉,最上面摆着一个心形的荷包蛋。

两人进展神速,不到一个月,沈为就正式搬进了苏珊的公寓。沈为的生活变得非常幸福,早上能吃到丰盛的早餐,晚上下班回家有热汤热饭等着他。可在苏珊提出跟他结婚这个建议时,他忽然失去了在与女生交往中建立的优越感。他平生第一次考虑自己是否能成为一个合格的结婚对象。如果真的结婚,婚后他能不能让苏珊过上稳定舒适的生活。这种忐忑在沈为面对苏珊父母的时候彻底暴露了出来。即使苏珊的父母始终保持了身为中产阶级的良好修养,但他还是看出了在他们礼貌的态度下,对这段婚姻的坚决否定。

"我们不是要反对你们的决定,但你们毕竟都太年轻。在这个年纪,你们应该继续学习、深造,而不是早早成家。"

"你们从去年就开始催我结婚了,怎么现在反倒说不能早早成家?"苏珊反驳道,"现在鼓励我们年轻人早生早育,多生多育。再说,年轻的是他,我可算不上年轻了。"

"大人说话,你别插嘴。"母亲动作缓慢地喝了口茶,"沈为,我们不是说你的工作不好,但是你有想过这份工作并不能持久吗?未来很多工作都会被机器取代,尤其是像快递这种人力成本高的业务。你知道浙大已经研发出快递机器人了吗？趁着还来得及，去学习吧。"

苏珊母亲这段语重心长的话让沈为颇受触动。是应该去学习一些新技能了，为了将来更好地生活。沈为点点头，同意苏珊母亲的说法。可他并不知道，眼前看起来文静柔和的苏珊母亲，在听说苏珊想要嫁给一名快递员之后，内心是怎样的歇斯底里。夫妻俩一夜没睡，互相指责，都奋力把女儿一时糊涂的责任推给对方。两个知识分子熬夜刷遍了知乎、贴吧，以及所有他们认为能够找到破坏一段感情的方法的网站，但始终没寻到什么良方。天放亮时，夫妻俩决定还是会一会这个快递员，看看他到底有什么本事，能让女儿如此神魂颠倒。当然，他们也有信心，一定能通过自己的学识，在饭桌上找到快递员的破绽，当场揭穿给女儿看。昨晚吵得不可开交的两人，此时却成为最为默契的战友。

苏珊母亲话音刚落，一向沉默寡言的父亲接过话茬儿，意味深长地说："沈为啊，我看要不然这样，你再攒几年钱，争取在这个城市买个房子，这样你们以后的生活也能比较稳定。"

苏珊没想到身为知识分子的父亲居然会提出让男方买房子的无理要求。她回击道："这是北京啊，北京的房子别说沈为买不起，就是你们也连首付都拿不出来吧？爸爸，房子的事不用你们操心，我会和沈为一起攒首付的，之后一起还月供。你从小就教育我，凡事不能依赖别人，要靠自己，要自立自强。买房子是大事，更不能依赖别人。"

苏珊坚决的态度让父母看出此时奋力反对，只会让女儿的逆反心理更加严重。毕竟是婚恋自由的年代，两个人若非要结婚，父母根本阻止不了。父亲沉思良久，终于想出了一个缓兵之计。他提了两个条件，两个人可以结婚，但必须要在两年之后。用时间来考验一下，两个人到底是不是一时冲动。同时，父亲希望沈为能在这两年之中工作有些长进，不要再见面时还是一名普通的快递员。

"我猜，他们当时是认定了，苏珊两年后就看不上我了。可惜啊，他们打错算盘了。现在距离两年的期限只剩下三个月了，我们还像之前一样相爱。我从来没想到我能爱一个姑娘到这种程度，这么持久。因为她，我拼命工作，在公司升了职，我不再是一名普通的快递员了。我现在是国贸商圈的物流总负责人，手下有上百个兵，比一般的白领威风多了。就算未来真的有了快递机器人，那也得归我管。我这个位置，机器人可做不了。"沈为自己的故事画了一个圆满的句号。

"那你为什么还要整容呢？"小提问道，"你直接去见苏珊的父母就好了。"

"唉，这张脸真的让我很苦恼。"沈为叹了口气，"无论我的工资多少，我的工作是什么，苏珊的父母就是瞧不起我。他们认为我空有一身皮囊，靠颜值勾搭上了他们的女儿。我和苏珊讨论过，得出结论，他们已经先入为主，认定我是个书读得不多的劳动阶级。就因为我干过枯燥乏味的体力活，他们就全盘否定我这个人的价值。其实，我也可以是个情感细腻的人啊。"

"所以你想通过整容，变成另外一个人，你认为到时候苏珊的父母就能接受你了？"若岩觉得沈为的表述并不顺畅，逻辑还需要推敲。

"嗯，之后我再回老家的派出所改个名字，苏珊就可以重新介绍我了：一家物流企业的高级管理人才，一个大学毕业生。"沈为狡黠地笑了笑。

这想法还真是简单呢，若岩在心里嘀咕道。几乎每一个来到公司寻求帮助的人都是希望自己变得更美，而沈为已经拥有了出众的外表，却依旧想要改变。如果他能成为第一个自愿整容变丑的案例，说不定对点击量能有所刺激。而且这个当代罗密欧与朱丽叶的爱情故事，肯定会受到网友的支持。被白领钟情的快递员，宁可毁容来成全爱情，这其中还可以再试着做做文章，炒作一下。但是，沈为整容之后这两个人的感情会不会发生变化呢？每一对热恋中的情侣都愿意相信对方爱的是自己的灵魂而绝非外表。可事实上，爱一个人是爱他的整体，不可能把人的外表和灵魂割裂开。外表显然是沈为最吸引人的部分，从楚楚那花痴般的眼神，若岩就可以做出判断。有这样一张脸，苏珊当然不会去在意他的学历或是工作，但如果换一张脸，那可就不一定了。

　　想到这儿，若岩打断正在给沈为出整容建议的楚楚和小提，严肃地问道："你和苏珊商量过整容的事吗？"

　　"没有，我要给她个 Surprise。"沈为用刚刚在手机 APP 上学到的英语单词回答。

　　发音还挺准。楚楚偷笑了一下。

　　"啊？这么大的事你都没跟苏珊商量啊？"小提立刻明白了若岩的意思，惊讶地问道。

　　"需要跟她说吗？"沈为不明就里，不就是整个容嘛，还不用自己花钱。

　　"当然了，你不说后果会非常严重。而且出方案阶段最好苏珊就能参与。如果一旦整容之后，有什么不良后果，那也是你们共同选择的，她也要承担责任。"

　　"能有什么不良后果啊？我不怕变丑。而且，我发自肺腑地想变丑。你们看着吧，我就是丑了，也一样有很多女孩儿喜欢我。"沈为自信满满地说。

　　"你想过吗，你变丑了，苏珊也许就不喜欢你了。我不是说她只喜欢你的外表，但她确实可能因为你的外表丑陋而讨厌你。你明白吗？你可能整容之后就被抛弃了。"小提一着急，肆无忌惮地把想法说了出来。

"等等，你说什么？我变个样子她就会抛弃我？"沈为像听不懂小提的话一样，疑惑地问道，"你该不会和她的父母一样，认为我就是个靠脸吃饭的小白脸吧？她喜欢的不是我的外表，是我这个人。"

"我不是这个意思。我是说，你整容之后，可能，可能会变得比较难看，就算她不是喜欢你的外表，但她也不喜欢长相丑陋的人吧，你能理解吗？就是，你现在这个样子可能是十分的外表，你要是整个八九分的呢，那也许没什么区别。但是整个一分两分的，或者彻底没整好，弄出个负分来，就完了。你知道网上那句名言吧，'负分，滚出'。"小提语无伦次地解释，其实自己内心的想法和沈为的理解没有偏差，万一苏珊就是看上了沈为的长相呢。

"这么大的事不和伴侣说一声，她肯定会生气的，觉得你不重视她。"楚楚终于发话了。

"这样啊。"沈为觉得楚楚说得很有道理，"你不说，我还真没往那儿想。要不我回去跟她商量一下？"

"一定要跟她商量啊，不然，你一定会后悔的。"楚楚表情凝重地说。她也不忍心这样一位惹人怜爱的美男子去遭受毁容的罪。

"我不后悔。如果她就因为我整个容，变丑了，就不爱我了，我觉得这人也没那么值得我爱了。我决定了，就是要瞒着她去整容，之后再看看她的反应。再说了，就算真的变丑了也不用后悔啊，大不了我再整回来就是了。"沈为不以为然地说。

哼，若岩在心中冷笑一声，难怪能这么大胆。以为自己的脸是面团儿吗？想怎么变就能怎么变。

"我建议你回去好好看看我们节目，一定要知道整容手术大部分都是不可逆的。部位一旦动过，想复原会非常难。今天咱们就到这儿吧，整容是大事，不可儿戏。"若岩摆出了送客的架势，"您仔细思考一下，是不是好好跟苏珊的父母沟通一下，这样做可能会比整容效果更好。"

"不可逆吗？网上不是经常说某某明星的苹果肌又塌了，眼袋又长回来了吗？"沈为依然赖在原地不走，"我以为整完过一阵子就变回来了。"

"这事儿怎么跟你解释呢，由俭入奢易，由奢入俭难，就这么个意思，您回去再好好想想。"若岩连推带拽地把沈为送到了门口，"整容是大事，不能肆意妄为。整容也不是万能的，大部分时候是万万不能的，根本解决不了实际问题。这事出在人上，就要去和人做沟通。"

送走沈为，若岩冲着还在向外张望的两位女士喊道："赶紧干活儿，今天的公众号还没发呢，小提赶紧写。楚楚，把刚才那位的资料入库吧。但他明显一点儿整容常识都没有，做完不定给咱们找多少事呢。"

"他就是想变丑嘛，变丑还不容易，用不着整容啊。"小提嘀咕道。

"你又有什么歪主意了？"若岩问。

"你听说过一胖毁所有吗？"小提挤眉弄眼地说。

"行，那你把所有快速变胖的方法总结一下，他要是再来，你负责帮他。"若岩觉得这个主意不错，当下给小提布置工作。

"嗯，"楚楚也点了点头，对小提的主意表示赞同，"胖了肯定就没这型儿了，现在棱角分明的，多好看啊。"

几天后，沈为果然再次登门。

小提和楚楚已经从网上总结了数十种增肥的方法，一股脑儿地灌输给沈为。其实这些方法很简单，总结起来不过四个字：吃饱就睡。复杂点儿说，就是吃了就睡，醒了再吃，能不动就不动，能躺着不站着。吃上当然也要注意，水果、蔬菜这种热量低还占肚子的食品一定要尽量少吃，吃就吃热量高的，什么巧克力啊，炸鸡排啊，五花肉拌饭啊，一定要多吃，顿顿吃。早上要是实在吃这些东西腻歪，就可劲儿吃油条、烧饼、炸糕。零食也是好东西，薯条薯片薯饼，土豆三兄弟都是增肥利器。还有，千万不能运动，反正现在的工作也是坐办公室了，不用一天到晚在外面跑了。就在办公室里坐着，老老实实地坐着。除非领导有事，不然绝不起来。

"还有吗？"沈为认认真真地拿纸笔记录着，纸上的字虽然有些难看，但胜在一笔一画，十分工整。

"没什么了。最重要的是坚持，千万不要三天打鱼两天晒网。脂肪的囤积也要有个过程，一两天看不到效果千万不要气馁。体重秤也不要天天上，容易打消你的积极性。一个月称一次就行了，记得，最重要的是 Size，不是重量。只要体脂率上去了，咱不愁不变得难看。你记住了吗？"小提像打了鸡血的健身教练一样督促道。

"还有，一定要端正态度。不能轻敌，意识到了，这事才能干得好，干得漂亮。"楚楚在一边煽风点火，"以后，每两周来我们这儿一次，让我们监督效果。你比较高，按现在的体重，至少要增重二十公斤，才能看出明显效果。"

"要是平时没时间，没办法吃到这些高热量的大鱼大肉，记得，麦当劳就是你的厨房，肯德基就是你的小吃店，但可不能只吃一个汉堡，一顿至少三个汉堡起。吃不下去，拿可乐往下送。炸鸡翅也可以多来几个。麦旋风、甜筒，每天至少吃两个。增重没有捷径，就是得多吃。把握住每一顿，千万不能凑合。哪顿凑合了，体重都上不去。"小提把沈为送到门口，临走还不忘继续叮嘱，"以后尽量别走路，出门就坐车。也不要爬楼梯，要坐电梯，都坐电梯。长腿就是为了躺着的。"

一个月后，沈为的增重行动收效显著，体重已经从一百五十斤成功长到一百六十五斤了。看着镜子中微微隆起的肚腩，沈为感到十分欣慰。又过了一个月，沈为已经穿不上过去的衣服了。肚子看起来像是八个月的孕妇，脸足足大了三圈，双下巴呼之欲出。因为脸上肉太多，挤得曾经的大眼睛如今只能半睁着。连最让沈为引以为傲的高鼻梁现在好像也塌下去了，圆滚滚地糊在脸上。

苏珊在一个月前就注意到沈为的变化，当时想着，沈为从之前的快递员到现在坐办公室，活动的时间少了，应酬的机会又比以前多了，胖点倒也正常。可是，事到如今，看着沈为那一团模糊的五官，苏珊终于有点儿动气了。

"你能不能少吃点儿啊？都胖成什么样儿了！你照照镜子，我都快认不出你是谁了。"苏珊埋怨道。

"我刚照完镜子，觉得还得再胖一点儿，才能真的认不出我自己是谁。"

看着沈为脸上得意的笑容，苏珊更是生气："你怎么回事啊？别人都天天惦记着减肥，你还想再胖一点儿。你是不是有病啊！"

"没有，你就瞧好吧。"沈为一把将苏珊搂进怀里，亲了一口。

沈为那厚实的嘴唇越贴越近，苏珊闻到一股浓烈的口臭味，"啪"的一声，两人的嘴贴到了一起。苏珊紧闭着嘴唇，使劲推开了沈为："你吃什么了？怎么这么臭啊？"

"没吃什么啊？"沈为在手上哈了两口气，"不臭啊。不过你倒是提醒我了，我得去吃点儿糕点。你今天下班去趟稻香村吧，枣泥锅盔吃完了，再买两斤肉冻和一斤猪肝。晚上我叫了小刘过来，正好下酒。"

"别吃了，我求求你了。"苏珊带着哭腔哀求道，"晚上也别叫小刘过来了，我带你去健身房吧。"

"再一个月，等我完成业绩目标，就跟着你去健身房，好不好？"

"行，说好了，一个月后，必须去健身房。"苏珊连连叹气。

"嘿，哥们儿可以啊。超额完成目标了，一百九十五斤了。"子凡看着体重秤,十分兴奋,"小提,快,叫上若岩,赶紧过来看看。什么叫堪比毁容的增肥,咱们的沈为做到了。"

创业四人组以沈为为圆心,站了一圈,大家都发出了"啧啧"的感叹声。

"真是鬼斧神工啊,以前的棱角一点儿都看不出来了。"

"别说棱角了,我连五官都快看不出来了,这怎么眼睛都睁不开了!"

"我最欣赏的还是这个肚子,真的,往这儿一站,一看就是来自欧美那些发达国家的人啊。咱们国家的胖子,有几个能胖得这么自信,这么敦实的。"若岩上前拍了拍沈为的肚子,"不错,熟了,就要这个瓜了。我一直纳闷买西瓜为什么要拍一拍,到底能听见什么啊?"

"仪式感,这就是现在常说的仪式感。"子凡接茬儿道,"哥们儿,你是不是可以去见你的岳父岳母了?"

"不用见了,苏珊已经和我提分手了。她说,实在忍受不了我散发出的体臭和口臭了。你们评评理,我以前是快递员啊,天天风吹日晒雨淋,一天出的汗足有二斤,她都没嫌我臭过,让搂让抱的。现在我坐办公室,每天吹着空调,回家都是打车,从不走路,一点儿汗都没有。可我一回家,她就捂着鼻子,说我带着股臭味,洗完澡还嫌我臭,不让我睡床,逼着我睡客厅。你们闻闻,我身上有味儿吗?"

子凡凑上去,闻了又闻,嗅了好几个地方才说:"我负责任地说,绝对没味儿,一点儿味道都没有。"

"是啊,这女人啊,我算看明白了,都是骗子。"沈为感慨道。

"没错,"子凡指着小提和楚楚喊道,"一个个贪财好色,跟男人一个德行,还死活都不愿意承认。"

"你这往哪儿指呢?"楚楚白了子凡一眼,"沈为,这事儿我们不是早就提醒过你了吗，你不听啊。那现在怎么办？还能挽回吗？"

"要我说啊，你都看清苏珊是什么人了，咱也甭挽回了。"若岩劝道，"这女人有的值得爱，有的不值得，遇上这不值得的，咱也别较劲。天涯何处无芳草，路边处处野花开。"

"不行，我哪咽得下这口气啊。"沈为打了个饱嗝，"我们俩商量过了，我只要能在两个月之内瘦回去，她还跟我结婚。父母那边她负责，我不用管了。"

"早点儿这样多好啊，你何苦折腾这一回呢。"子凡拍着手，无比惋惜。

"你又要减肥啊？"小提听见沈为要在两个月减掉二十公斤，舌头都吐出来了，"恕我直言啊，减肥可比长肉难多了。我可没有信心帮你减下去。"

"别听她的，我有。"楚楚奸诈地一笑。

"那咱们得制订个减肥计划啊。我和子凡都有健身的经验，可以帮你提提意见。现在手机上的健身软件很多，你也可以下载几个，先跟着里面的视频做做基础运动，找找感觉。"若岩进入思考状态，"减肥三分练七分吃，这个减肥食谱，小提和楚楚，你们想想办法，给定制一下，最好是简单一点儿，直接点外卖，或者网上就能买的现成的。这样吃着越方便，越容易坚持。"

"要我说啊，减肥最难的就是意志力，要不停地控制自己。好多人减肥没减下来，都是输给了意志力。这意志力的锻炼呢，我之前试过冥想，效果还不错，你也可以试试。就是盘腿坐好，原地不动，闭着眼睛想十分钟。这十分钟你想什么都行，能什么都不想更好，反正每天起床或者睡觉前来一次，都能有效增强你的意志力。"子凡就地而坐，向沈为展示冥想的基本动作。

"子凡说得对，减肥更多的是一场心理战。打赢心理战主要靠的就是意志力。你首先要有充分的信心，相信自己绝对能打赢这场仗。我们才能帮到你。"若岩道。

"哎哟,不就减个肥嘛,你们说得也太夸张了。"沈为用厚实的大肉掌拍了拍若岩的肩膀,"放心吧,你看,我能说增肥就增肥,那就肯定可以想减肥就减肥,不都是一样的原理嘛,就是反过来。"

"没错,你这个总结是对的。减肥的核心就是少吃多动,其他的说什么都没用。"小提心想,既然沈为这么有信心,那自己也要信心百倍地加入这场战役。不就是几十斤脂肪嘛,有什么可怕的。"你放心,今天我们就把食谱给你搞定,你就照着菜单吃,保证事半功倍。"

以沈为为圆心的圈立刻散去,四人为了沈为的减肥大业都开始忙碌起来。不出一个小时,四人就各交上来一张打印好的A4纸。男生出的是运动方案,女生这边交上来的是饮食建议。

"这量也太少了吧?"沈为看着这份菜单,挠了挠头,"这还没有我现在一顿午饭吃得多呢。"

"没办法,就得这样啊。这个卡路里摄入量是根据你现在的体重制订的,能提供你正常生存所需要的能量和营养。但肯定会饿的,这个你就不用想了。但记住,饿了就喝水,让水把胃填满。"小提解释道。

"这运动量也太大了吧?"沈为看着运动方案发出了感叹,"每天跑步一个小时,再做一个小时的力量,还要有一个小时keep锻炼。我的天哪,看来我晚上回家也不用干别的了,全用来锻炼都不够。"

"这可不行,不能光指望晚上的时间锻炼。随时随地都要锻炼,能走着不坐车,能站着不坐着。以后在办公室能站的时间都要站着,除非领导来了再坐下。"若岩叮嘱道,"减肥要贯穿到生活的每时每刻,每一个角落都不能放过。记住了吗?"

"《动起来》,知道这首歌吗?犯懒的时候,就在手机里把这首歌找出来，跟着蹦一蹦，跳一跳。"子凡也来帮腔，"左三圈，右三圈，燃烧你的卡路里。记住了，生命在于运动，千万不能停。楚楚，你还有什么要补充的吗？你怎么一直不说话，你是不是对沈为减肥没有信心啊？"

"我没什么要补充的了。但咱们这些人里，肯定是我对沈为最有信心。沈为，你放心啊，减不下去，我负责，这话我今天放这儿了。"楚楚向天一指，豪气冲天。

"他的苦日子就这么开始了。"小提望着窗外，此时正下着淅沥沥的小雨，沈为没有打伞，他冒着雨走在回家的路上。

开始几天，沈为坚持得很好，完全按照大家制订的计划行事。无论在家还是在公司，都保持了能动弹一下就动弹一下的良好势头。健身房里净是些穿着暴露、身材火辣的美女，看见沈为来锻炼，都主动过去给他加油打气。他吃饭也基本按照小提制订的食谱，连吃了三顿赛百味。别说，这不加酱料的火鸡肉三明治也并不难吃，竟然在他反复咀嚼后咂吧出了一丝丝甜味。沈为感到这事坚持下去一点儿不难。

一周之后，沈为站在秤上往下一看，嚯，足足轻了八斤。形势一片大好，前途充满光明。"出去吃顿好的庆祝一下这来之不易的减肥成果吧。"这个念头出现在了沈为的脑中。剩下的这一天时间，沈为都坐立难安，想将这个念头清走，却无论如何挥之不去。对，约上苏珊吃顿大餐，正好趁这个机会告诉苏珊自己的减肥成果。

沈为打开大众点评，在各个餐馆之间看了又看，肚中的馋虫被彻底勾了起来。要不先来个驴肉火烧垫一垫，沈为咽了口唾沫，好久没吃这道家乡菜了，香脆的饼皮，汁浓软烂的驴肉，咬上去酥嫩流汁儿。不管了，点一个，就吃一个！沈为快速地在外卖网站上下了单。晚饭吃什么呢？就火锅吧，多吃点菜，小提说了，水煮菜，吃不胖，管够吃。火锅不就是典型的水煮菜吗？那要是火锅能吃，麻辣烫是不是也能吃，我以后中午可以吃一天赛百味，吃一天麻辣烫，这样穿插着就不会腻了。

晚上苏珊看到明显瘦了一圈的沈为，也感到十分高兴。可是吃着吃着，她就发现不对了，嚷道："你怎么吃这么多啊？这还能减肥吗？"

"你放心吧，水煮的菜随便吃，都不胖。"

"你碗里明明都是鸭肠、黄喉和酥肉，哪有菜啊？再说你这也不是水煮，这不是红油锅吗？蘸料还是油蒜碟儿，这热量得多高啊。"

"我吃完了就去健身房，你放心吧。没问题，我都减了这么多了，你还看不到希望吗？"沈为呵呵地笑着，大口大口地吃着。他从心底里涌起一种幸福感，原来食物的味道是这样的，如此多姿多彩啊。

走去健身房的路上，沈为心想，今天走到健身房，运动量就已经达标了吧。自己这一身火锅味儿，熏着那些正在锻炼的美女可就不好了，以后她们该不来给我加油了。少去一天也没事，明天过来接着练就是了。打定主意，他转身打车回了家。健身房这种地方，好像是被诅咒过的城堡，只要有一天没坚持去，以后就会有各种各样的借口不去。有时就算是沈为想去，好像也去不了。前天被领导叫去应酬，昨天同事生日聚餐，今天好不容易没事了，都走到健身房门口了，又收到短信，手下的快递员犯了个错误，自己必须回去解决。反正到沈为再次站上秤为止，他一次健身房都没去过。

"好家伙，一斤没减，还胖了五斤，正好两百斤了。"子凡灰心丧气地喊着，"你之前不是跟我们打电话说你都减了不少了吗？这哪儿有啊？"

"别提了，就是因为减了不少才放松警惕了。现在我这个样子，别说苏珊了，我自己看着都烦。运动也不行，我以前一天走八个小时，气都不带喘的，现在走路超过二十分钟就气喘吁吁。"沈为已没有了上次的壮志豪情，灰心丧气的表情和一身肥肉倒是更合拍。

"我听说针灸减肥法好像挺有用的。不用运动，不用吃药，每天扎几针就能控制食欲，管住嘴，一定能瘦，要不你去试试。"小提建议道。

"行啊，我家小区门口就有家店。号称是年过百岁老中医坐堂，我今天晚上就去试试吧。"沈为又恢复了生机。

"针灸这事儿，不好吧。"若岩有些犹豫地说，"反正我是不相信中医，不过都说信则有。就剩下一个多月了，为了减掉二十公斤的目标，就死马当活马医吧。"

"子凡，你抽空给沈为拍段视频，记录一下他的减肥过程。"楚楚凑近子凡，低声说。

"你要干吗啊？这么胖不上镜啊。"

"你就拍吧，问那么多呢。到时候你就知道，我要拿来当素材，你拍认真点儿。"

"没问题。"子凡冲着楚楚一咧嘴。对于女神提出的要求，他自然要认真完成。

又过了一周，沈为再次登门拜访。众人围着看了半天，说不清他是胖了还是瘦了，只觉得人更加萎靡不振，面色焦黄，两眼无神。既然肉眼看不出来区别，沈为只好再次站上了体重秤。大家都屏住呼吸，盯着体重秤上的指针，只见指针在剧烈晃动了半天之后，终于颤颤巍巍地锁定在了九十九公斤附近。

"还行啊，减了一公斤不到。"子凡想鼓励沈为两句，但话说得又绵又软，好像自己都没什么底气。

"才一公斤啊？"沈为叹了口气，"你们知道吗？什么针灸减肥法啊，就是不让吃饭。说是靠针灸打通穴位之后，能挺着不饿。晚饭只能吃一根黄瓜加西红柿。早饭午饭还没有你们之前给我的那个菜谱能吃的东西多呢。饿得我天天翻白眼，晚上做梦都是大鱼大肉。我算是知道当年赶上灾荒的老百姓是有多苦了，再这么下去我非饿死不可。还有那医生针灸用的针，足有这么长。"沈为用手比画了一下，大约有十五厘米。

"不可能吧，针要是有那么长，扎你这样的行。扎楚楚这样的小身板，不直接扎穿了？不可能，不可能。"子凡摆了摆手，"你太夸张了。干什么不得吃点苦啊，你再坚持坚持，这不好歹瘦了一公斤嘛。道路是曲折的，前途是光明的，年轻人怎么能轻言放弃呢。"

"这道路也太曲折了。别的不说，就按现在这个速度，一个月后最多减下去十斤。没准我还没撑到那个时候，就饿死了。"沈为沮丧地说。

"振作一点儿。"若岩拍拍沈为的肩膀，以示安慰，可自己也感到无力回天。难道就没有什么别的办法了吗？堂堂七尺男儿就要被这一身肥肉打败了吗？若岩不敢再往下想，以后自己一定要少吃多动，保持身材，可千万不能胖起来啊。

"这还有一个月呢，看把你们愁的。"楚楚走了过来，和其他人不同，楚楚脸上还挂着自信的笑容，"沈为，这事儿包在姐身上。"

"难道你有什么减肥大法吗？"子凡疑惑地看着楚楚。

"当然，你们是不是都忘了咱们是干什么的？咱们是整容行业的一员，当然应该依靠整容手术来解决问题啊。你们支的那些破招儿，我听着都可笑。天天吃沙拉别说他不行，就是办公室里的小白领也没有几个能坚持得下来啊。低热量减肥法听起来科学，见效也快，但这根本就不是长久之计啊。至于运动，就是你我想坚持下去都很难，对于胖子那就更是难上加难了。那是不是没有办法了呢？难道作为一只胖子我们就只能永远绝望地做一只胖子吗？"

"楚楚，你这是在给什么做广告吗？"小提听着楚楚夸张的语气,想起来午夜时分的电视直销广告。那些广告几乎承包了暑假深夜的所有笑点,现在想起来也毫不过时,"只要九百八,十万元的钻戒送到家。八心八箭,顶级工艺,四克拉大钻,只要九百八。"小提将脑中浮现的场景和此时的楚楚融为一体,想象楚楚高声大喊:"不运动,不节食,不吃药,照样让你瘦瘦瘦。就是这么神奇,就是这么简单,走过路过不要错过,赶紧拨打屏幕上的热线电话吧。"

"我在构思咱们下期节目的开场词呢。下次咱们就做减肥专题。减肥在整容行业中是一个非常重要的流派,网上总说,减肥堪比整容,其实减肥就是整容的一种方法。整容就是通过仪器、药剂或是手术,改变一个人的皮、肉、骨,减肥针对的就是肉这一层的问题。减肥类的项目其实很多,主要流派包括吸脂类、激光类和针剂类。医生会根据患者的不同需求,选择更为适合的项目。"楚楚手舞足蹈地介绍着,"沈为,针对你的情况,我和刘杰刘医生已经做了全面分析。你已经成为我们选中的抽脂减肥志愿者了。不用运动,不用节食,只需一个微创手术,从此告别大肚腩。抽脂手术的原理其实非常简单,现在比较先进的是超声波溶脂,利用超声波溶掉体内的脂肪,再利用一个类似水泵的机器,通过压力,把这些液体脂肪抽出来。这个手术最适合像你一样绝望的胖子。"

"抽脂?"子凡一拍脑袋,"对啊,我怎么没想到啊。抽脂手术那可是立竿见影啊。一天就能轻个二三十斤,术后你再配合运动和节食,瘦成闪电,指日可待啊。"

"没错,我已经和刘医生说好了,明天咱们一起过去。小提负责用手机直播,子凡负责全程拍摄,至于你,"楚楚看看若岩,"你会干什么?也跟着去看看吧。"

"这种手术还是不要拍了吧?太可怕了!放在网上也影响网友们的观影情绪啊。"若岩提出异议。

"放心吧,我问过刘医生了,超声波溶脂是看不见血的。所以手术后恢复也很快,不需要住院,术后就可以下床,一两个星期之后就可以行动自如了。"楚楚显然早已做了充分功课,有备而来。

"那行,术后咱们再跟拍两天,看看效果。"若岩给了楚楚一个赞许的目光,有这样的队友果然省心。

第二天,创业团队带着沈为一起来到了刘杰的诊所。

刘杰让助手陪着沈为做了简单的术前体检。体检后,刘杰戴上医用手套,在沈为身上一通抓捏。

"这是抽脂之前要先给肉做按摩吗?"小提低声问道。

"不是,我在量他的脂肪厚度。必须达到一定厚度才能抽脂,而且根据厚度决定一次手术抽出的脂肪量。"刘杰回答了小提的问题,手上的工作却不停,还在用力捏着。

沈为此时已经脱得全身上下只剩一条内裤,身上一坨一坨的赘肉被刘杰折腾得风起云涌。看到大家都在盯着自己,沈为感到自己就是案板上的一坨肥肉。一时间,屈辱感、委屈感、自卑感都涌上了心头。为了爱情,再忍忍吧,好日子就快来了。沈为安慰着自己,拼命忍住含在眼中的泪水。

楚楚看着沈为的这一身囊肉,也不禁在心里感慨,男神和油腻男的差别不过就是这几十斤脂肪啊。要是几个月前的沈为脱光站在自己面前该有多好。现在眼前这一团团白肉,真让人倒胃口。

"体检没问题,那咱们现在就可以开始了。第一步是打麻药,对,你先躺在这个床上。"刘杰示意让沈为躺到手术台上。

沈为有些紧张,毕竟是平生第一次上手术台,之前身体好得连针都没打过。狭窄的手术床勉强装下了沈为巨大的身躯。刘杰已换好专业手术服,并指挥护士给沈为的身体做了消毒工作。

刘杰面朝着镜头说道:"今天为患者设计的抽脂手术主要有三个部位,大腿、手臂和腹部。"刘杰指着沈为身上这几个部位,并在部位上用笔画了几个大小不一的圈，说道，"根据患者的状态，我们这次会抽取比较多的脂肪量，抽取的总重量会在十五公斤左右。当然抽出物质中脂肪占大部分，但也会有少量血液和体液。第一步，我们要为患者进行全麻。"

刘杰小心翼翼地为沈为注射了麻药。

等待麻药见效的时间里，小提和若岩安慰着沈为："不要紧张，眼睛一睁一闭，手术就过去了，再醒来，就又是一条好汉了，而且是战胜了手术的铁血真汉子。"

沈为想象着自己醒来后就会变身成为钢铁侠，一身健硕的肌肉，再无肥油，想着想着，便心满意足地睡着了。

这期间，子凡和刘杰在沟通，手术时如何能让机位拍到更好的效果。楚楚则去外面找护士聊天，她对手术过程显然不感兴趣。

手术持续了两个小时，原理虽然就像楚楚之前介绍的那么简单，但实际操作起来却很麻烦。溶脂就要溶上半天，期间，刘杰还会时不时地用针管抽出一点儿脂肪，看一看液化程度。抽脂则更是麻烦，像水泵一样的机器发出巨大的噪音，还动不动就会卡住，这时，需要医生在患者身上又揉又按，才能把脂肪挤出来，让机器继续工作。沈为需要抽脂的部位又多，腹部抽完抽大腿，大腿抽完抽胳膊，众人都看得昏昏欲睡。

"等他醒了，你们告诉他一下，手术后身体需要一个恢复期。大概三个月吧，这三个月都必须穿紧身衣，不然之后造成皮肉分离，会很难看。你们看，他现在的皮就已经耷拉下来了。"刘杰拎起沈为肚子上的皮，果然可以提起好高。刘杰关掉抽脂机，说了声："好了。"

助理立刻上前，帮刘杰擦汗。

另一名护士也迅速赶来，在沈为抽脂的所有部位都紧紧绑上了绷带，大腿、胳膊、肚子，此时都被白色的绷带缠得紧紧的。

"还好脸上没抽,不然就变成木乃伊了。"子凡看着床上的沈为觉得好笑,裹成粽子的他不但一点儿没瘦,看起来比之前还胖了几圈。

"你们看看,这就是抽出来的脂肪。色泽光亮,清透,质量还是不错的。"刘医生无心再管病床上的沈为,走到了机器旁,将机器抽出的脂肪指给大家看。

子凡走上前,给容器里的脂肪拍了个特写。

"这不就是油吗?"小提走上前看了看。

"凝固之后会更漂亮,等一会儿你们再拍一张。"刘杰欣赏着容器中的脂肪,大概只有他能体会这一罐儿油脂所含的美感。

"等他醒了就可以下床了吧?"若岩问道。

"可以,但你们最好搀着他点儿,毕竟刚做完手术,还是会有一些不良反应的。唉,不过就是一副皮囊,为什么非要这么看重呢?"刘杰回头看了沈为一眼,发出感叹,"子凡,一会儿你把拍摄好的录像整理一下,我看看要不要加点什么词进去。"

"好的,我一会儿就把视频导出来。"子凡不敢怠慢,从包里拿出了笔记本电脑。

"楚楚,你跟我来一下办公室,咱们讨论一下这期的宣传方案。"刘杰招呼着楚楚走了。

手术室里只剩下了小提和若岩,等着仍在沉睡中的沈为醒过来。

"刘医生刚才说,这不过就是一副皮囊,犯得着这么折腾吗?"若岩看着手术台上的沈为,发出感慨。

"犯不着吧。可这事儿不是也证明了嘛,本来相爱中的情侣,因为发胖就被另一方嫌弃了。为了爱的人,他别无选择啊。"小提看了一眼若岩,脑中想象着他发胖的样子。胖了二十斤的若岩看起来更为老实稳重,搭配上一副书卷气的眼镜,平添了几分成熟感,也不至于就因此讨厌他吧。

"我要是胖了，你会嫌弃我吗？"小提故意问。

"你本来就不瘦啊，我可没嫌弃你。"

"我挺瘦的啊。中国人现在到底是什么体重标准啊，多少斤是瘦啊？非要满街都是柴火妞儿，你们这帮直男才能满意吗？"小提怒道。

"我可没嫌你胖啊。而且这胖不胖的吧，主要也不是体重决定的，体脂率比体重重要，体态也很重要。你看楚楚每天就挺胸抬头的，看着就高挑，显个儿也显瘦。你呢，本来就矮，还经常含胸驼背的，自然就越发看着圆滚滚了。不过，我就喜欢你这样的，圆滚滚的最可爱。"若岩拍了拍小提的头。

"讨厌！"小提想狠狠打若岩一拳，不料被若岩躲开，打到了躺在床上的沈为的肚子上。

"啊！"沈为惨叫一声，从沉睡中醒来。

"对不起。"小提赶忙道歉，"你感觉怎么样？"

"我这是在哪儿啊？我想上厕所。"沈为想要从床上爬起来，却感到四肢无力，使不上劲。

"慢点儿。"若岩提醒着，用力扶起沈为，让他慢慢坐了起来，"疼吗？"

沈为看着自己一身的绷带，有些不知所措："说不上来，有点儿疼，又不知道是哪儿疼。哥们儿，你使点儿劲，搀我去个厕所，我实在憋不住了。"

若岩搀着沈为，感觉肩头似有千斤重担，心说，还好抽了脂，不然自己哪搀得动他啊。一路跌跌撞撞进了厕所。若岩等在门口，只听得里面的沈为不时发出一声声惨叫。回去的路上，沈为捂着胸口，不住地喊疼。

"不应该啊，刚才手术我们全程看着呢，没碰到这儿啊。你应该是肚子疼啊,数那儿抽出去的脂肪多。"若岩使出全身力气,才把沈为扶上了床。

"我刚才每走一步,都像上刑一样。真的,我的腿、我的胸口,都疼死了。兄弟,一会儿帮我问问大夫,有没有止疼药,多给我来几片儿,哥们儿真挺不住了。"沈为眼睛里面含着泪,拼命努力,眼泪还是止不住地掉了下来。

"行,你躺下,我这就去要。"若岩看着沈为这样,心里也十分不忍。心说,这不就是没事找事嘛,本来好端端的人,遭这罪干吗。

若岩敲了敲门,得到同意后才大步走进刘杰的办公室。

房间很大,贴墙放着两排落地书架,书架上摆满了密密麻麻的书,中英文的都有,全部都是和医学相关的书籍。靠窗户的位置放了老式办公桌,刘医生正坐在办公桌旁,身边坐着楚楚。办公桌上除了苹果一体机,还放了大量药品和实验用具。看来刘医生平时还会做点儿小实验。他在实验什么呢?对这个问题,若岩来了兴趣。他迅速扫视着桌子上的物品,和房间内可能存在的相关线索。"基因""基因突变""基因病",若岩很快在书架上找到了多本和基因相关的书籍。桌子放的药是什么?有两种著名的靶向药若岩是认识的。格列卫,因为一部电影已是家喻户晓;另一个是赫赛汀,用于治疗乳腺癌。若岩将信息简单地联系起来,难道刘医生想利用基因技术攻克什么整容上的疑难杂症?

刘医生转头看着若岩,问道:"什么事?"

若岩表明来意。

"他不需要止疼药,抽脂手术之后的疼痛都是可以忍耐的。女的都能忍着,他一个大男人要什么止疼药啊。疼痛正好能降低食欲,少吃点儿,保持一下手术的效果。"刘杰对娇气的男人有些不耐烦,没好气儿地回道。

"兄弟，对不住了，你只能扛一扛。医生说止疼药吃多了不好。"若岩看着正在抽搐的沈为，难过地说。

"真扛不住啊。我小时候摔断过腿，都没这么疼啊。"沈为带着哭腔说。

两天后，沈为拆了绷带，穿上了塑身衣。

"求求你们了，给我一刀行不行？咱们来个痛快的吧，别这么一次一次地折磨我了，我真扛不住了。"护士帮忙穿塑身衣的时候，沈为咆哮道。

"真有这么疼吗？"看着沈为的腿上青一块紫一块还有黑一块，就像打翻了调色盘，若岩阵阵心惊，十分不忍。

"我这两天一分钟都没睡着，就是疼的。你们看看我的眼睛，全是血丝啊。饭我也吃不下去，这疼痛什么时候是个头啊？你们之前怎么不告诉我啊？你们不是说没有疼痛感吗？我这辈子都没这么疼过。现在她给我穿这衣服，你们知道我是什么感觉吗？凌迟，真的，就好像是有人在一刀一刀地割我。"沈为没忍住，眼泪又掉了下来。

"你也太娇气了。抽脂手术的疼痛感在医美手术里连中间位置都排不上，医美项目里面疼的可多了。不说别的，你随便找一位女士问问，脱毛疼不疼。脱比基尼毛和腋窝下面的毛，都比您这个疼多了。更别说女性分娩了，分娩的疼痛感是您这个的几倍。"护士麻利地帮沈为穿好塑身衣裤，叮嘱道，"回家之后，自己一定要坚持穿啊。穿的时候肯定会疼，但这都是正常现象，不要太把疼痛当回事，忍一忍就过去了。风雨过后才能见彩虹嘛。"

送沈为回家的路上，小提好奇地打量了沈为半天，冲着正在开车的若岩低声问道："我怎么觉得他比手术之前还胖啊。这绷带也拆了，塑身衣也穿上了，怎么一点儿看不出来瘦啊？你看呢？"

"是没瘦。肿的，医生说等消肿了就好了。沈为，你别着急啊，再忍一忍，咱们现在是黎明前的黑暗。对了，你在医院称体重了吧，现在多少斤了？"

"称了，不到一百七十斤。"沈为终于露出了一丝笑意，但笑意很快就随着疼痛感消失了，"这体重我很满意。哥们儿现在就靠这个体重撑着呢，真是太遭罪了。现在要是有人问我这手术值不值得做，我一定告诉他不值得。我宁可一个月不吃饭，都不想忍受这种疼痛一分钟。若岩，你还记得吗，我刚开始只是胸口疼，后来是腿疼，之后肚子和胳膊疼，这些还都能理解。毕竟是做手术的部分，疼一点儿也正常，是不是？可我现在就彻底蒙圈了，我全身都疼。背疼，腰疼，不瞒你说，我连牙都在疼。这感觉就好像被人暴打了一顿之后，还没缓过来呢，又被人暴打了一顿。"

"忍一忍，疼痛都是一时的，很快就好了。而且你这疼痛感肯定是一天比一天弱，明天没这么疼了说不定你就不当回事了。"若岩一路都在努力安慰着沈为。到了沈为临时租的房子，若岩还不放心，再三叮嘱，有事给他打电话，他一定随叫随到。若岩没想到的是，沈为的苦日子还在后面等着他呢。

回到家，沈为想爬上床休息一下，却发现自己只能平躺，稍微一翻身，就是撕心裂肺的疼。在医院睡不着觉，没想到回了家也睡不着觉，往往是刚一睡着就避免不了地想要翻身，一翻身就被疼醒。洗澡时就更是痛苦，身上的大面积瘀青都没有消退，沾水就疼。手术留下的疤痕更是不能沾水，洗澡时要小心地贴上硕大的创可贴。而这几个伤口更是轻轻一碰就痛得要死。这种夜不能寐、日不能食的生活也不是全无优点，沈为的体重倒是如愿迅速下降。一周之后，沈为站在体重秤上，骄傲地看着上面的数字。这可是自己拿命换来的数字啊。

体重是达标了，可苦日子依然没有过去。每天最痛苦的事就是要穿脱医院发的塑身衣裤，无论是穿还是脱，都能疼得沈为一头大汗，甚至开始怀疑人生，有了轻生的打算。要不是若岩再三警告他："偷懒不穿紧身衣，三个月后，你的肉会垮掉，皮会松弛，以后想改善，就只能再做个拉皮手术了，遭的罪不比抽脂少。"他早就想把这套带着血和汗的衣裤扔了。绝不能再去整容医院了，沈为暗暗发誓。今后就是下地狱，也绝不去整容医院做手术了。

　　两周后，身上的肿胀瘀青逐渐消退，疼痛感也比之前减轻了不少。沈为感到重获新生，穿着紧身衣时，身材看上去和以前已经没有区别了。他在镜子里面照了又照，以前的自己终于又回来了。他为自己的变化感慨万千。可脱下紧身衣，肉质就会呈现出松软的状态，迅速膨胀起来。怎么抽走了那么多脂肪，还是一身肥肉呢？沈为捏捏自己身上软塌塌的肉，心想，看来要恢复紧实的肌肉，还是得去健身房。可是，沈为到了健身房才发现，自己浑身上下的肌肉都处在僵硬的状态，根本无法运动。别说举铁了，就是最简单的伸拉，自己都完成不了。

　　一个月过后，这种情况丝毫没有好转。沈为心里极度后悔，当初怎么就信了他们的话，做了这么个骗人的手术啊？沈为欲哭无泪，现在自己简直就是一副做人不成、做鬼不如的状态。

　　回医院复查，面对着刘医生和创业团队的成员，沈为一点儿好气儿都没有："瘦是瘦了，但效果也不行啊。我不能天天穿着这身破衣服吧，你这让我以后怎么面对女朋友啊。"

　　"三个月，最多半年，就不用穿了。你这已经算是恢复很快的了，身上瘀青都散了。"刘医生给沈为做完检查后，安慰道。

　　"就是，你怎么还不开心啊。这不是比之前瘦多了吗？你看看，肚子一点儿都没了。"子凡上下打量着沈为，"我觉得这事挺神的了。算上康复时间才一个月，一个月你就瘦了四十斤，还有什么想不开的啊。割肉都没有这个快吧。"

　　"你不知道，我把里面那件紧身衣一脱，肚子立刻就回来了。

这都是衣服绷着呢。这衣服要不你也要一件穿穿试试,要多难受有多难受,既不吸汗,也不透气。我觉得这都是故意的,穿这么件衣服就能减肥,根本用不着手术。"沈为突然把目光落在子凡身后的楚楚脸上。

楚楚看到沈为凶神恶煞的眼神,怒道:"你瞪我干吗?"

"瞪你怎么了?就是你害的,我遭了这么多罪。真的,我想死都不是一次两次了,要不是心里想着我妈,我没准儿早寻了短见。你是不知道这个有多疼啊。你以后再推荐别人做抽脂手术的时候,可真别说这个不疼了。太疼了,真的,我一点儿都不骗你,我表达能力不行,但真的太疼了。我跟你说,就现在,我只要走几步,这腿就疼得跟抽筋似的。这已经是好太多了。"沈为苦笑着。

楚楚为自己辩解道:"医生都说这个手术不疼啊,是不是也因人而异啊。可能你这个一次抽出去的脂肪太多了,所以觉得疼吧。别人一次就抽个四五公斤的,不会这么疼的。你现在还疼啊?我有日本带回来的止疼药,我明天给你寄一盒。"

"不用了,你给的我也不敢吃。"沈为摆摆手。

说来也奇怪,沈为明明已经恢复到了大家初次见面的体重,但楚楚却没看到之前那张青涩帅气、棱角分明的脸。这大概就是相由心生吧,楚楚分析着,这次减肥让沈为的身心都受到了沉重打击,他已经从少年不知愁滋味的状态发展到了身心俱疲。他的外表因为心情和疼痛发生了改变,五官由于经常疼得扭曲而略有变形。脸上多了几分沧桑感,对,就是沧桑感。这是以前那个阳光少年根本不具备的感觉。就是这份专属于中年人的忧郁,让他少了年轻人该有的开朗和阳光。

"你要是实在觉得疼,也可以给你开点镇定剂,打上就好了。但是我之前也说了,这个手术并不算疼啊。"刘医生道。

"不用了,最艰难的时候都挺过来了。"沈为两眼放空,看着刘医生,"医生,还有个问题。我身上留下了几个疤痕,像子弹打过的洞,这个之后还能退下去吗?"

"等几个月,退不下去就做个激光,能打掉。"看着沈为一副心有余悸的样子,刘杰赶紧补了一句,"激光真不疼。你恢复得挺不错的,肉质很匀称,皮也没有松下来,再过一个月就可以运动了。记得要循序渐进,不要一上来就运动得太猛,这样很容易坚持不下去。"

"对,到时候我跟你一起去健身房。"若岩提议道。

"不用了,健身房我觉得是个负担。每天一想到去健身房就一大堆事找碴儿去不了,我就在家周围的公园里跑跑步也挺好。"

健身房还真是个神奇的地方,明明钱都花了,为什么就是坚持不下去呢?小提想着自己包里还有一张闲置的健身卡,是不是应该趁着还没过期去锻炼一下?因为沈为这事,小提看了大量减肥成功的经验帖,其中最让小提动容的,是印度男神阿米尔汗。他为了出演《摔跤吧,爸爸》中的肥胖父亲,暴饮暴食,短时间增重五十斤,之后又在五个月内成功减掉五十四斤。而且这一切都是在他五十一岁高龄的时候做到的。而至于减肥方法,没有什么秘而不宣的特殊招式,不过就是深入贯彻执行少吃多动的四字方针。阿米尔汗在减肥前期也和很多胖子一样,做不了几个动作就累得气喘吁吁,跑步机还没站上去就打退堂鼓。但他告诉自己,胖不可怕,失望才可怕。不要过分期待效果,只要方法正确,坚持下去肯定没错。中国的一位男神也用实际行动在减肥这场战役中打了一场漂亮的翻身仗。曾经因为体态肥胖而接不到戏的他,一鼓作气,将体脂率降到了3%的非人级别。他在接受采访时,说了一句"我已经不知道甜是什么味道了",揭开了减肥成功的奥秘。

购物网站上,虚假减肥药、减肥贴、减肥食品都受到了肥胖人士的青睐。贴吧微博上,特效食谱盛行。无论是热量低到不能维持生命的哥本哈根十三天，还是早已被证明反弹极快的升酮减肥法，都像病毒一样在网络世界中大行其道，四处游走。原本是为了达到健康的目的才去选择减肥，可是使用了这些弄虚作假的方法和药品之后，不但达不到健康的效果，反而毁了自己的身体。少吃多动，明明是所有人都明白的道理，但为什么就是做不到呢？包括自己也是，明知道糖摄入过量对身体不好，但刚刚还忍不住喝了杯奶茶。当健康和美食出现冲突的时候，为什么要选择美食而放弃健康呢？下次买奶茶的时候，一定要问自己一句，为了这短暂的快乐，放弃长久的健康，值得吗？

"沈为，你振作一点儿。"沈为低落的样子，连子凡也看不下去了，"咱吃了这么多苦，不就是为了抱得美人归吗？苏珊对你现在的样子应该很满意吧？"

"她满意不满意有什么关系啊，我已经和她分手了。"沈为见众人都张大了嘴，继续补充道，"就在上周，我提的分手。她倒是还有挽回的心，你们要是见到她也帮我劝劝，不用挽回了，我肯定不会跟她在一起了。"

"为什么啊？"小提惊讶地问道，"你做了这么多，吃了这么多苦，不就是为了她吗？你减肥不也是因为担心失去她吗？怎么现在好不容易瘦了，竟然提了分手。"

"就是因为我为她吃了这么多苦，遭了这么多罪，我才觉得够了啊。就像你拼尽全力地去得到一个东西，得到那一刻你又完全高兴不起来，因为这个过程实在是太累了。在这个过程中，所有的爱也好，恨也好，美好也好，期待也好，全都消耗光了。我对她再也提不起精神了。"沈为撇了撇嘴。

众人想反驳，却都找不到反驳的理由。也许吧，这就是爱情的本质，在付出与收获之间找到一个平衡点。现在，沈为因为付出得太多，对收获也就没有了任何期待。

几个月后，楚楚在 SK 大厦的一层遇到了穿着快递制服，神采奕奕的沈为。

沈为显然也认出了楚楚，小跑着来到楚楚身边，热情地打了个招呼："楚楚姐，好久不见了，你还是那么漂亮。"

"你也是，比以前更帅了。"楚楚望着沈为闪闪发亮的双眸，由衷地赞叹道，"你怎么又做回快递员了？"

"嗯，我跟公司提的调岗。我以前当快递员的时候，总羡慕那些坐办公室的，觉得他们那工作多舒服啊，风吹不着，雨淋不着，无论冬夏都吹着空调。吃饭就招呼我们叫个外卖，同事之间还能聊个闲天儿。可我坐了一年办公室，发现这活儿也太憋屈了。白天像个乌龟似的趴在电脑前面，晚上还要小心翼翼地陪着领导去应酬。同事之间钩心斗角，时不时地还有什么办公室政治。不瞒你说，我初中政治就没及格，哪懂什么办公室政治啊。我觉得，现在的工作挺好，虽然谈不上完全自由吧，但至少能天天在外面晃荡着，除了客户催一催，平时也没人管。既锻炼了身体，又增长了见识，一举两得。还有，我要是天天坐在办公室里，哪儿还有机会认识像你这么漂亮的女白领啊。"沈为冲着楚楚眨了眨眼，"你说是不是？"

"也有道理，你抽脂之后没什么副作用吧？"

"没有，也没有复胖。这事我确实应该谢谢你们。抽脂手术带来的痛苦让我彻底明白，一定要保持健康的身体，说啥也不能再去遭这个罪了。"

这时，一个典型 OL 打扮的美少女，站在了一堆快递的旁边。她四处张望，像是在找人。

沈为转头看了一眼少女，便和楚楚匆匆道了别，也许他新的人生就要开始了……

第八章　我的婆婆是奇葩

"涅槃大赛"开展得如火如荼，参赛报名人数已破万人。不但囊括了从一线到十八线的各路明星，网红、主播、名模们也纷至沓来。平台上一时群魔乱舞，好不热闹。

"总投票数已经过两亿了。"子凡号叫道。

"嗯。"若岩点点头，一副胸有成竹的样子，"还有不到一个月比赛就结束了，到时候咱们是不是得办个发布会啊？"

"当然了。"楚楚应道，"咱这规模一定盛况空前，得比那些省台的跨年晚会动静都大。别的不说，咱这参赛选手里就多少歌星、网红呢。让整容医院赞助，反正他们都不缺钱。我想好了，给晴美他们挂个首席赞助商的头衔，让他们再掏个一千万。咱们把市面上能请的小鲜肉全叫来，再招呼点老腊肉过来。保证让咱们老中青三代女客户都能满意。"

"行啊，就这么办。"子凡附和道，"晚会之后，咱们就是全国知名大企业了。"

"大企业老板，能不能再招几个人啊？"小提愁眉苦脸地看着电脑上没有做完的工作。

"之前一直没有合适的。你放心，大赛结束之后，咱们想招什么人都能招上来。明年招聘季，你和楚楚就在 T 大、南大门口摆摊，其他学校的应届生咱还不要呢。"若岩春光满面，意气风发，"楚楚，晚会的事主要还得辛苦你了，我们对这块都不太懂。子凡你配合楚楚，随时听命。"

"没问题。"

"小提，趁这个机会，你给投资人发发邀请。知名机构的争取都叫过来，让他们一起看看演出。"这么好的融资机会，若岩自然不会放过。

"好的，咱们确定了时间、场地，我就广发邀请函。"

"记得把那些能出席的明星、网红也都写上。"楚楚提醒道，"别看这帮投资人平时装得人五人六的，看见美女也挪不动腿。"

"你们说谁挪不动腿呢？"这时，一位看起来至少年过七十的老太太缓步走进了办公室。

"哎哟，大妈，您慢点儿。"子凡跑到跟前，想要搀扶住老者。

"放心，我没事。"老太太打掉子凡伸出来的手，"我每天都能走上一万步，你们看看我这微信排名，每天都是前十呢。"

"大妈还挺硬朗的。"若岩大声地说。

"我耳朵不聋，你不用这么大声。"老太太心里嘀咕，我看着到底是有多老啊。这帮年轻人对自己爸妈说话也喊这么大声吗？

"大妈您是不是走错了？您老这是要去哪儿啊？"若岩恢复正常音量，小心翼翼地问道。

"《微微一整很倾城》节目是这儿吗？"老太太看着手机问道。

"是这儿，那您没走错，我们就是。"子凡回道。

"就你们这么几个人，还能拍电视呢？"老太太惊讶地问，"我以前去电视台看人家拍节目,那摄影的,打灯的,前前后后上百号人呢。你们怎么人这么少啊?"

"大妈,您说的那都是过去的事了。现在科技进步了,拍片子成本低了,需要的工作人员也少了。"子凡给老太太搬了把椅子,"大妈您坐,您找我们有什么事儿啊?"

老太太坐下,看着子凡说:"嗨,我在网上看了几期你们的视频。想问问你们啊,那种打上就能长出下巴的药是在哪儿买的啊?"

"您说的是?"子凡问。

"就是有个主播打了,然后下巴就长得跟巫婆似的。"老太太连说带比画。

"哦,冯阿扬那期啊。那是生长素,属于违禁药品,买不到的。"子凡回道。

"能不能给我弄点儿,我想买。"老太太小声说。

"您要这个干吗啊?"

"给我儿媳妇打几针。"

"为什么啊?"若岩惊讶地问。

"我希望儿子能离她远点儿啊。那个狐狸精,一天到晚好吃懒做,什么家务活儿都不干。刚结婚就把工作辞了,说她是个作家,在家办公。办公好几年了,一分钱不挣,每天就知道买买买。什么贵买什么,我们家就算有个金山也不够她这么糟践的啊。最近还迷上了整容,打一针就好几千块钱啊,还得月月打,我这个心疼啊。要是真有你们节目里说的那种药,赶紧给她来两针啊,看她以后还整容吗。"

几人听完面面相觑,还是小提反应最快,站起来走到老太太跟前,搀起老太太诚恳地说:"大妈,您这就不对了。人家小两口儿的事啊,您最好就眼不见为净。您要是实在心里堵得慌,我给您支一招儿。您从今儿起,做饭也好,做菜也好,比平时多加两勺糖,您放心,一般人吃不出来,还会觉得味道比平时好了。不用多,两月之后,您儿媳妇就能长个十斤八斤的,您目的不就达到了吗?她要是发现胖了开始节食减肥,您就往她吃的东西里加更多的糖。这方法特解气。您老高兴了记得回来表扬我们啊。"

送走了老太太,办公室里陷入一片沉默。

"没想到过去这么多年,婆媳问题还是家庭的主要矛盾啊。"楚楚感叹道。

"咚咚——"一位女士敲了敲敞开的大门。

"请进,您好。"离门最近的子凡走了过去。

"您好。"女士身材匀称,长相普通,五官端正但都不突出,面部柔和没有棱角。白衬衫,黑色西服裤,从打扮上看是位上班族。

"您好,有什么能帮您的?"子凡热情地问。

"我想整容。不用好看,只要认不出我是谁就行。"女士说完,自己笑了。

"您欠了钱吗?"小提问。

"不欠,身上没背贷款。"

"感情债?"子凡问。

"孑然一身,刚离婚。"女士摇摇头。

"那您整容是为了躲谁啊?"子凡问。

"我前婆婆。"女士目露凶光,尽管只是一闪而过,还是让众人吓了一跳。

"您听我说啊,都前婆婆了,咱还搭理她干吗啊。您不用为了不相干的人整容吧。"小提劝道。

"我也是这么以为的,"女士叹了口气,幽幽地说,"我以为婚都离了,总能一了百了了吧。可谁知道啊,我还是低估了她。"

"您坐下,"子凡一指刚才老太太坐过的椅子,"慢慢说,我们这儿的人没别的毛病,就是爱听故事。"

众人迅速围坐一圈，小提偷偷拿出包里的薯片、瓜子，满脸期待地等着女士开讲。

"从哪儿说起呢？"女士犹豫了一下，"就从结婚说起吧。"

五年前那场别开生面的婚礼，她至今记忆犹新。整场婚礼的女主角不是她，而是她的婆婆。她自认选定老公时自己已不再年轻，过了不切实际一心想找个白马王子的年纪。他和自己一样，不过是个普通人。他们在名校相亲联谊会上相识，因为出身和经历相似，且三观一致，两颗孤单的心迅速走到了一起。

他们都出生在小城市，家里不是大富大贵，但在当地过得也算殷实。他们都凭借着自己优异的成绩考上了北京的重点大学，大学毕业后也都凭着自身实力留在了北京。他们都已过了而立之年，交过几任男女朋友，但都因为各种原因没有修成正果。这么多年了，大家情感经验积累得已经足够，该想清楚的早就想清楚了。

相恋总是简单，聊天、吃饭、看电影，拉手，接吻，同床共枕，翻云覆雨，同居一室。短短一个月，他们就搬到了一起。有人说现代社会只有富人配谈恋爱，穷人不是在恋爱，而是为了省钱找人一起分摊房租。她也这么想过，回顾这段感情，两人没经历过花前月下、海誓山盟，也没感受过欲罢不能、难舍难分。一切都是顺理成章，水到渠成，剧情乏味。可供回忆的浪漫场面只有一次，两人一起去看了话剧《恋爱中的犀牛》。

观影后，他问："你在北京这么多年没看过这出话剧吗？"

她说："总是想看，总是错过。"

"我也一直想看。但我听朋友说，一起来看这出戏的情侣，最终都会结婚，所以我一直不敢来。我在等那个对的人，和她一起来。"

"那你今天请我来看？"她明知故问。

"从见到你的那一刻，我就想带你来看这出戏。"

这是他多年来说过的最浪漫的情话。身为程序员的他，发自内心地喜欢她。她朴实善良，擅长家务劳动，还做得一手好菜。即便是最简单的冬瓜汤，她也能做出不平凡的滋味。和之前交往过的女孩不同，她既不物质也不邋遢。花钱不多，但总能把自己收拾得像模像样。同样是淘宝爆款，穿在她身上就有一种清新脱俗的美感。和她在一起的同居生活，让他感到无比舒适和惬意。去菜场买上几十块钱的菜肉，就能在家里吃上一顿丰盛的大餐。出门看电影，她总能从各种APP上抢到合适的打折票。穿的用的，她也能从五花八门的购物网站中淘来廉价好货，真会过日子。他感叹道，妈妈一定会喜欢她的。

好事将近，她才第一次见到了婆婆。婆婆是西北一座小城市的地税局局长。可想而知，在当地是权倾一方的人物。婆婆对她上下打量了一番，没有说话，但紧锁的眉头微微舒展了些，还算满意。吃过她做的晚餐后，婆婆眉头终于打开，称赞道："这饭做得真不错。潮汕女孩儿果然名不虚传，确实勤快。"

她笑笑，客气着，也不多言。婆婆嘛，只把她当外人就好了，保持礼貌和该有的距离，就是最好的相处之道。

第二天，谈到双方的婚礼，她对婆婆才有了反感。

婆婆连问都没问她，就决定婚礼要在自己的城市办。原因很简单也很务实："你父母都是学校老师，我和你公公都是当地官员。婚礼肯定是在我们那里办更气派，收的份子钱也更多啊。"

"我们只想在北京办个简单的，我们的同学、同事都在北京。"她要捍卫自己的权利。

"同学、同事能给多少份子钱啊。你们回北京，请他们吃顿饭就好了。"婆婆不再给她争辩的机会，"房子呢？你们打算怎么买？"婆婆故意将这个问题推给她。

既然婆婆在婚前就提出了这个问题，可见也是熟悉婚姻法的。

她身边早有太多的姐妹有意无意提醒过她。现在结婚最重要的就是弄清楚，房子到底跟自己有没有关系。对于这个问题，她早有准备："首付我和嘉宁一人一半，之后的贷款，我们一起还。"

好大的口气，婆婆翻了个白眼，镇定地说："这样当然好。但你要知道，北京的房子还是很贵的。我不希望你们一结婚就背上这么大的压力。我和嘉宁他爸这些年也攒了点儿钱，愿意拿出我们毕生的积蓄给嘉宁买套房子。房子我已经托人看过了，刚好有一套大三居的二手房在抛售。精装修，带家具，位置在西四环外，环境很好，还是海淀外国语学校的学区房。因为是房主急售，你要是没什么意见，咱们这事就定了，过了这个村儿可没有这个店了。"

男方家能在婚前准备好房子，这本是一件好事，可她的心就是隐隐地不安。她看着婆婆那锐利的目光，心想，这个女人以后可不好对付啊。

"婚礼就是一个大型、尴尬、荒谬、自相矛盾、自嗨的私人庙会。"这句出自《奇葩说》选手臧鸿飞的话，在她的婚礼上，一直环绕在她耳边。她就像道具一样，被婆婆呼来喝去。

婆婆穿了一身大红的旗袍，踩着十厘米高的细跟红鞋。许是还嫌自己不够高，头上还盘了个高高的发饰。她手上戴着玉镯、钻戒，脖上挂着珍珠项链，在负重如此的情况下，还坚持在婚礼现场四处游串。

"妈，您歇会儿吧。"儿子实在不忍心母亲为了自己如此操劳。

"我没事，你快去那桌招待一下。这是你二舅姥姥家的，他们家的小舅舅也在北京混呢，好像是哪个大国企的，你去问问，没准儿什么时候用得着呢。"婆婆就像一个将军，指挥着自己的部下，"芳芳，你干吗呢？别愣着啊，敬酒去啊，那桌，别冷落了人家，都没少给钱，快去！"

寄人篱下，她只得遵命。那一晚，她记不住自己被灌了多少杯酒，被耍弄了多少次点烟、喂糖这样的无聊戏码，又被迫和老公表演了多少次下流的恩爱游戏。反正这一切，她都忍了。但她忍受不了，她的婆婆逢人便说："儿媳妇的学历也不差，和嘉宁算是旗鼓相当，她是南大学金融的。"

"我不是南大，我是对外金融专业学金融的。"她私下里和婆婆纠正了几遍。

婆婆却只当听不见，仍是一遍一遍地介绍："她是南大的，和我们嘉宁正般配。"

当晚，所有礼金一律被婆婆收走，美其名曰，替他们存着。她觉得好笑，又不是小孩子的压岁钱，还需要母亲帮忙收着。不过她也不在乎，反正礼金大部分都是婆婆当地的亲戚朋友给的，本也跟她没什么关系。

婚礼足足办了三天，她领略了中国大家庭的关系网。当她拖着疲惫的身体重新回到北京的新房时，她全身打了一个哆嗦。房子里挂满了婆婆的艺术照，当然，照片里或远或近，总会有一个小男孩，他畏畏缩缩地躲在婆婆身边，毫无存在感。连主卧也没有幸免于难，床头正上方挂着一张婆婆和嘉宁头靠头，十分亲密的合照。照片中的嘉宁正值少年，婆婆徐娘半老，说是一对儿老妻少夫，倒也不会有人怀疑。她二话不说，穿着鞋爬上床，把床头的相框摘下来，用力摔在地上。

嘉宁从未见过温柔的她生这么大气，不解地看着她。

"你妈是不是疯了？"她气得浑身发抖，终于说了句话。

"你别胡说，"他也动了气，"我妈就是爱我而已。她对你不是也挺好的吗？你在我们那儿，我妈也是尽心尽力地招待你和你全家啊，每天车接车送，安排你们住五星级酒店。再说，咱们这房子，装修都是她出的钱。你还有什么不满意的？怎么能这么说她呢？"

她流下眼泪，不再争辩。自己一向嘴笨，此时更觉无话。

他收拾起地上摔坏的相框，看着坐在床上呜咽的妻子，搞不明白女人的心思："照片挂在这儿是不太合适，咱们换一张不就得了吗，这也需要生气吗？妈可能就是没想太多。回头我把咱们的结婚照挂这儿。"

婚后几年，她尽量和婆婆保持距离。好在大家住得远，只需要逢年过节走动走动。每到这个时候，她就施展闭目塞耳的功夫，在婆婆家做个活死人，任人摆布。几年来，倒也相安无事。可到了去年，她怀胎十月，临盆之日，婆婆忽然出现在了医院。她暗叫一声"不好"，但一波接一波的疼痛却让她无力应对。

"妈，你怎么来了？"对于母亲的突然到来，嘉宁显然也很意外。

"你没经验，妈不放心啊。芳芳怎么样了？"婆婆瞟了一眼正在床上躺着的芳芳，在心里"哼"了一声。自己专门来看她，她居然招呼也不打。生了孩子不得把尾巴翘上天，以后儿子免不了要吃苦。自己这趟过来，就是要挫一挫她的锐气。

"挺好的，已经宫缩好几个小时了。"嘉宁答道。

"那你回家歇会儿，我在这儿等着吧。"婆婆说。

"不行，"芳芳叫了一声，忽然觉得自己破了功，刚才奋力抵挡的痛感此时都涌了上来，"你别走。"

"你放心，我不走，我在这儿陪你。妈，您回家等着吧，别在这儿了，这地方遭罪，坐都没个好地方。"

"妈不走，妈得在这儿照顾芳芳。芳芳，你生孩子这么大的事，你妈怎么没过来啊？"婆婆关心地看着芳芳。

芳芳正趁着疼痛的间歇，闭目养神，听见婆婆问话，只好有气无力地答道："我妈工作上有事，走不开。"

"什么事能比你生孩子重要啊？真是的，怎么也不知道个轻重缓急。你现在什么感觉啊？用不用吃点东西啊？我带了我们那儿特产的大红枣,你吃两个?"

"妈,我什么都不想吃。我歇会儿就行。"芳芳又闭上了眼睛,不再开口。

婆婆在心里"哼"了一声,又不是什么有钱人家的千金大小姐,装什么金贵啊。她转头和嘉宁聊起了家常。

芳芳挣扎了一天,终于开到了三指,被推进了产房,她满眼含泪看着丈夫,凄凉地说:"一会儿有什么情况,你可一定要救我啊。"

"你别戏这么多,能有什么情况啊?"嘉宁笑着说。

谁知,进了产房,还真出事了。分娩时孩子体位不正,医生建议改成剖腹产。疼得已经快要昏倒的芳芳,赶紧点头答应。护士跑出病房,去找门外的家属签同意书。

婆婆一见护士过来,立刻大喊了一声:"保孩子,一定要保孩子。"

婆婆那中气十足的吼声传遍了全楼,自然也传进了芳芳的耳朵里。芳芳在剧痛之中,咬着牙说:"我与此人之仇,不共戴天。"

"您别激动,我们医院现在这事不问家属了,默认都是保大人。"护士嘴角上扬,心里却在想,自己要是有生子的一天,一定叫上亲妈在门口守着,"现在的情况是胎位不正,需要剖腹产。产妇已经同意了,麻烦家属给签个字。"

"哦,我来。"嘉宁接过笔,龙飞凤舞地签上名字。

因为是剖腹产,芳芳的住院时间只得延长。几天后,芳芳回到家才得知,自己提前五个月预订的月嫂,已经被婆婆辞退了。

"有我在这儿,还请什么月嫂啊?月子里的孩子最好带,一天到晚就是睡觉嘛。这还要专门请个人,花那劳什子的钱干吗,不值当的。我一个人就能把这些活儿全干了。"婆婆大义凛然地说。

芳芳只是生气,瞪着婆婆,却一句话也说不出来。

"妈,这事您就听我们的吧,您哪会带孩子啊?而且带孩子这事多累啊,您再累坏了。"嘉宁这次倒是没有站错队,"芳芳你别急,我马上给月嫂公司打电话,让他们再派个人过来。"

"你说什么呢?我不会带孩子?那你是怎么长这么大的?我们那时候谁家请过月嫂啊?还不是自己就把孩子养大了。我就不明白,你们这些年轻人怎么这么娇气啊!我真是看不惯,动不动就要请人伺候着。咱们是无产阶级,不要刚过上好日子没两年,就把资产阶级那些歪风邪气全带过来了。无产阶级要热爱劳动。而且我都专门赶过来帮你们了,还请别人干什么?"

"妈,劳动分工不同。有专业的月嫂,咱们就应该请专业的啊。我们也好继续在各自专业的岗位上发挥自己的能力。您老这么大岁数了,我们哪儿好意思还让您干活啊。"嘉宁哀求道。

"月嫂要是来,我就走,咱们就这么说定了。"婆婆横眉冷对。

嘉宁本想再争取,但无奈畏于母亲的淫威,只得作罢。

芳芳没说一句话,只是冷笑。

婆婆伺候的月子,让芳芳生不如死,自觉比小白菜活得还要惨。饿了,只能忍住疼痛挣扎着起身,自己去厨房弄点儿吃的。因为体力不支,大部分时候就是冲个奶粉,煮个鸡蛋。孩子哭了,婆婆会去哄一哄,但如果哭的时间过长,婆婆就会把孩子交给芳芳,也不管青红皂白,就逼着她给孩子喂奶。如果喂奶时,孩子睡着了,芳芳就只能一动不动地躺在床上,等着丈夫回来解救自己。因为她知道,此时一动,孩子势必会大哭,婆婆会大喊着神经衰弱,而自己要一边哄着孩子,一边给婆婆赔礼道歉。看着孩子叼着乳头,在自己半裸的身体上睡意正酣,芳芳忍不住哭了起来,自己这过得哪还像个人啊?根本就是动物啊。哺乳动物,就是个动物。

而这段时间,婆婆的生活倒是蛮享受的,早饭、午饭都是外卖。唯有晚饭会做两个正经菜,当然主要也是为了自己儿子有饭吃。下午婆婆会准备好点心、水果，回到自己的房间，边吃边看《延禧攻略》。由于观影过分投入，婆婆经常会为剧中人物的命运掉下眼泪，而完全忽略孩子响彻天际的哭声。

月子坐完，芳芳面黄肌瘦，体重完全恢复到了怀孕之前，看起来十分憔悴。她哀求着说："妈，您这阵子太辛苦了，别再跟着我们继续受累了。您早点回老家吧，我一个人能行。"

"怎么？你要轰我走啊？"婆婆阴阳怪气地问道。

"妈，芳芳不是这个意思，她是怕您累着。带小孩多累啊，万一您累病了，我怎么跟爸交代啊？您就先回去吧，过阵子没事再过来。"嘉宁也知道，这一个月芳芳没少受苦。

"既然连你都轰我走，我就回家了！"婆婆怒气冲冲地收拾好行李，第二天便坐火车走了。

婆婆走后，芳芳欢天喜地地打电话给家政公司，请了育儿嫂和保姆。她的生活迅速发生了翻天覆地的变化，要吃有吃，要喝有喝。孩子有人管，家务不用愁，她也终于能腾出手来，下厨做几道精致可口的小菜。

可惜好景不长，半年后，婆婆卷土重来。这一次，她带了五个大号行李箱，做好了过完整个冬天的准备。她兴高采烈地对嘉宁说："妈已经提前办好了退休手续，以后就专心过来帮你们带孩子了。"

这个消息对芳芳无疑是晴天霹雳，她苦着脸，抱着孩子，在卧室里关起门对嘉宁说："这真的不行，我没办法和你妈一起生活。别的事咱们都能商量，唯独这件事，实在是不行。求求你了，想个办法让她赶紧走吧。这样下去，一定会影响咱们之间的感情的。"

"我妈她是过来帮忙的，你也说得太严重了。再说了，现在这回家里有了育儿嫂和小时工了，你也不用干什么，妈也不用干什么。你白天上班，正好让妈看着孩子啊，省得保姆带，你还总是不放心。自己家人还是比外人好些，平时有个事什么的，她也还能帮忙，这不挺好的吗？你让我轰我妈走，这话我可说不出来。我妈从小就疼我，我不能伤她的心啊。你一向懂事，就别让我夹在中间难做了，好不好？你也看见了，能向着你的事，我都向着你，但你也别让我为难了。"嘉宁委屈地说，"咱们现在住的房子这么贵，都是爸妈出钱买的，我要是开口让她走，她得多寒心啊。咱也将心比心，咱们儿子要是将来不让你住他家，你能高兴吗？"

嘉宁说得句句在理，可芳芳心里清楚，一山不容二虎，更何况还是两只母老虎。开始的几天，婆婆倒还算是收敛，逗逗小孩，指挥指挥保姆，日子过得也挺充实。可是没过几天，矛盾就来了。婆婆越看育儿嫂越不顺眼，晚上吃饭时不停念叨："你都这么胖了，怎么还吃这么多啊，你看看我儿媳妇，生完孩子就这么瘦了。吃饭得注意啊，你不能吃这么多肉啊，吃肉最容易发胖了。"

"哎哟，你怎么吃了这么多饺子啊？我们全家人一共才吃了四十个饺子，你一个人就吃了三十个。饺子我们虽然供得起，可以管够吃，但你也吃得太多了。"

"哎呀呀，这一整只烧鸡全被你吃了吧，我们都还没动筷子呢，这就没有好肉了。"

"妹子，我不干了。"婆婆来了不到两个月，育儿嫂便主动向芳芳请辞，"您把这个月的工资给我结清就行了。我本来想忍到月底的，但实在挺不下去了。"

"因为我婆婆？"芳芳叹了口气，也算有人帮着证明了，不是自己的问题。

育儿嫂点点头，看着芳芳绝望的样子，泛起一丝怜悯之心。自己还能辞职，这儿媳妇能辞职吗？

没有了育儿嫂，芳芳的生活又变得苦不堪言。孩子一个晚上要醒好几次，自己根本睡不着觉。有时候看着身边酣睡的丈夫，芳芳会怒从心中起，恶向胆边生，狠狠地踹丈夫两脚，让他也起床去哄哄孩子。没过多久，嘉宁就满眼血丝，哈欠连天。

"哎哟，你这是跟孩子一起睡被吵的吧？"婆婆看着自己儿子这样，备感心疼。

"妈，还不是怨您，把育儿嫂逼走了啊。她要在，我们都能好好睡觉啊。"嘉宁又打了个哈欠。

"我哪儿逼她了。好心劝她减减肥，说几句就不让了。这样的人，干活也不会勤快的，走了也好。今天晚上开始，你就别跟孩子一起睡了。"婆婆提出建议。

"您让他睡保姆房啊？那床特别短，他睡不合适。"芳芳道。

"他睡保姆房干吗，他跟我睡啊。"

"什么？"芳芳惊讶地看着婆婆，"他跟您睡，这不合适吧？"

"有什么不合适的？他上大学之前都是跟我睡的。"

嘉宁憨厚地笑着，证明他母亲说的是实情。

嘉宁跟着母亲睡了几天。芳芳越想心里越别扭，总觉得这种情况不正常。半夜，芳芳喂完孩子，跑去婆婆房间偷看，发现婆婆和丈夫竟然睡在一床被子里。

"啊？你前夫和他妈睡一起？"子凡忍不住打断了芳芳的叙述。

"你们也觉得很奇怪是不是？"芳芳问。

"对啊，太奇怪了！你要说是小孩还差不多，但这都是成年人了，还跟母亲一起睡，不太合适吧？"小提补充道，"要是搁过去，困难年代，家里都穷，一共就一张床，有可能大家都睡在一起。现在还睡一起，实在没必要啊。"

"对啊，我问过几个朋友，也都说这事很奇怪，不正常。"芳芳继续她的故事。

芳芳觉得忍无可忍，跟丈夫大吵了一架，提出再这样分居下去，不如直接离婚算了。一向软弱的丈夫听到离婚自然低头。跟婆婆商量了一下，又搬回到了自己的床上睡觉。

没过几天，婆婆突然借口抱孩子时闪到了腰，装病卧床不起了。芳芳只得从公司请了假回到家。她既要看小孩，又要照顾婆婆，稍有顾不过来的时候，婆婆就会跟儿子哭诉。

"我老了，不中用了，你媳妇看不上我。我病这么重，她连杯水都不肯给我递。我要是能起得来床，我早就去火车站买票回家了。"说的时候往往老泪纵横，表情到位。

嘉宁最看不得母亲哭，这时他会带着悲壮的心情，不再顾及是非对错，找芳芳理论："妈那么大岁数了，又病了，你就多照顾她一下嘛。"

芳芳此时正在气头上，怒道："我还得怎么照顾她啊？端水，送饭，我还要喂她吃是怎么着？要不是家里还有个小时工，我这一天的活儿到现在都干不完。"

"你看你，都干什么了啊？不就是看个孩子吗？有那么难吗？"嘉宁的话无异于火上浇油。

"有那么难吗？你以为看孩子就是看着就行了是吗？我告诉你，不是。这孩子是活的，跟你一样，得吃喝拉撒睡，但生活完全不能自理，从头到脚我都得伺候着。从明天起，你妈那边你再请个护工照顾吧，我没意见。我真是腾不出手来，下个星期我要回公司上班了。你看看你是不是把工作辞了，在家照顾孩子和你妈。咱俩工资水平相当，我不打算放弃事业回归家庭，你看看你能不能牺牲一下。"芳芳语气平静，可比起愤怒时的咆哮，这样冷淡的语气反而更有威慑力。

第二天，嘉宁老老实实地跑到医院，请了个护工回家。

"真是个孝顺的好儿子。"芳芳冷笑，心中已经做出了决定。可是看着身边的孩子，芳芳的心又软了，总不能让孩子这么小就没有父亲吧。为了孩子，再坚持坚持吧。

婆婆病好后，又开始上天入地地折腾。先是辞掉了芳芳高价请来的育儿嫂。这一次的理由是，育儿嫂看着不太干净，身上有股味儿。之后承诺她带孩子，但带了两天就开始叫苦。发展到后来，更是直接把孩子扔给小时工，自己回屋里睡觉。小时工毕竟没什么带孩子的经验，照顾不周，孩子三天两头生病。

过了几天，芳芳的父母特意从南方赶来北京，说是要看看外孙。父母不肯麻烦嘉宁，来前就订好了酒店。饭也不在家里吃，客气地叫上亲家母一起去外面吃，他们请客。

婆婆毕竟是官场出身的人，该有的体面还是有的，场面上的事做得不错，斟茶、倒酒，又当着芳芳父母的面，说了不少让芳芳脸红心跳的好话。吃饭的气氛一直很好，大家都表现出和和气气的样子。

"亲家母啊，我家芳芳总跟我们念叨，您这段时间非常辛苦啊。又照顾她，又照顾小孩的，都累病了。"芳芳的父亲客气地说，"我看，要不这样，让芳芳的妈妈过来替您几天。她也退休了，最近除了跳跳广场舞，也没什么事做。过来帮帮他们，正合适。"

原来你们是她请来的救兵啊，婆婆在心里"哼"了一声。怎么着，看孩子大了，事少了，来抢夺我的胜利果实了，门儿都没有。心里虽然这么想，嘴上还是客气着："没关系，还是我来吧，咱们就别都受累了，可一个人累就得了。再说，孩子对我也习惯了，没有我，他该睡不着了。"

"妈，您放心吧，小宝就算头两天不适应，过几天也就适应了。再说，小宝从来都是跟我睡，也没跟您睡过啊。"芳芳不想给婆婆留下任何借口，"而且我妈比您小八岁呢，身体也好些。您就让她多受受累吧，您也好养养病不是。"

听到这儿，婆婆终于忍不住了，用力地把筷子往桌上一拍，拿出唱秦腔的感觉："怎么着，你是嫌我老？别在这儿话里有话的，当我听不出来，当年这房子是我们家出钱买的，自然也就只有我们能住。你父母想在北京住，自己再买套房啊。你也跟着一块儿去，别总来我们家蹭房子住。"

"妈，芳芳他们不是这个意思，您别这么说话。爸，您别往心里去。我妈就是快人快语，她不是那意思。"嘉宁想要和稀泥。

"妈，您既然都说这话了，那我也就直说了。您就说说您来这么久，到底干过什么活儿啊？您是做过一顿饭啊，还是擦过一遍地啊，都没有吧？除了看《甄嬛传》就是看《延禧攻略》，您要是把我们这儿当成家庭影院也行，可您别总跟保姆过不去啊？月嫂、育儿嫂您说说，您都辞了几个了，这小时工、护工也换过一批了。您到底是看谁不顺眼啊？您这么个做法我是真的受不了啊，我让我妈妈来，也是希望能帮帮忙。我们每天上班都挺忙的，您也指望不上，保姆您也不让请，那孩子怎么办啊？家里不能没有人啊。"芳芳眼睛里闪着泪光。

"家里有我啊！怎么就没有人了？我没干过活儿？我没给家里买过东西吗？我没抱过孩子吗？孩子现在跟我有多亲，你看看。这是什么原因，你想过吗？因为我对他照顾得最多啊。你去做饭的时候，你上街购物的时候，不都是我在看孩子吗？你们年轻人真是没有良心。我用尽半生积蓄给你们买房，你就一心想着把我轰走。"

"亲家母，您也别激动。现在的年轻人啊是愿意自己住，喜欢独立的生活。都这样，咱们得理解。确实跟咱们那时候不一样了。"芳芳的父亲仍然笑呵呵地给婆婆倒了杯茶。

"我们家嘉宁可没想着自己住，是吧，嘉宁？"

看着母亲锐利的目光，嘉宁一时语塞。就在嘉宁沉默的时候，大家的目光都落在了这个撑不住事的男人身上。

"嘉宁，你说话啊。"婆婆催促道。

"嘉宁，今天只能你表态了，你到底是想和你妈一起住，还是想和我一起住？"说这句话的时候，芳芳感到了忍辱负重。

"我，"嘉宁看看母亲，又看看芳芳，两边都得罪不起，"我，你们别让我为难啊。芳芳，你一向懂事，今天这是怎么了？"

"我女儿就是因为懂事，才一直被你妈欺负。"一直没说话的芳芳妈妈此时含着泪说，"芳芳都跟我说了，你们母子俩到底是怎么回事啊？哪有坐月子就不给做饭的。芳芳也是我们从小宠着长大的，没吃过什么苦，怎么在你们家就得脏活累活全干啊，还时不时被冷嘲热讽。今天既然话都说到这个份儿上了，嘉宁，你表态吧。你妈妈这么闹，摆明就是不想再让你们好好过了。你要是还愿意受她摆布，那我们芳芳也不能再受这个苦了。"

"哎，不至于不至于。"芳芳爸爸还想打圆场，却发现这三个女人一台戏，已经杠上了。他看着嘉宁，心中十分同情，小伙子，现在只能看你的了。

"嘉宁，你都听见了吧，你这个好媳妇背地里都是怎么数落你妈妈的。我在咱们家就算没功劳，总有苦劳吧，怎么就被她们说得这么一无是处啊？"婆婆用手捂着脸，大声地哭了起来，"你挑的这个好媳妇啊，这是要把你妈活活气死啊。"

"妈，您别哭。"嘉宁的心立刻软了，"走，咱回家。芳芳，你要是愿意回来，就回来，不愿意，我也不勉强你。"

看着嘉宁带着婆婆走了，芳芳流下两行清泪，彻底下了决心。她找了律师，起草了离婚协议书。夫妻财产很清晰，只有在孩子的归属问题上，双方起了争执，芳芳和嘉宁都想要孩子。

还是让嘉宁带着孩子吧。芳芳反复思考之后做了决定，一方面，嘉宁绝对不会亏待了孩子，自己也可以经常去探望孩子；另一方面，那套学区房是在嘉宁名下的，以后孩子上学多少是个保障。芳芳做了妥协，可她没想到，这个决定让自己后悔不已。

芳芳和嘉宁在民政局办好了离婚手续，就近去旁边的潮汕粥餐馆吃了顿散伙饭。饭后，芳芳提议想去看看孩子。

"这两天我妈正在气头上呢，你等她消消气，再过来吧。"嘉宁敷衍道。

过了几天，芳芳给嘉宁打电话，想下班后去看看孩子。

嘉宁推说自己出差了，就妈妈一个人在家，她过去容易起冲突，再等等。又过了几天，芳芳再次打电话给嘉宁，嘉宁还是告诉她自己出差了。芳芳不再相信，坚持即使嘉宁出差了，她今天也要过去。在芳芳的逼迫下，嘉宁只得说出实情，是自己的母亲不想让芳芳见到孩子。

"她这么做是为什么啊？"芳芳感到十分困惑。

"为什么？还不是你太让她生气了，她恨你呗。"嘉宁答道。

"你告诉她，我是有探视权的，她不让我见是违法的。"

"我说了，可我妈你还不知道啊。她说你要是来家里，明天她就把孙子带回老家去养。哎，我也怕见不着孩子啊。真抱回老家了，就算你追过去，她带着孩子去个四舅姥爷家，你上哪儿找去啊？你再等等，过几天孩子大了，送到托儿所，你不就能看见了吗？我打听过了，咱家小区旁边有个私人办的托儿所，年龄一岁以上的孩子就能收。"

"你觉得这样合适吗？"芳芳气呼呼地问。

"我也是没有办法啊，你体谅我一下。搁我妈的意思，她这辈子就不想再让你见孩子了。但我肯定会想办法，制造机会让你们见面啊。小宝还挺想你的，虽然他还不会说话，但我看他四处踅摸的眼神，就知道他肯定是在找你呢。"

"行，那我再等几天。"

小宝刚过一岁，嘉宁就履行承诺，带他到了托儿所。芳芳早已等在托儿所，见到小宝又亲又抱，再也不想让孩子离开自己。

芳芳每日都来托儿所探视小宝。

嘉宁再三叮嘱："你可千万别让我妈看见了。我妈几次说想来托儿所接小宝，我都没同意。但我要是万一出个差什么的，可免不了是她接。你到时候一定想办法避避啊。"

尽管芳芳谨慎提防，可还是一个不小心被婆婆撞见了。

婆婆看见芳芳就像见到了天敌一样，和芳芳拉扯了半天，芳芳抱着小宝仍不松手，婆婆只得疯狂地大嚷："快来人啊，有人抢我孩子。"

芳芳抱着小宝，气得浑身发抖，回道："你嚷什么啊！我是孩子的妈妈，咱们是谁抢谁的孩子啊？"

"我跟你说清楚，你再敢来，我一定带着小宝回老家。我跟嘉宁都说了好几次了，北京这气候、环境，根本不适合养小孩，小宝最近总咳嗽。我带他回老家，正好离你远远的，省得被你这种没家教的女人带坏了。"

芳芳压抑着心中的怒火，却不敢发作，万般无奈下，只得做了整容的决定。

"我已经想好了，整容之后，把现在的工作辞了，去那家托儿所工作，这样就能一边工作，一边照顾小宝了。"

"您这婆婆确实有点儿意思啊，都离完婚了，还管你。"又是个想要"面目全非"的，可是这面目全非谈何容易啊。子凡看着芳芳的脸，就算在脸上划两刀，也不至于就认不出来了吧。

其他人也在内心盘算着，有什么方法能快速让别人认不出自己呢？有了上次沈为的教训，大家也不敢再贸然提增肥的建议了。

"您前婆婆视力怎么样？"子凡问道。

"非常好，一只蚊子打眼前飞过，她能辨雌雄。"

"记忆力呢？"

"也非常好，现在还能背小学课文。"

"这可就不好办了。"子凡摊摊手。

楚楚端详着芳芳的脸:"要不我带您去医生那儿看看能有什么办法吧。但您别抱太大希望,虽然网上总说,整容整得亲妈都不认识了。但真想整成亲妈都认不出来,是非常难的。"

"而且要遭好大的罪。"小提想起医院病房里那些"木乃伊"。

"我不怕,只要还能看见我儿子就行。现在这样,我不知道我还能撑多久。"芳芳的眼中闪着泪光。

楚楚背上自己的小包,带着芳芳走了。

楚楚走后,办公室里的众人陷入沉默。每个人的心里都在琢磨,芳芳这事从头到尾听下来,也难断个是非曲直。不过是婆媳相处间鸡毛蒜皮的小冲突,婆婆固然有不对的地方,可也没有真正发生什么大是大非的事故啊。只是这简单的言语冲突、磕磕碰碰,竟然就逼着夫妻二人走向了离婚。看似稳定的家庭,竟这般脆弱,经不起任何考验。人和人之间本应依靠沟通来解决问题,可此时,大家都因为心中的种种猜忌而走向了深渊。

为了能见自己的孩子,她竟然都走到整容这步了。想整成另外一个人要付出多大的代价,恐怕只有自己知道吧。子凡想起车祸后,已经不成人形的自己,为了变回正常人所经历的痛苦,那些磨皮削骨之痛现在想来仍让人不寒而栗。而芳芳现在的选择是深思熟虑过的吗?这样做值得吗?正想着,子凡忽然发现若岩正看着自己,若有所思。

"哎,你说,古代的易容术是怎么回事啊?"若岩问道。

"武侠小说里瞎编的呗。人皮面具往脸上一贴,就变成另外一个人了,怎么可能啊!真有这东西,犯罪分子还头戴丝袜干吗。"子凡回道,"搁现在就是化妆呗。我在网上看到好多大变活人一样的化妆,芳芳是不是也可以试试?"子凡在手机中,找到几个化妆视频,发给小提和若岩。

"别说啊，这真是认不出来啊。"若岩看了几个视频后，发出感慨。

"视频和现实中看，差别还是很大的。现实中化妆虽然能有一定改变，但认不出来还不至于。"子凡摇摇头。

"嗯，我说的易容术是这个人直接就变成另一个人了，这个效果可能还不够。"若岩道。

"影视剧组里的化妆师倒是能做到把二十多岁的小姑娘化成六十多岁的老太太，但那需要好多时间。芳芳也不可能每天拿出四个多小时用来化妆吧。"子凡摊摊手，"还是整容吧，咱们期待一下谢医生的鬼斧神工。"

"唉，"谢心如听完芳芳的故事叹了口气，"日光之下，并无新事啊。你让你前夫做做他妈的工作，母亲见自己孩子天经地义的事，她有什么不乐意的。你去托儿所打工，也不是个事儿啊。以后孩子上了幼儿园，你就去幼儿园打工吗？"

"我现在每日焚香三炷，祈祷着婆婆早登极乐。"芳芳面无表情幽幽地说。

"这终归不是什么解决之道。"谢心如摇摇头，"你要是非想尝试，我也可以提供帮助。不过我只会把人往好看的方向上整，往认不出的方向上整容，我没做过啊，只能咱们一起研究研究了。最好还是能有个参照物，我也知道该怎么做啊。"

话音未落，门口响起了敲门声。

"请进。"

一位面容清丽脱俗的姑娘走了进来。楚楚在心里感叹，这姑娘的五官长得可真不错。

姑娘开口道："医生您好，我想整容。"

"各个部位长得都挺好，皮肤状态也很不错。你年纪也不大吧？想整什么啊？"谢医生端详着姑娘。

"我想整成名模紫薇那样儿，"姑娘打开手机，找出一张紫薇的照片，"你们看，她的脸多好看，多高级啊。"

谢心如看着手机上的照片，又叹了口气。紫薇是谁她当然知道，这位世界级名模长得确实非常有特色。大脸盘，高颧骨，面部骨骼分明，细长眼宽粗眉，嘴唇厚实，眉目间少了几分妩媚，却英气十足。这长相绝不是东方大众能欣赏的审美，近年来却在欧美时尚圈分外走红。随着几位类似长相的模特和演员的蹿红，时尚界为这种极具后现代感的容貌起了个好听又好记的名字——鲶鱼脸。只可惜，这鲶鱼脸可不是能整出来的。放眼目前的整容业，还没有鲶鱼脸整容成功的先例。原因也很简单，鲶鱼脸最重要的特点，就是面部骨骼大且平整，把脸上的肉全部撑开，眼睛被拉得比较开，下巴大但不尖，人才能看起来凶巴巴，有一种鲶鱼的样子。现在流行的假体填充，都无法重塑骨骼特有的质感，所以想整成鲶鱼脸，非常难。这也是为什么在整容技术大幅度提高之后，欧亚混血脸无论在模特圈还是演艺圈都不如鲶鱼脸吃得开的原因。物以稀为贵，管它好看不好看。

"鲶鱼脸现在整不出来，必须天生。不光是我这儿，你随便去问，哪个医院也整不出来。"谢心如道。

"你现在很漂亮啊，何必非要整成紫薇那样啊？"楚楚问道。

"我想做模特，可经纪公司说我长得土，没有现代感，当不了模特。"姑娘哭丧着脸说，"我从小到大什么都没好好学过，就指望着将来靠脸吃饭呢。可是现在，真正靠脸吃饭的职业还有什么啊？演员都要求艺校毕业了。可艺校多难考啊，几万人报名，中戏、北影那些院校加起来才招几百个人。我考了两年都没考上，就放弃了。我小时候还给时尚杂志做过模特呢，想着做不了歌手，当不上演员，最次也能做个模特，这总是条路吧。可是现在人家说了，我这种脸在时尚界不吃香了，品牌都不喜欢。"

"没办法啊,此一时,彼一时,时尚圈的流行之风,哪是常人能跟得上的。"楚楚安慰道,"但你也不用灰心,现在平台多,机会也比以前多了。你没去网红公司问问,你这么漂亮,做主播也行啊。或者在网上发发短视频,没准儿就能火了。"

"我都试过了,上半年都在折腾这些。没用,钱倒是没少花,又是上课,又是买流量的,一点儿不赚钱。那些平台都是骗人的,动不动号称三亿人都在看,四亿人都在用。可我开个直播,一等三四个小时,根本就没人看。我都穿着泳衣跳大腿舞了,也没几个人点赞。"姑娘叹了口气,"再这样下去,我就只能坐吃山空,等着饿死了。"

"不要这么悲观嘛,天无绝人之路。"谢心如劝道,"回去再想想自己还有什么一技之长,长得好看也要开发多种经营嘛,人还是得全面发展。"

"我能有什么一技之长啊?高中毕业就开始逐梦演艺圈了,艺考耽误了几年,选秀又耽误了几年,到现在什么都不会。我还是找个有钱老头嫁人算了。"姑娘低着头,沮丧地离开了办公室。

"现在的孩子都是什么三观啊?"谢心如看着姑娘走了,摇了摇头。

"您好,您就是谢医生吗?"一个长相秀气,打扮精致的小伙子走进了办公室。

"我是,您今天有预约吗?"

"我没有预约,是我的导师推荐我来的。我导师就是大名鼎鼎的何天王。之前您帮他做过鼻子,之后他的星路就变得更顺了。这次我参加选秀节目,有幸加入他的战队。他说我这功夫还行,但长相离明星还有点儿差距,让我找您来看看。您觉得我动动哪儿合适?"

"何天王?哪个啊?"谢心如问。

"何小伟啊。"

"啊？他现在都是天王了？"谢心如没想到，曾经那个弱不禁风的男孩儿，能被冠上天王的称号。

"这两年演艺圈发展得快，媒体起名也比较随意，不像以前，天王天后就那么几个。"楚楚帮忙解释。

"我觉得你长得不错啊，五官都挺精致的。你以前动过吗？"谢心如看着男孩儿。

"去年垫过鼻子。其他都是天生的，没动过了。"

"那你还想动哪儿啊？我看也没什么可动的了。最多就是打打玻尿酸，让脸部圆润一点儿，现在有点太瘦了。"

"行，那您现在就给我打吧。"

"价钱都不问啊？"谢心如随手拿出针管和药剂，"你这张脸，三支玻尿酸差不多了。"

"不差钱。我妈说了，只要能红，多少钱她都愿意出。这次我能参加上这个节目，也是因为她给节目出了好多赞助费。"小伙子在椅子上坐直，一动不动。

谢心如手起针落，迅速在小伙子脸上扎了几针："行了，一会儿拿着单子去外面交钱吧。这两天注意，多补水，别晒着。"

"好。"小伙子拿着单子走了。

"您这儿客户真多啊。"楚楚感叹道。

"这两天好多了。前阵子暑假，我们这儿人满为患。都是家里有点钱，送出国读音乐、戏剧的孩子，趁着暑假回国来整容。整容之后，家里就打算砸钱包装，签经纪公司，进入娱乐圈出道，跟刚才这个小伙子一样。你说他们算不算没有一技之长，人家还真都有点儿专长，会乐器，会唱歌，光唱摇滚的我遇见六十多个，玩嘻哈的也有二十多个，都唱得好着呢，张嘴就能给我来一段。可是，你说这有什么用啊。你也知道娱乐圈，哪是随随便便就能红的。天时、地利、人和，缺一不可。"谢心如感叹道。

"我前两天听人说，中国想出道的歌手有一千二百万，可真正出道的歌手连十万都没有，这里面有名有姓，能被观众记住的，恐怕连一千都没有。从一千万到一千，也是万分之一的概率啊，这条路其实一点儿都不好走。"楚楚附和道。

"现在很多孩子，都低估了这件事的难度。以为来我这儿整个容，就能出道了。根本不可能，整完容他们才会知道，天外有天，人外有人，比你漂亮，比你有特长的人，比比皆是，想红真的很难。"谢心如瞟见坐在一边的芳芳，想起刚才的事，"咱们言归正传吧。你有没有什么想改变的方向，给我做做参考，咱们一起努力。"

"刚才那姑娘的样子就行，能整成那样吗？"芳芳问。

"你这底子还是可以的。可能整出来没有她那么漂亮，但应该差不多。"谢心如快速地在电脑上用软件在芳芳的照片上修修改改，一会儿工夫，她就画好了，"你看看，这是不是你想要的？"

芳芳和楚楚都凑到谢医生的电脑前。芳芳的照片经过处理，已经变得和刚才那位姑娘有了几分相似。

"嗯，这样就行。"芳芳看着照片，十分满意，"你看看，还能认出来是我吗？"

"乍一看，肯定是认不出来了，细看嘛，还是有点儿痕迹的。谢医生，按这个做，她需要动的地方多吗？"楚楚问。

"还行吧，五官都要调整。脸型就靠玻尿酸调整吧，额头也要重塑。好在都是微整，三周时间应该能完全恢复，但是呢……"谢心如犹豫起来。

"但是什么？"楚楚问。

"我不确定整完之后，你的婆婆能不能认出来。你要知道，一个人是完整的。长相、体态、声音、行为举止，甚至散发出来的气味，这些信息都能让别人判断出来你是谁。何况你婆婆长期跟你一起生活，对你很熟悉，她未必会因为你变了相貌就认不出你。"谢心如说出了自己的疑虑。

"不管这些，咱们先做吧，做完再说。"楚楚道，"今天能做吗？今天能做，就今日事今日毕。"

"今天的预约我都看完了，一会儿我让他们收拾一下手术室就行了。"

"我能拜托你一件事吗？"听说今天就要手术，芳芳赶紧向楚楚交代道。

"什么事，你说吧，别客气。"

"我恢复的这段时间里，你能不能帮我去看看孩子啊，拍拍照片发给我。我真的太想他了，做梦都想。看不见他，我的心就一直悬着，总怕他吃不饱，睡不好，或者出什么意外。"

"行，你把地址发给我，我明天就去。"

次日，楚楚和子凡一早就来到了小宝就读的托儿所，焦急地等着和嘉宁碰头。

"芳芳跟嘉宁联系好了吗？这都八点了，怎么还没来？"子凡不耐烦地看了一眼手机，问道。

"约好了吧。芳芳姐这么惦记孩子，就算昨天麻药的劲儿没过，这事儿她也不会忘了啊。你看那个人，是不是嘉宁？"楚楚用手一指，不远处一位身材高大、面相温和的男士正抱着孩子缓缓走来。

子凡看了一眼来人："别说哈，这人和芳芳有点儿夫妻相。"

男子走过来，轻声道："此情若非久长时。"

"早早晚晚都要分。"子凡接道，这是此前约好的暗语，"您是嘉宁大哥吧。"

"对，你们是芳芳的朋友？"

"我们是。"

"我以前怎么不认识你们啊？"嘉宁保持着警惕。

"我们刚和芳芳认识没几天。"

"她没什么事吧？电话里跟我说她住院了，我要去看看，她又不让。唉，她还是在生我的气吧。可是，你们说，像我这种情况，我能有什么选择吗？"嘉宁无奈地看着子凡。

"是，您家的事我们也听说了，不太能理解。但对您，我们还是很同情的。芳芳姐就是一点儿小毛病，刚做了个手术，过几天就能出院了。我们受她之托，帮她看看孩子。其实，大哥，以后这事可以这样，您拍照片发给芳芳姐不就得了吗？"子凡没想通，为什么二十一世纪了，居然还没实现互信互通。

"你们不知道啊？我跟芳芳发信息都是偷着发。我妈每天查我手机，要是被她发现我和芳芳还有联系，肯定又要大闹一场了。我这人不怕别的，就怕女的在我面前又哭又闹。真的，我一眼都不想看。看多了，我晚上就睡不着，睡着也容易做噩梦。之前我为什么能同意和芳芳离婚，就是因为实在没辙了。她和我妈天天在我眼前哭闹。妈是没的选的，媳妇还是可以再找啊。不过，像芳芳这么好的媳妇，我估计也找不到了。"

"大哥，您是真不容易啊。"楚楚看着眼前这个身材高大，性格却如此软弱的男人，也不知道该不该同情，"那我们看看孩子，拍个视频发给芳芳姐吧。"

"对，你们看看。记得告诉芳芳，小宝最近很乖，吃东西也比之前吃得多了。断奶之后，晚上不怎么醒了，育儿嫂一直夸我们家孩子好带。"嘉宁像展示宝物一样，给楚楚和子凡介绍。

"等会儿，您母亲不是不让请育儿嫂吗？"

"不请谁看孩子啊？真让我妈一晚上起来好几次，她也受不了啊。现在白天就靠这家托儿所了，晚上主要是育儿嫂带。这次的育儿嫂脾气好，吃得也少，我妈挺满意的。她最近和家里的保姆也相处得不错，还教保姆怎么做凉皮。哎哟，你们别说，做得还真不错呢。你们要是有空，晚上可以去我家尝尝。我就说你们是我的朋友，你们别说漏了就行。"嘉宁笑容满脸地说。

"您妈这可不对啊。这事我得说说，这不摆明了存心嘛。"子凡打抱不平地说。

"人家的事，你就别管了。"楚楚示意子凡少说几句，过来和自己一起逗嘉宁抱着的孩子。

"行了，拍了好几段视频了。我每隔一天给芳芳姐发一个，就当我们天天都来了吧。"子凡对这项工作本来就没什么干劲，此时更是想应付了事。

"这可不行，芳芳一看，这孩子天天连衣服都不换，该怪我照顾不周了。这样，我加你微信，以后我拍了照，发给你，你再发给芳芳。"嘉宁道。

"行，你就拿我当云盘吧。"子凡笑笑。

"芳芳要是在医院有什么事，你们一定要通知我啊。要是缺钱，也跟我说，我这儿有。"嘉宁抱起孩子，准备走进托儿所的大门。

楚楚点头，表示答应。正要告别，嘉宁又转身走了回来，对子凡说："对了，你们下次什么时候去看芳芳，提前告诉我一声。我给你们拿点儿东西，你们帮我给她带过去。"

"行。"

三天后，嘉宁来到了公司。他四处转了一圈，新奇地问："原来你们的节目就是在这儿拍的啊，我一直都以为是在医院拍的呢。"

"有的是在医院拍的，有的就是在我们这个棚里拍的。棚里拍的后期好做。"子凡也不拿嘉宁当外人，"大哥，是什么东西非得让我们送去啊，这年头，您找快递跑一趟不就行了嘛。"

"这个东西快递真的不行。"嘉宁从双肩包里拿出两包热气腾腾的糖炒栗子。

"一包你们给芳芳送去，另一包，是我买给你们各位的。你们快趁热吃，这东西就是热的时候最好吃。"

"就是栗子啊，您早说啊。医院门口就有一家，我们从那儿买不就得了。"子凡随手从包里拿出一个，剥着吃，"哎哟，这栗子怎么这么甜。"

"这是秋栗香的栗子，我排了一个小时的队才买到的，一个人限买两包。"嘉宁得意地说。

"栗子还限购啊？那我得尝尝，是什么好东西。"楚楚走过来，吃了一个，做出惊讶状，喊道，"小提快来，真的好吃。"

芳芳在病床上剥着栗子，心中泛起一丝暖意。她当然不相信子凡说的话，顺路带过来的栗子怎么会是秋栗香的呢。更何况，顺路带一次能理解，怎么还连续带了三次。脸上的纱布一点点地揭开，自己就像蛇蜕皮一般在等待重生。下周是嘉宁三十五岁生日，芳芳在网上买了一个 iwatch，准备生日当天送到他手里。这款手表刚上市嘉宁就想买，但芳芳觉得没什么实际用处，就没同意。现在想想真是后悔，如果嘉宁有 iwatch，芳芳此时就可以点一下心动功能，告诉嘉宁自己正在想着他。而戴着 iwatch 的嘉宁也不需要担心老妈会偷看，因为手表只会在手腕上微微地颤动一下。

"子凡，下周是嘉宁生日，我给他买了礼物，你能帮我交给他吗？"芳芳接过子凡递过来的栗子，转身打开抽屉，拿出一个包装精美的盒子。

"行，我们下次去看孩子的时候，我把这个带给他。"子凡接过盒子，小心地放进包里。

"你别说是我给他的啊。"

"那我说是地上捡的？"

"说是你送他的。"

"行，我就这么说。他要是信了，你是不是得担心一下他的智商？无缘无故的，我给一大老爷们儿送生日礼物。"

"反正你就这么说,信不信是他的事。"芳芳露出幸福的微笑。

去幼儿园的路上,子凡问:"你觉不觉得这两人有点儿奇怪?"

"怎么奇怪了?"楚楚低头看着手机。

"你说这哪儿像离婚的,根本就是一对热恋中的爱侣啊,比咱俩都亲。"

"说什么呢?"楚楚抬起头,白了子凡一眼,"趁我没注意,又占我便宜是不是?"

"小人不敢,就说这意思啊。"

"是哈,其实他俩本来也没什么矛盾啊。这不都是那婆婆从中作梗,棒打鸳鸯嘛。"

正说着,两人到了幼儿园门口,看见小宝被一个上了年纪的女人抱着。

"这不会就是那位婆婆吧?"楚楚低声说。

"肯定是啊,不然谁能来接孩子啊?"子凡也低声回了一句。

两人仔细打量着这位传说中的人物。一米六五的身高,穿着明显比一般老人讲究,米黄色小跟皮鞋,素白的衬衫整齐地塞进黑色A字裙里,搭配上挺拔的站姿,看起来气质不凡。她和幼儿园老师寒暄了几句,便抱着小宝匆匆走了。

"得,咱明天再来吧。"子凡失望地说。

"你觉不觉得,婆婆的形象和芳芳描述的不太一样啊。"楚楚问道。

"是不太一样。我想象中应该是个挺猥琐的老太太,这一看,大气端庄,懂文明讲礼貌,不像能干出那些事的人啊。"

"不过婆婆对媳妇的恨,也是与生俱来的。"楚楚暗暗祈祷,自己未来可不要赶上个奇葩婆婆,下意识地问了句,"你妈人怎么样啊?"

"我妈可好了,大学教授,知识分子。怎么着,今儿就跟我回家去见见二老吧。我现在给他们打电话,保证你到家就一桌子菜。"

"你还有没有正事了?"楚楚笑着说,"不过咱们是得琢磨一下吃什么,我都饿了。"

"别急,我看看大众点评,看这附近有什么好吃的。"

子凡正愁着礼物要是再不送出去,嘉宁的生日就过了,嘉宁却主动上门了。

"子凡,还得麻烦你们一趟。"嘉宁递过两包栗子和一大篮子葡萄,"这葡萄是我前两天去郊区朋友家摘的,特新鲜。你们都尝尝,剩下的给芳芳。"

"大哥,我看您这一趟一趟的,是干吗啊?我们都怪不好意思的。"小提看见嘉宁进门,便已走到门口,等着吃栗子。

"应该的,应该的,多亏你们帮忙。"嘉宁憨厚地笑着。

小提熟练地剥开栗子,边吃边说:"我看您是贼心不死吧?跟我们也别藏着了,是不是还想把芳芳姐追回来啊。"

"唉,"嘉宁叹了口气,"斯人若彩虹,遇上方知有。我没遇上芳芳之前,本来对婚姻这事都不抱什么希望了,就觉得随便找个人,凑合一下,应付应付家里人就得了。可遇上芳芳之后啊,我就总在想,这女人怎么这么好啊。能干活,会做饭,还省钱,家里家外全都能顾及到,真的是上得厅堂,下得厨房。不瞒你们说啊,我妈来之前,我那日子过得跟神仙似的。月入十万,也没我过得舒服啊。没有我妈这档事,你就是把刀架在我脖子上,我也不能跟她离婚啊。"

"那您现在肯定特别后悔吧?"小提手里还是不停,桌子上已经一堆栗子壳儿了。

"也不能说后悔,我真是没辙了。我妈那阵子逼我离婚,每天连饭都不吃,跟我闹绝食。你说,我总不能真把我妈逼死吧?反正我也是想好了,以后不管我妈怎么逼我,我今生就不娶了,一直打光棍，让我妈后悔去吧。"

"咱不能用别人的错误惩罚自己啊。小提，你少吃点儿，楚楚还没吃呢。"子凡拿出一把栗子，放到楚楚的桌上。

"你真偏心，若岩也没吃呢，你怎么不给他拿点儿啊。"小提瞪了子凡一眼。

"他又不爱吃栗子。"

"可我爱吃葡萄啊，子凡，给我拿一串儿过来。"若岩在IT小屋中喊道。

"小提，快，给你若岩大哥送葡萄去。要我说啊，嘉宁，这事还是怪你。咱作为一家之主，凡事得有个担当。你和你妈带着孩子过日子算怎么回事啊，你们又不是生活在希腊神话里的人。这现代家庭，确实不能跟老人走得太近。主要也是现在这思想鸿沟太大，彼此交流起来都费劲。咱们觉得是老人作，老人还觉得是咱们一天到晚瞎胡闹呢。人和人的相处，确实是理解万岁。在理解的基础上，咱们再求大同，存小异。"

"子凡哥，你这番话说了跟没说一模一样。要我说，嘉宁哥，您也表个态，到底是不是还想跟芳芳姐继续过。想过，咱们就想办法；不想过，您也别费这个劲了。又买栗子，又摘葡萄的，您还不如扫扫您办公室里的花，看看还有没有单着的。"小提送完葡萄，走回来插话。

"我能不想吗？可是，不可能了。我妈活着一天，我们就只能做一对苦命鸳鸯，相忘于江湖。"

"行，有您这句话，我就放心了。大哥您记住，有志者事竟成，三千越甲可吞吴，这事交给……"小提眼珠一转，"就交给子凡哥了，一定给您办好。"

"对了，我送你个生日礼物。"子凡从包里拿出芳芳准备好的礼物，交到嘉宁手里。

"你还知道我生日?"嘉宁话刚出口,便反应过来,这礼物肯定是芳芳送的。他美滋滋地离开了办公室,不时看着手里拿着的礼物。

"你怎么总把事往我身上推?"子凡看着小提责问。

"能者多劳嘛,谁叫你集智慧、美貌、幽默和无赖于一身,这样的英雄豪杰,就是一百年也出不来一个啊。"

"行了吧你,你想的损招儿又是什么啊?"

小提招呼子凡近一步说话,子凡凑了过来,小提在子凡耳边低声说了几句。

隔天,子凡和楚楚来到医院,准备见证奇迹的一刻。

护士小心地把芳芳脸上的纱布一层层地揭开。芳芳闭着眼,紧张地等待着结果。

芳芳的脸终于露了出来,众人像说好了似的,发出"哇"的一声大叫。

"怎么了,是不是毁容了?"芳芳紧闭着眼,不敢睁开。

"太美了。特别自然,一点儿都看不出是整的。"楚楚感叹道。

"真的吗?"芳芳下了很大的决心,终于睁开了眼睛,"咦,这镜子中的人是谁啊?"

当你面对着镜子,看到的却不是自己脸的时候,这是一种非常诡异的感觉,甚至不自觉地,背后会泛起一丝凉意。

还好此时屋子里人多,芳芳定了定神,又看了看镜子。这个人,到底是谁啊?尽管之前看过效果图,但做出来的样子还是让她吃了一惊。镜子中的女孩比之前的自己漂亮,也比自己看起来要年轻。饱满的苹果肌,俏皮的尖鼻子,神采飞扬的眼睛。这是我吗?芳芳还没有接受这个现实。她低头看了看自己的手,手臂、身体,这些都没有变,还是原装的。可是脸呢,芳芳用手摸了摸脸颊,皮肤也和之前摸上去的质感不同了,更滑更润也更有弹性。她看着众人，问道："这真的是我吗？我不是在做梦吧？"

"要不我掐你一下，你看看疼不疼。"楚楚用手使劲儿拧了一下芳芳的胳膊。

"啊，好痛。"芳芳叫了一声。

"你看吧，不是做梦，真的是你，你现在好漂亮啊。"楚楚指着镜子说。

"嗯，真的是我。"芳芳激动地掉下了眼泪，"太谢谢你们了，还有谢医生。谢医生在哪儿呢？"

"谢医生正手术呢。你们等她下了手术台，打个招呼再走。"护士道。

"嗯，一定见到谢医生再走，太感谢她了！"芳芳反复看着镜子中的自己，越看越高兴，笑得已经合不拢嘴了，"太好了，我变成这样，再也不用担心那个老太婆能认出来了。我要去小宝上的那家托儿所去应聘，你说，我应聘的时候穿什么衣服好啊？"芳芳冲着楚楚问道。

"你一个外企高管，去托儿所当老师也太大材小用了。"楚楚道。

"没办法啊，只有这样才能每天见到小宝啊。你没有孩子，你不懂这个感受。他只要不在我身边，我就会一直惦记他。他在身边，我才会安心。"

"芳芳姐，我给你出个主意，你不用去托儿所上班，保证也能天天见到小宝，怎么样？"子凡道。

"那当然好，什么主意？"

"跟嘉宁哥复婚。"

"那可不行，我没办法和那个老太婆共处一室了。嘉宁是个好人，各方面条件也都不错，他很快就能再找个妻子的。我就是担心，这新人别对小宝不好，毕竟是后妈啊。"芳芳想到此处，脸上的笑容消失了，转而变成焦虑。

"所以啊，不能让嘉宁哥给小宝找后妈。"子凡撺掇道，"听我的，你就跟嘉宁复婚吧。婆婆的事，我们帮你解决。"

"你们还提供这种服务？"芳芳惊讶地看着子凡，又转头看了看楚楚。

"芳芳姐，你别想歪了，我们不是黑社会。"楚楚笑道，"我们是金点子公司，专门帮有困难的朋友出主意。"

"那我需要做什么？"

"等着看戏。"

嘉宁在子凡的安排下，终于见到了芳芳，没想到几周不见，芳芳竟然变成了另外一个人，好在"音容笑貌宛在"。嘉宁看了半天，才确定了眼前的人，确实是芳芳不假。都说小别胜新婚，果然这一阵子没见，二人见到对方都格外热情，毫无拘谨之处，互诉衷肠后，便开始了少儿不宜的搂搂抱抱。

子凡知趣地找了个由头先走了。走前，子凡向嘉宁仔细交代了一番，又反复叮嘱了几遍，才笑着离去。

嘉宁回到家中，保姆已将饭菜做好。母亲独自坐在饭桌上，等着嘉宁。嘉宁先去卧室看小宝，见其正在床上熟睡。

"妈，您不用等我，菜都凉了，下次您先吃。"嘉宁坐下，往母亲碗里夹菜。

"那哪儿行啊，你上班那么辛苦，回来还吃剩菜这怎么行。你要是嫌凉，我去热热。"

"没事，还行，就这么吃吧。阿姨去哪儿了？"

"说是老家有事，请了两天假，回家去了。现在的保姆真是一个靠谱的都没有了。说家里有事就有事，我们家也有事啊，这让我上哪儿去临时找个人替她啊？"

"没事,今晚让小宝睡我那儿吧,我照顾他。"

"那可不行,你还得上班呢,还是我来吧。不过啊,宁啊,你也得好好在身边物色物色了,看有没有合适的,不能总这么单身吧。妈也担心啊,万一那个坏女人再回来怎么办啊?"

"妈,您还真别说。前两天,朋友给我介绍了个女孩儿,各方面条件都挺好的。"嘉宁笑着说。

"真的啊?那可是太好了,哪天带来家里,让妈看看。上次我就是大意了,对那个坏女人考验的时间不够。多考验几天,她的狐狸尾巴自然就露出来了。"看见儿子又有了心仪的对象,母亲松了口气,"你多吃点。"

两天后,嘉宁回到家便开始长吁短叹,两眼无神地看着天花板。

"孩子,你这是怎么了?"

"妈,你别问了,让我冷静冷静。"

嘉宁这么魂不守舍了两天,着实把母亲担心坏了。这天晚上,母亲准备了一桌嘉宁爱吃的饭菜:炒凉粉、焖羊肉、油泼面。嘉宁却只是象征性地动了动筷子。

"孩子,有什么事,你跟妈说啊,是不是新交的女朋友吹了啊?没事,中国人多的是,咱们再找,肯定能找到合适的。"

"她跟我就挺合适,而且她听说我有孩子,都没介意。说她喜欢小孩,自己又怕遭罪,不敢生,我有一个正合适。"

"这不是好事吗?你愁什么啊?"

"可是——"嘉宁说到这儿,捂住了脸。这个技巧自然是子凡教的,想哭哭不出来的时候就捂脸,别人就以为你哭了。

"孩子,你怎么了?"

"没什么,反正我也想好了,我过几天就去龙泉寺剃度出家,当和尚,不问这红尘事了,省得惹您生气。"

"啊？你说什么呢？你要出家？你妈这心脏不好，你可别吓唬我啊。"母亲拿着筷子的手都哆嗦了，"到底怎么回事啊？"

"她一听我和妈妈一起住，她就不干了。她说成年人和父母之间，至少要有一碗汤的距离。不然我就是巨婴，巨婴男。"嘉宁仍然用手捂着脸。

"就这样啊。没事，我明天就抱着小宝回老家去。你就跟那女孩儿说，家里就你一个人，没别人了，父母双亡。"

"哎哟，妈，不行，您可不能走啊，我就想和您一起住着。"嘉宁假意挽留。

"哎呀，我都在你这儿待了这么久了。我也挺想你爸爸的，我是得回去看看他了。"

"可是妈，我舍不得小宝。您就自己回去几天，把小宝留下吧。反正白天上托儿所，晚上有阿姨，没问题的。我正好趁这机会，考验考验这女朋友，看她能不能当好后妈。要是对小宝不好，她再好，我也不能让她进门啊。"

"行，那你给我订票吧，我明天就走。"

嘉宁带着芳芳再次来到办公室，竟带着喜糖。

"子凡，太感谢你了。"嘉宁把一大包喜糖放在子凡桌上，"我妈看了芳芳的照片，非常满意。逼着我们赶紧办事。这次我和她说好了，为了我的终身幸福，就尽量不要过来。逢年过节，我们回家。反正只要芳芳少说话，他们肯定认不出来。子凡，你多吃点儿糖。"

"这主意是小提出的，你谢她。"子凡往小提那儿一指。

"不用谢，不能白吃您那么多栗子，是不是？都是我们应该做的。"小提喜滋滋地笑着。

等嘉宁他们走了，小提拿了包喜糖走进若岩的IT小屋，得意地说："来，这是靠我出的馊主意赚到的喜糖。"

"不错嘛，愚者千虑，终有一得啊。"若岩剥了块喜糖，喂给小提，"临近比赛结束，这投票的反倒越来越多了。我已经设置反刷票工具了，怎么每天还有这么多票呢？"

"现在谁是第一了？"

"沈萌和阿扬票数差不多，还是沈萌稍微高一点儿。不过，赵梓云的票数这两天涨得非常快，大有赶超之势。我怀疑就是她在刷票。按说，她一个过气女星，最近又没什么作品面市，哪儿来这么多粉丝投票啊？"

"嗯，没准儿她是花钱找了什么投票公司了。现在比特币不行了，那些挖矿的公司收不回成本，都转行刷票，刷点击了。云姐姐一向标榜自己有钱，出手又大方。她雇人刷票一点儿不奇怪。"小提看着电脑，忽然想起一件事，"对了，你还记得刘威说过，最后的冠军必须由他指定吗？"

"记得啊，但他到现在都没跟我打过招呼，说不定这事他已经忘了。我也不想提醒他。现在提醒，他万一空降个人，上来就超了一线女星和网红，谁还看不出来是安排好的啊，到时候被骂黑幕，就得不偿失了。"

"你不提醒，人家没准儿也要空降一个呢。是福不是祸，是祸躲不过，咱还是打个电话问问吧，不然我这心里总是不踏实。万一是个麻烦事，咱别一点儿后手都没有，你说是不是？正好我要给投资人发请帖了，借这个机会问问他。"

"行，你请帖发过去，我就给他打电话。距离比赛结束真的没剩下几天了，这时候插个冠军进来，不存心给咱们捣乱嘛。"若岩眉头紧锁，琢磨着到时候该如何处理。

第九章　涅槃盛宴

　　小提站在熙熙攘攘的街头，看着身边来来往往的男男女女，不禁感到十分困惑。女孩子们不但打扮得花枝招展，还有着昂扬的斗志，朝气蓬勃的精神。而反观街上的男士，大部分不修边幅，大腹便便者有之，蓬头垢面者有之，好不容易有个收拾利索的，又缺少了几分阳刚之气。小提留心观察着人群中的情侣。仅从外形上看，没有任何一对情侣中的男士要优于女士，有些甚至极不般配。年老色衰的中年油腻男，身边往往是身材轻盈、相貌端庄的中年女性。可为什么整容的女性人数要远远超过男性呢？

　　小提思考着，自古以来似乎女性就对美貌这件事更为在意。可反观动物界，更在意外表的往往是雄性，雄性孔雀会开屏，雄性狮子拥有茂密的毛发，雄性昆虫也总是比雌性的花纹更多，色彩更斑斓。为什么作为高等动物的人，这事却偏偏反过来了呢？雄性长得好看，从动物本能上是能解释得通的。雌性掌握繁殖后代的能力，而雄性为了留下自己的基因，势必要使自己更富有魅力，自然要多从外形上下功夫。能开屏的雄孔雀受到更多异性的喜爱，也就拥有了更多的生育权，留下的后代比不会开屏的雄孔雀多，久而久之，生存下来的雄孔雀全部拥有可以开屏的基因。而人类，在经历数百万年之后，首先进化到了母系社会。在这个时代，长得漂亮、身材健壮的男性也拥有了更多的生育权。而进入男权社会之后，男性在上千年的奴隶社会和封建社会中，不但掌握了对生活物资的支配权，同时也拥有了对女性的分配权。就是在这个时候，女性为了获得更多的物质，必须为悦己者容。古人对镜贴花黄，今人争做整容娘。可是，现代社会了，男女平等了，女性已经和男性拥有了同样的受教育机会和劳动机会，为什么还要如此看重相貌呢？

"小提，小提，想什么呢？"楚楚叫了两声，小提仍没有答应，只好走上前，用力地推了推她。

"没事，瞎想呢。"小提回过神，"楚楚，咱们这次邀请的嘉宾都有谁啊？"

"嘉宾名单我发在群里了，你没看到吗？"

"我现在看。"小提翻着手机里的聊天记录，"这么多明星啊，这些人你都是怎么请到的啊？"

"时尚圈的活动都是这样，店大压客，客大压店。告诉他们，沈萌来，昆宝儿来，宁儿来，他们爱来不来，结果就全来了。明星也想露脸啊。别看现在平台多了，节目多了，其实很多明星的曝光率比之前要少得多了。为什么都争着走红毯啊，就指望在红毯上出个洋相，能被观众想起来呢。现在的明星是真不容易啊。老中青三代，全在一个锅里抢饭吃。对了，子凡，跟舞台布置那边说啊，咱们那天也得有红毯。"

"放心，我这边都安排了。"子凡回了个招牌式的自信表情。

"就剩两天了，我这心怎么这么慌啊。"楚楚捂着胸口说。

"因为你要做现场主持啊。"小提一脸讪笑，"这台千万级的晚会，主角就是你啊。"

"别闹，我就是个串场的，主角肯定是沈萌啊。她是当红女星，又是咱们这次比赛的冠军。"

"冠军未必是沈萌了。"小提摇了摇头。

"不是她还能有谁啊，她的票数是第一啊。遥遥领先第二名赵梓云。"楚楚看了一眼手机，"两千票？怎么差距就剩两千票了？我昨天看她们的差距还有一百万票呢。这云姐姐是有钱啊，就这么个比赛，肯砸这么多钱买票啊。子凡，小雪能来吗？咱们活动有个环节，是让整形志愿者们都站出来说几句现在的生活现状。小雪要是能来，可以让她多说几句。"

"我看悬。我给她发短信了，但一直没回话。"子凡摇摇头。

小提趁着子凡和楚楚说话的工夫走进了若岩的 IT 小屋。若岩正在桌子上趴着，她轻声问道："睡着了吗？"

"没有，干吗？"若岩依然趴在桌子上。

"刘威怎么说啊？现在云姐姐的票可是已经超过沈萌了，这可别再杀出个程咬金了。"

"不会，他支持的就是赵梓云。"若岩懒洋洋地从桌上挣扎起来，戴上眼镜，看着一脸问号的小提，"你没想到吧？他不是要捧什么新人，而是盯上云姐姐了。"

"不应该啊。他怎么知道云姐姐会参赛呢？我们去云姐姐那儿是刘医生介绍的，云姐姐是自己愿意参赛的，但她肯定不知道自己能拿冠军啊。"小提自顾自地分析着，"虽然她想拿，但是她也承认她的人气不如沈萌，所以她不会这么玩命地刷票。也就是说，她现在这么高的票是刘威刷的，而且刘威并没有告诉她。是这样吗？"

"不是刘威刷的。这两天的票，是我刷的。我把咱们平台上的票数给改了。刘威要求必须云姐姐夺冠军，冠军奖杯要由他亲自颁发，奖杯还得由他亲自负责做。而且，整件事他还要求咱们必须瞒着云姐姐，到时候他会给云姐姐一个惊喜。惊不惊喜，意不意外，你见过追星追到这份儿上的人吗？真是执着啊！"若岩无奈地笑了。

"追星？你看刘威像是追星的人吗？云姐姐今年都快五十了，比刘威大十几岁，不合理啊。"小提疑惑地说。

"存在即合理，反正咱们照办就是了。活动当天搞不好会有什么感人场面呢，你就准备好纸巾吧。"若岩打了个哈欠，"没准那奖杯是纯金打造，还镶满了钻石。云姐姐肯定喜欢这种 blingbling 的东西。"

"我怎么觉得这未必是好事啊，你不觉得奇怪吗？"

"奇怪啊，但是光天化日，那么多摄像头对着，你觉得能出什么事啊。你就放心吧，赶紧回去干活，正事别落下了。"

终于到了活动日期，整个体育馆灯火辉煌，座无虚席。

在两大人气女团表演了热热闹闹听不清歌词的开场歌舞之后，"涅槃大赛"终极晚会正式开始了。

楚楚穿着一身海蓝色紧身晚礼服，缓缓走上舞台，四面八方的镁光灯立刻对准了她。原来舞台灯这么亮啊，楚楚心里念叨着，什么词来着？她停顿了一下，在心里默默地想了一遍，大声说道："各位来宾，各位选手，各位整容界的同人，还有守在屏幕面前的宝贝们，大家晚上好！感谢大家在百忙之中，抽出时间，观看今天的晚会。我们的节目《微微一整很倾城》已经上线一年多了。在这一年之中，我们得到了很多批评，也得到了很多鼓励。很多人问我，为什么我们会选整容这个话题来做节目，是不是纯粹为了噱头。坦白说，是的。我在第一次想到做这样一档节目的时候，内心就在窃喜，这个话题，肯定有人看啊。可是当我们真正开始做，开始和医生、患者交流，我们才知道，我们想错了。其实整容这个话题并不娱乐。首先，它涉及医疗，它必须严肃；它又涉及金钱，所以必须透明。我们要做的，就是把整容的真相明明白白地告诉观众。你可以去改变，我们也支持大家去改变，但要以正确的心态看待这件事。整容不是万能的，但没有颜值在今天这个社会，是万万不能的。还有一句话，我们在节目中已经说过上千次了。那就是，一定要去正规的整容机构。下面，我们请出当今最火爆的男团——超越组合，为大家带来一首《你那么美》。"

超越组合由五名长相秀气的小鲜肉组成，一登台就得到了翻江倒海般的尖叫声。他们献歌一曲后被楚楚留在了台上。楚楚拿着话筒，微笑着说："我们花了那么多钱请你们来，你们以为唱首歌就能跑啦？想得美。"

五小鲜肉一脸错愕，不知道这主办方除了唱歌还有什么幺蛾子。

"麻烦你们颁发我们的第一个单项大奖，'素颜我最美'。"

五小鲜肉情绪缓和，满脸堆笑，接过楚楚递上的信封，念道："'素颜我最美'单项奖的得主是……她就是……在演艺界如日中天的名模，也是我们的大师姐——刘晓娟小姐。"

场下掌声雷动。

刘晓娟上台领奖。她接过奖杯，激动得浑身发抖，泣不成声地说："感谢主办方，感谢我的经纪公司，更要感谢我的粉丝。谢谢你们，没有你们，我从来都不知道我还能拿到这样的奖项。我今天没有素颜出场，我非常对不起大家。但是，我的内心其实也非常好奇，你们到底谁见过我素颜的样子啊？你们怎么知道我素颜是最美呢？我平常都是带妆出镜的，我连参加跳水真人秀节目，也是化了妆的。相信是你们各位独具慧眼，从我化妆的样子，就能想象到我没化妆的样子，我真是太感动了。我不知道说什么才好了。谢谢，谢谢大家。"

刘晓娟下台前，刻意拿着奖杯摆了几个造型，让台下的长枪短炮有机会施展身手。

"下面有请人气大叔贾晓波老师登台，为大家演唱《看我72变》。"报幕词念完，楚楚就忍不住笑出了声。贾晓波已经年过五十了，年轻时以影坛硬汉的形象深入人心。上了年纪之后，往往出演一些影视剧中的反派人物，比如黑社会大哥啊，贪腐官员啊，如今也不知道小提怎么想到的鬼点子，非要让他上台唱跳一曲。

贾晓波迈开大步，三步一蹿，迅速到了台上。楚楚看到贾晓波的样子，不由得愣了一下。这可比平时电视里见到的贾晓波年轻太多了。脸上皮肤紧致饱满，白中透亮，眼睛也炯炯有神。

"贾老师，原来您真人这么年轻啊！影视剧里您都是用了替身吧？"

"昨天彩排结束，我被你们的工作人员拉去医院打了几针玻尿酸加肉毒，打完就变成这样了。回家我老婆也看呆了，说这个活动好啊，还能返老还童。"贾晓波笑说，声音铿锵有力。

"这都是我们应该做的。您现在唱这首歌颂整容的歌，想来就更有真情实感了吧。"

"对。"紧接着，贾晓波配合着动感的节奏，边跳边唱，"美丽极限，爱漂亮没有终点，追求完美的境界，人不爱美天诛地灭……"

"你就说逗不逗？"小提问坐在身边的若岩。

"别说，有你的。好好的颁奖晚会，变成《欢乐人生》了。"

"娱乐圈，娱乐就是第一生产力。"

贾晓波唱完，也同样被留在了台上颁奖，他擦了擦汗，调整好呼吸，满怀深情地说："我没有想到，主办方会让我颁发这个奖项，怎么说呢，我的心里五味杂陈。可能是因为我刚刚才尝到了整容的甜头，他们非要给我扣一盆冷水吧。我不多说了，直接颁奖吧。涅槃大赛'整容最失败'单项奖的得主是，永远在线的清甜妹妹——冯阿扬。"

冯阿扬早已在台下候场。她的下巴已经完全治好了，恢复了清新秀丽的面容。为了不让别人发现她只有一米四四的身高，她特意将两个小板凳绑在脚下，身上穿了一条大号晚装裙，严严实实地盖住了腿。她一步三晃地走上台，几次险些摔倒，好在都立住了。

"谢谢主办方，谢谢刘医生。"她几度哽咽，但声音依然甜美，"我想，在场的不会有任何一个人，比我更感谢这档节目的主办方。大家还能看到我，完全是主办方的功劳，是刘医生的功劳。我的下巴已经好了，现在垫了假体在里面。因为我发自内心地喜欢尖下巴。即使它给我带来了那么多噩梦，我依然喜欢它。我们每个人都希望活成自己想要的样子，都想过自己向往的生活。那么我们就应该去做啊，爱漂亮有什么错吗？没有，愚蠢才是错。我之前犯的错误不是整容，而是轻信了无良医生的话。现在，我有了最好的整容医生，我当然希望变得更漂亮，希望每天改变一点儿，运气也更好一点儿。我这个人没什么专长，了解我的朋友也清楚，我的家庭条件不太好，智商也不太高，读的书也不多。我能走到今天，完全靠的是美貌和运气，因为运气好，我在最好的时间进入大料做了主播，因为运气好，让我认识并拥有了你们。我的一切都是粉丝给的。只要粉丝喜欢漂亮的我，我就要一直漂亮下去。"阿扬流下两行清泪，在灯光的照耀下，微微闪着光，看起来楚楚动人。

台下一片躁动，一个小个子男士忽然蹿上了舞台，跑到冯阿扬面前，单膝下跪，大喊道："阿扬，我已经爱你很久了。你能不能嫁给我？我的账号是：冯阿扬的守护者2076，你有没有印象？我经常给你送游艇的。"

冯阿扬看起来略显惊慌，依然声调甜美地说："别这样，我当然记得你，但是我不能嫁给你。让我们永远保持着单纯的朋友关系不好吗？你只要每天晚上都坚持上线，我保证，风里雨里我都在主播间里等你。"

"不，我要和你永远在一起，阿扬。"

小伙子话音未落，就被两名冲上台的保安制服，押着他往台下走。他仍不放弃，大声喊着："阿扬，阿扬，我永远爱你。"

阿扬在台上喊道："不要伤害我的粉丝，你们要对他好一点儿，轻一点儿。"

"咱们这次活动没有观众票吧？来的人不都是咱们请的吗？"若岩低声问道，"这些人里还会有这么狂热的粉丝吗？"

"估计是冯阿扬团队里的人，这就是演戏呢。"子凡回道，"个别明星开演唱会，经常会安排这种桥段，我都见怪不怪了。"

"哦。"若岩看了一眼台上镇定自若的阿扬，的确不像是突发事件。

冯阿扬拿着沉甸甸的奖杯，矗立在台上，宛如自由女神。她留出充分的时间，给记者们拍照。

阿扬之后，又颁发了几个不痛不痒的单项奖。临近午夜，激动人心的一刻马上就要来了。楚楚走上台，故作紧张状，一字一顿地说："我们的'涅槃大赛'，经历了四个月的时间，共征集了两万多名参赛选手。选手遍布大江南北，海峡两岸，还有来自美国、加拿大、泰国等五十多个国家的国际友人。不得不说，这的确是一场整容界的盛宴。今天，我们齐聚一堂，即将共同见证首届'涅槃大赛'的总冠军。我相信大家此时此刻，都和我一样紧张，都在猜测，胜利者到底是谁呢？会是亭亭玉立的她吗？"

屏幕上出现了沈萌的影像，她正在台下坐着，看到镜头对准自己，立刻微笑着打了个招呼，之后用右手比心。

"还是去年二十，今年二十，二十年后还是二十，永远在逆生长的她呢？"

屏幕上出现了赵梓云的影像，她端庄地坐着，看到镜头，她腼腆地低下头，再微微抬起头，看了镜头一眼。一个简单的动作，集

"娇嗔痴"于一体。

"大家说，会是谁啊？"

台下一片躁动，不少人起哄似的喊着："沈萌！""梓云！"

"答案马上揭晓。下面我们有请本次活动的资助方，也是我们公司的投资人，诺胜基金合伙人刘威，上台开奖。"

伴随着台下的一片欢呼声，身着黑色 zegna 修身西服的刘威走上台。刘威毫不怯场，镇定自若地说："非常荣幸，主办方能给我机会颁发这个奖项。诺胜基金从成立之初，就定位在互联网娱乐的方向上，这些年我们投了不少受人关注的项目。这次比赛，是互联网与整容行业、娱乐行业的一次大结合。让人没想到的是，这次比赛能吸引到这么多国内一线明星到场。这也说明，我们当代，对于美，对于个人健康形象的认知在不断升级。我们都相信，《微微一整很倾城》和'涅槃大赛'在未来会有更好的表现。"

台下响起一片掌声。

"好了，我不多说了。现在我要公布，'涅槃大赛'，花魁的得主……"配合着频率越来越快的鼓点，刘威故意放慢说话的速度，"得主就是——不老神话，逆生长公主——赵梓云。"

"这是黑幕吧？"

"肯定是内定的。我听说赵梓云现在上综艺节目都是花钱上的。这比赛估计她也没少掏钱。她拍戏也是，求着导演多给她镜头，再找网上的水军写她和小鲜肉有暧昧关系的网文。自己炒自己，就为了能红。"

"哎哟，谁信哪！快五十的人了，天天装少女，装公主，这是什么心态啊？"

"自以为是小鲜肉杀手，其实就是个老干妈。你说她怎么那么有钱啊？"

"你不知道她之前的事吗？出去我给你讲讲。"

小提听着身后两人的议论，不禁想为赵梓云打抱不平。云姐姐费了这么大的劲，吃了这么多的苦，才能把自己保养得像少女一般美丽，怎么他们不知道欣赏，还非要调侃呢。看着台上神采飞扬的云姐姐，小提是发自内心地佩服。

赵梓云穿着薄纱短裙，长发编成辫子，盘在头上，造型仿佛希腊神话中的仙女。她一脸娇羞地看了看台下的观众，又看了看为自己颁奖的刘威，面带微笑地说："谢谢大家，谢谢主办方，也谢谢刘总。我没想到自己能得到这个奖，太意外，谢谢为我投票的粉丝们。"

她说完，转过头，笑眯眯地看着刘威，接过其递上来的大奖杯，娇媚地说："谢谢刘总。"

"云姨，好久不见了，还记得我吗？"刘威移开话筒，轻声问道。

"嗯？"她莞尔一笑，一副娇媚的模样。可心中却已经开骂，眼前这年轻人是谁啊？如此没有教养，公众场合居然管我叫云姨。她脸上保持着笑容，轻轻地摇了摇头。

"云姨果然是贵人多忘事啊，二十年了，您真是一点儿没变，还是这么漂亮。"

二十年前？赵梓云看着眼前这个年轻人，二十年前你才多大啊，估计就是在电视剧里见过我吧。她没再多话，而是把注意力放在了奖杯上。这奖杯金光灿灿的，分量十足，似乎里面还放了什么东西。她好奇地凑近奖杯想一看究竟，却闻到一股果子的香气。这香气很舒服，让她感到昏昏欲睡。不能睡啊，今天自己可是主角，再坚持一会儿就结束了。

她强打精神，望着台下，继续说："这是我在演艺圈打拼的第三十三个年头，没想到……"她看到台下的观众都在惊讶地看着自己。从来没有人看自己的眼神是这样的，惊讶中还带着几分厌恶。

她感到不安，转头看了一眼给自己颁奖的年轻人，年轻人嘴角上扬，得意之情溢于言表。年轻人轻轻地说："云姨，你快照照镜子吧。"她又去看站在一旁的楚楚。楚楚显然也被她的样子吓坏了，用手捂住张大了的嘴。我怎么了？她看着自己的身体，并没有什么变化，胳膊腿都在。那就只能是脸，我的脸怎么了？她扔掉手里的奖杯，腾出手，抚摸自己的脸颊。等等，这不是自己的脸。她摸到的是粗糙如树皮般的皮肤，自己的脸不是这样的，那是一张滋润、嫩滑、充满弹性的脸。出什么事了？她盯着身边这位年轻人，剑眉星目，面皮白净，黑白分明的眼睛此时闪着光。他有点儿像那个人。赵梓云努力回忆着，对，就是那个人，他管自己叫云姨，难道，是他？

"云姨，你怎么这么漂亮啊？"

尽管每天都生活在众星捧月之中，但能被这么小的男孩称赞，赵梓云还是发自内心地高兴。她笑眯眯地看着这男孩儿，轻声说："因为云姨很会保养啊。女人越保养，就越漂亮。"

"乐乐，别瞎叫，以后不要叫云姨，要叫云姐姐。"孩子的父亲走过来，教训道，"快，给云姐姐道歉。"

"不用了，怎么叫都一样。"梓云看着来人，知道他便是今天这场晚宴中最尊贵的客人。梓云来之前，宴会的主人便已经交代好了，今晚如果能把这位顺利拿下，明天就有二十万到手。此时正是个好机会，省得自己主动出击了。她调整好自己的笑容，轻声道："您好，我是赵梓云，安迪的朋友。"

"这个安迪，社交圈够广的啊。连梓云小姐都请得动，果然厉害。我叫刘凯峰，这是我的名片。"凯峰把自己的名片递到梓云的手里，趁机轻抚了她的手。

梓云媚笑地看着凯峰，心里已经有了底气，她装作抱歉地说：

"不好意思，我没有名片。"

"梓云小姐哪里还需要名片啊，这里所有的人都认识你。"凯峰笑道，"梓云小姐最近在接什么戏啊？"

"接一部古装剧，演侠女。您看我这样子，哪儿像啊。"梓云娇笑着，"您叫我梓云就行了，再客气就显得见外了。"

"怎么，我们已经不用见外了吗？"凯峰试探性地把手放在了梓云肩上。

"这儿有点冷，咱们要不进去聊吧……"

就这样，凯峰让司机把儿子送回家，自己留在朋友的聚会上过夜。第二天，梓云的账户里便多了二十万。梓云独自躺在酒店的大床上，看着凯峰昨天递过来的名片，职位写着招资银行行长。难怪宴会上的人，都千方百计地巴结他。梓云回忆着昨晚的场面，大家极尽恭维之词，不停地给凯峰敬酒。此时想来，他们都是为了贷款吧。昨晚饭后，凯峰邀请梓云单独去酒廊喝了些酒。喝酒时两人聊了许多。凯峰大学毕业便得到了公派出国留学的机会，学成后留在了国外，在当地为国家做外贸业务。因为精通金融和外汇业务，他回国后很快便被委以重任。从部门经理，一直破格提拔到银行行长，只用了八年时间。以致梓云一度怀疑，这个受过高等教育，有着良好品位的男人，和以前接触的达官贵人并不一样。直到她微微有些醉意，被凯峰扶进早已安排好的总统套房，梓云才看清了这个男人的真面目。

他也太猴急了。梓云心想，本来聊得好好的，一进了房就变了个人，二话不说，把她的衣服全撕光了。任凭梓云如何求饶，他下手却越来越重。他根本不顾及梓云的感受，强硬地把她摁在落地玻璃窗上，撞击，摩擦，冰冷的玻璃窗和他滚烫的身体形成鲜明的对比。梓云叫着，求他停下来，他却全无反应，也不知过了多久，梓云只觉一股暖流进入身体。他终于松了手，梓云立刻瘫倒在地上，站不起来了。这时,他才恢复了之前的君子做派。把梓云从地上抱到了床上,小心地抚摸着梓云的身体。

"以后就跟着我吧,不要再跟别人混了。"他在梓云耳边轻声说。

梓云不置可否,只慢慢地眨了眨眼。凌晨时分,他穿好衣服,离开了酒店。临走前,他又趴在梓云耳边说:"别走,等我晚上回来,衣服我给你买新的。"

看着满地被撕破的衣服,梓云苦笑,自己就是想走也走不了啊。她等着凯峰归来,回忆着跌宕起伏的前半生。从一个普普通通的小演员成为一线女星,付出了多少代价,只有自己清楚。梓云看着自己白嫩的身体,花无百日好,人无百日红,自己还能再挺几年呢?

下午四点,凯峰推掉了所有工作,去燕莎买了一套Valentino的连衣裙,又买了一块卡地亚的女表,才回到了酒店。梓云见他回来,佯装生气,盖着被子不理他。他小心地劝了两句,见梓云还是不理,便把衣服和手表放在床上,自行离去了。梓云看着衣服和表,感到有些惆怅。这些年男人早已见得多了,深知情路坎坷,真情难觅。错过便错过了,也没什么好后悔的。

一连几日,两人都没有联系。就在梓云对凯峰渐渐淡忘的时候,忽然接到了他的电话。

"今晚能否赏脸,让我请大明星吃个饭啊。"

"不必了。"梓云冷淡地说。

"晚上七点,Maxim's de paris餐厅,我等你。"

"刘总,真的不必麻烦了。"

"我给你介绍一个广告,两百万。"

梓云只得同意去了。

凯峰尽数点了餐厅所有的招牌菜,满满地摆了一大桌。又开了红白葡萄酒，各一瓶。

梓云看着对面的男人，他的头发纤尘不染，穿着做工考究的名牌西装。席间，他生动地介绍了法国葡萄酒的几大产区，以及葡萄酒应该如何品尝，如何配菜，才能喝出最佳的风味。除了葡萄酒，他还聊了雪茄、咖啡和高尔夫球。餐后，他提出要一起去酒店。梓云没有答应，独自叫了出租车回家。凯峰看着风情万种的女明星飘然远去，心里更生出一种非征服不可的欲望。

几天后，凯峰又打着介绍客户的幌子，约梓云去香港美食城吃饭。梓云看着满满一桌子的菜，鲍参翅肚龙虾，应有尽有，心里自然清楚这一桌子水族价格不菲。但这些丝毫没有感动到梓云，她仍然是拒人于千里之外，餐后淡淡地说："谢谢刘行长的盛情款待。以后业务上的事，和我经纪人谈就好了，您别费心了。"

梓云若即若离的表现不但没有使凯峰气馁，反倒激起了他的斗志，他不仅坚持每天给梓云打电话嘘寒问暖，还隔三岔五找各种由头请梓云去吃西餐、打高尔夫球。梓云对他的殷勤照单全收，态度却没有丝毫改变。

终于等到了梓云生日，凯峰早早地等在了她家楼下，生日礼物不是别的，而是两把钥匙。一辆价值四百万元的劳斯莱斯和一套两百万的京郊别墅，都买在了梓云名下。这样的大手笔即使是梓云这样的当红明星也未曾见过。她红着脸，激动得说不出话，却不敢接过钥匙。

"傻丫头，拿着吧。"凯峰把钥匙塞到梓云手中，就势把她揽入怀中，"我从没遇到过像你这样的女人，一会儿热情如火，一会儿冷淡成冰。未来我一定要搞明白，你的心里到底在想什么？"

梓云也彻底被这个男人征服了。

拥有了梓云，凯峰的生活发生了翻天覆地的变化。按现在的说法，他的消费彻底升级了。梓云不再满足于在北京的马克西姆吃法餐了,每到周末,她要拉着凯峰坐上头等舱,飞到巴黎吃米其林三星。她也不再满足于购买品牌店里的奢侈品了,她要求凯峰利用手里的资源,去香港、东京甚至米兰,联系品牌的高层,买到限量款。当然,这和她刚刚开始的炒房小癖好相比,还都算是省钱的。梓云在两年间购入六套别墅,十五套公寓。这其中有凯峰的客户送的,也有凯峰出钱她去找地产商买的。

"买那么多房子干吗?咱们又住不过来。"凯峰问她。

"我喜欢房子,觉得买房子踏实。将来咱们都不工作了,就靠收租金,也能活得挺好啊。"梓云娇滴滴地说。

除此之外,梓云还热衷于办高档家宴。时不时地就会操办一场高规格宴席,邀请著名艺术家和商务精英出席。通过梓云,凯峰认识了很多画家、音乐家和作家,高度满足了自己附庸风雅的小爱好。这些活动让凯峰越发感到,梓云不但美貌多情,还会营造生活趣味。这让他对梓云的爱从最初的性本能,不断升级为依赖和爱慕。梓云在相处的过程中对凯峰也有了更多认识,这个高高在上的银行家,内心也有很多不为人知的脆弱。两人在一起愉快地相处了五年。也正是在这五年中,凯峰利用自己的关系,为梓云接到了大量的商业广告。梓云的事业如日中天。

凯峰想过和结发妻子离婚,给梓云一个正室的头衔。但他又担心离婚会影响自己今后的仕途。为了安抚梓云日益躁动的心和不断升级的消费水平,凯峰唯有变本加厉地横征暴敛。他的腐败行为实在太过于肆无忌惮,终于被下属举报。很快,上面发来消息,他被停职查办了。

"梓云,我完了。"凯峰脸色惨白,内心焦虑。

"怎么了?"梓云走过来,为他递上一碗冬瓜茶,"趁热喝,清热败火,别着急,不管什么事,咱们一起想办法。"

"没什么办法了,已经派人来查了,我很快就要出事了。"凯峰低着头，提不起精神。

"啊？"梓云吓了一跳，"为什么？"

"贪污。"

"就没有别的办法吗？能不能收买……"梓云提议道。

"唯一的办法是把所有赃款都退回去，也许还能给个宽大处理。梓云，你之前的做法是对的，你买的那些房子现在都升值了。你看看，把它们都卖了，能不能补上这个窟窿？"

"啊？"梓云感到心跳加速，要卖房子？不行，绝对不行！她打定主意，嘴上却说，"好的，亲爱的，明天我就去中介那边问问，你别着急。"

"能不急吗？哎，我贪了这么多钱，出事就是大事，是我太不小心了，连累你了。"凯峰懊恼地说。

"怎么会呢，我们是一张床上的人，哪有谁连累谁的。"梓云回到卧室，打开了价值上百万的音响，美妙的音乐声响起。梓云回到客厅，娇滴滴地说，"亲爱的，来，别烦了，我们跳支舞吧。"

凯峰拗不过她，从沙发上起身，跟着音乐和梓云翩翩起舞。梓云跳得很尽兴，旋转，跳跃，像一只蝴蝶一样，飞来飞去。

"这是我父亲最后一次见到她。第二天，她就人间蒸发了，对外宣称出国读书。我父亲因为贪污数额巨大，判了无期徒刑，没几天就在监狱里畏罪自杀了。我母亲从此患了抑郁症，到现在还要依靠药物治疗。至于我，由父亲的好友养大，活到了今天。"刘威抬起头，看着创业公司的几人，淡然地说，"我爸算是栽在这个女人手里了。之后，赵梓云息影了十多年。本来，我也就眼不见心不烦，都快忘了这个人了。可没想到，这几年她又复出了，有事没事炒作自己。不用说，炒作的钱肯定还是我爸当年留下的。如果你们是我，能咽下这口气吗？"

"的确，可以理解。"子凡拍拍刘威的肩膀，"不过我说你一句啊，你报仇归报仇，用得着玩这么大吗？你知不知道那天把我们几个都吓坏了。"

"还好吧，"刘威笑着说，"也是都巧了，刚好我投资的那家生物公司出了这么个产品，我不趁这个机会帮人家打打广告也不合适啊。这么一闹，不也帮你们增加看点了嘛。我报了仇，心里痛快了，你们增加了点击量，一举多得，多好的事啊。"

"你当时就不担心，万一把云姐姐惹急了，她事后告你怎么办？"小提问。

"告呗，随她告。我怎么她了，她就告我？我开个玩笑而已，她凭什么告我。"刘威冷笑了一声，"再说，她那种女人，眼里只有名和利。这一闹，她又出名了，感谢我还来不及呢。"

"她的脸到底为什么会突然变老啊？"楚楚回想着昨晚的情况，云姐姐的容貌忽然变得像八十岁的老人一样，满脸皱纹，皮肤干枯，这一现象持续了一分多钟。刘威忽然撒了一把粉末在云姐姐的面前，她的皮肤就逐渐又恢复到之前的状态。嘉宾和观众都以为这是刘威和梓云商量好的一出表演，热烈鼓掌之后便没有人留意了。

"简单说，我投资的生物公司，研制出了一种快速脱水和吸水的活性药物，这种药物只有与人类的皮肤结合，才会发生效果。我在奖杯中放入了脱水药品，这种药品和赵梓云的面部皮肤结合，很快，她的皮肤就出现了脱水现象，皮肤一脱水自然就变成那个样子。然后我又在她的脸上撒了吸水药品，作用你们也看见了。这家公司准备把这种活性药物应用于化妆品中，当然现在还在研发的过程中，什么时候能用于临床还不好说。"刘威解释道。

"原来如此，要是这种化妆品做出来了，岂不是每天皮肤都能喝饱水了。"楚楚拍着自己的脸说。

"放心，只要研制出来，我立刻拿来给你试用。"刘威冲着楚楚笑道,"不过啊,我真是怕了这漂亮女人。你们说,要是所有女人都像小提这样,咱们男的得省多少钱啊。"

"我又怎么了?"小提怒道。

"但要都是小提这样的,我们也就没有奋斗的动力了。"子凡道。

尾 声

二十世纪九十年代，美国女记者 Naomi Wolf 因为工作关系采访了大量成功女性。通过采访，她惊讶地发现，这些女性都对自己的外表感到不满。因为不满，很多人会使用错误的方法去达到瘦身美丽的效果。因此，很多那个时代的女性患上了不同程度的厌食症。最为人所知的，不外乎为了减肥而患了厌食症的戴安娜王妃。甚至连作者自己，也会经常因为脸部看起来浮肿而去节食，而患上了厌食症。她为此出了一本名为《The Beauty Myth（美丽的神话）》的书。书中她最重要的观点是，现代社会仍是男权社会，男人通过对女性外貌的要求，去遏制女性对社会产生的影响，从而降低女性的影响力。因此，男性不断地通过主流媒体，宣称美丽对一个女人的重要性。而当一个女人去追求美丽的时候，她便会越来越失去信心。因为所有人的外貌都是有缺陷的，不存在完美的人。美丽产业从根本上说，就是在不停地催眠女性，你还不够好看，你需要用我们的化妆品。你还不够完美，你需要整容。你的身材还不够健美，你必须去练瑜伽。

　　小提合上书，思考着如今的社会。大家对女性颜值的要求已经到了近乎苛刻的地步，眼睛还要再大一点儿，鼻子还要再高一点儿。减肥，每个办公室里都有几个骨瘦如柴的小姑娘在嚷嚷着要减肥。造成这种现状的原因，无非是媒体和身边的亲朋好友，都在传颂着某某美女嫁入豪门，一步登天的神话。以致连很多女生家长都相信："学得好不如长得好，长得好不如嫁得好。"就连小提也不得不承认，现实生活中的确有一些女孩子，通过婚姻在短时间内获得了极大的物质满足。可是，就这样了吗？女性通过上千年争取来的平权地位，就要让这样一句话毁于一旦吗？

　　不，不是这样的。回到人本身，我们毕生追求的根本就不是所谓的物质享受。人活在这个世界上，要的是能够说服自己活下去的意义。这个意义不是单一颜值这个属性能够满足的。人需要不断地自我成长，并在这个过程中去实现自我，找到自信。如果本末倒置地放弃追求自我成长，一味地寻求美丽，则很难获得自信和幸福。

　　这也可以解释，为什么整容业和美容业可以在我们这个时代如此突飞猛进地发展，而女性颜值大幅上升之后，自信心却反而降低了。

　　小提望向窗户，她看到玻璃中映出的自己。一团模糊中，她隐约看到自己胖乎乎的圆脸、塌鼻梁、肉鼻头、厚实的嘴唇……。好看吗？小提扪心自问。

　　挺好看的啊，不是吗？小提冲着玻璃中的自己，绽放出灿烂自信的笑容。

　　就在小提回眸一笑中，她看到了若岩正冲自己投过来专注的微笑。两人心照不宣地笑了，正所谓微微一笑很倾城。